# OEUVRES

## DE

# F.-B. HOFFMAN.

## TOME IV.

IMPRIMERIE DE LEFEBVRE,
rue de Lille, n. 11.

# ŒUVRES

## DE

# F.-B. HOFFMAN.

---

## CRITIQUE.

### TOME I.

*Seconde Édition.*

## A PARIS,

CHEZ LEFEBVRE, IMPRIMEUR-LIBRAIRE,

RUE DE LILLE, N° 11.

---

M. DCCC. XXXI.

# ŒUVRES

DE

# F.-B. HOFFMAN.

## ATHÉNÉE DE PARIS.

## LETTRES CHAMPENOISES.

## LETTRE PREMIÈRE.

MM. LAYA. — MURVILLE. — LUCE DE LANCIVAL. —
ET CONSTANT DUBOS.

Ce Mardi 8 Décembre 1807.

*A mon cousin Lourdet, partout où il sera.*

NE sachant dans quel lieu du monde vous avez
porté vos pas, mon cher cousin, je vous adresse
la présente par le *Journal de l'Empire*, qui va
partout. Le rédacteur, à qui j'ai demandé la permission de me servir de ce moyen pour vous écrire,
m'a répondu que ma letttre serait insérée, *si elle
paraissait digne de l'impression.* Ce monsieur ignorait alors que j'ai été membre de l'Académie de
Châlons, *latinè Catalaunum ;* de cette ville où le
parlement de Paris fut transféré en 1559 ; de cette

ville qui, après la mort de Henri III, fit frapper, en l'honneur de Henri IV, unemédaille avec cette légende : *Catalaunensis fidei monumentum* ; de cette ville, enfin, au collége de laquelle nous'avons fait ensemble notre rhétorique sous l'honnête professeur M. Bonsens.

Vous m'avez chargé de vous rendre compte de tout ce que je verrais de curieux à Paris ; je vais, en conséquence, vous faire le récit fidèle de ce que j'ai vu et entendu hier à l'Athénée de cette ville.

En y entrant, je vis une longue salle, au fond de laquelle s'élève majestueusement une énorme cheminée, ouvrant sa large bouche noircie par les expériences chimiques, et présentant sa garniture élégante de cornues, ballons, matras, creusets, athanors, et autres jolis instrumens qui me firent croire que j'étais transporté dans le laboratoire de Boërhaave. Si le fond du temple est tout chimique, tout est physique dans les murs latéraux. De nombreuses armoires vitrées contiennent tout l'attirail de l'électricité, de la pneumatologie, du magnétisme, du galvanisme ; en un mot, de la physique expérimentale. Le milieu de l'enceinte est rempli de chaises élégamment clouées à de longues barres de bois : ce qui fait que quand un des auditeurs se balance, il communique la secousse à toute la file des assistans. Au-devant de cette phalange de chaises s'élève modestement un théâtre de quelques pouces de hauteur, destiné aux exercices, et sur ce théâtre une simple table,

devant laquelle est une chaise , et non pas un fauteuil , ce qui distingue l'Athénée de l'Académie.
A l'extrémité opposée au laboratoire chimique , est
une autre salle par où l'on entre , et qui n'est
séparée de la grande que par des arceaux ouverts.
C'est dans cette première enceinte que sont entassés les curieux qui , venus trop tard , n'ont pu
pénétrer dans le temple. Ce sont véritablement là
les *limbes* de l'Athénée : on y entend les joies des
élus , et l'on ne peut les partager.

L'assemblée était nombreuse , mais modeste ;
les femmes y étaient presque toutes simplement
vêtues , et plusieurs d'entre elles ressemblaient
assez bien à nos bourgeoises de Châlons , quand
elles vont se promener , le dimanche , au grand ou
au petit Jard , ou aux allées du château de Sarry.

Quand j'eus conquis une place avec assez de
peine , un voisin obligeant m'apprit que j'allais
entendre le professeur Laya , lequel a succédé au
professeur Chénier , lequel a succédé au professeur
La Harpe. Le voisin ajouta : la gradation qui existe
entre ces trois hommes vous prouve assez que la
littérature française fait des progrès dans un sens
ou dans un autre.

A huit heures et trois minutes , le professeur
parut. Il nous annonça qu'il allait parler sur l'é-
loquence ; que son thême était : *L'Art de cacher*
*l'Art* ; et sa division : *Pourquoi et comment il*
*faut le cacher*. Je fus charmé de ce préambule ,
qui me promettait un grand plaisir. Je me rappelai

les sages leçons de M. Bonsens, notre ancien professeur, qui nous disait toujours : En fait d'éloquence, il faut bien distinguer celle qui convient
à l'orateur parlant dans la place publique à la
multitude, et celle qui est propre à l'orateur parlant dans le sénat. Si Démosthènes, ajoutait-il,
s'était trouvé à Rome devant les pères conscrits,
dans le temple de la Concorde, il ne se serait pas
énoncé comme il parlait aux petits maîtres et à la
canaille réunis dans le marché de la ville d'Athènes.
Distinguez bien aussi, disait-il, l'orateur parlant au
peuple entier sur un sujet politique qui intéresse
tout le peuple, de l'orateur qui plaide le procès
d'un particulier. Cicéron n'a pas écrit ses Catili-
naires comme son *Factum* pour Roscius ou pour
Milon. L'art, dans toutes ces circonstances, est très-
différent, et c'est grande sottise que d'en confondre
les préceptes : telle était l'opinion de M. Bonsens,
mon professeur de rhétorique; mais malheureusement M. Laya n'a rien eu de commun avec M. Bonsens. Il a parlé de Cicéron et de Démosthènes sans
distinguer le pays, le temps, les circonstances où ils
se trouvèrent, ni l'espèce de gens que ces orateurs
devaient émouvoir. Quant à sa division : *Pourquoi
et comment il faut cacher l'Art*, il a bien un peu
effleuré le *pourquoi*, mais il n'a rien dit de bon
sur le *comment*. Il a fini par regretter de n'avoir
pas l'éloquence des Démosthènes et des Tullius,
et j'ai bien sincèrement partagé ses regrets.

Je dois cependant vous apprendre, mon cher

Lourdet , que ce discours froidement écouté , a été un peu applaudi dans un passage où l'orateur, définissant l'éloquence de Sénèque , a dit qu'elle consiste en petites phrases pleines de pensées fines et de traits d'esprit qui ont *le poids et le bruit de la grêle.*

A ces mots, les dames témoignèrent leur satisfaction , et j'admirai combien les femmes de Paris sont instruites , puisqu'elles connaissent si bien Sénèque , et savent si bien apprécier son éloquence. Pour moi, je vous avoue , je ne sentis pas la finesse de cette phrase ; je devinai seulement que c'était une épigramme, et cela me fit plaisir : je n'aime pas les *Sénèques*, soient qu'ils soient deux, soit qu'ils ne soient qu'un ; car il y a eu dispute sur ce fait. J'ignore donc si le déclamateur *Marcus Annæus Seneca* est le même que *Lucius Annæus Seneca* le philosophe ; mais les femmes de Paris le savent très-bien, et je leur en fais mon compliment. Quoi qu'il en soit, le docteur Laya a très-bien fait de les comparer, ou de les comparer à la grêle, que je déteste depuis que j'ai acheté une jolie petite vigne auprès de Château-Thierry.

Après M. Laya , la chaise fut occupée par M. Murville , dont la figure réjouie me fit croire que j'allais rire, mais mon espoir fut trompé ; il lut une traduction en vers d'une satire de Juvénal : cette pièce est pleine de pensées *libérales , philosophiques*, et semble sortir d'une âme républicaine. Les grands de Rome , les favoris de la fortune n'y

sont pas bien traités, et le poète nous a dit, avec
beaucoup de dignité, que les statues de bronze
qu'on élève à ces hommes puissans, tombent au
moindre revers et vont chez *le chaudronnier*. Ceci
m'a rappelé un autre précepte de M. Bonsens :
Ne croyez pas, disait-il, que tous les mots qui
sont nobles en grec et en latin, puissent être noblement employés en français ; par exemple, vous
avez tous une chevelure ; les Romains désignaient
les parties de cette chevelure par ces mots : *Juba*,
*coma*, *cæsaries* et *cincini*; et cependant nous
ferions rire tout le monde, si, dans un discours,
nous parlions de la *queue*, du *toupet*, des *faces*
et des *favoris*. C'est par la même raison, mon
cher cousin, que je n'approuve pas le *chaudronnier* de M. Murville. Il m'a cependant suggéré une
idée bien comique ; j'ai pensé que si la grêle de
l'orateur venait à tomber dans les chaudrons du
poète, nous aurions alors la véritable image de
l'éloquence de Sénèque.

Après M. Murville, M. Luce de Lancival nous
a lu, pour le compte de M. Constant Dubos, deux
petites pièces de vers très-philosophiques, dont le
but est de prouver combien il est fâcheux d'être
grand, et agréable d'être petit. La première est intitulée : *la Couronne impériale*. Cette fleur s'é-
norgueillit de sa beauté et de sa supériorité sur
toutes celles qui l'environnent ; mais on s'aperçoit
que des larmes s'échappent de cette fleur superbe ;
et de là, le poète part pour débiter de très-belles

maximes. La seconde pièce, intitulée *la Margue-rite des prés*, offre la même moralité par l'image inverse, et le bonheur d'être humblement cachée dans l'herbe est, pour la marguerite et pour le poète, un grand sujet de philosophie.

Ces deux espèces d'apologues m'ont rappelé une ancienne fable plus vraie, plus raisonnable que *la Couronne impériale* et *la Marguerite* de l'Athénée : « Un oiseau fit son nid au sommet d'un arbre ; les oiseaux de proie dévorèrent ses petits : l'année suivante, il fit son nid au pied du même arbre ; les rats ou les reptiles détruisirent son espérance ; enfin, il fit son nid au milieu de l'arbre, dans le plus épais du feuillage ; les rep-tiles n'y purent monter, les oiseaux de proie ne l'aperçurent point, et la petite famille prospéra. » Nous avons beaucoup de marguerites sur les bords de la Marne, et si elles pouvaient parler comme celles de l'Athénée, elles diraient sans doute : Nous restons cachées sous l'herbe parce que nous ne pouvons pas nous élever au-dessus. Je vous jure, mon cher cousin, que j'aime mieux le nid d'oiseaux. S'il est dangereux d'être trop haut per-ché, il n'est pas trop agréable d'être placé trop bas ; ce qu'il y a de mieux en tout c'est le milieu.

Après l'orateur et les poètes, on a fait de la musique, et mademoiselle Himm a très-agréable-ment chanté. J'ai oublié, mon cher cousin, une circonstance assez plaisante. Dans le moment même où M. Laya disait dans son discours que

l'*ennui était une grande cause de distraction*, on
était fort distrait dans la salle : la distraction cir-
cula jusqu'au moment où la musique se fit entendre, et alors elle disparut. Je fus un peu honteux
quand je comparai les applaudissemens donnés au
concert à ceux qu'on avait épargnés à l'éloquence
et à la poésie ; mais au moins cela nous a valu un
calembourg, c'est toujours quelque chose. Quelqu'un en sortant, dans la foule, s'écria qu'on devrait bien écrire au-dessus de la porte de l'Athénée :
*Ici le son vaut mieux que la farine.* Qu'en dites-
vous, mon cher Lourdet? Ce calembourg n'est-il
pas assez mauvais pour être joli? Si vous pensez
comme moi, faites-en part à vos amis, excepté à
M. Bonsens.

*Votre cousin* BÉLIER.

# LETTRE II.

M. GAIL ET M. GUICHARD.

Ce Mercredi 23 Décembre 1807.

MON très-cher cousin, ma lettre sur l'Athénée de
Paris vous a fait plaisir, j'en suis bien aise, et votre
approbation m'engage à continuer. J'ai assisté à la
seconde séance littéraire de cette fameuse société,

qui, en moins de quinze jours, donne déjà des signes alarmans de décadence. Quelle différence, bon Dieu, en si peu de temps ! Dans la première séance, nous avions eu un grand discours, une longue satire, deux apologues philosophiques, une symphonie, deux airs de virtuose, une espèce de concerto, et une nombreuse assemblée. Tout cela n'était pas d'un mérite égal, sans doute ; mais si la prose de l'orateur manquait de douceur et de justesse, ces deux qualités se retrouvaient dans les airs chantés par mademoiselle Himm ; si les vers des poètes n'avaient pas toute l'harmonie désirable, la symphonie nous en dédommageait ; et, à tout prendre, les oreilles étaient satisfaites d'une certaine façon. Jeudi dernier, la scène avait changé : on ne nous a donné qu'un morceau de prose poétique, deux pièces de vers prosaïques, point de musique ; et, dans ce vaste laboratoire, les cornues et les creusets étaient beaucoup plus nombreux que les auditeurs.

Je vous ai prédit depuis long-temps, mon cher cousin, que l'étude des sciences détruirait la littérature : la règle et le compas ont rétréci l'imagination en la resserrant dans leurs limites géométriques. Depuis que la froide exactitude, la minutieuse analyse, le dur philosophisme, ont donné des lois au Parnasse, adieu les aimables prestiges, les riantes images, les douces illusions. Les fleurs même du sacré vallon ne serviront bientôt plus qu'à grossir une nomenclature bo-

tanique, et à compléter les *labiées* et les *ombelli-*
*fères*. La salle de l'Athénée lui a porté malheur :
en effet, comment parler de Théocrite ou de Virgile dans l'enceinte qui retentit encore de la crâniologie ? Quelle figure doit faire la pauvre poésie,
quand elle voit près d'elle le scalpel préparé pour
la dissection, et la machine pneumatique toute
prête à l'étouffer? Les sciences ont fait tourner
toutes les têtes. En voici une preuve bien frappante : le programme de l'Athénée annonçait que
M. Gail lirait des observations sur Théocrite et
Virgile ; et les auditeurs, encore pleins des leçons
de physiologie, ont cru qu'il y avait faute d'impression, et que le docteur Gall ferait des observations sur les crânes de Virgile et de Théocrite.

Les athlètes qui se présentèrent dans l'arène
étaient au nombre de deux : le premier, M. Gail,
helléniste distingué ; et le second, M. Guichard,
versificateur : ce qu'en Champagne nous nommons un poète.

M. Gail nous lut un extrait de l'ouvrage qu'il
doit publier sur Théocrite et Virgile. Il n'hésite
pas un moment entre ces deux poètes bucoliques :
selon lui, Théocrite est incontestablement le premier ; et c'est le poète grec qui a produit le poète
latin. Ce que les hommes les plus habiles n'a-
vaient osé prononcer, M. Gail l'affirme ; et il devrait bien nous rendre le même service relativement à Homère et à Virgile, Démosthènes et
Cicéron, Corneille et Racine, dont les places ne

sont point encore marquées, et qui s'ennuient
sans doute en attendant qu'on ait décidé entre
eux la question de préséance.

Le résultat du parallèle établi par M. Gail, est
que les bergers et les troupeaux de Théocrite sont
plus naturels que ceux de Virgile : quoique leurs
formes soient un peu rustiques, et quelquefois un
peu grossières, elles sont plus vraies, et conséquemment plus aimables. Les moutons de Virgile, au contraire, sont trop élégans, trop propres,
et ils bêlent de trop bon ton. Qu'en dites-vous,
mon cher cousin ? Ce n'est pas à nous autres
Champenois qu'il faut conter ces sornettes : en fait
de bergeries, nous sommes juges compétens, et
nous ne laissons pas impunément insulter aux
moutons du bon Virgile. Qu'a-t-il donc dit, ce
poète, de trop *pompeux* sur les troupeaux de Corydon ou de Tityre ? Que M. Lochet d'Epernay
ait établi sur les bords de la Marne une colonie
de moutons espagnols, on peut appeler cela du
luxe et de la pompe : des mérinos en Champagne
sont des petits-maîtres, et il faudrait pour les garder quelque berger de Fontenelle. Mais Virgile n'a
parlé ni des moutons d'Espagne, ni de ceux d'El-
dorado : parmi ses chèvres on ne voit ni les ga-
zelles, ni les antilopes ; tantôt c'est une brebis qui
dépose ses deux tendres agneaux sur le dur rocher ;
tantôt c'est le bélier qui sort du fleuve, et qui n'a
pas encore séché sa toison ; ailleurs enfin, c'est la
chèvre qui court au cytise fleuri : je ne vois là ni

des bergers citadins, ni des moutons de bonne
compagnie. Si, dans la quatrième églogue, le poète
s'élève au-dessus de la chaumière rustique, ce
nouveau ton n'est-il pas assez motivé sur ces vers :

. . . . . . . . . . . . *Paulò majora canamus :*
*Non omnes arbusta juvant humilesque myricæ...?*

Si, dans la dixième, Gallus n'est pas aussi noir que
Ménalque, et aussi grossier que Corydon, ne
vaut-il pas bien, malgré cela, les chevriers et les
pêcheurs de Théocrite ?

M. Gail compare les Bucoliques de Virgile aux
paysages du Poussin, auquel on reproche les nombreuses et riches *fabriques* qu'il place dans des
sites champêtres. Je ne suis pas peintre, mais
cette comparaison me paraît vicieuse. On ne reproche au Poussin que l'abus et la profusion de
l'architecture dans ses paysages ; car jamais personne n'a prétendu qu'un paysagiste ne dût présenter que des déserts. Le site le plus agreste offre
souvent, dans les limites de son horizon, l'aspect
de quelques édifices ; des hauteurs des bois de
Ville-d'Avray, l'on découvre le faîte du château de
Versailles et le dôme des Invalides ; ce qui n'empêche pas que l'on ne soit dans un bois : et vous,
mon cher cousin, des bords de la tortueuse Marne,
du milieu de la vaste prairie, vous apercevez les
clochers de Châlons, et ceux de *Notre-Dame de*
*l'Epine ;* ce qui ne vous empêche pas d'être à la
campagne. Le Poussin n'a donc pas eu tort de

mêler l'architecture au paysage, et Virgile n'est pas trop coupable d'avoir quitté un instant Mélibée pour Gallus et pour Pollion.

Quant à Théocrite, il n'a pas lui-même toujours été poète purement pastoral dans toutes ses idylles ; et sa simplicité, de l'aveu de M. Gail, devient quelquefois grossière. Maintenant en croirons-nous Boileau, qui veut qu'un poète sache

. . . Aux discours de la rusticité,
Donner de l'élégance ou de la dignité ;

où le père Rapin, lorsqu'il prétend que *l'expression de l'églogue doit être commune, et qu'elle ne doit avoir rien d'exquis, ni dans ses sentimens ni dans ses paroles ?* Suivrons-nous l'opinion de M. Hardion, quand il dit que *l'idylle pastorale étant fort petite par elle-même, elle a besoin d'être relevée par l'élégance de la diction ;* ou enfin dirons-nous, avec l'abbé le Batteux, *qu'on peut regarder les ouvrages de Théocrite comme la bibliothèque des bergers, et que ce poète a une douceur et une mollesse à laquelle aucun de ses successeurs n'a pu atteindre,* quand M. Gail lui-même avoue que sa simplicité est quelquefois âpre et grossière ? Pour moi, mon cher cousin, je m'en rapporte à M. Bonsens, notre ancien professeur : il nous répétait souvent, le bon homme, que les vers où l'on fait parler les bergers, n'étaient cependant pas composés pour des bergers et des bouviers ; que toute poésie sup-

pose un art, et que le but de l'art doit être d'em=
bellir la nature, sans la surcharger d'ornemens.
Je conclus donc, mon cher cousin, que si,
comme le dit M. Gail, *Théocrite a fait Virgile*,
très-certainement il a fait là un excellent ouvrage.

Après le savant helléniste, M. Guichard monta
sur le trépied. Il nous lut d'abord une pièce de
vers sur les faux amis qui nous abandonnent dans
le malheur, après nous avoir caressés dans la pros=
périté : sujet tout neuf, car il ne remonte guère
qu'au déluge ou à la création. La forme avait autant de fraîcheur que le fond d'originalité. J'ai cru
long-temps que M. Guichard parlait en prose,
comme j'avais cru que M. Gail récitait de la poésie ; et la rime m'apprit enfin que les phrases de
M. Guichard avaient strictement le droit de passer
pour des vers. Cette pièce fut écoutée froidement ;
mais, comme il faut être poli, l'auditoire se cotisa
pour payer à l'auteur une somme d'applaudisse=
mens fort honnête et fort désintéressée.

La seconde pièce de M. Guichard est une épître
aux riches : cette épître a tout l'air d'une satire.
L'auteur y peint le bonheur de la pauvreté, et
les nombreux désagrémens attachés à la richesse.
Il m'a paru très-pénétré de son sujet : il s'est
exprimé avec chaleur ; et j'en conclus que si
M. Guichard fait fortune, il jettera tout son argent par la fenêtre. Dans les vingt-six infortunes
des gens riches, deux surtout ont été remarquées.

Il dit d'abord aux Crésus modernes que les amis invités à leur table, leur apportent

Un estomac au lieu d'un cœur.

Ce vers, qui a charmé l'Athénée, ne plairait point à Châlons. Ce n'est pas au dîner que nous éprouvons nos amis : nous ne leur demandons, à table, que de la gaîté, de l'amabilité et de l'appétit. En province, nous voulons que l'on mange ; nous pressons, nous bourrons nos convives ; et c'est une belle preuve d'amitié que de se donner une indigestion. Ainsi, mon cher cousin, vous n'aimeriez pas que vos amis vous apportassent à dîner leurs cœurs sans leurs estomacs. Le second trait saillant contre les riches est exprimé dans ces quatre vers :

Quand vous me serrez contre un mur,
Dans vos voitures élégantes,
Je surprends, moi piéton obscur,
Bâiller vos personnes brillantes.

Où êtes-vous, M. Bonsens ? Que diriez-vous du *je surprends bâiller*, du *bâiller des personnes ?* Et vous, mon cher cousin, restez avec vos moutons ; ou si jamais vous venez à Paris, n'entrez point à l'Athénée, où j'aurais la douleur de voir bâiller votre personne champenoise : vous n'en savez pas assez pour trouver du plaisir aux vers de M. Guichard, et vous avez la simplicité d'admirer Jean Racine et Jean La Fontaine, qui étaient Champenois comme vous.

*Votre cousin* BÉLIER.

# LETTRE III.

### M. GALL ET MADAME DE BEAUFORT.

Ce Mardi 29 Décembre 1807.

JE vous ai dit, dans ma dernière lettre, que
les sciences empiétaient tous les jours sur le domaine de la littérature, et qu'elles finiraient par
l'envahir ; la troisième séance littéraire de l'Athénée vient de réaliser mes craintes et d'accomplir
ma prédiction. Mon cher cousin, prenez votre
télescope, et braquez-le sur le Parnasse ; vous y
verrez des botanistes qui y cherchent des mousses
et des *lichens*, des lithologistes qui examinent un
petit éclat de rocher pour découvrir si la montagne à double cime ne serait point une production
volcanique ; des chimistes qui décident, après
mainte épreuve docimastique, que le sol du sacré
vallon n'est qu'un résidu de corps marins ; et des
anatomistes qui, trouvant quelques ossemens
épars, en concluent que ce sont les restes du
squelette de Marsyas, si méchamment mis à mort
par Apollon. La lyre d'or se fait-elle entendre ;
cette lyre, dont Pindare nous atteste la puissance ;
cette lyre qui charme les dieux mêmes, et aux sons
de laquelle l'aigle de Jupiter se balance mollement

en marquant la cadence, aussitôt un physicien établit ses calculs sur la *résonnance des corps sonores*, et détermine avec précision l'espace que le son parcourt dans l'intervalle d'une seconde. Regardez bien, mon cher cousin, ce poète qui s'avance timidement sur cette terre sacrée qui devrait être son patrimoine ; on l'aperçoit à peine, il est perdu dans la foule des docteurs ; il va chanter, il chante, mais quel bruit s'élève ? Des éclats de rire, des huées, étouffent la voix de l'enfant d'Apollon. « Ami, lui dit un docteur, gardez vos chansons pour endormir les enfans, le siècle des *lumières* n'est pas celui de la mythologie ; votre aurore aux doigts de rose n'est autre chose que le crépuscule du matin occasioné par les rayons du soleil, réfléchi dans les molécules de l'atmosphère ; votre char d'Apollon est une masse de feu treize cent mille fois plus grosse que le globe terrestre ; et votre chaste Diane n'est plus qu'un satellite quarante-neuf fois plus petit que la terre, et dont la révolution synodique est à peu près de vingt-neuf jours, douze heures et quarante-quatre minutes. Je réduirais ce dernier nombre en fractions logarithmiques, si vous y entendiez quelque chose. » Le poète confus jette sa lyre, se cache dans la foule des savans, et assiste à la dissection d'un crâne, en réfléchissant sur la profondeur de la science et la vanité de la poésie.

Ce que vous voyez sur le Parnasse avec votre lunette, je le vois avec mes yeux à l'Athénée de

Paris. Ainsi, mon cher cousin, en attendant que
vous me rendiez compte de ce qui se passe là-haut,
je vais vous dire ce qu'on a fait là-bas.

On nous avait promis, on avait même annoncé publiquement que M. Gall ferait l'exposition de son système, auquel on donne le nom de
*doctrine;* mais le docteur, aussi fin que savant,
ne s'est jamais montré que comme physiologiste;
et lorsqu'il s'est agi de sa *doctrine*, il a jugé à propos de se faire représenter par un suppléant, qui
lui-même a fait lire son discours par un substitut.
Vous avouerez, mon cousin, que cela n'est pas
maladroit : comme anatomiste, M. Gall peut se
montrer avec gloire; mais, comme faiseur de
systèmes, il exposerait sa personne à des railleries
piquantes qu'il laisse prudemment tomber sur
ses acolytes : on assure néanmoins qu'il se montrera comme *crânologiste*, lorsqu'il pourra compter sur la *foi* de ses auditeurs, ou lorsque les di-
recteurs de l'Athénée sauront *apprécier* ses talens.
Cela prouve que le docteur connaît bien les hommes; et je crois les connaître assez moi-même,
pour pouvoir vous assurer qu'il réussira beaucoup
pendant quelque temps.

On se tromperait fort, mon cher cousin, si l'on
pensait que les progrès de la philosophie nous
aient guéris de la crédulité. Nous sommes toujours
un peu malades du cerveau, de manière ou d'autre; nous ne repoussons une chimère que pour
en caresser une nouvelle, et nous quittons aussi

facilement la vérité pour l'erreur, que l'erreur pour la vérité. Je connais dans la grande ville beaucoup d'esprits forts qui ont peur des revenans, et telle jolie femme qui ne croit pas en Dieu, se fait secrètement *tirer les cartes*, pour apprendre si ses amans seront long-temps dupes et fidèles. Ces deux espèces de gens croiront au système de M. Gall ; et c'est sur le grand nombre de ces crédules philosophes que le docteur a spéculé.

J'ignore s'il désavouera l'exposition que l'on a faite de sa *doctrine*, à l'Athénée de Paris ; mais elle est absolument conforme à une autre exposition contre laquelle M. Gall s'est inscrit en faux. Il serait plaisant qu'il nous laissât disputer sur les rêveries des protubérances, et qu'il vînt nous dire dans six semaines : « Je n'ai jamais été assez fou pour croire au système des bosses, et c'est un tour de carnaval que j'ai voulu jouer aux Parisiens. » J'ai assez bonne opinion du docteur pour espérer qu'il finira par-là.

La crâniologie se divise en deux parties très-distinctes : l'une physiologique, l'autre systématique. Dans la première, M. Gall se montre fort savant et fort sage ; dans la seconde, il devient l'émule des Mesmer et des Cagliostro. N'allez pas croire cependant que cette couleur de charlatanisme nuise à la réputation du docteur ; la partie folle de son système est, au contraire, la cause réelle de sa célébrité. Nous n'avons rien à envier aux autres nations relativement à l'anatomie ; et un Français

qui n'aurait été que savant n'aurait pas fait autant
de bruit en France. Pour nous frapper d'une admiration stupide, pour faire ouvrir les cent bou-
ches de la Renommée, il fallait d'abord que le
docteur fût étranger : ce qui porte toujours bonheur chez nous ; il fallait ensuite que ce docteur
nous offrît un système contraire à la raison et à la
morale : car l'audace nous plaît tout autant que
l'erreur. La vérité ne chemine pas si vîte : il lui faut
du temps pour faire fortune, et, selon Fontenelle, c'est un coin qu'il faut faire entrer par le
gros bout dans le crâne des humains.

Je vais, mon cher cousin, vous dire en très-
peu de mots ce qu'il y a de neuf dans la physiologie cérébrale du docteur. Les nerfs ne vont point
du cerveau à la moelle épinière, mais, au contraire, leurs faisceaux se dirigent de bas en haut ;
ces faisceaux ne sont pas *continus*, mais *contigus*;
le cerveau n'est point un prolongement de la
moelle épinière, mais un supplément ; il n'est
point non plus une masse médullaire, comme on
l'a cru jusqu'à présent, mais une membrane
plissée, très-susceptible d'extension, qui ne se
dissout pas dans le cas d'hydrocéphalie, et ne
cesse pas ses fonctions lors même qu'elle est,
comme chez les hydrocéphales, plongée dans un
volume d'eau considérable. Ajoutez à cela que les
nerfs ne vont pas de la moelle épinière aux extrémités du corps, mais des extrémités du corps
à la moelle épinière, et vous aurez la somme

des découvertes physiques faites par le docteur Gall.

Ses découvertes morales sont celles que vous connaissez : nous avons tous plus ou moins de bosses à la tête qui nous rendent braves ou poltrons, honnêtes ou voleurs, querelleurs ou pacifiques, athées ou dévots : ainsi, mon cher cousin, une bosse au front ne veut pas toujours dire *ce que vous savez.*

Le docteur a craint le scandale, car il a modifié ses axiomes. Il ne dit plus, comme il l'assurait en Allemagne, que nous avons *des penchans irrésistibles*, ce qui tranquillisait beaucoup la conscience des scélérats ; il dit seulement que nous avons *des dispositions innées.* Vous sentez combien cette nouvelle version affaiblit le merveilleux de la crâniologie : car certainement on n'a jamais nié que tel homme n'eût plus ou moins de dispositions que tel autre. Que le docteur y prenne garde ; s'il devient raisonnable, il ne fera plus de sensation dans le monde : les *dispositions innées* sont une chose connue et commune que personne n'admirera ; mais les *penchans irrésistibles* avaient quelque chose de magique, et plaisaient beaucoup aux gens qui ne veulent résister à aucun penchant.

Il ne reste donc plus qu'à savoir si ces dispositions innées se manifestent par des bosses au front, comme le dit M. Gall, ou par les traits de la physionomie, comme le voulait Lavater. Le docteur suisse me paraît beaucoup moins déraisonnable que le docteur allemand ; car il est incontestable que l'action, long-temps continuée, d'une passion, influe violemment sur les muscles, et peut conséquemment modifier les traits de la figure.

Je n'ai ni le temps ni l'espace nécessaires pour examiner les preuves sur lesquelles M. Gall appuie son système, et je me propose de les discuter quand je vous rendrai compte d'une nouvelle séance où le docteur cessera d'être invisible. Dans celle de jeudi, la transition a été brusque ; car on a passé de la crâniologie à deux pièces de vers de madame de Beaufort-d'Haupoult, qui ont été lues par M. Luce de Lancival.

La première est intitulée : *Héroïde de Lucrèce*, et la seconde, *Épître à mon Tricot*. L'occasion n'était pas favorable à Lucrèce ; nous étions encore tout pleins des protubérances et des dispositions innées, ce qui rendait le crime de Tarquin beaucoup plus excusable ; ce malheureux avait sans doute l'organe fatal que M. Gall a placé près de l'occiput, et, malheureusement pour lui, Lucrèce ne l'avait pas ; car, selon le docteur, la vertu des femmes ne tient qu'à cette bosse ; et c'est une bosse de plus ou de moins qui a décidé si l'Empire romain resterait en monarchie ou deviendrait une république. La Lucrèce de madame de Beaufort assemble ses amis et ses parens pour leur conter son piteux cas ; elle leur dit :

Rassemblés à ma voix, parens, amis, toi, vous
Que je nomme en tremblant du nom sacré d'époux.

Cette finesse française qui existe dans le *toi*, *vous*, et qui termine si élégamment l'hémistiche, nous prouve que le malheur de Lucrèce ne lui avait pas ôté le désir de montrer de l'esprit. Elle fait un tableau. effrayant de la passion de Tarquin. Ce débauché l'avait menacée de la déshonorer dans la mémoire des hommes, si elle ne consentait à se déshonorer avec lui ; et il avait eu l'impudence de lui dire :

Jusque dans les enfers je souillerai ton ombre.

Je vous laisse, mon cher cousin, admirer à loisir ce vers qui a été *généralement applaudi*. Quant à moi, je voudrais bien que le docteur Gall m'apprît qu'elles étaient les protubérances frontales de Collatin, quand sa femme lui tenait un semblable discours. Ce Collatin avait fait une sottise : selon madame de Beaufort, il allait vantant les charmes de sa femme ; et quand Sextus Tarquin parut douter de tant de perfections, il s'offrit, en mari benêt, de lui en donner la preuve. O mon cher cousin, ne vantez pas votre femme, et ne conduisez pas les grands seigneurs chez vous pour la leur faire admirer! Après l'Héroïde, est venue l'Épître de madame de Beaufort à son Tricot. Elle a produit l'effet de la petite pièce après la tragédie. Le style en est d'une grande familiarité ; l'auteur y donne tout ce que promet le titre : nous y avons appris qu'il est bien doux *de chausser ce qu'on aime*, que des bas ne sont pas un ouvrage

bien noble, que *le Feuilleton n'en parlera jamais;* mais que, quand on veut s'élever au Parnasse, on est exposé à la critique amère, et que
tout bien considéré, *il vaut mieux tricoter que
haïr.* Ne semblerait-il pas, mon cher cousin, qu'il
n'y eût point de milieu entre la haine et le tricot ?
Il s'en faut cependant bien que toutes les trico-
teuses aient été aussi douces et aussi aimables que
madame de Beaufort, et je suis bien persuadé
qu'on ne la haïrait pas quand bien même elle ne
tricoterait point à l'Athénée de Paris.

*Votre cousin* BÉLIER.

## LETTRE IV.

### LE DOCTEUR GALL.

Ce Dimanche 10 Janvier 1808.

C'EST aujourd'hui, mon cher cousin, que je
puis dire avec Virgile : *Paulò majora canamus.*
Il n'est plus question des moutons de Théocrite,
ni des mérinos de M. Lochet, ni de l'Athénée de
Paris, où il y a aussi des moutons. Je vais vous
parler d'un troupeau bien plus nombreux, non
moins docile, et disposé, comme celui de Panurge,

à sauter même dans la rivière, pourvu qu'on lui en donne l'exemple. Ce troupeau est celui qui environne le docteur Gall, et qui se presse journellement autour de lui, comme il se pressait jadis à la rue Quincampoix pour avoir des billets de Law, comme il s'est pressé depuis au baquet du magnétisme, et comme il se pressera toujours autour des hommes fins et rusés qui mettront en pratique cette maxime de Cléon, dans *le Méchant :*

Les sots sont ici-bas pour nos menus plaisirs.

Si j'ai tardé à vous écrire, mon cher cousin, c'est que j'ai été passer quelques jours à la campagne, chez le respectable M. Bonsens, notre ancien professeur. Le bonhomme s'est retiré du monde, et il a bien fait : depuis long-temps il n'était plus de mode, et le séjour de la ville n'avait plus d'attraits pour lui. Les fripons le trouvaient méchant, les sots le regardaient comme un radoteur, et les gens d'esprit même avaient la sottise de le mépriser. Je l'ai trouvé dans son petit ermitage, où il paraît fort détaché des vanités de ce monde, et où il ne regrette pas même sa chaire de rhétorique. Notre conversation a roulé sur les charlatans et leurs dupes ; et par une pente très-naturelle, nous avons parlé de *crânologie.* « Mon ami, m'a dit le vieillard, avant tout, habituez-vous à prononcer crâniologie : *kar, kras, kârè-non* et *krânon* veulent dire *tête* ; mais *krânion* signifie crâne ; et quand on compose un nouveau

mot, il faut que l'étymologie soit exacte. » Cette
petite leçon, mon cher cousin, m'a démontré que
M. Bonsens même n'est pas tout-à-fait exempt de
pédanterie, et que le désir de régenter est une
manie commune à tous les hommes. L'ex-profes-
seur rougit un peu de son observation ; puis il me
tint ce discours, que j'ai bien retenu, et que je
vais vous rapporter fidèlement :

« J'ai lu tout ce qu'on a écrit pour ou contre la
crâniologie, soit en Allemagne où elle est mépri-
sée, soit en France où elle le sera bientôt. Cette
prétendue découverte est un nouveau chapitre à
ajouter au gros livre des folies humaines. Que le
docteur Gall soit habile anatomiste, cela ne fait
rien à l'affaire, et son système n'en est pas moins
digne d'être professé à *Bedlam* ou à *Charenton.*
J'admire la logique de vos Parisiens qui croient
cette *doctrine* incontestable, parce que le docteur
est savant : c'est comme si l'on me disait qu'il faut
admettre les *tourbillons*, parce que Descartes était
bon géomètre, et la philosophie péripatéticienne,
parce qu'Aristote était grand philosophe. Je crois
que M. Gall est savant, mais je le crois encore
plus fin ; il a mis dans son système assez de science
pour occuper les gens instruits, assez d'audace
pour plaire aux esprits forts, et assez de sottises
pour que la multitude crût y voir du merveilleux,
et fût enchantée d'y entendre quelque chose. Ce
système est absurde dans ses principes, ridicule
dans ses conséquences ; et M. Gall a trop d'esprit

pour être dupe de la doctrine qu'il enseigne : il doit rire de l'admiration des adeptes en crâniologie , comme les opérateurs en fantasmagorie s'amusent de la peur qu'ils font aux grands et aux petits enfans. Quel est son but en nous débitant ces rêveries ? Dans ce monde on ne fait rien pour rien ; les docteurs ne bornent pas leur ambition à s'attirer une admiration stérile , et le berger le plus honnête finit par tondre les moutons qui vont bêlant ses louanges : un jour viendra. . . . Mais n'anticipons pas sur le futur , et contentons-nous de prédire que le règne de la crâniologie cessera quand l'organe de la *perspicacité* se développera chez les sectateurs.

» Examinons quelques points de ce système , qui nous offre encore plus de défauts que le docteur ne montre d'adresse à les déguiser. Que veulent dire ces faisceaux nerveux qui sont *contigus* , *et non pas continus ?* Cette distinction est aussi ridicule qu'elle est fausse : dès qu'il y a communication , il faut bien qu'il y ait continuité ; peu importe que les nerfs soient *ascendans* ou *descendans* , peu importe qu'ils se touchent par le côté ou par le bout; pour que les sensations se communiquent au cerveau , il faut bien qu'il n'y ait point d'interruption dans les organes qui les transmettent; et s'il y avait solution de continuité ; comment la tête jugerait-elle l'impression que le pied aurait reçue ? Mais il fallait dire quelque chose qui eût l'air d'une découverte , comme

Figaro cherche une phrase qui ait l'air d'une pensée.

» Selon M. Gall, tous les organes de nos affections, de nos penchans et de nos passions se trouvent dans notre crâne, c'est-à-dire, seulement dans la partie supérieure de la boîte osseuse qui renferme notre cerveau. Mais qui lui a dit qu'ils ne se trouvent que là? N'avons-nous pas un *pléxus* nerveux au diaphragme, des faisceaux nerveux en grand nombre dans la moelle épinière, et d'autres lacis nerveux répandus dans tout le corps? Si les nerfs sont les moyens par lesquels nous communiquons avec les objets extérieurs, pourquoi la seule moitié supérieure de notre cerveau serait-elle l'unique réceptacle de nos organes? Il y a une étrange confusion dans cette théorie du docteur, qui n'a pas distingué *les affections de l'âme* des opérations de l'esprit. Arrêtons-nous un moment, et développons cette idée, qui suffit pour faire crouler tout l'échafaudage de la crâniologie.

» Long-temps avant le docteur, on a fait la puérile observation que, dans les opérations de l'esprit, l'homme porte machinalement la main à sa tête, et on en conclut que la partie pensante de l'homme est toute entière dans le cerveau; mais jamais on n'a prétendu que ce même cerveau fût le seul siége des affections de l'âme. Dans la méditation, nous sentons que la tête travaille, et nous y portons la main. Scarron voulant faire des vers, nous dit: *J'ai gratté, j'ai frotté, occiput, sinci-*

*put; ma foi, rien ne vient bien!* Le docteur Gall
lui-même a dû se gratter le sinciput pour enfanter
heureusement son système. Mais dans les affections de l'âme, dans l'amour, dans la mélancolie,
dans la terreur, n'est-ce pas au cœur, à la poitrine, au diaphragme, que nous nous sentons
oppressés? N'est-ce pas contre son cœur que l'on
presse son enfant, son ami, sa maîtresse? Un
amant s'est-il jamais avisé de dire à sa belle : « Je
vous aime de toute ma tête? » Et vous, mon ami,
quand vous êtes près de la vôtre, vous prend-il
envie de vous gratter l'occiput pour lui prouver
votre tendresse? Vous voyez donc bien qu'un
mouvement machinal ne prouve rien relativement
au siége de l'âme, et que le docteur a maladroitement confondu nos affections et nos passions
avec les opérations de notre esprit, en logeant le
tout dans le couvercle de la même boîte. Je crois
pouvoir ajouter ici une observation beaucoup plus
juste, et peut-être plus neuve que les découvertes
du docteur. C'est par les sens que nous avons des
idées distinctes des objets extérieurs; car quand on
vous prononce les mots *pêche* ou *orange*, vous ne
vous feriez pas une image de ces fruits, si vos sens
n'avaient pas reconnu leur forme, leurs couleurs,
leur saveur et leur odeur. Or, des cinq sens que
nous possédons, il y en a quatre placés exclusivement dans la tête, et le cinquième est commun
à la tête et au reste du corps : il n'est donc pas
étonnant que notre tête travaille dans la méditation

et la réflexion, puisque le laboratoire des idées se trouve là ; et n'est-il pas plus raisonnable d'attribuer ce travail à l'occupation des sens renfermés dans la boîte, qu'à l'influence de certaines bosses répandues sur le couvercle ? Voilà ce qui explique assez bien la tension que nous éprouvons au cerveau, dans les opérations de l'esprit. Mais, je le répète, les affections de l'âme peuvent avoir tout autre siége, puisque nous en éprouvons les commotions dans toute autre partie : et quand on me prouverait que l'organe de la circonspection et celui de la théosophie sont logés dans le crâne, ce ne serait point une raison pour y placer pêle-mêle ceux de l'amour physique et de la dispute, ceux du meurtre et de l'amitié.

» Si maintenant nous examinons la nomenclature et la théorie de ces prétendus organes, nous croyons lire le voyage de Cyrano de Bergerac dans la lune, ou celui de Klymius dans le monde souterrain, ou le roman de *Lamékis*, par le chevalier de Mouy. Dites-moi, mon ami, ce que c'est que l'organe du vol. Le vol existe-t-il dans la nature, où tous les biens sont en commun ? Si ces biens n'avaient pas été partagés ; si les lois religieuses ou civiles ne nous empêchaient pas de saisir tout ce qui nous plaît ; s'il n'y avait aucune honte attachée à l'accomplissement de ce désir, nous aurions donc tous l'organe du vol, car il n'est personne qui ne souhaite ce qui lui convient? Or, comment un organe qui donne des penchans

irrésistibles et innés , peut-il dépendre des institutions sociales ? Quel était l'organe du vol chez le
Spartiate , qui était honoré quand il volait avec
adresse, et puni quand il dérobait maladroitement ?
Quel est cet organe chez l'enfant qui prend votre
montre et votre bourse , et les jette au premier
venu , sans savoir qu'il est voleur dans le premier
cas , et libéral dans le second ? La nature attend-
elle nos traités de morale et notre code criminel
pour modifier les penchans innés qu'elle nous
donne ?

» L'organe du meurtre est tout aussi ridicule.
Le docteur ne veut sûrement pas parler de l'homicide , car il retrouve l'organe du meurtre chez
les animaux féroces qui , dieu merci , ne mangent
pas toujours des hommes. Il ne parle donc ici que
de l'action de tuer ; or , quiconque se nourrit de
chair a nécessairement l'organe du meurtre , depuis le tigre qui dévore un bœuf, jusqu'à la mou-
che ichneumone qui suce un puceron. L'homme ,
qui a quatre dents canines , et qui est carnivore ,
a donc aussi l'organe du meurtre ; et le docteur
pourrait bien prendre pour un assassin un fort
honnête campagnard qui ne serait qu'un chasseur
déterminé , vous , par exemple , mon ami, qui
avez tué plus de lapins en Champagne , que le plus
grand brigand n'a tué d'hommes dans la forêt des
Ardennes. On rencontre toujours la même confusion dans les idées du docteur , et il mêle ici
les lois imprescriptibles de la nature avec les lois

arbitraires de l'homme, comme il a confondu les affections passives de l'âme avec les opérations actives de l'esprit.

» Que dirai-je à présent de l'*organe des voyages*, qu'il trouve dans le crâne du capitaine Cook, et dans celui des hirondelles ? De l'organe de l'architecture, qui pousse sur la tête du castor comme sur celle de Vitruve ou de Palladio ? De l'organe des *tons*, que les rossignols champenois possèdent tous, tandis que les Garat sont rares parmi les hommes, même à Paris ? En vérité, mon ami, quand j'ai lu tout cela, j'ai cru tenir les *Mille et une Nuits*; et si M. Gall avait été près de moi, je lui aurais dit : *Docteur, si vous ne dormez pas, faites-nous un de ces beaux contes que vous savez.* »

Tel est, mon cher cousin, la substance du discours de M. Bonsens sur le système crâniologique; je vous parlerai, dans une autre lettre, des considérations morales qui découlent de la même doctrine.

*Votre cousin*, BÉLIER.

# LETTRE V.

PARALLÈLE ENTRE XÉNOPHON ET FÉNÉLON.
HERCULE PLACÉ ENTRE LA VOLUPTÉ ET LA VERTU ;
PAR M. COURNAND.

Ce Jeudi 14 Janvier 1808.

JE prends bien part, mon cher cousin, à la
cruelle insomnie qui vous travaille ; mais au moins
cette maladie ne pouvait vous survenir plus à propos que dans ce moment où je puis vous être de
quelque secours : je vais vous rendre compte d'une
séance littéraire de l'Athénée de Paris. Si je n'ai
pas l'espoir de vous amuser, il me reste celui de
vous faire dormir ; je serai bien maladroit si je n'y
réussis pas.

Mon cousin, connaissez-vous M. Cournand ?
Non. Tant pis pour vous ! vous êtes bien provin-
cial. Apprenez donc que M. Cournand est un
homme fort instruit, et qui, de plus, instruit les
autres. Il est professeur de littérature, et traducteur aussi infatigable que l'abbé de Marolles et le
président Cousin. Ce M. Cournand a fait, lui seul,
les frais et les honneurs de la séance : il nous a lu
un gros morceau de prose et une longue pièce de
vers..... Eh bien ! dormez-vous ? Non. Continuons.
J'observe depuis long-temps que la mode influe

sur la littérature, comme sur la manière de se
vêtir et de se meubler. Au commencement du
siècle dernier on avait la manie de faire des *parallèles*. J'en ai lu trente, de bon compte, entre
Alexandre et César, une centaine entre Homère
et Virgile, et des milliers entre Corneille et Racine. Un parallèle est une riche matière pour une
amplification de rhétorique, l'antithèse y domine,
et vous savez que l'antithèse constitue principale-
ment ce que nous nommons *de l'esprit*. M. Bonsens n'aimait pas trop les parallèles; il disait que
l'auteur y cherchait toujours plus le brillant que la
justesse; qu'il modelait son sujet sur la forme qu'il
s'était prescrite, et qu'il étendait ses héros sur le
lit de Procuste, pour y allonger ce qui était trop
petit, ou raccourcir ce qui était trop grand. M. Bonsens avait toujours à la bouche quelques dictons
populaires; il savait plus de proverbes que San-
cho-Pança, et le bonhomme, en parlant des parallèles, nous disait souvent : *Comparaison n'est
pas raison.*

Malgré la sagesse de ce proverbe, et l'opinion
de M. Bonsens, la mode des parallèles est reve-
nue, et M. Cournand nous en a lu un fort beau
entre Xénophon et Fénélon. Maintenant, mon
cousin, je suis bien sûr que vous ne dormez pas :
vous êtes trop étonné de voir comparer un capitaine grec à un archevêque de Cambrai. Si du
moins l'auteur eût choisi cet archevêque de Bordeaux, ce fameux Sourdis, qui tenait le bréviaire

d'une main et le sabre de l'autre , ou le cardinal
de la Vallette qui commanda nos armées et
mourut au lit d'honneur, ou même ce Jules II ,
qui , le pot en tête et la dague à la main , entrait
par la brêche dans une ville qu'il avait conquise ,
le parallèle eût été soutenable ; mais un intrépide
guerrier et le plus doux des évêques! Mais le ci-
toyen d'un petit état populaire et le prélat d'une
grande et fastueuse monarchie! Vous avouerez que
les points de contact ne sont pas nombreux dans
la comparaison.

Vous allez bonnement croire , d'après cela ,
que l'orateur a été embarrassé ; point du tout :
le parallèle est complet , et je vais vous en donner
la preuve. D'abord Xénophon était enfant de bonne
maison , et Fénélon aussi ; il n'y a rien à répliquer à cela ; ensuite Xénophon était religieux ,
et Fénélon était religieux ; il est vrai qu'ils l'étaient
d'une façon différente ; mais c'est égal , et l'on
peut désormais faire un parallèle entre le pape et
le grand turc , par la raison que tous deux croient
en Dieu. Xénophon a fait *la Cyropédie,* et Fénélon *le Télémaque* : c'est ici le pivot de la comparaison ; car tandis qu'on dispute pour savoir si *la
Cyropédie* est un roman ou une histoire, on dispute de même pour décider si *le Télémaque* est un
poëme ou un roman : l'archevêque a écrit des ser-
mons , et le capitaine a écrit la *Retraite des Dix
Mille* ; Fénélon a fait un *Discours sur l'Éloquence
de la Chaire* , et Xénophon un *Mémoire sur les*

3.

*revenus de l'Attique;* le prélat enfin nous a laissé
un *Traité sur l'Éducation des Filles*, et le capitaine en a composé un *sur l'Éducation des Chevaux*. Vous voyez[1], mon cher cousin, que ces
deux hommes se ressemblent on ne peut davantage; et si l'on ajoute que Fénélon était l'ami
de madame Guyon, et Xénophon l'ami d'Aspasie;
que Xénophon était aimé de Socrate, et que
Fénélon n'était pas aimé de Louis XIV; que le
capitaine a fait l'éloge d'Agésilas, et l'archevêque
l'apologie de la bulle *Unigenitus*, nous aurons
le parallèle le plus parfait qui ait jamais existé.

Il y a quelque temps que M. Gail avait aussi
fait un parallèle entre Théocrite et Virgile, et, en
franc helléniste, il ne balançait pas à donner la
préférence au poète grec. M. Cournand a été plus
timide dans ses décisions; mais il était visible qu'il
penchait aussi pour la Grèce, et il a relevé d'assez
nombreux défauts dans les écrits de Fénélon, sans
nous en faire remarquer un seul dans l'auteur de
*la Cyropédie*. Mon cousin, les Grecs sont à la
mode: on se coiffe, on s'habille, on se meuble à
la grecque. M. Villoteau nous prouve que la musique grecque valait mieux que la nôtre. M. Du-
reau-Delamalle assure que les Grecs en savaient
tout autant que nous en géographie. La question
de prééminence est décidée en faveur des anciens:
Dacier triomphe, Charles Perrault ne sait ce qu'il
dit; et si jamais les anciens et les modernes se
trouvent en rase campagne, le capitaine Xénophon

battra l'archevêque de Cambrai. M. Bonsens avait aussi cette opinion sur les écrivains de l'antiquité : « Ce sont nos maîtres, disait-il, et les plus grands » parmi les modernes sont ceux qui ont le mieux » imité les anciens. » Pour moi, mon cher cousin, je ne sais que croire, car bien des gens d'esprit m'assurent que M. Bonsens n'a pas le sens commun.

Je vais cependant me permettre à cet égard une réflexion qui vous fera un grand bien, les réflexions étant considérées comme excellent soporifique. Outre que M. Bonsens pourrait bien avoir raison quand il admire les anciens, nous avons tous un penchant naturel à préférer le passé au présent, et plus on avance en âge, plus on devient *laudator temporis acti.* Non-seulement nous sommes portés à louer le bon vieux temps, mais nous nous persuadons même que dans l'espace de quelques années la nature a beaucoup changé à son désavantage. Écoutez les vieillards : les vignes ne gelaient pas dans leur jeunesse, le printemps était plus doux, les fleurs avaient plus de parfum, les femmes étaient plus aimables. Cela veut dire qu'alors ils voyaient tout avec des yeux jeunes, qu'ils étaient contens de tout, parce qu'ils étaient contens d'eux-mêmes. Voilà, je pense, tout le secret de cette prédilection pour les temps qui ne sont plus, et qu'on regrette.

Eh bien, mon cher Lourdet, dormez-vous? Pas encore. Votre mal est bien tenace. Allons,

ayez patience : je vais vous parler des vers de
M. Cournand. Cet orateur, devenu poète, nous a
lu une longue pièce intitulée : *Hercule placé entre
la Vertu et la Volupté.* Vous vous souvenez sans
doute d'un joli intermède de Métastase sur le même
sujet, qui appartient à Xénophon. Le poète italien
a mis en action ce que M. Cournaud s'est contenté
de nous raconter. Dans l'*Alcide ad bivio,* Edo-
nide et Aretea se disputent le cœur d'Hercule,
qui en valait bien un autre ; et ce combat donne
lieu à mille *concetti* fort agréables et fort bien
tournés : Hercule lui-même y fait de l'esprit, et
finit par chanter un fort joli quatuor avec le *Bonsens,* la *Volupté* et la *Vertu.*

Les personnages de M. Cournand ne chantent
point, et ils ne font pas d'esprit : Alcide soutient
long-temps, *et les assauts du vice et ceux de la
vertu ;* mais l'assaut de la vertu est le plus vigoureux, et le demi-dieu capitule. Les vers de
M. Cournand sont fort honnêtes, et faits en conscience ; ils ont douze syllabes bien comptées, des
césures franches, et des rimes suffisantes, quoiqu'un peu mesquines. Cette remarque vous paraîtra puérile ; mais j'ai toujours vu que ceux qui
font les bons vers sont aussi ceux qui riment le
mieux. Au reste, M. Cournand dit des choses
fort raisonnables ; sa *Volupté* parle peu ; il a craint
de donner trop de plaisir à ses auditeurs : ce qui
eût été dangereux pour le but qu'il se proposait. En revanche, sa *Vertu* ne *déparle* pas ; et je

crois qu'Alcide se rend de guerre lasse. Cette vertu est tout le contraire de la *Volupté*: aucun des auditeurs ne songeait au plaisir en l'écoutant, ainsi l'on peut dire qu'Alcide a été vaincu et non séduit.

Mais que vois-je, cousin? Vous dormez, vous ne répondez pas : Dieu soit loué ! le charme opère. Qu'on dise maintenant que la littérature n'est bonne à rien ! Bonsoir !

*Votre cousin* BÉLIER.

## LETTRE VI.

### CLÔTURE DE L'ATHÉNÉE.

*Le champenois Lourdet à son cousin Bélier.*

Ce Mardi 19 Juillet 1808.

OH ! que vous avez bien fait de quitter Paris, mon cher cousin, et que j'ai bien fait d'y venir pour y rétablir la réputation champenoise. Vous aviez soulevé contre vous toutes les tavernes du Parnasse, et partout on criait haro sur le Bélier. Dieu sait ce qui vous serait arrivé, si vous ne vous étiez hâté de prendre le coche, et de retourner dans la bonne ville où les Champenois boivent

le vin sans mélange, et ont assez de bon sens pour
ne point aimer le faux esprit.

Mais aussi quelle était votre imprudence! Pourquoi vouloir chagriner tant d'honnêtes ouvriers,
dont les fabriques de prose et de vers font prospérer tant de fabriques de papier, et forment aujourd'hui une branche de commerce si utile à
l'Etat? Que vous importe qu'on fasse de mauvais
vers, pourvu qu'on en fasse beaucoup? Si un
petit auteur n'est rien en ce monde, mille petits
auteurs sont quelque chose, et nous devons toujours respecter en gros ce qu'il nous est permis de
mépriser en détail.

En arrivant à Paris, je me suis malheureusement jeté dans la fourmilière des auteurs que vous
avez offensés. A ma figure moutonne, ils m'ont
reconnu pour votre cousin; l'un d'eux s'est écrié,
comme Palingène :

*Agnorum sub pelle lupi tua limina tangunt.*

Tous les aiguillons se sont tournés contre moi,
et j'étais perdu si je n'avais désarmé leur fureur
en désavouant la parenté. Je leur ai donné de
grands éloges; ils m'ont trouvé un goût exquis;
nous nous sommes embrassés aussi cordialement
qu'ils s'embrassent entre eux, et la paix a été jurée
en buvant du Champagne, que jusqu'ici vous leur
aviez fait prendre en aversion. J'ai composé sur-le-
champ, pour la présidente du bureau d'esprit, un
joli petit madrigal, où il n'y avait que trois fautes

de langue et deux mauvaises rimes en douze vers,
et tous les honorables membres s'écrièrent en
chorus : *Dignus est, dignus intrare in nostro
docto corpore!*

Pour entretenir cette bonne intelligence, je me
suis fait un plan de conduite dont je ne m'écarterai jamais. Je trouverai de l'esprit à tous les hommes, et de la fraîcheur à toutes les femmes ; je
dirai du mal de tous à chacun d'eux en particulier,
et du bien de tous en public ; je bâillerai aux tra-
gédies de Racine, et, si je le puis, je me garderai
de rire aux comédies de Molière ; je préférerai *les
pièces de bon ton* aux bonnes pièces, les auteurs
qui ont *du trait* aux auteurs qui ont du bon sens,
et les poètes *qui font bien le vers* aux poètes qui
font de bons vers ; je me ferai souteneur de coteries, et conséquemment aux principes de certain
docteur, je déclarerai que les facultés de l'esprit
sont dues à des organes matériels : vérité que démontrent les vers et la prose qui sortent tous les
jours de ces fabriques. Vous voyez, mon cher
Bélier, que je vais devenir un Pangloss : c'est le
meilleur des rôles que l'on puisse jouer dans le
meilleur des mondes.

Vous n'avez connu qu'une seule Académie, et
moi, en très-peu de jours, j'en ai déjà découvert
une douzaine. Outre la véritable, où siégent les
chanoines de la littérature, il y a des Académies
de candidats ; d'autres Académies encore, com-
posées de ceux qui aspirent à être candidats à leur

tour ; et comme , dans la révolution , nous avons
eu des hommes *soupçonnés d'être suspects* , nous
avons des auteurs qui aspirent à être aspirans :
tant il est vrai de dire qu'il n'est pas si petit coin
où l'ambition n'aille se fourrer.

L'une de ces réunions est constamment pré-
sidée par une femme : ce choix est fort sage ; car
l'homme ne se connaît jamais bien lui-même , et
la femme connaît bien l'homme. Les membres de
cette grande coterie sont les premiers postulans à
la première Académie , et attendent impatiemment
la mort de quelque chanoine pour demander son
bénéfice. Dès que la cloche funèbre annonce qu'il
y a mortalité au Parnasse , les candidats accaparent
tous les fiacres de la capitale, vont faire les visites
d'usage , et frappent à toutes les portes de la Renommée.

La seconde coterie est entièrement composée
de femmes : on y parle latin , on y fait de la métaphysique , mais on y affectionne particulièrement la critique et l'histoire. La critique sur-tout
doit y prospérer , car ces dames connaissent beaucoup mieux nos défauts que les leurs : elles ne se
contentent pas de proclamer le mérite des femmes ,
elles professent hautement leur prééminence sur
nous , et elles travaillent , dit-on , à se faire admettre à la première Académie où d'antiques fauteuils vont se transformer en bergères élégantes.

Après ces deux grandes coteries viennent les
médiocres et les petites, dont les prétentions ne

sont ni petites ni médiocres ; après les petits auteurs
viennent les nains, après les nains les Lilliputiens,
après les Lilliputiens les microscopiques, après
les microscopiques les atômes. Quelque innombrables qu'ils soient, aucun d'eux ne renonce à
l'espoir d'être l'un des quarante : les uns se fon-
dent sur ce qu'ils ont fait, les autres sur ce qu'ils
ont eu le bon esprit de ne pas faire, et les moindres attendent quelqu'heureuse épidémie qui éclair-
cisse les rangs et vide les fauteuils. En effet, les
chances de la nature sont incalculables ; il ne faut
qu'une bonne peste ou une fièvre jaune pour faire
un académicien d'un auteur de mélodrames ou
d'un faiseur de notices.

A propos, mon cher cousin, je suis allé jeudi
dernier à l'Athénée de Paris ; depuis près de trois
mois, il n'y avait pas eu de séance littéraire. Avec
vous la muse des vers était retournée en Champagne ; avec moi elle est rentrée dans le laboratoire chimique de la rue du Lycée. Cette séance,
qui était celle de la clôture, avait attiré la foule des
curieux malgré une chaleur de 27 degrés $\frac{3}{10}$,
savamment observée par M. Chevallier. J'observe
à mon tour que la première séance de cet Athénée
attire beaucoup de monde, et la dernière encore
davantage ; les poètes de cette société ressemblent
à cet égard à certains prédicateurs champenois qui
nous font grand plaisir quand ils commencent,
et un plus grand quand ils finissent.

Cette clôture a été brillante : trois pièces de vers

ont rafraîchi les spectateurs entassés dans cette
enceinte brûlante ; mais la seconde pièce sur-tout,
qui est une comédie de M. Murville, a tellement
tempéré l'atmosphère, que l'on aurait pu craindre
des pleurésies et des fluxions de poitrine, si une
jolie petite pièce de vers de M. Jouy n'avait réchauffé l'air et rétabli la transpiration.

La première de ces trois pièces est une critique
des voyages. L'auteur, qui demeure à la montagne
Sainte-Géneviève, y a pris racine, et se moque des
fous qui vont courir le monde, tandis qu'on peut
trouver le bonheur sans sortir de chez soi. A la
vérité, si tous les hommes pensaient comme lui,
nous n'aurions ni le sucre, ni le café, ni mine
d'or, ni bon vin qui nous damne ; mais l'auteur
nous dit fort bien qu'il y avait des gourmands
avant la découverte de l'Amérique, et que nos
bons aïeux n'étaient ni moins gras, ni moins
joyeux dans le temps où l'on n'avait pas la manie
de voyager. Cette pièce est une paraphrase du proverbe qui dit : *Pierre qui roule n'amasse pas de
mousse ;* et les spectateurs ont justifié le poète,
car ils se sont bien repentis d'avoir entrepris le
voyage de l'Athénée.

Après cette lecture, M. Murville s'est établi sur
la chaise, car l'Athénée n'a pas de fauteuils : il a
promené ses regards sur la brillante assemblée ;
puis il a longuement et lentement débité une espèce de comédie intitulée : *Les Journalistes de
Madrid.* Le but de l'auteur est de prouver combien

la critique amère est odieuse, et combien les per-
sonnalités sont criminelles : c'est pourquoi il introduit dans sa pièce trois journalistes connus,
dont il défigure grossièrement les noms, de manière cependant qu'on ne puisse s'y méprendre ;
et pour nous donner à tous une leçon de politesse,
il parle de *coups de bâton*, de *galères*, de *car-
can*, et d'autres bagatelles de ce genre, exprimées
en vers analogues ; et il prouve très-bien que si
l'urbanité et le bon goût son bannis des journaux,
ils se sont réfugiés à l'Athénée de Paris, dont
M. Murville est l'une des plus grosses et des plus
fermes colonnes.

Aux journalistes qui figurent dans ce chef-d'œuvre dramatique, l'auteur associe une dame qui
exerce la critique littéraire, et qui a pour teintu-
rier un don Fino, autrement appelé *Cher Ami*.
Cette circonstance m'a révélé un grand secret :
j'ai pensé que plus d'un *cher ami* travaillait à l'A-
thénée des dames, et que les dames, au contraire,
prêtaient leurs plumes et leur esprit à l'Athénée
masculin. En effet, la comédie de M. Murville a
été lue dans tant de coteries, et commentée par
tant de présidentes, qu'elle pourrait passer pour
un ouvrage de femme, si la dureté des vers et la
crudité des expressions ne nous rappelaient sans
cesse qu'elle est le fruit d'un talent mâle, qui se
met au-dessus de toutes les bienséances.

Les journalistes de Madrid conspirent contre
les auteurs, qui sont Michel Cervantes, Alonzo

d'Ereilla, Antonio de Solis, et quelques autres noms modestes, qui cachent sans doute des auteurs de la coterie de M. de Murville. Le chef des critiques leur tient un discours plein d'éloquence, où l'on remarque ses trois beaux hémistiches :

> Dans mes bonnes neuvaines,
> Mon vieux sang, mes amis, bout encor dans mes veines.

Au milieu de ce conciliabule, ils reçoivent une invitation de se rendre près de don Juan d'Autriche. Ce prince les reçoit avec politesse, et dit beaucoup de mal des auteurs ; puis il ajoute que l'Empereur (Charles-Quint) est attendu à Madrid, et il invite les journalistes à composer un compliment pour l'arrivée du souverain. Les journalistes de M. Murville se mettent à l'ouvrage, et font, dit l'auteur, toutes les grimaces qui annoncent un travail dur et pénible. Cette pantomime a été rendue par M. Murville avec tant de vérité, qu'elle m'a rappelé certaine tragédie d'Abdélasis, où l'auteur avait été aussi bon comédien que bon poète. Don Juan revient ; les journalistes lui présentent leurs ouvrages, qui sont des chefs-d'œuvre de mauvais goût et de ridicule : destinée inévitable de tous les personnages que M. Murville met en scène, dans quelque genre qu'il compose. Mais les auteurs ont fait aussi leur compliment au souverain, et, comme de raison, celui-ci est délicieux et admirable. Le prince indigné chasse les journalistes, et donne la rédaction des journaux aux auteurs : *belle conclusion, et digne de l'exorde.* Ce qui vous paraîtra remarquable, c'est que ce terrible M. de Murville est journaliste lui-même. Un auteur qui le chérit et qui le protège a long-temps sollicité pour le faire admettre à la rédaction des journaux accrédités ; mais, repoussé de partout, M. de Murville a été réduit à écrire pour une feuille obscure, pour les coteries et pour les Athénées. Depuis ce temps il prône les auteurs qu'il voulait déchirer ; il décrie les journalistes qu'il voulait servir, et il médit du journal qu'on lit le plus dans le journal qu'on lit le moins.

Après cette comédie, dont la lecture avait fait baisser jusqu'à zéro tous les thermomètres de l'Athénée, on a réchauffé les auditeurs par une jolie pièce de vers de M. Jouy : elle est intitulée *le Testament de l'Amour.* Il y a beaucoup de grâce et d'esprit, indépendamment de toute comparaison avec la comédie qui l'avait précédée, et qui aurait fait trouver excellent un ouvrage moins agréable. Ce *Testament de l'Amour* m'a rappelé l'*Epitaphe de l'Amour,* composée il y a six cent trente ans, par notre bon seigneur Thibault, comte de Champagne, qui était si bon poète et si mauvais politique. La voici telle qu'elle fut lue, dans le treizième siècle, à l'Athénée de Provins ou de Château-Thierry :

Ci-gist Amour, qui bien aimer faisoit ;
Les faux amans l'ont jeté hors de vie :
Amour vivant n'est rien que tromperie ;
Pour franc Amour, priez Dieu, s'il vous plaît.

Ce quatrain n'est pas digne de l'Athénée de Paris, ni de celui des dames : mais je suis bon Champenois, j'aime les vieux vers et les vins vieux; et tout ce que j'entends, tout ce que je bois à Paris, me confirme dans mon vieux goût.

*Votre cousin*, LOURDET.

# SÉANCE D'OUVERTURE.

DISCOURS DE M. AZAÏS SUR LE SYSTÈME UNIVERSEL.

DE tout temps, les philosophes ont voulu expliquer le système du monde, et ils ont eu l'ambition de remonter à la première cause. Plusieurs
d'entre eux ont cru l'avoir trouvée ; un plus grand
nombre ont voulu faire croire qu'ils avaient fait
cette découverte sans en être persuadés eux-mêmes,
car il était impossible qu'ils ne s'aperçussent pas
de l'insuffisance de leurs moyens et des nombreux défauts de l'édifice qu'ils élevaient. Plusieurs
aussi ont présenté des systèmes dans le seul but
de se rendre célèbres, et d'étonner les hommes
par des idées nouvelles et extraordinaires. L'idée
d'une cause unique et d'un seul agent est sans
doute bien naturelle ; car presque tous les auteurs
de cosmogonies l'ont d'abord adoptée, et n'ont
admis une seconde cause que quand il leur a été
impossible d'attribuer à une seule les contradictions apparentes que l'on remarque dans le mécanisme de l'univers. Aucun de ces philosophes
n'a réussi. Ils ont tous brillé plus ou moins long-
temps : quelques-uns même ont asservi l'esprit
humain pendant des siècles ; mais l'observation,

CRITIQUE. T. I:        4

cette terrible ennemie des systèmes, les a successivement détruits, et a placé au rang des romans
ingénieux les écrits que leurs auteurs avaient appelés
l'*Histoire de la Nature.* Les plus vraisemblables
de toutes ces conjectures avaient toujours un vice
radical : c'était de vouloir tout expliquer par une
première cause qui avait elle-même besoin d'explication. Je ne connais aucun philosophe qui soit
parti d'un fait reconnu, indubitable et constamment reproduit dans la nature, pour lui assigner
une cause non moins évidente, constamment agissante, et qui pût seule expliquer tous les faits. S'il
s'était trouvé un homme qui eût rempli toutes ces
conditions, le système du monde serait connu ; la
première cause ne serait plus un mystère, et la
science serait désormais bornée à la connaissance
des faits particuliers qui se rattacheraient d'autant
mieux à la première cause, qu'ils seraient plus parfaitement connus.

Ce n'est qu'après bien des naufrages que les fai-
seurs de systèmes ont senti qu'il leur fallait une
boussole pour voguer dans l'Océan sans bornes qui
nous enveloppe, et un fil sûr pour oser pénétrer
dans le dédale immense et tortueux de notre pla-
nète. La plus petite molécule de matière est aussi
effrayante que les plus grands corps célestes, aux
yeux du philosophe qui veut tout expliquer.

Ce n'est guère que dans le dernier siècle que
l'on a reconnu la sagesse de ce principe : que tout
ce qui n'est pas fondé sur l'observation et l'expé-

rience ne peut offrir qu'un résultat vague et in-
certain. On s'est donc, bien tard, décidé à observer les faits, parce qu'on a senti bien tard que,
sans la connaissance des faits, on ne pouvait espérer de remonter à la cause générale.

Je ne suis point étonné que cette marche, prescrite par la sagesse, n'ait pas toujours été celle de
l'esprit humain. La longueur et le nombre des si-
nuosités qu'il fallait parcourir pour suivre la seule
route sûre, a effrayé les voyageurs; ils ont voulu
suivre la ligne droite, et se sont égarés en croyant
prendre le plus court chemin. La lenteur nécessaire dans l'observation et l'expérience; la brié-
veté de la vie; la multitude de faits à observer, à
constater; la certitude que la vie la plus longue est
insuffisante pour l'étude d'une seule branche de la
science; l'orgueil de l'homme, enfin, qui dédaigne
une gloire partielle, et ambitionne un triomphe
complet : tous ces obstacles ont glacé l'imagination des penseurs, fatigué leur patience, et les ont
détournés de la seule route qui pût les rapprocher
de la vérité; et je dis *rapprocher,* car je ne crois
pas que jamais ils y arrivent.

Sans doute il est bien plus agréable et plus court
d'imaginer une cause générale, que d'interroger et
comparer tous les effets; mais le désir de tout rapporter à cette cause rend le philosophe inexact,
et même injuste. Il ne peut se résoudre à renoncer à ce qu'il nomme sa découverte; il ne se sent
pas le courage de recommencer un nouveau tra-

4.

vail : dès-lors, il prend le parti de faire plier tous
les faits pour les rattacher à la prétendue cause ;
il nie ceux qui lui sont contraires, exagère ceux
qui lui paraissent favorables ; il en imagine même
qui n'ont jamais existé ; il répète enfin, sur tous
les membres de la nature, l'opération que Procuste faisait sur les malheureux qui tombaient
entre ses mains. Cette méthode, qui a si long-
temps entravé et déshonoré la science, est absolument décriée aujourd'hui ; nous n'admettons
plus que les fruits de l'observation, les résultats
de l'expérience ; et, pour me servir des expressions de M. Azaïs, l'horreur des systèmes est devenue notre système.

Malgré cette révolution dans l'opinion des
hommes, il n'était pas possible que tous les savans
ou tous les penseurs doués d'une imagination vive
renonçassent à l'orgueilleux espoir de découvrir
ce que tous avaient cherché, ce qu'aucun n'avait
pu connaître ; mais, plus sages et plus instruits
par les erreurs même de leurs prédécesseurs, ils
ont interrogé la nature dans la seule langue qui
lui convienne ; ils l'ont recherchée par la seule
route où l'on puisse espérer de l'atteindre.

Si la littérature a dégénéré, l'on ne peut nier au
moins que la science n'ait fait d'immenses progrès ;
et le premier de ces deux effets est peut-être une
conséquence du second. Dans tous les genres,
nous possédons des savans du premier ordre, et
l'instruction n'a jamais été aussi générale qu'elle

l'est aujourd'hui. Tous les faits particuliers ont été observés, un grand nombre de ces faits sont bien connus, et le fil de l'analogie nous met sur le chemin de ceux qui se dérobent encore à nos recherches. La science universelle semble donc attendre un homme qui réunisse tous ses membres épars pour en composer un corps; qui fasse disparaître les contradictions apparentes, qui fasse tout découler d'un premier principe, et qui nous montre un seul univers, un seul système dépendant d'une seule cause. Ce que je viens de dire, un homme prétend l'avoir fait, et c'est homme est M. Azaïs. Il n'admet ni doute, ni peut-être, ni *à-peu-près*; il s'annonce comme certain de convaincre; il défie ses auditeurs de conserver le plus léger doute quand il leur aura exposé sa découverte. Bien loin de chercher à séduire les esprits et à capter leurs suffrages, il provoque hautement la contradiction et la critique : si un seul fait est contraire à son système, il consent à regarder son système comme entièrement faux; et si l'exposition qu'il en fait laisse la moindre obscurité; si elle n'est pas clairement comprise par tout homme raisonnable, il veut que le défaut d'être entendu soit considéré comme une réfutation.

A cette première séance, la curiosité avait attiré un si grand concours d'auditeurs, que la chaleur y était excessive, et paraissait même incommoder l'orateur. Cependant il a été écouté constamment avec plus d'attention qu'on n'en remarque ordinairement dans les grandes assemblées. M. Azaïs a d'abord parlé des efforts que l'esprit humain a faits dans tous les temps pour pénétrer jusqu'au premier principe ; il a ensuite considéré tous les hommes réunis comme un seul homme qui, toujours existant, se serait toujours occupé de l'étude de la nature, en rectifiant ses premières notions, et en substituant une vérité à une erreur, ou une erreur à une autre. Après ce préambule, il a établi en principe que l'unité de cause et d'action doit être la première loi de l'univers ; puis il a exposé comment il s'est occupé de la recherche de cette cause. Je pense, comme M. Azaïs, qu'une cause universelle et unique est ce qu'il y a de plus satisfaisant pour la raison ; je crois que les premières lois de la nature doivent être extrêmement simples, et que leur expression ne doit renfermer qu'un seul terme ; mais devons-nous juger de la simplicité de la nature par la simplicité de notre conception ; et la plus grande simplicité possible consiste-t-elle nécessairement dans l'unité ?

Quoi qu'il en soit de cette observation que je présente avec défiance, M. Azaïs nous dit qu'il a d'abord cherché cette cause universelle dans la *pesanteur;* mais ne pouvant considérer la pesanteur comme une propriété inhérente à la matière, il a reconnu qu'elle n'est elle-même qu'un effet, et il en a recherché la cause. Il nous a présenté ensuite le plan de son ouvrage qui repose sur ces vérités ou sur ces propositions : « Tous les mou-

» vemens qui s'exécutent dans l'univers peuvent
» être partagés en deux ordres : les mouvemens
» de gravitation ou de rapprochement, et les mou-
» vemens de séparation ou de répulsion. La
» somme des mouvemens du premier ordre est
» constamment égale à la somme des mouvemens
» du second. Ainsi, le principe général, sans ja-
» mais cesser d'être universel, doit se partager en
» deux exercices opposés, ou plutôt se balançant
» l'un par l'autre. » On avait déjà reconnu ces
deux *exercices opposés* que l'on avait nommés
principes ; mais M. Azaïs leur donne un principe
unique et universel qu'il promet de nous faire connaître ; et, s'il tient parole, il fera ce que personne n'a fait avant lui. Après nous avoir révélé
cette premiere cause, qui ne sera plus une hypothèse ou un mystère, il l'appliquera à tous les effets
de la nature : il s'occupera successivement de la
physique, de la chimie, de l'astronomie, de la
géologie, de la physiologie ; puis il entrera dans
ce vaste labyrinthe que nous nommons métaphysique, en traitant de l'âme, de l'idéologie, de nos
affections, de nos sentimens, de nos passions,
entre lesquelles il établira des nuances bien fines
sans doute, et peut-être arbitraires. Mais comme
M. Azaïs s'est borné, dans ce discours, à faire pressentir son principe et à nous faire des promesses,
il ne m'est pas permis de préjuger sur la validité
de son système. Tout ce que je puis dire actuellement, c'est que son style est toujours simple,

clair et noble , comme l'exige la majesté du sujet.
On y a surtout remarqué une parfaite propriété de
termes ; qualité extraordinaire quand on embrasse
toutes les sciences , et qui prouve que l'auteur a
des connaissances très-étendues. Une particularité
surtout le distingue de tous les hommes à systèmes :
c'est qu'il exclut toute hypothèse , et qu'il n'admet pour preuve de sa théorie , que des faits certains , reconnus et avoués par tous les savans. La
partie métaphysique de son discours a plu moins
généralement aux auditeurs : ils n'ont pu croire
qu'à l'aide de sa cause universelle il pût jamais
nous expliquer l'origine , les effets , les variations,
les bizarreries même de nos idées , de nos affections et de nos sensations. Je partage cette défiance ; mais il faut écouter avant de contredire.

———————

## Séances des 9 et 20 Décembre 1809.

### M. LENOIR ET M. LEMERCIER.

L'OUVERTURE de cette académie secondaire ,
annoncée pour le mois de novembre , prorogée
ensuite jusqu'au 1er décembre , a eu lieu enfin
le 9 de ce mois. On aurait bien tort de se plaindre de ce retard ; il ne peut être imputé à la négligence des administrateurs , puisque tous les
cours étaient en activité vingt jours après l'époque
promise ; si ce n'est cependant que sur douze , il

y en avait encore neuf retardés, et que dix jours après l'ouverture, les *mathématiques*, la *langue anglaise*, la *botanique* et la *physique végétale* s'y faisaient encore espérer.

Cette sage lenteur était d'un bon augure : on ne l'attribuait qu'au désir de satisfaire le public ; et les abonnés s'attendaient à une ouverture bien brillante, puisqu'on s'y était si longuement préparé. Je n'avais pas, je l'avoue, la même confiance : j'avais souvent remarqué que les pièces de théâtre dont les titres sont long-temps sur l'affiche, sont précisément celles qui y restent le moins après la représentation ; et presque toujours ces longs délais trompent l'espoir qu'ils ont fait naître. A cet égard, l'ouverture de l'Athénée a été une véritable comédie. La salle était tellement remplie, que l'antichambre était obstruée, et le vaste manteau de la cheminée chimique servait d'asile et de dais à un groupe d'admirateurs. Je ne retrancherai rien à cette expression, *admirateurs* est le mot propre ; on ne va pas à l'Athénée pour s'instruire, encore moins pour juger, pas même pour applaudir tel ou tel discours ; on y va tout simplement pour applaudir l'Athénée.

A Dieu ne plaise que je veuille parler ici de ces applaudisseurs à gages, de ces *blonds*, de ces *bruns*, et autres chefs de cabale, qui font la honte de nos théâtres ! On ne trafique point des billets de l'Athénée comme des billets de comédie : j'ignore du moins si l'on en vend ; mais je

suis sûr qu'on n'en achète pas. Ce n'est donc
point par cabale, mais par pure bienveillance que
l'on applaudit tout à l'Athénée : aussi les auteurs
y sont-ils fort nombreux. Cette bienveillance y est
tellement obligée, tellement inhérente à l'institution, que moi-même, malheureux critique, moi qui
ne cherchais que plaies et bosses, je me suis senti
attendri en entrant dans cette enceinte. Subjugué
par je ne sais quel charme, j'ai tout écouté sans
froncer le sourcil, et je n'ai jamais supporté l'absence du plaisir avec autant de résignation.

Il ne tenait cependant qu'à moi de m'ennuyer,
pour peu que j'y eusse consenti : jamais académie
ne m'avait fait si beau jeu. Le discours d'ouverture semblait fait tout exprès pour exorciser le
démon qui charme les auditeurs, et c'est vraiment un phénomène qu'il n'y ait pas réussi.

Je me garderais bien de nommer M. Lenoir, si
je n'étais sûr qu'il n'a composé son discours sur
l'*Histoire des Arts*, que pour éprouver le *maximum* de notre bienveillance : ce n'était donc en
quelque sorte qu'une gageure ; et maintenant qu'il
l'a gagnée, j'espère qu'il n'y reviendra plus. Il n'a
cependant rien négligé pour la perdre, et il a
combattu en brave homme ; car, après nous avoir
attaqué par de longues et froides dissertations, par
les tournures de phrases les plus étranges, par
des suppositions historiques, par une vieille et
fausse érudition, voyant que nous tenions au feu
comme des grenadiers français, il nous a lâché

une bordée de fautes de langue qui n'a pas eu plus
de succès : nous étions inébranlables.

Si je n'avais pas su d'ailleurs que M. Lenoir
est un homme fort instruit, et plein d'esprit et
de raison, j'aurais été pris pour dupe, et j'aurais eu la simplicité de critiquer sérieusement son
discours. J'aurais même été fort excusable, comme
on le verra par ce court exposé. L'orateur malin,
feignant de remonter jusqu'au berceau des arts,
s'est enfoncé, dès son exorde, dans les épaisses
ténèbres qui couvrent l'histoire de la Gaule an-
tique, avant que les Romains en eussent connaissance. Le voyant partir à ballon perdu, et se
cacher dans les nuages, j'ai cru qu'il allait nous
parler de cet Ambigat, roi de Bourges, et con-
temporain de Tarquin ; je m'attendais à le voir
guider vers l'Italie les Turones, les Senones et les
Biturges qui franchirent les Alpes et fondèrent
de vastes cités jusque sur les bords de l'Adria-
tique ; mais M. Lenoir ne s'arrête pas à un voyage
de deux cents lieues, et à une antiquité de vingt-
cinq siècles : c'est à Memphis qu'il va chercher
les arts de la Gaule, et c'est en deux sauts qu'il
les fait arriver jusqu'à nous : de l'Égypte en Galatie, dans l'Asie mineure, et de la Galatie sur
les bords de la Seine. Des monumens, des statues exhumées, et qui ont le caractère égyptien,
sont les preuves sur lesquelles il se fonde. Vainement on lui dirait que les Romains ont régné
long-temps sur les Gaules ; que le culte d'Isis et

de Sérapis s'était introduit chez ces maîtres du monde ; qu'ils avaient pu orner leurs maisons gauloises de ces objets de leur vénération ; non, c'est par la Galatie que le bon goût nous est venu, et a produit dans la Gaule cette heureuse révolution *dont nous jouissons des fruits ;* tournure de phrase galate qui se répète souvent dans le discours de M. Lenoir.

Après avoir parlé du roi Chilpéric, l'orateur a quitté brusquement son Histoire des Arts pour nous entretenir des crimes de Frédégonde ; et, par une transition qui vient sûrement aussi du lac Mœris ou du Labyrinthe, il s'écrie : L'amour a bien de l'empire sur le cœur d'une femme ! C'est lui qui inspirait Anacréon, et lui dictait ses vers charmans, etc..... Enfin, après avoir passé en revue les rois des trois dynasties, il s'arrête à Louis XIV, qu'il nous présente noblement *à la tête de son royaume.* Ce discours, qui a duré cinquante-cinq énormes minutes, a été applaudi par quatre personnes, peut-être même par six ; ce qui a fait dire à un mauvais plaisant que M. Leblond (1) était venu au secours de M. Lenoir.

La séance du 20 a été un peu différente. M. Lemercier, qui n'est pas à la tête d'un royaume, mais qui sera vraisemblablement à la tête de la littérature athénéenne, a lu un discours sur la

---

(1) Applaudisseur en chef, très-connu dans les parterres.

littérature générale. Comme il n'avait point fait de gageure, il n'a pas cru devoir se permettre des fautes de langage, mais au contraire beaucoup de traits d'esprit, quelques idées peu communes et bien exprimées, des distinctions fines, des périodes nombreuses, et même quelques épigrammes, dont une surtout a été fort bien sentie..

Quoique M. Lemercier se soit fort éloigné de la méthode de M. Lenoir, il semble cependant l'avoir imité dans deux points seulement. D'abord, il remonte comme lui aussi haut qu'il peut aller ; et en second lieu, sans avoir couru jusqu'en Égypte, il a cependant un peu trop voyagé. Au lieu d'un discours qu'il a cru lire, il nous en a réellement débité cinq ou six. Cette pluralité d'objets, auxquels il s'attache tour-à-tour, s'est d'autant mieux fait sentir, qu'il a donné une plus grande étendue au sujet qu'il a traité. Il a considéré la littérature dans l'acception la plus générale de ce mot, commençant son histoire aux premiers traits qui ont été tracés par la main d'un amant éloigné de sa maîtresse, et la suivant dans ses ramifications les plus éloignées : comme, par exemple, dans les livres de science exacte, dans le style des géomètres et des physiciens. N'est-ce pas un peu abuser de l'expression, que de comprendre l'*écriture* dans la littérature ? Quoique dans l'un de ces mots on trouve l'étymologie de l'autre, il est des cas où ils ne sont point synonymes ; c'est avec des *lettres* qu'on a peint la pensée, mais c'est quand la pensée et les lettres ont été soumises à une méthode et à un goût quelconque, qu'elles sont devenues une *littérature.*

M. Lemercier a fait un bel éloge de l'art d'écrire, et il s'est élevé avec autant de raison que d'éloquence contre les dépréciateurs des travaux littéraires. Il a essayé de prouver ensuite que cet art l'emporte sur tous les autres, puisque c'est lui qui en développe les principes, qui en fait briller les beautés, et qui leur assure une célébrité durable. Pour mieux faire sentir sa pensée, il a comparé la gloire des lettres à tous les autres genres de gloire, et il a fort bien plaidé une fort bonne cause. Cette partie de son discours est cependant un discours particulier et un peu étranger à son sujet; car on peut très-bien donner d'excellentes leçons de littérature sans rechercher s'il est plus glorieux d'être poète qu'astronome, ou orateur que physicien.

Un autre discours bien distinct succède à celui-ci. L'orateur se demande si les principes en littérature ne sont point arbitraires, comme bien des gens le supposent, en se fondant sur cette observation, que ce qui plaît à un peuple peut très-bien déplaire à un autre.

Ici, je le dis avec honte, j'avais conçu quelque défiance des principes littéraires de M. Lemercier. Mes soupçons étaient bien injustes, et c'est en forme de réparation que j'en fais l'aveu.

Bien loin de vouloir donner une fausse direction
au goût de ses auditeurs, il leur a fait la profession de foi la plus franche et la plus orthodoxe. Selon lui, il n'y a qu'un bon goût; il a
des principes et des règles fixes : on peut, à des
signes certains, reconnaître le *bon* et le *mauvais*.
Cette connaissance n'est ni vague, ni arbitraire;
les chefs-d'œuvre des anciens, ceux des Racine,
des Bossuet, des Boileau, des Molière, seront
toujours les modèles qu'il faudra tâcher d'imiter,
et peut-être les limites où il soit permis à l'homme
d'atteindre. Mais, pour sentir les beautés dont
ces chefs-d'œuvre fourmillent, pour savoir les
discerner des beautés fausses, du faux goût, du
faux brillant, il faut étudier les principes littéraires avec l'ordre méthodique en usage dans l'é-
tude des sciences. Le défaut d'espace m'empêche de
suivre l'orateur dans l'examen qu'il fait des *genres*
et des *espèces*; mais je rapporterai une observation qui a paru plaire généralement. La prose,
a-t-il dit, a tous ses genres, correspondans aux
genres de la poésie; et de-là, il a comparé le
panégyrique de l'oraison funèbre à l'ode pinda-
rique, l'histoire au poëme, etc..... En second
lieu, tous les genres sérieux ont leurs analogues
dans le comique et le plaisant, comme la tragédie
dans la comédie, le poëme épique dans le poëme
héroï-comique, l'héroïde dans l'épître, le madrigal dans l'épigramme, etc..... Ces comparaisons
ont donné lieu à des observations fines, et à des

réflexions justes sur l'admiration et le ridicule, qui sont les deux mobiles de presque toutes les compositions littéraires. J'ai surtout remarqué cette assertion si vraie, que l'esprit de société rapetisse le génie. Elle ne laisse plus douter que M. Lemercier ne soit dans les bons principes, et il nous le prouvera sans doute par quelque heureux exemple. En effet, ce n'est pas le tout de bien dire, si l'on ne cherche point à bien faire ; ce n'est pas le tout de montrer le bon chemin, si, aux yeux de ses élèves, on s'égare dans le mauvais. Que dirait-on d'un professeur qui, après avoir proclamé Racine et Molière les modèles du vrai beau, les oracles du bon goût, mettrait à contribution dans ses drames, Calderon, Shakespeare et M. Kotzebue ? Que penserait-on d'un littérateur qui, après avoir déclaré que le goût a des règles et des principes, s'affranchirait des règles, mépriserait les principes, et ne prendrait pour guide qu'une imagination déréglée ? Mais nous n'avons pas à craindre que M. Lemercier trahisse le serment qu'il vient de faire en plein Athénée ; il se souviendra qu'Eschyle lui a fait une réputation assez belle, et il sentira que cent mélodrames, dussent-ils tous réussir, ne lui en feraient qu'une fort mauvaise.

## Séance du 10 Janvier 1810.

### COURS DE LITTÉRATURE, PAR M. LEMERCIER.

QUAND M. Lemercier se prescrira des bornes dans ses discours, quand il s'occupera d'un objet unique, ou tout au plus de quelques objets analogues entre eux, et renfermés dans un même cercle, je pourrai rendre compte de ses leçons avec quelque méthode ; mais quand il passera d'un sujet à un autre, sans ménagement, et souvent sans transition ; quand il présentera une série de considérations, qui, quoique dépendantes d'un même titre, n'en forment pas moins autant de discours particuliers ; quand il déroulera la longue nomenclature de tous les rhéteurs, depuis Aristote jusqu'à M. Chénier ; quand il consacrera ses nombreuses périodes à l'éloge ou à la critique des divers professeurs de belles-lettres, au lieu d'appliquer leurs préceptes à tel ou tel principe de littérature, alors, je l'avoue, je n'aurai ni la force ni le désir de le suivre dans un si long voyage, et ma mémoire, quoique assez bonne, ne pourra me retracer qu'une faible partie des innombrables objets que l'orateur aura fait passer devant mes yeux. Ici, je m'aperçois d'un autre inconvénient ; je n'ai jamais écrit des phrases si longues que depuis que j'entends des discours d'Athénée : il y a des exemples contagieux.

CRITIQUE. T. I. 5

Le préambule de M. Lemercier m'a paru neuf
et piquant : l'orateur y établit , comme dans son
premier discours , que nous devons suivre dans
l'étude des belles-lettres , la méthode et la marche
prescrites pour les sciences. Il n'a donné aucun
développement à cette opinion , il ne l'a fortifiée
d'aucune preuve ; mais , regardant apparemment
comme axiome tout ce qui s'accorde avec ses idées
particulières , il est parti du principe qu'il lui a
plu de poser , comme s'il était impossible d'en
contester la justesse. Il a félicité ses contemporains
d'être nés à une époque où la chimie , l'astronomie et la physique ont fait des progrès si admirables ; et il en conclut que la littérature atteindra
au même degré de perfection quand elle prendra
pour base l'*analyse* et l'*expérience.*

Cette idée , je le répète , est piquante et neuve ;
il ne reste plus qu'à prouver qu'elle est juste : c'est
ce que M. Lemercier n'a pas pris la peine de faire.
S'il suffisait d'affirmer pour convaincre , je me
contenterais de dire que cette idée est fausse ; mais
je n'ai pas le droit d'exiger qu'on me croie sur
parole ; je vais donc exposer mes doutes sur cette
analogie entre l'étude des sciences et celle de la
littérature.

Voici d'abord mes objections *de droit* : l'analyse , dans les sciences , est , si je ne me trompe ,
la résolution d'un corps dans ses principes , et le
but de l'opération est de connaître toutes les parties dont ce corps est composé ; mais en littérature

il ne s'agit pas seulement de savoir ce qui constitue un ouvrage, mais de connaître ce dont il
doit être constitué ; en outre, la science juge sur
des faits, la littérature sur des opinions ; le savant
enfin qui a constaté un fait, le constate pour tous
les savans de l'univers ; le littérateur qui pose un
principe, ne peut le faire adopter que par ceux qui
parlent la même langue, qui ont les mêmes usa-
ges et le même goût. On va me répondre sans
doute que tout le monde est d'accord sur la littérature grecque et latine, et alors je demanderai
comment les créateurs des divers genres de poésie
ont pu se servir de l'analyse, et comment ils ont
pu résoudre en leurs principes des corps qui
n'existaient pas ?

Passons à l'objection *de fait* : ces Grecs, ces
Latins nous ont laissé les modèles les plus parfaits ;
et cependant quand Homère composait l'Iliade ;
quand Sophocle charmait les Athéniens assemblés
au théâtre, la physique était dans l'enfance, l'astronomie n'était fondée que sur des fables, et la
chimie n'existait point. Je suis convaincu que Corneille, Racine et Molière n'ont jamais songé à
l'analyse scientifique quand ils ont écrit leurs
chefs-d'œuvre.

Quant à l'*expérience* recommandée par l'orateur, je devine encore moins comment elle peut
s'assimiler à celle dont les savans font usage. L'expérience, en littérature, ne peut se faire que sur
ceux qui lisent ou ceux qui écoutent : c'est de leur

5.

opinion , de leur goût que dépend le résultat ;
mais il faut que ce goût même soit éprouvé pour
que son jugement ait quelque poids : il y a donc
aussi expérience du goût des juges sur le goût des
écrivains, tandis que ceux-ci font expérience de
leur propre goût sur celui de leurs juges. Or , je
demande quel rapport peut avoir cette modification de l'esprit que nous nommons goût , et qu'on
ne peut définir , avec le jugement certain et constant qui résulte de l'expérience didactique ? D'a-
près le principe de M. Lemercier , les Anglais ,
les Allemands , les Chinois même , ne pourront-
ils pas nous donner leur goût pour règle invaria-
ble , puisqu'ils peuvent *analyser* , comme nous ,
ce qu'ils nomment leurs chefs-d'œuvre , et qu'ils
ont pour eux l'*expérience* des siècles ? Pour en
finir sur ce point, je dirai qu'il serait plus facile
de démontrer que l'étude des sciences a nui à la
littérature , que de persuader qu'elle lui a été
utile.

M. Lemercier a pesé successivement dans sa
balance le mérite respectif de tous les rhéteurs anciens et modernes : il a donné de justes éloges au
précepteur d'Alexandre ; de là , il s'est étendu sur
sa poétique , et a répété ce qu'on a dit depuis deux
siècles et demi sur la tragédie , que le nouvel orateur , à l'exemple d'Aristote , place sans hésiter
au-dessus du poëme épique. Je lui conseille néanmoins de ne pas s'engager dans cette discussion :
rien n'est plus inutile au progrès de l'art que de

rechercher s'il y a plus de talent dans l'Œdipe roi que dans l'Iliade, dans Athalie que dans Tartufe, parce que la manie des parallèles pourrait renaître, et nous aurions bientôt une foule de dissertations qui examineraient s'il vaut mieux être historien qu'auteur dramatique, prosateur que poète, et philosophe que littérateur. Que chacun fasse le mieux possible dans le genre qui lui est propre, voilà tout ce que le public éclairé lui demande.

Dans la liste de M. Lemercier, car son discours n'a été qu'une liste avec notices, Longin a succédé à Aristote ; le rhéteur de Palmyre a reçu de l'orateur un encens mérité ; les divers genres de sublime ont été examinés succinctement ; des exemples ont été cités, et dans ce nombre, on a remarqué le prétendu mot de Diogène à Alexandre : *Retire-toi de mon soleil.* J'ai le malheur de regarder comme une fable très-grecque, cette anecdote où Alexandre joue un sot rôle devant le tonneau du cynique, et où les historiens lui font faire une sotte réponse. Au surplus, je n'empêche point qu'on la trouve sublime, s'il est vrai qu'en tout genre les extrémités se touchent.

L'admiration de M. Lemercier pour Longin ne l'a point empêché de plaisanter agréablement sur l'éloge que fait ce rhéteur de la description du corps humain par Platon. Selon le disciple de Socrate, notre tête est une citadelle, notre cou un isthme, notre rate une cuisine, nos pores des rues

étroites, etc..... Ici, les dames ont ri, parce que
ce passage leur a paru plus intelligible que le
reste. Cependant l'orateur aurait pu faire observer
que, selon Dacier, la description de Platon n'est
point aussi ridicule qu'elle le paraît, et que le
texte grec a été corrompu. J'ajouterai moi-même
une remarque assez curieuse, quoiqu'un peu
étrangère au sujet. Dans cette bizarre description
du corps humain, l'on trouve deux phrases qui
paraissent désigner clairement la circulation du
sang, méconnue, dit-on, des savans de l'antiquité : « Le cœur est la source des veines, la fon-
» taine du sang, qui de là *se porte avec rapidité*
» dans toutes les autres parties. » Et plus bas :
« Les dieux y ont creusé (dans notre corps),
» comme dans un jardin, plusieurs canaux, afin
» que les ruisseaux des veines, sortant du cœur,
» *puissent couler* dans ces étroits conduits du corps
» humain. » Sarpi ou Harvée, entre qui l'on balance la gloire d'avoir trouvé la circulation du
sang, auraient-ils parlé plus clairement que Platon ? L'expression du philosophe devient encore
plus précise, quand on sait que les anciens confondaient sous la même dénomination les veines
et les artères. Revenons à M. Lemercier, chez
qui le sang circule très-bien, si l'on en juge par
a chaleur qu'il met dans son débit.

Je m'étendrai moins sur Quintilien, sur Rollin, sur Dumarsais, sur Dubos, et autres, qui
ont été assez bien appréciés par l'orateur ; je lui

sais gré sur-tout d'avoir relevé la gloire de Rollin, qui, par ses vertus et son mérite réel, méritait plus de reconnaissance et de respect qu'on ne lui en a témoigné dans le dix-huitième siècle.

M. Lemercier s'est complaisamment arrêté sur Louis Racine, dont le mérite, comme celui de Rollin, est beaucoup trop méconnu ; mais je crains bien que l'orateur n'abuse un jour, dans ses préceptes ou dans ses exemples, du passage qu'il a cité. Ce passage tend à prouver que *le génie doit s'affranchir des règles* ; conseil dangereux, auquel la médiocrité n'obéit que trop, même sans le connaître. Non-seulement, d'après ce principe, les hommes de génie s'affranchiront des règles, mais ceux qui mépriseront les règles, se croiront hommes de génie. L'orateur est cependant parti de là pour reprocher aux faux critiques d'exiger sans cesse une *propriété de termes*, tandis que la poésie prend souvent *les termes au figuré*. J'en demande bien pardon à l'Athénée, mais cette distinction de l'orateur n'est qu'un véritable calembourg. Confondre la propriété des termes avec les termes pris dans le sens propre, c'est un peu se moquer du discernement de ses auditeurs.

Marmontel est venu à tour de rôle, et je dirais que l'auteur des *Contes moraux* a reçu un bon *coup de patte*, si cette expression n'était pas de mauvais ton. Je n'essaierai pas de le défendre ; on n'en peut trop dire contre l'homme de lettres qui a osé

écrire ces lignes coupables : « En général, les dé-
» fauts dominans des Epîtres de Boileau sont *la*
» *sécheresse* et la *stérilité*, des plaisanteries para-
» sites, *des vues courtes et de petits desseins.* » Si
M. Lemercier avait cité cette phrase, tout le monde
aurait applaudi à la critique qu'il a faite de Marmontel.

J'arrive enfin à La Harpe, après avoir sans doute
oublié quelque professeur ; car dans ce discours
ils sont une compagnie. Rien ne peut égaler l'é-
tonnement dont j'ai été frappé, quand j'ai entendu
un jeune orateur, un jeune auteur dramatique,
un professeur plus jeune encore, déclamer sans
égards, sans décence, sans mesure même, contre
La Harpe, dont la cendre est encore chaude ;
contre La Harpe, qui, malgré ses nombreux défauts, est si supérieur à ses ennemis et même à ses
amis, et qui serait encore aujourd'hui notre premier littérateur, je ne dis pas notre premier poète ;
contre La Harpe enfin, le fondateur de cet Athénée où l'on ose l'insulter, et qui lui a donné une
célébrité bien déchue depuis sa mort. L'orateur
répondra sans doute que les journalistes eux-mêmes
ont durement critiqué La Harpe, et que *ces mes-*
*sieurs* veulent avoir le droit exclusif de dire du
mal de tout le monde ; voilà du moins le reproche
banal que l'on nous fait. J'y répondrai, sans m'é-
mouvoir, que quand le jeune professeur de la
vieille littérature exposera ses nouveaux préceptes,
il pourra critiquer sévèrement La Harpe, partout

où celui-ci sera tombé dans une hérésie littéraire,
partout où la passion lui aura dicté un jugement
faux et partial; mais en lui succédant à la chaire
de professeur, mais dans l'enceinte qui retentit
encore de ses brillantes leçons, attaquer durement
sa personne et ses écrits considérés en masse, sans
critiquer tel ouvrage indépendamment de la personne, c'est..... Je laisse dire à mes lecteurs ce que
c'est, car la plaie est trop récente, et je me plaindrais trop vivement. Je ne citerai qu'une phrase
de cette diatribe, fort peu atténuée par quelques
éloges. L'orateur, après avoir parlé de l'enthousiasme de La Harpe pour Voltaire, et de sa déser-
tion du parti voltairien, a promené ses regards
dans la salle de l'Athénée, et s'est écrié : « Il était
» le patron du lieu, et il s'est converti en saint
» homme. » Comme cette phrase figure bien dans
un cours de littérature !

J'ai dit que M. Lemercier avait montré beaucoup
d'esprit, et un sincère attachement aux bons principes; je ne me rétracte point encore, car il n'a point
encore manqué formellement à ses promesses. Dans
ce second discours même, fort inférieur au premier,
on a justement applaudi à des rapprochemens heureux, à des passages brillans et pleins de justesse,
à une admiration vive pour les véritables chefs-
d'œuvre ; qu'il n'aille cependant pas faire comme
ces chefs de parti, comme ces rebelles qui, en
s'armant contre leur souverain, protestent toujours de leur fidélité au roi et aux lois de l'Etat :

la critique aurait alors le droit de parler de lui comme il a fait de La Harpe, et ce serait encore assez honorable.

---

### Séance du 20 Janvier 1810.

COURS DE DÉCLAMATION ET DE LECTURE,
PAR M. LARIVE.

M. LARIVE a commencé son cours de déclamation et de lecture. Il a d'abord posé les principes de son art ; il les a ensuite appliqués à la première scène d'Athalie, dont il a lu tous les vers en les accompagnant de réflexions et d'observations sur la manière de les bien dire, et il a fini par déclamer, sans réflexions, le songe d'Athalie et la première scène de Tancrède.

Son discours sur la déclamation a frappé les auditeurs par les grandes vérités qu'il renferme. Le professeur nous y apprend qu'il ne faut pas prononcer les brèves comme les longues, que le souverain ne s'énonce pas comme l'homme du peuple, et le général comme le grand-prêtre. Il faudrait être un pyrrhonien bien endurci pour lui contester la justesse de ces principes ; et M. Larive ne s'expose pas au reproche de vouloir établir des nouveautés dangereuses. Cependant, au milieu de ces vérités dignes de Barême, il s'est glissé quelques propositions dont l'évidence n'est pas aussi rigoureusement démontrée. Le professeur prétend que lorsque l'on passe d'une phrase à une autre, ou d'un ordre d'idées à un autre ordre, il faut terminer la première phrase par une *suspension*. Il a voulu dire sans doute que le son suspendu, dans la déclamation comme dans la musique, indique à l'auditeur un autre série d'idées, et lui apprend que le discours ou le chant n'est point encore fini. Ce principe est vrai, en général ; mais il souffre de si nombreuses exceptions, que M. Larive aurait dû les remarquer. Comme ce point est très-important dans la déclamation dramatique, je m'y arrêterai un peu.

L'orateur qui récite un discours médité, sait toujours, quand il dit une phrase, quelle est la phrase qui va la suivre ; il peut donc calculer d'avance ses inflexions, et établir une liaison d'harmonie entre celles qui finissent et celles qui vont se faire entendre ; mais ceci est bien rarement applicable au théâtre. Quoique le comédien ait bien étudié son rôle, quoiqu'il sache très-bien ce qu'on va lui dire et tout ce qu'il devra répondre, il est cependant censé improviser ses discours, et ne répondre qu'à des questions imprévues. Lors même qu'il parle long-temps seul, il faut qu'il imite ce qui se passe dans la nature ; or, nous savons tous qu'au moment où nous exprimons une idée, il nous en survient d'autres, comme par inspiration ou par analogie, et que nous n'avons pu y préparer nos inflexions, parce que le changement à été trop subit. Le comédien qui voudra être naturel se gardera donc bien de nous faire voir, par ses suspensions maladroites, qu'il sait toute la pièce par cœur, et qu'il n'est plus un personnage, mais seulement un écolier bien instruit.

Quand les discours sont apprêtés, alors le principe de M. Larive a toute sa force. Par exemple, Oreste vient redemander le fils d'Hector à Pyrrhus : l'ambassadeur a dû préparer son discours; il faut donc qu'il le prononce avec tout l'art de l'orateur. Mais quand la passion s'exprime, mais quand la discussion s'établit sur un sujet non médité, mais partout où l'acteur est censé ignorer ce qu'on va dire, et ce qu'il lui faudra répondre, ne serait-il pas ridicule d'établir une harmonie méthodique dans le dialogue, quand toutes les phrases ne doivent paraître que des *impromptu* de la passion, de l'esprit ou du sentiment? Voilà cependant ce qu'on entend souvent au théâtre, ce qu'on applaudit même presque toujours, et ce qui m'a fait dire plus d'une fois : Achille et Agamemon sont des hommes fort instruits qui connaissent bien leur Racine.

Je conseille à M. Larive de ne plus lire de scènes *avec réflexions ;* il n'y a rien de plus fastidieux : *Elevez la voix sur le premier hémistiche, baissez-la sur le second; marquez la dernière syllabe de tel mot, avec noblesse le vers suivant, avec force la fin du vers; ici de l'onction, là de la dignité, le vers suivant avec calme,* etc.... Les

vers de Racine même dégoûteraient de la poésie,
s'ils ne marchaient qu'avec une pareille escorte.
Toutes ces indications sont bonnes pour l'écolier,
et fort ennuyeuses pour une assemblée. D'ailleurs,
il est impossible que le professeur obéisse lui-
même parfaitement aux préceptes qu'il donne ; et
il est difficile d'avoir de *la sensibilité et de l'onc-*
*tion*, quand on dit à chaque instant : ici il faut de
l'onction et de la sensibilité.

J'ai une autre observation à faire à M. Larive :
il paraît que dans sa déclamation, il se laisse trop
guider par le sens absolu des phrases, sans égard
pour la situation et pour le caractère du personnage qui les prononce. En récitant ces vers de
Joad :

> Le sang de vos rois crie, et n'est point écouté ;
> Rompez, rompez tout pacte avec l'impiété,

Il a dit le dernier surtout avec passion, et même
un peu d'emportement. Cependant c'est Joad qui
parle, Joad qui doit toujours être calme, parce
qu'il met sa confiance en Dieu, qui n'a jamais
manqué à ses promesses. Il y a plus ; ce n'est point
Joad qui parle, c'est Dieu même que l'on croit
entendre, puisque Joad a dit :

> Voici comment ce Dieu vous répond par ma bouche.

Or, je demande si Dieu peut dicter ses volontés
avec la passion et l'emportement d'un mortel qui
n'est pas sûr d'être obéi ? Je ne cite que cet exem-

ple; il suffit pour prouver que le professeur s'est
quelquefois trompé dans la pratique comme dans
la théorie. Au reste, il a fort bien récité le songe
d'Athalie; et, dans la scène de Tancrède, il a parfaitement dit : Quel est cet Orbassan, etc.... Sa
belle voix qu'il conserve dans toute sa force, a été
souvent applaudie, et a fait trouver justes les into-
nations même qui ne l'étaient pas. Je demande
pardon à M. Larive de la franchise avec laquelle je
m'exprime; mais je n'écris que ce que j'ai pensé : je
me suis cru au théâtre, et j'ai supposé que je pourrais dire avec ménagement d'un comédien, ce
que bien des comédiens disent sans ménagement
des auteurs.

## DEUX SÉANCES DE M. GAIL.

L'ASSEMBLÉE était peu nombreuse; les savantes
discussions de l'helléniste n'ont trouvé que des auditeurs froidement polis; les applaudissemens modestes qu'a recueillis M. Gail, n'étaient pas l'expression du plaisir, mais un tribut payé à l'estime
que l'on a pour sa personne et pour son érudition,
dont on l'aurait volontiers dispensé de donner des
preuves. L'assemblée a eu tort, sans doute, mais
aussi qu'est-ce que M. Gail va faire à l'Athénée?
Est-ce là que doit se placer un membre de l'Institut, un professeur impérial? L'érudition effraie
les amateurs de littérature légère, et les femmes

n'aiment pas trop les hommes qui parlent grec.
Consultez les gens du monde, ils vous diront que
la science et l'érudition sont inséparables de la
morgue, de la pesanteur et de l'ennui : à leurs yeux,
les savans sont toujours environnés d'une atmosphère soporeuse qui gagne peu à peu les auditeurs,
qui les glace et les engourdit. Ce n'est pas que
M. Gail n'ait dit de fort bonnes choses; mais qu'allait-il faire à l'Athénée?

Dans sa première séance, il a lu des observations sur le Philoctète et l'Œdipe de Sophocle ; et
tout en rendant hommage à Voltaire et à La Harpe,
il a prouvé que le premier avait fait une fausse critique de Sophocle, et que l'autre l'avait mal traduit. Ces remarques de M. Gail sont pleines de
raison, et quelquefois de finesse : autant que j'en
puis juger, elles m'ont paru d'une justesse parfaite, à l'exception cependant de celle qu'il a faite
sur le caractère différent que Sophocle et Voltaire
supposent à Laïus. M. Gail, comme de raison, se
déclare pour l'auteur grec ; et je pense, sauf meilleur avis, que tous deux ont fait ce qu'ils devaient
faire pour le siècle où ils vivaient. Les règles de la
tragédie veulent que le héros ne soit ni tout-à-fait
coupable, ni entièrement innocent. Sophocle s'est
conformé à ce principe, car qoiqu'Œdipe n'ait
commis aucun crime volontaire, il était désagréable aux dieux, puisqu'ils permettaient qu'il devînt
incestueux et parricide ; et dans les idées de fatalisme, cela suffisait pour caractériser le crime. So-

phocle pouvait donc représenter Laïus comme un
prince peu digne d'être regretté, sans rien diminuer de l'horreur que causait le crime involontaire
d'OEdipe. Mais chez les modernes il n'en est pas
ainsi : un homme qui tue son père sans le connaître et dans le cas d'une défense légitime ; celui
qui épouse sa mère sans pouvoir soupçonner qu'il
est son fils ; celui enfin qui involontairement approche d'une enceinte sacrée, sans savoir qu'elle
est interdite aux profanes, un tel homme, dis-je,
est malheureux, mais, aux yeux de la raison, il
n'est point coupable. Or, Voltaire voulant se con-
former au principe tragique, a très-bien pu, il a
dû même représenter Laïus comme un prince
adoré et regretté de ses sujets, afin de répandre
au moins une grande calamité sur le meurtre de
ce prince. Je ne sais trop si j'ai tort ou raison; mais,
je le repète encore, ce n'était pas de cela qu'il
fallait parler à l'Athénée.

Dans une seconde séance, M. Gail est revenu
sur l'OEdipe et le Philoctète; il a dit encore de
fort bonnes choses, il a fait de nouvelles remarques pleines de sagacité et d'excellente critique ;
j'ajouterai même, pour lui prouver mon impartialité, que je regarde toutes ses observations
comme très-dignes d'être recueillies et publiées,
comme très-capables d'intéresser et d'occuper les
lecteurs studieux dans le silence du cabinet ; mais
en même temps comme très-obscures, très-sèches,
très-ennuyeuses pour des auditeurs qui ne voient

dans la littérature qu'un moyen de dissipation. Que
M. Gail surtout s'interdise toute discussion orale ;
les redites, l'obscurité, l'impropriété des termes
sont presque inséparables des discours improvisés,
et ces défauts sont plus choquans dans une discussion qui n'est pas déjà trop claire en elle-même.

Le professeur, membre de l'Institut, a cru sans
doute réveiller l'attention de son paisible auditoire, en passant de la tragédie à l'histoire, et de
Sophocle à Thucydide ; mais il n'a pas été plus
heureux. Dans l'historien grec, il a précisément
choisi le morceau qui ne pouvait plus nous intéresser, je veux dire le *Tableau des factions dans
la Grèce.* Que sont les troubles, les querelles des
petites nations grecques, quand on les compare à
ceux de notre révolution, et aux malheurs encore
récens dont chacun de nous peut dire : *Quæque
ipse miserrima vidi?* Puisque M. Gail voulait
absolument briller dans un lieu où il n'aurait pas
dû paraître, que ne choisissait-il dans Thucydide
quelques-uns de ces morceaux pleins de force,
de chaleur et d'intérêt qui réveilleraient les auditeurs les plus endormis? Le siége de Platée,
les combats de Pylos et de Sphactérie, la description de la peste, l'expédition de Sicile, et cent
autres passages de l'historien grec, lui fournis-
saient le moyen de se faire écouter avec plaisir ;
car, dans les nombreuses assemblées, il faut un
peu de fracas : l'histoire y doit avoir la teinte d'un
roman, comme la tragédie doit s'y orner des ori-

peaux du mélodrame. M. Gail a fait une excellente traduction de Thucydide ; si les gens du monde, par défiance de tout ce qui vient des Grecs , ne l'ont point encore recherchée , c'est parce qu'ils ne la connaissent point encore. J'abandonne aux érudits le soin d'en examiner l'exactitude : c'est un point sur lequel je me récuse , et j'avoue mon incompétence absolue ; mais j'ai lu cette traduction avec le plus grand plaisir et le plus vif intérêt : le style m'y a paru conserver la noble gravité de l'histoire , sans manquer de cette élégance et de cette facilité sans lesquelles toute lecture fatigue à la longue. Le traducteur s'est élevé partout à la hauteur du sujet : il est éloquent dans les discours ; son style , rapide dans les récits , est plein de chaleur dans la peinture des combats , des siéges, des grandes catastrophes. Quelle histoire plus intéressante d'ailleurs que celle de toute la Grèce et de la guerre du Péloponèse, et celle des Périclès et des Alcibiade! C'est avec de pareils titres que M Gail doit se présenter aux savans, aux littérateurs , à tous les amis des lettres et de l'antiquité; mais , je le redis pour la dernière fois , qu'allait-il faire à l'Athénée?

# CRANIOLOGIE.

### COURS DU DOCTEUR GALL.

Ce n'est plus sur des rapports inexacts, sur des expositions fautives, sur des traductions infidèles, que nous connaissons le système de M. Gall ; il a commencé lui-même à le développer ; il a promulgué ses lois physiologiques, et il ne peut plus désavouer ce que nous avons entendu. Nous n'avons plus dès-lors à craindre d'avoir été mal informés, et il nous est permis de douter de ses assertions comme il lui a été permis de contredire le genre humain pour établir sa nouvelle doctrine. Nous ferons néanmoins observer que les principes désavoués par le docteur sont absolument conformes à ceux qu'il professe, et que les choses comprises dans les diverses expositions contre lesquelles il a réclamé, se retrouvent, au moins implicitement, dans les leçons qu'il nous donne. Nous ferons remarquer aussi que M. Gall a l'art de modifier son système selon la somme de crédulité qu'il rencontre chez les peuples divers qu'il visite utilement.

A Leipsick, à Dresde, et même à Berlin, il avait été plus hardi dans ses conjectures, plus tranchant dans ses décisions qu'il ne l'est à Paris.

6.

Alors nous avions tous, non pas des *dispositions naturelles*, ce qui est reconnu de tout le monde, mais des *penchans innés et irrésistibles* qui nous portaient à telle ou telle action. Cette doctrine était véritablement celle de Hobbes. Quand le philosophe anglais assurait que l'homme était entraîné dans ses déterminations, *comme un poids de trois livres l'emporte sur un poids de deux*, il croyait sans doute aussi aux penchans irrésistibles.

La singularité, l'audace même de cette théorie frappèrent vivement l'attention des Allemands. Ils devaient en être plus étonnés que nous qui avons fait un si bon cours de philosophie sur la fin du dernier siècle.

Dans l'année 1805, M. Gall commença, le 3 avril, à Berlin, *un cours de théorie du crâne et du cerveau.* Il n'y eut pas moins de cinq cents auditeurs des deux sexes : ses découvertes devinrent le sujet de toutes les conversations, et furent généralement admirées des gens du monde, quoique d'habiles anatomistes trouvassent beaucoup à redire à ses assertions sur l'organisation du cerveau. Sa réputation vulgaire y fut telle, qu'il se vit obligé de répéter son cours jusqu'à trois fois ; mais les conséquences morales de sa doctrine ayant alarmé quelques-uns même de ses admirateurs, M. Gall fit un beau discours où il justifia son système du reproche de favoriser le matérialisme, et de détruire la légitimité des peines infligées aux

malfaiteurs. Il y établit ce nouvel axiome de droit :
« *Quelle que soit la cause qui détermine un
homme à commettre un crime, la société a incontestablement le droit de le punir.* » Cela veut
dire que la société a *librement* le droit d'être injuste envers un homme qui n'a pas été *libre* dans
ses actions.

Le Sincère ( *der Freymüthige* ) a publié les
observations que le docteur a faites dans les prisons de Berlin et de Spandau. En entrant dans
les cachots, M. Gall a très-bien deviné qu'il n'é-
tait pas dans la demeure destinée aux honnêtes
gens, et il a trouvé l'organe du vol sur le crâne
de tous les voleurs qu'on lui a présentés. Cette
découverte suffisait pour exciter l'admiration des
dociles partisans ; mais l'enthousiasme fut au
comble quand le docteur aperçut l'organe de la
*théosophie* sur le crâne d'un voleur de profession.
Quelque bon Allemand fut effrayé de cette mons-
trueuse alliance de deux penchans si différens, et
fit ce dilemme assez difficile à résoudre : *Si Dieu
existe, comment l'Être souverainement sage
s'est-il amusé à rendre un dévot voleur, ou un
voleur dévot ; et si nous n'avons d'autre Dieu
que la nature, comment cette nature nous a-t-elle
donné le penchant d'adorer un Dieu qui n'exis-
terait pas ?*

Tous ceux qui ne jurent pas *in verba magistri*,
et qui n'admirent pas sur parole, s'élevèrent contre les conséquences de cette étrange doctrine, et

un grand nombre de savans rejetèrent la doctrine
même. Tandis que le *Freymüthige* disait : « *Le
célèbre anatomiste Walter ayant assisté aux démonstrations du docteur Gall, a fini par s'a-
vouer convaincu.* » M. Walter même publiait un
écrit dans lequel il déclare *que le système du docteur Gall n'est qu'une fable amusante.*

Après avoir fait à Leipsick deux cours où il se
fit admirer, le docteur arriva à Dresde le 14 juin
de la même année, et donna des leçons depuis
le 17 de ce mois jusqu'au 29. Il y dit ce qu'il
avait dit partout, et ce qu'il a répété depuis ;
mais alors très-certainement il plaidait encore
pour les penchans irrésistibles, car il assurait
qu'à l'égard des voleurs, rien n'est plus absurde
que de vouloir les corriger par les remontrances
et le raisonnement, et qu'il fallait leur administrer les remèdes plus efficaces des *punitions cor-
porelles.* Il étendait même la puissance correctrice
du bâton jusque sur les enfans, qu'il conseillait
de châtier sans pitié pour la moindre faute ou
le plus léger mensonge. On ne peut nier que le
docteur ne raisonnât d'une manière très-consé-
quente ; car il eût été absurde d'employer des
corrections morales pour des actions détermi-
nées par des organes physiques qui donnent des
impulsions irrésistibles.

Soit que M. Gall ait voulu varier ses leçons,
soit que ses préceptes aient paru un peu durs, il
avait déjà modifié ses expressions avant de venir

à Paris. Il s'était résolu à changer la nomenclature de ses organes ; et, au lieu de dire à un homme : Vous avez l'organe *du meurtre ou celui du vol, il disait : vous avez l'organe de la nourriture animale* ou *de la finesse, dégénéré par le manque d'organes adoucissans.*

En arrivant à Paris, il sentit qu'il devait lui-même employer les adoucissans, et faire des sa-crifices à la délicatesse des oreilles parisiennes. Il désavoua les différens exposés de sa doctrine ; et j'ignore même si le discours lu à l'Athénée, sur la physiologie du cerveau, avait eu l'assentiment de M. Gall. Quoi qu'il en soit, on y remarqua cette phrase singulière : *Je dis ce que je vois, et si l'on en tire des conséquences dangereuses, je laisse ce point à discuter aux moralistes et aux métaphysiciens.* Nous ne nous sommes peut-être pas rappelé ces expressions avec une rigoureuse exactitude, mais nous en garantissons la sub-stance.

Enfin, M. Gall a parlé, et nos *penchans irré-sistibles,* considérablement adoucis, ne sont plus aujourd'hui que des *dispositions innées.* Autant on était porté à lui contester la première proposition, autant on est disposé à lui accorder la seconde : il n'y a pas une bonne femme qui n'assure que son enfant a plus de *dispositions* que les enfans de ses voisines. Les dispositions étant reconnues, il ne s'agit plus que de savoir si, comme le veut M. Gall, chacune de ces dispositions a son organe

particulier dans une partie distincte du cerveau ,
et si chacun de ces organes se manifeste par une
protubérance extérieure sur la convexité du crâne.

Il ne nous appartient pas de traiter la partie
physiologique de ce système : nous avouons notre
incompétence , et nous ne nous permettrons pas
de prononcer. Des hommes très-habiles ont rejeté
les principes de la crâniologie ; les admirateurs de
M. Gall assurent que nos savans les admettent :
attendons que nos physiologistes aient fait connaître officiellement leur opinion. Il serait ridicule
d'approuver sans motif; il serait injuste de blâmer
aveuglément ; le doute est le seul parti raisonnable : *Et adhùc sub judice lis est.*

Nous venons de dire , d'après les journaux allemands , et les diverses expositions du système
crâniologique imprimées à Paris ou ailleurs, qu'autrefois M. Gall admettait des *penchans irrésistibles* , doctrine qui alarmait un peu la morale.
Très-certainement nous n'avons pas inventé ces
expressions qui se trouvent dans une foule de
journaux ou brochures , et il serait bien étonnant
que tant d'écrivains, si éloignés les uns des autres ,
se fussent rencontrés en forgeant un mensonge
exprimé dans les mêmes termes. Nous avons dit
que M. Gall ne parlait plus de *penchans irrésistibles* , mais seulement de *dispositions innées* , et
cependant parmi ces simples dispositions , plusieurs nous ont paru *irrésistibles*. Depuis quelques
jours, différens journaux assurent que M. Gall n'a

jamais dit que nous eussions des *penchans irrésis-tibles*, et qu'il n'a jamais considéré les organes du crâne que comme les indices de simples *dispo-sitions*.

Des assertions aussi contradictoires auraient produit des disputes interminables, si le docteur ne les avait fait cesser en s'expliquant. Il est très-vrai qu'il nous attribue aussi des *penchans irrésis-tibles*, mais il les restreint au seul cas d'*idiotisme*. Comme il donne à ce mot une acception qui n'existe pas dans notre langue, nous devons en développer le sens. Le docteur entend par *idio-tisme*, l'état de stupidité, d'imbécillité, où les fa-cultés intellectuelles étant affaiblies et presque dé-truites, l'homme n'a plus la raison suffisante pour suivre les préceptes de l'éducation, de la religion et de la morale, et se livre au penchant qui domine alors en lui, et que les autres facultés n'ont plus la force de réprimer. Dans ce cas, le docteur avoue que le penchant est irrésistible ; mais dans tous les autres, il ne nous suppose que des *dis-positions innées* qui se manifestent à l'extérieur du crâne par des protubérances. Dès ce moment, nous ne raisonnerons plus que d'après cette expli-cation, et malheureusement elle laisse encore trop d'ambiguité. 1°, Les moralistes les plus sévères n'ont jamais regardé les véritables imbécilles comme véritablement coupables, et quelque honteuse que soit une action, elle n'est pas reprochable à l'homme qui est dans l'état de stupidité absolue. 2°. Si les

penchans sont irrésistibles chaque fois que nos facultés intellectuelles sont trop faibles pour les réprimer, c'est le cas de tous les crimes qui ne sont
jamais commis que quand le penchant vicieux a
été plus fort que les préceptes de la religion et de
la morale ; ainsi, il valait presque autant dire que
nos dispositions deviennent des penchans irrésistibles chaque fois qu'elle nous entraînent à commettre une méchante action. On observera sans
doute que nous n'attaquons la distinction de
M. Gall, que dans l'explication qu'il donne de
l'état d'*idiotisme*.

Mais ce n'est pas ici seulement que nous trouvons une trop grande ressemblance entre les *dispositions innées* et les penchans irrésistibles ; le
docteur nous a cité plusieurs exemples qui semblent prouver leur identité. Il a connu en Allemagne un homme qui avait toujours été honnête
et vertueux, et qui, après avoir reçu un contusion
ou une blessure au crâne, changea de principes
au point de devenir *voleur*. Pour concilier sa doctrine avec la morale, M. Gall dit que l'éducation
peut combattre et détruire même les dispositions
vicieuses ; mais cette éducation est toujours, dans
l'homme, antérieure à l'exercice de ses facultés, et
l'on n'attend pas qu'il ait commis des crimes pour
lui inculquer les préceptes de la morale. Or, maintenant, nous demandons à toute personne raisonnable comment cet homme qui est devenu voleur,
après une probité rigoureuse de trente ou qua-

rante ans, aurait pu se corriger par l'éducation ?
Lorsque sa *disposition* l'a entraîné au vol, qu'aurait pu lui dire le moraliste le plus persuasif et le
plus éloquent ? Le voleur par accident ne lui aurait-il pas répondu : Eh, monsieur, il y a quarante ans que je sais tout cela, et je l'ai prouvé
par ma conduite !

Ce n'est donc pas une disposition qui a rendu
voleur l'homme dont parle M. Gall, mais un penchant vraiment irrésistible, puisqu'une morale sentie et pratiquée si long-temps n'a pu empêcher
qu'un accident *physique* ne détruisît tous ses principes de vertu.

Un autre exemple, cité par M. Gall, concourt
à établir la même conséquence. Il a connu, dit-il,
une femme vraiment dévote (et il ne s'agit pas
d'une hypocrite) qui, malgré sa piété, avait un
tel penchant à l'amour physique, qu'elle se livrait
chaque jour à plusieurs amans, parce qu'un seul
n'aurait fait qu'irriter ses désirs. Nous demandons
encore si cette femme, persuadée des vérités de la
religion, et qui en pratiquait les exercices dans les
temps même de ses débauches, n'avait, selon
M. Gall, qu'une simple disposition ? Il est donc
clair que le docteur admet implicitement des penchans irrésistibles, puisqu'une simple disposition
ne ferait pas un voleur d'un honnête homme, et
une débauchée d'une femme vraiment pieuse. Les
exemples cités par M. Gall lui-même nous donnent
donc le droit de supposer qu'en établissant sa doc-

trine., il avait eu réellement en vue les *penchans irrésistibles*, et qu'effrayé des conséquences d'un tel principe, il a modifié les termes qui l'expriment, et s'est réduit aux *dispositions innées*. Nos lecteurs ont observé sans doute que dans les deux exemples précités, ni le voleur par accident, ni la dévote luxurieuse n'étaient dans l'état d'*idiotisme*, et que cependant, selon M. Gall, la longue probité de l'un, ni la piété réelle de l'autre, n'avaient pu préserver le premier du crime, et la seconde des excès les plus scandaleux.

Si nous avons deviné juste, et si la modification apportée par le docteur à ses premiers théorèmes est un sacrifice fait à la morale, nous ne pouvons que l'en féliciter; mais le sacrifice est incomplet, si, par ses développemens, ses preuves et ses citations, M. Gall nous ramène indirectement à la funeste théorie de l'irrésistibilité, dans le moment même où il la désavoue.

Cette séance a été remarquable par la matière que le docteur y a traitée; les femmes n'y ont point été admises: c'est assez indiquer ce dont il a été question. M. Gall a établi le rapport qui existe, selon lui, entre le cervelet des hommes et des animaux, et leurs parties sexuelles. Il a démontré, par l'inspection d'une multitude de crânes, que, dans toutes les espèces, la femelle a moins de cervelet que le mâle : ce qui se manifeste à l'extérieur par une moindre capacité dans la partie du crâne qui le contient. Il résulte de là qu'une nuque

plus ample et plus voûtée indique avec certitude
une plus grande faculté propagatrice. Cette vérité,
a dit M. Gall, est connue de tous les fermiers et
paysans, qui jugent de la bonté des taureaux et des
étalons par ce signe infaillible. Cet indice, a-t-il
ajouté, est constant chez tous les animaux, depuis
la musaraigne jusqu'à l'éléphant. Mais si cette
excellence des grosses nuques est une *loi* inva-
riable, la prééminence des hommes sur les femmes, à cet égard, n'est qu'une *règle* qui admet
des exceptions. La plupart des crânes féminins que
le docteur nous a montrés, étaient plus modestes
que les crânes des hommes ; mais quelques-uns
cependant, ou plus malheureux, ou plus parfaits,
égalaient par leur ampleur occipitale l'impudence
des nuques masculines. Parmi celles de notre sexe,
on a remarqué la protubérance énorme d'un maître de langues, qui, dans un âge très-avancé, aurait pu plaire à dix dévotes comme celle dont nous
avons parlé plus haut. Dans un autre genre, il a
été question d'un *abbé français* et de plusieurs
autres personnages pour qui la nature a été ou une
marâtre impitoyable, ou une mère trop libérale.
Des excès de l'organe occipital ( mot honnête que
nous employons pour désigner une chose qui ne
l'est pas ), le docteur a passé à d'autres excès connus des Grecs et de Pasiphaé ; puis, en parlant du
vice condamné par Tissot, il a dit : *Les cretins et*
*les imbécilles stupides n'ayant plus aucune idée*
*de morale et de décence, il est naturel qu'ils se*

*livrent à un penchant qu'aucune faculté intellec-*
*tuelle ne peut combattre.*

Nous avons encore ici l'occasion de remarquer
combien les expressions des principes de M. Gall
sont peu précises ; car en parlant de l'union des
sexes, ce serait trop dire que de nommer ce désir
un penchant *irrésistible*, et trop peu dire que de
l'appeler une simple disposition. D'un côté, il
n'est pas irrésistible , puisqu'un grand nombre de
femmes, et même d'hommes, ont vécu dans la
continence ; et d'un autre côté il serait ridicule de
nommer simplement *disposition*, un penchant qui
reproduit et conserve les espèces , un penchant
sans lequel le monde ne serait qu'un vaste désert.
Puisque les principes de M. Gall sont des lois, les
termes qui les expriment devraient être plus justes
et plus précis. Au reste , l'organe *occipital* est une
nouvelle preuve de ce que nous avons dit , et la
doctrine crâniologique nous laisse toujours douter
si nous sommes libres ou si nous ne le sommes pas.

Quant à M. Gall , il ne connaît peut-être pas encore tous les organes ; il est possible qu'il y en ait
un pour la *critique*, et il est probable qu'il est
placé près de celui de *l'humeur querelleuse*. Si ,
par hasard , la nature nous l'a donné , et s'il existe
en nous une *disposition* ou un *penchant* irrésistible , M. Gall est trop philosophe pour s'offenser
d'une *loi de la nature*, et il nous pardonnera sans
doute , comme il a pardonné au *maître de langues*
et à la *dévote* qui avaient de si belles *nuques.*

Dans ses premières leçons, le docteur s'est appliqué à détruire l'opinion de ceux qui considèrent son système comme une doctrine favorable au matérialisme. M. Gall repoussa cette odieuse inculpation ; il professa hautement le dogme de la spiritualité de l'âme, et il nous dit que les organes de nos dispositions ne sont que les *ministres* de cette âme spirituelle et libre dans son choix. Rien n'est plus clair que cette déclaration ; les *ministres* sont toujours soumis à la souveraine, et la liberté du choix détruit la supposition dangereuse des penchans irrésistibles. Mais dans la séance du 27, en parlant de *l'organe de la propagation*, M. Gall a dit très-clairement aussi, *que les parties sexuelles n'étaient que la puissance exécutrice de l'acte générateur, tandis que l'organe placé sous l'occiput, dans le cervelet, en était la puissance législatrice.* Dans cette même séance, il a précisé plusieurs cas où le penchant à l'acte propagateur était réellement irrésistible.

Puisqu'on nous fait une loi de rapporter fidèlement les preuves et les expressions du docteur, nous lui demandons, à notre tour, comment il conciliera ses deux assertions. Comment un organe, ministre obéissant d'une âme libre, peut-il être la puissance législatrice d'un penchant quelquefois irrésistible ? Si la puissance législatrice qui réside dans l'organe, détermine l'action, cet organe n'est plus le ministre de l'âme ; et si l'organe obéit à l'âme libre, c'est l'âme qui est la puissance lé-

gislatrice, et jamais le penchant ne doit être irré=
sistible.

Nous avions bien raison de dire que M. Gall
avait d'abord construit son système tout matériel-
lement, et qu'il n'avait changé l'irrésistibilité en
simple *disposition*, que par respect pour la morale ; mais, en voulant prendre un demi-parti, il
n'a pu éviter l'ambiguité et la contradiction dans
les termes ; en cessant d'être répréhensibles, ses
principes ne se sont plus trouvés concordans avec
ses preuves et ses exemples ; le docteur a été moral
dans ses propositions, et tout physique dans ses
démonstrations ; en voulant ménager ceux qui admettent *l'esprit*, et satisfaire ceux qui ne veulent
que la matière, il a cessé d'être clair et franc dans
sa doctrine ; n'osant être *bon matérialiste*, il s'est
fait mauvais spiritualiste, et son système est devenu
contraire à la logique, sans cesser d'alarmer la
morale. Si nous nous trompons dans nos critiques,
M. Gall, qui a sans doute autant de bonne foi
qu'il en exige, voudra bien néanmoins nous expliquer comment les organes des dispositions innées
peuvent être en même temps des puissances législatrices et des ministres obéissans d'une âme libre
dans son choix. L'examen des divers organes ne
confirmera que trop l'exactitude de nos reproches.
La séance du 27 avait été entièrement consacrée
à l'organe de la propagation ; celle du 29 l'a été à
l'organe de l'amour maternel et à celui de l'*édu-*
*cabilité*. La protubérance qui indique l'organe de

l'amour des parens pour leur progéniture, soit
parmi les hommes, soit parmi les animaux, est
ce renflement du crâne que l'on remarque entre
le sinciput et l'os occipital. Selon M. Gall, toutes
les mères qui ont cet organe développé aiment
avec passion leurs enfans; celles, au contraire,
chez qui l'absence de cette bosse indique le peu
de développement de l'organe, ont pour les enfans
l'indifférence la plus absolue; et si malheureusement l'*organe du meurtre* se développe en elles
quand celui de l'amour maternel est resté affaissé
ou restreint; cette mère qui, à une bosse près,
aurait été si tendre, égorge impitoyablement l'enfant qu'elle devait chérir. M. Gall n'a trouvé la
bonne protubérance chez aucune des femelles qui
abandonnent leurs petits; et parmi les femmes,
cet organe est presque nul chez celles qui haïssent
leurs enfans, et conséquemment chez celles qui
les tuent.

Ainsi donc, nos femmes qui sont si fières de
l'amour maternel, qui y trouvent de si douces
jouissances, ces mères qui nourrissent leurs enfans
de leur substance et portent le courage jusqu'à
l'héroïsme, quand il s'agit de les défendre, ne
doivent tant de vertus, tant de plaisirs, qu'au gonflement, souvent fortuit, d'une petite houppe nerveuse qui fait un peu renfler une partie du crâne;
et si une autre houppe se développe naturellement
ou accidentellement, tandis que celle-ci restera
trop petite, au lieu d'une mère tendre, nous au-

rons un monstre, une mégère qui égorgera son
enfant. Ainsi la différence qui existe entre la plus
respectable et la plus abominable des mères, tient
à quelques lignes de plus ou de moins dans le
gonflement de quelque petite partie du cerveau!
Si cette doctrine est fausse, c'est une erreur bien
triste; si elle est vraie, c'est une découverte dé-
sespérante. Mais rassurons-nous; les preuves de
M. Gall ne sont point assez complètes pour que
nous ayons le droit de dire à nos mères : Nous ne
vous devons rien; vous n'avez aucun mérite à nous
aimer, et il ne s'en est fallu que de trois lignes
d'épaisseur que vous ne nous ayez tordu le cou,
quand vous nous avez donné l'existence.

Une des grandes preuves de M. Gall est tirée
de l'infanticide. Tous les crânes des malheureuses
qui avaient commis ce crime, et que le docteur a
observés, étaient dénués de la protubérance qui
indique l'amour maternel. Il affirme que cette loi
est, sans exception, chez les femmes comme chez
les femelles des animaux; et quant aux mâles de
toutes les espèces, ils ont tous cet organe beaucoup moins prononcé.

Sans employer les préceptes de la morale, sans
avoir recours au sentiment, la seule raison dictera
notre réponse. Toute fille devenue mère, qui n'aura
pas le malheur d'être abandonnée par son amant,
qui pourra supporter la honte, qui ne trouvera
pas des parens inexorables, qui ne sera pas plongée dans la misère, qui n'aura pas à craindre un

funeste avenir , ne songera jamais à tuer son enfant. La honte , la crainte , le malheur , voilà les
vrais organes de l'infanticide. Qu'on nous cite un
seul de ces crimes qui n'ait été accompagné des circonstances dont nous venons de parler, et nous croi-
rons au système des bosses, si pourtant il est possible d'y croire. L'exemple , tiré des animaux, n'est
pas plus concluant ; et la comparaison que M. Gall
fait à cet égard , pèche également contre le bon
sens et l'histoire naturelle. Parmi les femmes , celles
qui sont mères dénaturées , abandonnent des enfans *qui ont besoin d'elles ;* parmi les animaux, les
espèces où les mères ne soignent pas leurs petits,
*peuvent se passer des soins de la maternité.* Tout
enfant de l'homme a besoin d'une mère. Les poissons , les reptiles, les insectes, agissent, marchent
et vivent au sortir de l'œuf, sans aucun secours
que ce soit. Il est donc absurde de comparer ce qui
est un véritable crime dans une femme, à une action qui est toute naturelle dans quelques animaux.

Mais ce n'est pas tout : quand M. Gall a dit que
hors les mammifères et les oiseaux , les autres espèces d'animaux négligent leurs petits, et répan-
dent leurs œufs sans en prendre aucun soin, il a
dit une chose très-fausse, et dont il connaît très-
bien la fausseté. Quoique dans les innombrables
espèces d'insectes, la plupart des mères périssent
après avoir payé le tribut à la nature, et sans voir
leur postérité, rien n'égale cependant leurs soins ,
leur sollicitude pour ces enfans qui ne respirent

7.

point encore. Et cette abeille *maçonne* qui construit grain à grain un berceau si solide au petit ver qui doit éclore, et dépose dans ce nid la quantité et la qualité d'aliment qui lui convient ; et cette *tapissière* qui applique si artistement le pétale du coquelicot sur les parois d'un berceau terrestre ; et les papillons qui construisent des coques de toutes formes ; et les poissons même qui remontent au loin les plus grands fleuves pour déposer leurs œufs dans des lieux favorables aux petits : tout, dans la nature, nous atteste l'amour des mères pour leurs enfans ; et si quelques espèces font exception à cette règle si générale, c'est que dans ces espèces les enfans n'ont aucun besoin des mères. Le coucou même, cité par M. Gall, ne prouve rien pour sa doctrine : s'il ne s'occupe pas long-temps des œufs qu'il a pondus, il prend au moins la peine de leur choisir un nid, et de le choisir tel que l'enfant puisse croître et prospérer.

M. Gall a donc fait une faute en rangeant la nombreuse classe des insectes dans les animaux indifférens pour leur progéniture ; et il en a fait une plus grave en comparant l'abandon d'un enfant qui périt faute de soins, avec l'abandon de ceux à qui ces soins sont inutiles. Quand nous substituons ici l'abandon à l'infanticide, on sent combien nous sommes modérés, et de quels puissans moyens nous nous privons volontairement pour ne pas paraître trop peu philosophes.

Dans tous les pays, dans tous les âges, quand les

hommes ont eu assez d'oisiveté pour se livrer à de
vaines spéculations , il s'est trouvé des docteurs qui
ont fait de pénibles recherches , de beaux discours,
de longues dissertations sur l'*âme*, et ont voulu
faire comprendre aux autres ce que , très-certainement , ils n'entendaient pas eux-mêmes. Que
de misérables corps se sont agités , dans l'espoir
de parvenir à connaître l'essence et les facultés
de leurs âmes ! Où l'âme est-elle logée ? Comment agit-elle sur le corps ? Comment le corps
agit-il sur elle ? De quoi est-elle composée ? Telles
étaient les énigmes que l'on se proposait sans
cesse , et que le sphynx même n'a pu deviner. Les
Grecs , qui étaient de grands bavards , ne taris-
saient point sur cette matière. Tantôt , avec Par-
ménides , ils disaient que l'âme est du feu ; tantôt,
avec Anaximandre , ils en faisaient de l'eau ; Zé-
non, plus chimiste, mettait les quatre élemens dans
un creuset ; et il en tirait une quintessence dont
il composait notre âme ; Hippocrate , plus raisonnable , la définissait un esprit répandu dans tout
le corps ( et non pas seulement dans quelques parties du cerveau ) ; Héraclides n'y voyait autre chose
que la *lumière ;* Xénocrate , un *nombre ;* Thalès ,
une substance toujours agissante ; et Aristote , une
*entéléchie, d'une autant froide invention que nulle
autre ,* comme dit Montaigne.

Quand il s'est agi de deviner la demeure de
l'âme , on n'a pas dit moins de sottises que quand
on a voulu connaître sa nature. Celui-ci la faisait

nager dans notre sang ; celui-là la plaçait dans l'estomac (c'est Épicure, et il était gourmand, sans
doute) ; un autre la faisait osciller dans le cœur ;
une quatrième la nichait dans le cerveau ; un cinquième l'appliquait au *péricrâne* ; un sixième créait
une âme pour chaque partie du corps : c'était une
république fédérative composée d'âmes ; et si chaque *organe* est une puissance législatrice, comme
le dit M. Gall, on peut appeler le système crâniologique les *états-unis* du cerveau.

Le plus savant des anciens a été, sans contredit, Sénèque ; car il a dit qu'il n'entendait rien
à tout cela. C'est une belle science que l'ignorance
des choses inintelligibles ; c'est une belle vertu que
de l'avouer franchement.

Le plus raisonnable des anciens et des modernes, à cet égard, a été Cicéron, quand il a dit dans
ses Tusculanes : *Ne recherchez pas qu'elle est la
forme de l'âme, ni dans quel lieu elle habite.*

Malgré ce sage conseil, les docteurs, tout fiers
de quelques observations anatomiques, ont voulu
deviner ce grand mystère, et tous, à l'envi l'un de
l'autre, ont construit des châteaux en Espagne,
qu'ils ont nommés les *vrais principes*, la *vraie
théorie*, le *vrai système de la nature*, lorsqu'il n'y
avait rien de vrai que leur insuffisance, et la sottise de leurs admirateurs.

J'ai été moi-même plus sot que tous ces gens-
là ; car j'ai eu la patience de lire sur ces matières
de gros livres où je n'entendais pas plus que les

auteurs qui les avaient composés. Les enthousiastes, au contraire, admettent tout, et ils se
dispensent de lire, ce en quoi ils font beaucoup
plus sagement que je n'ai fait. Cependant, parmi
ces docteurs, il s'en trouvait de temps en temps
quelques-uns de raisonnables, qui me consolaient
de la folie des autres. Ceux-ci m'ont dit sur l'âme
des choses qui ont le sens commun, et cela n'est
pas facile. Je ne citerai pas des moralistes, M. Gall
ne veut pas qu'on lui oppose *les préjugés de la
morale;* je ne citerai pas des ignorans en anatomie,
car M. Gall ne veut pas que l'on raisonne quand
on n'est point anatomiste; mais je lui citerai un
de ses confrères qui a quelque réputation, et qui
a aussi parlé de nos *facultés* et de nos *dispositions.*
« C'est pure vanité que de rechercher si l'âme sent
» dans tels ou tels *organes;* contentons-nous d'ob-
» server dans quelle partie le corps est affecté. Il
» importe peu au médecin de connaître le lieu de
» la sensation, mais seulement l'effet qu'elle pro-
» duit. » Il dit plus bas : « Je ne recherche point
» dans quel lieu du *cerveau* l'âme éprouve la sen-
» sation; je n'ai pas l'audace d'attacher l'âme à
» une partie déterminée du corps; *neque satis
« clare percipiam quomodo substantia spiritualis
» sit in loco;* je n'entends pas même clairement
» comment une substance spirituelle peut être
» dans un lieu. »
Dieu merci, voilà un savant qui consent à ignorer quelque chose ! Le même docteur ne rejette ce-

pendant pas absolument les inductions que l'on peut tirer de la forme des crânes ou des traits de la figure ; mais il fait sentir combien cette préten- due science est vague et douteuse. Voici ses ex- pressions : *Physiognomici volunt, ex diversâ capitis conformatione, cognoscere genia et ingenia hominum.... Quod licet pluribus videatur frivo- lum, facilèque tendens in superstitionem, non est tamen prorsùs de nihilo,* siquidem ex malâ con- formatione capitis suspicari licet cerebrum quoque non esse perfectum.... *Fallit nihilominùs sæpè ejus modi conjectura, quia reperiuntur homines, facie deformes, satis ingeniosi, reperiunturque formosiores minoris talenti.* « Les physiono- » mistes veulent juger du génie et des inclinations » des hommes d'après la conformation de leurs » têtes.... Quoique cet indice paraisse frivole, et » qu'il puisse favoriser la superstition, il n'est ce- » pendant pas tout-à-fait à mépriser, *si toutefois,* » *d'après la mauvaise configuration de la tête,* » *on peut soupçonner que le cerveau est mal con-* » *formé....* Cette conjecture néanmoins est souvent » trompeuse ; car on trouve des têtes mal faites qui » ont assez d'esprit, et, au contraire, des hommes » beaucoup plus beaux qui en ont moins. »

Ce savant n'approuve donc de telles conjectures que dans le cas où la mauvaise conformation de la tête fait soupçonner une pareille imperfection dans le cerveau ; et alors même, il avoue que l'in- dice est encore trompeur. Qu'aurait-il dit s'il avait

vu placer dans toutes les irrégularités de la boîte
osseuse autant de puissances législatrices de nos
penchans et de nos actions? Ces protubérances ne
sont pas là pour rien, répondra M. Gall; mais
on lui répliquera, que rien dans la nature n'étant
parfaitement plane ou parfaitement rond, on
trouve partout des aspérités ou des éminences; et
comme tous nos os sont dans ce cas, plus ou
moins, il faudra donc en conclure qu'il y a quelque mystère caché dans l'intérieur de chaque protubérance que l'on remarque sur le squelette humain.

Un fou très-savant, nommé Artémidore, et
qui vivait sous les Antonins, fit un livre sur la
*Kéiromancie*, et il devinait tout aussi juste, par
les traces de la main, que M. Gall devine par ses
bosses. Pour donner une idée de cet Artémidore,
il suffit de dire qu'il fit un *Traité des Songes* qui
a échappé aux ravages du temps, et qui est sans
doute fort utile à nos tireuses de cartes et à nos
sorcières.

Sur la fin du quinzième siècle, Jean-Baptiste
Porta, Napolitain, fit un *Traité de la Physionomie*, où il débite de jolis petits contes comme
ceux de *la dévote* et *du maître de langues*; historiettes qui constituent la partie dramatique de la
crâniologie. Ce Porta fit aussi un *Traité de la
Magie*, science qu'il professait avec beaucoup de
succès; et il avait institué une espèce d'académie
ou d'athénée de magiciens, ce qui prouve qu'il y

a toujours quelque chose de diabolique dans tout ce qui tient à l'art de deviner.

Toutes les folies se ressemblent, et souvent ce que l'homme appelle sagesse n'est qu'un changement de folie. M. Gall, qui regarde comme très-ridicule la prétention de deviner nos penchans et nos caractères par les traits de la main, ou par ceux de la physionomie, se présente dans le siècle des lumières, et assure, avec tout le flegme de la conviction, qu'il connaît notre moral par les bosses de notre tête; et il donne un cours public de cette doctrine! est ce cours et suivi! et nous écoutons sérieusement un homme qui nous dit : Vous avez un organe physique qui vous porte au meurtre, au vol, à l'infanticide! et cette belle théorie fait des enthousiastes! et ce siècle, dit-on, est celui de la philosophie! Si Artémidore s'était servi du crâne pour établir son système, il y a beaucoup à parier que M. Gall aurait placé nos organes dans tout autre endroit; car, ce n'est pas assez de dire des folies pour faire des prosélytes, il faut encore que ces folies soient nouvelles : une sottise nouvelle vaut bien mieux pour nous que la vieille sagesse. Eh bien, il m'en coûte de le dire, le système de la crâniologie n'a pas même le mérite de la nouveauté : c'est une fable grossière, non pas renouvelée des Grecs, mais empruntée des Indiens, s'il faut en croire un manuscrit *in-folio* de la Bibliothèque impériale. Ce manuscrit a été écrit en 1747; il est signé F. Fulgence, de Paris, capucin.

Dans la deuxième partie, chapitre IV, page 161, on trouve ces lignes, au sujet de Brama : « On le » fait maître de la destinée des hommes ; il écrit, » dit-on, au moment de la naissance, leur sort *iné-* » *vitable* dans la *tête* de chacun ; l'âge, *les actions* » *bonnes ou mauvaises*, l'état de prospérité ou » d'adversité, *les inclinations naturelles*, en un » mot, toute la conduite de l'homme, dépendent » de ses décrets prédéterminans et absolus, sans » qu'il soit possible de les éviter. L'écriture de ces » décrets se voit dans les *sutures de la tête ;* de-là » vient qu'on appelle cela *l'écriture de la tête,* » *l'écriture du sort dans la tête....* Certains *enjô-* » *leurs* font profession de lire et d'expliquer cette » prétendue écriture, et ce qu'il y a de plus réel » dans leur art, *c'est le profit qu'ils retirent de* » *la sotte crédulité* du peuple. »

Il faut avouer qu'il est dur pour un philosophe de passer pour l'imitateur d'un capucin ; mais, soit que le P. Fulgence ait inventé ou seulement rapporté cette fable, il n'en est pas moins vrai de dire qu'il a la priorité sur M. Gall, dans *l'écriture de la tête* et l'idée des *penchans irrésistibles.* Au reste, notre opinion sur *le profit réel de la crâniologie* est absolument conforme à celle du ca-pucin.

Le désir de faire un petit tableau des folies hu-maines m'a insensiblement éloigné de M. Gall, qui méritait bien de m'occuper spécialement : j'y reviens, et vais rendre compte d'une séance mémorable dans laquelle la nature s'est montrée dans toute sa laideur.

Quelle gloire ! quel bonheur pour notre siècle! Nous avons découvert l'organe du *meurtre* et du *vol!* Nous sommes sûrs enfin que le plaisir de tuer, massacrer, est un passe-temps très-naturel; que ce désir a son principe physique dans notre cerveau, qu'il est inné chez nous, et que tel homme vient au monde avec les organes du vol et du meurtre, comme avec un nez aquilin et une fossette au menton. Il faut avouer que nous avons appris là une chose bien agréable. Que nous sommes heureux d'être nés dans un temps où l'on découvre des secrets si utiles, où l'on publie des vérités si consolantes !

La séance a commencé par *l'organe du meurtre.* M. Gall avait depuis long-temps remarqué une différence sensible entre le crâne des animaux carnivores et celui des frugivores. Cette différence se reconnaît à la plus ou moins grande masse de cerveau qui, dans ces différens crânes, se trouve dans la partie postérieure de la tête. Si l'on tire une ligne droite qui coupe le conduit auditif, et qui soit perpendiculaire au plan de l'os *jugal,* on verra que chez les carnivores la plus grande partie du cerveau sera comprise entre cette ligne et la nuque, tandis que chez les frugivores le cerveau sera presqu'entièrement en avant de cette même ligne. Les animaux carnassiers ont ce partage plus ou moins inégal, selon qu'ils sont plus ou moins carnivores;

et dans l'homme le cerveau est presque également réparti des deux côtés de cette ligne, parce que l'homme est en effet carnivore ou frugivore à volonté.

Je ne veux certainement pas combattre la vérité de cette observation ; elle peut même être considérée comme utile, puisque c'est un renseignement de plus dans l'anatomie comparée ; mais que de nombreux indices n'avions-nous pas pour distinguer la classe des frugivores des animaux carnassiers ? Les dents, les pieds, l'estomac marquaient assez clairement cette différence que plusieurs savans avaient aussi observée *dans le cerveau*, avant que M. Gall ne publiât sa crâniologie. M. Cuvier avait déjà dit que chez les frugivores ; les *nates* sont plus grandes que les *testes* ; et dans le dix-septième siècle, Verheyen avait fait la même remarque. Voici ses expressions relativement aux *nates* et aux *testes* : « *Illæ in bove, ove et similibus animalibus* » *valdè insignes sunt ; hæ exiguæ. In homine* » *non intercedit tam magna differentia : nec prio-* » *res tantæ sunt, nec posteriores tantillæ.* Dans » les bœufs, les moutons et les animaux sembla- » bles, les *nates* sont très-remarquables, et les » *testes* petites. Dans l'homme, la différence n'est . » pas si considérable ; les premières y sont moins » grandes, et les dernières moins petites que dans » les animaux. »

Maintenant M. Gall trouve une nouvelle différence dans la place même qu'occupe le cerveau :

c'est une découverte, l'honneur lui en appartient tout entier ; et il serait à souhaiter que, satisfait de la gloire anatomique, il n'eût pas fait d'excursions pour troubler le domaine de la métaphysique et de la morale. Ceci nous ramène au *meurtre*, dont nous allons parler d'après le docteur.

M. Gall nous a bien avertis que, par le mot *meurtre*, il n'entendait nullement l'assassinat, ni le meurtre *prémédité*, mais seulement le désir qu'ont certains hommes et certains animaux de *tuer* ou *massacrer*, pour le seul plaisir de tuer ou de répandre le sang ; on peut, si l'on veut, a-t-il ajouté, nommer cet organe celui du *carnage*.

Soit *meurtre* ou *carnage*, le docteur nous a démontré que le désir en est donné libéralement par la nature ; que des espèces entières d'animaux et un grand nombre d'individus de l'espèce humaine y ont des dispositions innées ; que l'organe de ce penchant réside dans le cerveau, et se manifeste à l'extérieur du crâne par une protubérance.

Je ne suivrai pas le docteur dans ses preuves ; je me contenterai de rapporter les exemples qu'il a cités à l'appui de sa doctrine ; ces petites histoires instructives et amusantes mettront le lecteur en état de juger si les désirs excités par nos organes nous donnent des penchans irrésistibles, ou de simples dispositions.

M. Gall nous a d'abord cité le fils d'un apothicaire. Ce jeune homme avait de si belles dispositions au meurtre ou au carnage, que, malgré la

bonne éducation qu'il avait reçue, malgré tous les
conseils et tous les efforts possibles, il se fit garçon de bourreau, uniquement pour avoir le plaisir d'étrangler son prochain.

Un autre jeune homme, fils d'un négociant,
avait reçu de la nature la même bosse et les
mêmes désirs; mais il ne fut pas si heureux : les
places de bourreau étaient apparemment fort re-
cherchées et fort rares; il fut réduit à se faire
boucher pour exercer au moins sur des animaux
un talent dont il aurait bien voulu faire usage sur
ses frères et ses amis. Le plaisir était moins vif,
sans doute, mais il se répétait plus souvent; il y
avait presque compensation.

Le docteur a connu en Hollande un *fort honnête homme, incapable de faire le moindre tort
à qui que ce fût*, qui comptait aussi au nombre
des plus douces jouissances le spectacle du meurtre
et du carnage. Cet *honnête homme* n'était jamais
plus content que quand il voyait palpiter des
membres sanglans, ou expirer quelque misérable
dans les angoisses des plus atroces douleurs. Ce
brave homme ( Dieu veuille avoir son âme! ) sentant bien qu'il ne serait pas très-prudent d'exercer
ses aimables facultés sur l'espèce humaine, eut
l'esprit de se créer des jouissances factices, à défaut des plaisirs réels qu'une police peu philosophique lui aurait refusés. Il se composa une mé-
nagerie de chiens et de chats qu'il nourrissait lar-
gement et qu'il faisait pulluler; et quand une des

mères avait mis bas, notre bon homme saisissait
la progéniture, et s'amusait à découper les petits
innocens avec presque autant de plaisir que s'ils
eussent été des créatures humaines. Ce même
homme, ajoute M. Gall, était en correspondance
avec tous les bourreaux des Provinces-Unies ; et
l'on ne manquait pas de lui écrire quand il devait
se faire une belle et bonne exécution dans telle
ou telle ville. Notre honnête homme ne regrettait
ni les frais, ni les peines du voyage, quand il s'a-
gissait d'assister à une pareille fête ; et en qualité
d'*amateur*, il était toujours placé le plus près
possible du malheureux qui expirait.

M. Gall, qui connaît parfaitement la gradation
oratoire, garde toujours pour la fin les histoires
les plus intéressantes. Après l'honnête homme de
Hollande, il a cité un abbé strasbourgeois qui
mettait encore plus de luxe et de recherche dans
ses amusemens. Etant au collége, il prenait grand
plaisir à éventrer et à brûler ses chers camarades.
*Il en a lié quelques-uns à des arbres, les a lardés
à coups de couteau;* et comme ces petits mutins
se prêtaient de mauvaise grâce à de pareils jeux,
notre abbé *faisait grand feu au pied de l'arbre,
et les brûlait encore vivans,* pour se procurer
une double jouissance dans le double genre de
tourmens qu'il leur faisait éprouver. M. Gall ne
nous a pas dit si la police a fait des recherches
sur les écoliers qui avaient servi aux passe-temps
de l'abbé, mais il a dit que celui-ci *s'était fait*

*prêtre,* et que ses dispositions au meurtre s'étant accrues avec l'âge, il finit par tuer deux sacristains.

Après quatre exemples de cette force, on prendra peu d'intérêt à plusieurs honnêtes et aimables femmes de la connaissance de M. Gall, lesquelles ne manquent pas de faire l'office de cuisinières quand il s'agit de tuer, griller ou déchiqueter, et ne voudraient pas abandonner à une servante le plaisir d'égorger un poulet, d'éventrer une carpe ou de rôtir une anguille. M. Gall lui-même a possédé un chien précieux qui avait éminemment l'organe du meurtre, et qui, sans appétit, sans besoin et sans colère, tuait admirablement les rats et les souris, faute de mieux.

A l'organe du meurtre succède celui de la *ruse* dans l'ordre de la crâniologie ; mais, comme il est moins dramatique et moins intéressant, nous passerons à celui du *vol* qui a bien son mérite.

Nous avions reproché à M. Gall de compter le vol parmi les penchans naturels, et nous nous fondions sur ce que la nature n'ayant pas établi la propriété, elle ne pouvait pas nous avoir donné un penchant à violer une loi qui n'est qu'une institution humaine. Le docteur a réfuté notre objection, et a fait un beau discours pour prouver que la propriété est dans la nature, et que la disposition au vol est naturelle à l'homme et aux animaux. L'espace nous manque pour examiner ses raisons ; nous lui donnons donc gain de cause sur cet article, et nous voulons bien croire à présent que la nature a institué le vol comme nécessaire à l'ordre éternel des choses. Nous nous bornerons à rapporter quelques anecdotes citées par le docteur, et très-propres à faire éclater la morale de sa doctrine.

Il y avait à Vienne un voleur tellement incorrigible, que l'empereur Joseph Ier, convaincu de l'irrésistibilité de son penchant, se contenta de le faire enfermer à perpétuité.

Dans la même ville, M. Gall vit un jeune homme qui avait cédé à la même disposition naturelle ; et, à l'inspection de son crâne, le docteur conseilla aux parens de l'enfermer pour la vie. Cet arrêt parut barbare ; une prison perpétuelle pour une seule faute ; quelle cruauté! Mais bientôt la vérité du pronostic se vérifia, et le jeune homme avait un penchant irrésistible.

Un autre jeune homme suivait et servait un ambassadeur qui revenait de Pétersbourg. On s'aperçut bientôt qu'il était en proie à un noir chagrin. Un prêtre lui demandant la cause de sa maladie, le bon jeune homme répondit naïvement qu'il mourrait en peu de jours si on ne lui donnait pas la permission de voler. Le prêtre voyant que le cas était urgent, lui permit de se donner cette petite récréation, à condition qu'il restituerait l'objet du vol. Le jeune homme enchanté voulut témoigner au prêtre toute sa reconnaissance, et lui vola sa montre en servant sa messe : ce qui prouvait un grand discernement dans le choix de l'occasion et de la personne.

Un vieillard qui avait toujours eu la même fantaisie, et qui l'avait souvent satisfaite, se trouvait à l'article de la mort. Un prêtre est appelé ; et dans le moment où il exhorte le vieux pécheur à se repentir de ses nombreuses fautes, il s'aperçoit que le moribond tire son bras du lit, et l'étend pour voler la tabatière du confesseur. Cette anecdote de M. Gall nous rappelle une farce italienne où Arlequin, condamné à être pendu, se prosterne aux pieds de son juge, et lui vole les boucles de ses souliers pendant qu'on lui lit sa sentence.

Après tous ces voleurs, il faut placer un chien de M. Gall, qui refusait toute espèce d'aliment, à moins qu'il ne l'eût volé. Ainsi le docteur a eu un chien meurtrier, un chien voleur, et il a eu l'avantage de connaître les plus illustres meurtriers et les plus illustres voleurs de l'Europe.

En parlant de cette séance, je n'ai été qu'historien, et j'atteste que toutes les anecdotes rapportées dans cet article, ont été citées par M. Gall comme des preuves de sa doctrine. J'avouerai même que la plupart de ses auditeurs ont été très-satisfaits ; un murmure favorable circulait dans la salle, et en sortant, l'escalier retentissait de ces mots : *Belle séance ! Séance vraiment philosophique ! Comme il connaît bien les hommes ! Quelle philosophie ! Belle séance ! Belle séance !*

Dans sa onzième leçon, M. Gall a rendu un

hommage éclatant à la morale ; il a reconnu et
professé la spiritualité de l'âme ; et, pour me servir des expressions de son écolier, il a dit que
*l'âme commande au corps, son humble servi-*
*teur.* Le docteur a aussi déclaré qu'il rejettait la
théorie des *penchans irrésistibles*, et qu'il n'admettait que des *dispositions innées.* Cette profession de foi, faite avec beaucoup de dignité et en
*temps utile*, m'a été d'autant plus agréable,
qu'elle a pleinement démontré la justesse de mes
observations. En effet, M. Gall aurait-il mis tant
d'importance à justifier sa doctrine, si elle n'a-
vait laissé aucun doute dans l'esprit de ses auditeurs ? Un journaliste dont il a vanté l'exactitude,
avait partagé mes craintes sur *l'irrésistibilité;* ce
critique a sans doute aussi partagé la satisfaction
que m'a causé le désaveu du docteur. Comme il
est impossible de supposer que M. Gall n'ait pas
été sincère dans sa déclaration, on peut compter
qu'il n'appuiera plus ses préceptes sur des exemples pareils à ceux qu'il a cités jusqu'à présent. A
quoi nous servirait le principe des simples dispositions, si ses exemples nous présentaient des
hommes entraînés irrésistiblement vers le crime ?
Nous n'entendrons donc plus parler, dans les
nouveaux cours, ni de la scandaleuse dévote, ni
de ce bon Hollandais, ni de ce prêtre de Strasbourg, dont l'éducation et la morale n'avaient pu
vaincre les penchans affreux ; il fera même disparaître ces voleurs dont les mains n'ont jamais pu

rester oisives, et qui, à l'agonie, donnaient encore des preuves de l'activité de l'organe. Mais
d'où vient, me dira-t-on, cette rigueur contre la
doctrine de M. Gall, quand on souffre des livres
plus hardis et réellement dangereux? Je réponds
que si l'on souffre ces livres, on permet à plus
forte raison aux gens sages de les blâmer; mais
est-il un homme assez dépourvu de sens et de
raison pour ne pas sentir l'énorme différence qui
existe entre les livres et les discours publics? Les
premiers se lisent isolément dans le silence du
cabinet, ils agissent avec lenteur sur un petit
nombre d'hommes, et ils sont ordinairement peu
intelligibles à la portion du peuple qui a le plus
besoin d'une morale rigoureuse; les autres, prononcés devant la multitude, aidés du geste et des
mouvemens oratoires, ont bien plus de puissance; et s'ils sont dangereux, leur action plus
prompte est aussi plus funeste. Que de choses on
imprime librement, que l'on n'oserait dire dans
une place publique, et même dans la société!
C'est cette vérité incontestable qui a sans doute
déterminé M. Gall à modifier son système : soit
prudence, soit conviction, le parti qu'il a pris
est fort sage, et il lui conciliera bien {des auditeurs, sans aliéner ceux qui ne demandaient pas
ce sacrifice. *N'apprenez pas au taureau qu'il a*
*des cornes,* disait un philosophe ancien. J'ajouterai : Ne dites pas au peuple qu'il a des bosses d'où
dérivent d'affreux penchans.

Mais quoi ! répond M. Gall, peut-on nier qu'il y ait des penchans ? La vertu elle-même n'est-elle pas une disposition ? Qu'importe donc que ces dispositions, bonnes ou mauvaises, proviennent immédiatement de l'âme, ou médiatement par le moyen des organes du cerveau !

Si cette explication est spécieuse, nous sentirons bientôt qu'elle n'est pas aussi juste. L'âme échappe à nos sens ; nous ignorerons toujours comment elle agit sur nos organes ; et comme nous ne connaissons point l'intensité de son action, nous pouvons toujours espérer de vaincre le penchant vicieux que nous attribuons à cette cause métaphysique. Mais un organe matériel et sensible nous effraie bien autrement. Le malheureux qui se sent une disposition au vol, aura sans cesse la main sur la terrible bosse ; et si, après des efforts de vertu, il ne sent pas diminuer la fatale protubérance, il se croira une victime dévouée au crime, et cessera d'avoir des remords, parce qu'il croira n'avoir plus de liberté. Que sera-ce donc si des hommes font cette épreuve sur leurs voisins, leurs parens, leurs enfans ?

Ainsi, malgré les sacrifices de M. Gall, sa doctrine, purgée de l'irrésistibilité, va trouver encore de nombreux adversaires.

Le moraliste se présente, et lui dit : Ne posez plus en principe que *toute faculté d'un être animé dérive de son organisation.* Un organe matériel ne peut influer que sur les mouvemens physiques et mécaniques ; et puisque vous admettez *l'âme spirituelle*, n'est-il pas plus raisonnable d'attribuer mes facultés *intellectuelles* à cette *intelligence*, qui est l'âme, que d'en chercher la source dans un organe matériel ? Votre théorème, qui serait entièrement vrai dans le dogme du matérialisme, n'est vrai qu'avec restriction dans celui de la spiritualité.

Au moraliste se joint une mère de famille qui ne veut pas devoir ses vertus à un organe du cerveau : elle sent bien son cerveau travailler quand elle réfléchit, quand elle médite ; mais ce n'est point là qu'elle éprouve les émotions de l'amour maternel. Je veux aimer avec mon cœur, dit-elle, et je veux avoir quelque mérite à aimer. Près de cette mère de famille, j'en vois une autre dont le caprice présente au docteur une terrible objection contre la théorie des organes. Cette femme a deux enfans ; elle adore l'un, et déteste l'autre : celui qu'elle hait n'a pas plus de vices apparens, celui qu'elle aime n'a pas de meilleures qualités; et quand on lui demande le motif de cette préférence, elle répond, comme Montaigne : *Je l'aime, parce que c'est lui, parce que c'est moi.* Cette mère demande quelle est la nature de son organe, et quelle forme doit avoir sa protubérance. M. Gall est prié de résoudre cette difficulté.

Le physicien vient à son tour, et dit au docteur : Vous avez fait faire un pas à la science, si votre physiologie du cerveau est constatée ; mais qu'im-

porte que le cerveau soit une membrane plissée,
comme vous le dites, ou un assemblage de conduits fistuleux, comme le veut Malpighi, si vous
n'expliquez pas comment cette même membrane
produit des effets si différens. Est-ce une substance homogène? Varie-t-elle de forme et de nature? Si elle varie, ce n'est donc plus partout cette
même membrane plissée ; si elle est de même
dans toute la masse cérébrale, pourquoi lui attri-
buez-vous des fonctions si opposées ?

Le métaphysicien a bien d'autres objections à
faire, et il est bien fort, puisque *l'âme est reconnue*.
En effet, on ne fait pas assez attention à une vérité
cependant bien frappante : M. Gall, qui est si grand
physiologiste dans le développement du cerveau,
n'est qu'un métaphysicien dans la crâniologie. Que
sont les facultés intellectuelles ? Que sont les penchans, les facultés morales, sinon des êtres métaphysiques ? Le métaphysicien est donc là sur son
territoire, et il peut dire au docteur : L'histoire de
l'âme était déjà assez embrouillée sans que vous
vinssiez y apporter une difficulté de plus. Jamais
je n'ai pu concevoir comment la volonté émanée
de mon âme pouvait faire mouvoir mes membres,
où même mon petit doigt ; et voilà qu'au lieu
d'un obstacle, vous m'en opposez deux insur-
montables ! Il faut maintenant que j'explique
comment mon âme commande à mon organe du
cerveau de me donner une disposition, en vertu
de laquelle ma volonté fera mouvoir les muscles

de ma jambe ou de mon bras. Voyez quelle série de choses inexplicables! J'adopterai une nouvelle doctrine quand elle me présentera une difficulté de moins, et non pas un embarras de plus.

Arrive enfin le logicien, qui n'est pas plus content que les autres. On me présente, dit-il, un système fondé sur des *dispositions innées*, et dans la nomenclature je trouve des facultés qui ne sont point des dispositions. Vous supposez que j'ai des organes matériels pour toutes mes facultés, parce que j'en ai pour voir et pour entendre; mais il n'y a point là de similitude. Les sens sont des *propriétés*, et non pas des dispositions. On entend, bon gré, malgré soi, quand on n'est pas sourd; et l'on est touché, soit qu'on le veuille, soit qu'on ne le veuille pas : ce sont donc des propriétés inhérentes aux corps organisés, et non pas des dispositions, qui supposent toujours la liberté du choix. Vos vingt-sept dispositions des organes ne sont pas moins confuses; j'y trouve des facultés actives mêlées à de simples affections. J'agis dans les opérations de l'esprit, et je ne suis que passif dans la joie, la crainte et la douleur. Les facultés ne sont donc pas toujours des penchans, les penchans des dispositions, ni les dispositions des affections? Et cependant vous rangez tout cela sous une dénomination commune, et vous placez dans la même boîte toutes ces choses incohérentes, quoique leur action se fasse sentir dans des endroits très-différens. Donnez-moi des principes exprimés en termes clairs, [exempts d'ambiguité, et n'employez pas les mêmes termes pour exprimer ces qualités qui n'ont aucun rapport : sans cette précaution, je ne pourrai vous croire, parce que je ne pourrai vous comprendre.

Au milieu de ce chaos d'idées, dans cette lutte d'opinions qui se heurtent sans cesse, après tant de disputes que les enthousiastes poussent jusqu'à l'animosité, n'est-il pas à souhaiter que les savans s'expliquent? Ne sont-ils pas en quelque sorte responsables des folies qu'occasionne cette nouveauté, quand ils peuvent y mettre fin? Blâme-t-on les ignorans d'agiter cette question, quand les savans semblent la leur abandonner? J'ai dit ce que je pense de la *craniologie;* j'attends le jugement des anatomistes sur la nouvelle *physiologie* du cerveau, et je crains bien qu'ils ne prononcent que sur cette partie du système.

# PHYSIOLOGIE INTELLECTUELLE,

OU DÉVELOPPEMENT DE LA DOCTRINE DU PROFESSEUR GALL,
SUR LE CERVEAU ET SES FONCTIONS, CONSIDÉRÉE SOUS
LE RAPPORT DE L'ANATOMIE COMPARÉE, DE L'HISTOIRE
NATURELLE, DE L'ÉDUCATION, DE LA MORALE, DE LA
PHYSIONOMIE, etc. ; PAR J.-B. DEMANGEON, MÉDECIN.

---

QUOIQU'IL nous en coûte, nous sommes obligés
à exhumer les crânes de M. Gall, et à les exposer encore aux yeux du public. Ces bijoux d'un
nouveau genre ont eu leur mode ; il ont fait sensation, causé des passions vives, excité des trans-
ports et des haines profondes. Mais le public oublie aussi vîte qu'il adopte légèrement. Les bijoux
du docteur, quoique recouverts d'un vernis fort
propre et fort agréable, ont paru trop sérieux et
trop peu rians pour être les objets d'une folie durable. Les jolies femmes qui les ont considérés,
dans les premiers jours, avec une attention mêlée
de surprise, n'ont point tardé à s'apercevoir que
ces hochets de la vieille enfance font naître des réflexions peu voluptueuses ; elles ont été forcées
de penser à la destruction, si cruelle pour la
beauté, et à la vieillesse qui, pour une femme,
est plus cruelle encore. L'enthousiasme fut très-

vif et très - court; le baquet de Mesmer avait plus
de charmes , aussi dura-t-il plus long-temps. Les
crises du magnétisme ont leur mérite ; les titilla-
tions, des crispations, sont des plaisirs réels pour
des Sybarites usés; mais des crânes entassés sur
une table annoncent la fin de nos plaisirs, et démontrent la vanité de nos prétentions. A ces
idées trop philosophiques , des craintes se sont
mêlées. On vit que M. Gall s'était approprié les
crânes de ses meilleurs amis , et qu'il les faisait
voyager de ville en ville, comme des témoins
muets qui constataient la réalité de certains penchans. Nos jolies femmes ont frémi en pensant
que leurs têtes charmantes pourraient recevoir
les honneurs du vernis, et aller dans quelques
villes d'Allemagne servir de démonstration à la
doctrine des protubérances. L'opinion publique
vivement agitée par la *crâniologie,* se lassa tout-à-
coup ; à un bruit scandaleux et ridicule succéda
un silence digne des objets qui avaient causé tant de
rumeur ; et le seul monument qu'ait laissé parmi
nous cette science , consiste dans quelques tabatières , qui , par les jolies miniatures qu'elles nous
offrent, et la poussière qu'elles renferment, nous
rappellent sans cesse la maxime : *Memento quia
pulvis es , et in pulverem reverteris.*

Ce qu'il y a de remarquable dans cette comédie, c'est que les véritables savans y ont joué un
grand rôle , sans le vouloir, et presque sans s'en
douter. Les noms les plus respectables nous étaient

présentés comme des autorités favorables à la nouvelle doctrine. Les personnes qui ne connaissent
point la valeur des termes ( et le nombre en est
grand ), confondaient l'anatomie avec la physiologie, et la physiologie avec la crâniologie ; on
concluait de l'une à l'autre : M. Gall, disait-on,
est grand anatomiste, donc le système des bosses
est incontestable. On paraissait ignorer que l'anatomie est, en quelque sorte, la topographie de
l'homme, la physiologie son histoire physique, et
la crâniologie son roman.

M. Cuvier, dont le nom seul est une si puis-
sante autorité, garda un profond silence ; mais
on le fit parler. On lui fit l'injure de le croire
sectateur, enthousiaste, admirateur aveugle ; et
l'on ne voulait pas voir que, dans la supposition
même où ce savant aurait estimé les connaissances
anatomiques de M. Gall, ce n'était point une raison pour en conclure qu'il fût le partisan de la
crâniologie.

Notre crime a été de nous élever les premiers
contre les erreurs de ce système, et contre la funeste influence qu'il peut avoir sur la morale publique. A cette époque, l'opinion de la multitude
était encore favorable à la nouvelle doctrine. Les
injures nous furent prodiguées avec une profusion
scandaleuse : on nous désigna comme des fanatiques furieux, nous qui n'avions pas même parlé
de religion ; on nous accusa de vouloir étouffer la
vérité, nous qui n'avions combattu que des erreurs ;

on nous présenta comme ennemis de toute philosophie ; nous à qui la philosophie défendait d'ad
mettre un système absurde, dénué de logique, et
funeste dans ses conséquences. Le plus grand de
nos torts aux yeux des enthousiastes, fut d'avoir
lu dans des livres du dix-septième siècle, les choses
mêmes que M. Gall présentait comme des découvertes récentes. C'est un petit mérite que celui
d'avoir lu ; mais ce petit mérite fut un grand crime
qu'on ne nous pardonne peut-être pas encore aujourd'hui.

Enfin, M. Cuvier s'est expliqué, et dès ce
moment les crânes sont entrés dans la tombe où
ils auraient dû être déposés depuis long-temps.
Ce savant n'a pas daigné parler de la crâniologie,
fausse science, indigne de lui, indigne de l'Institut auquel il faisait son rapport ; et relativement
à la partie anatomique du système, M. Cuvier a
démontré que M. Gall n'avait fait que suivre des
sentiers déjà battus, et répéter sur la physiologie
du cerveau ce que d'autres anatomistes avaient dit
long-temps avant lui.

Cet arrêt a glacé l'opinion publique. Non-seulement on a cessé de nous dire des injures ; mais,
au contraire, on nous assure qu'on avait pensé
comme nous, avant même que nous nous fussions
expliqués. Tel est le sort des réputations fondées
sur l'enthousiasme, tel est le sort des nouveautés
adoptées sans réflexion. Le public se venge de sa
propre crédulité ; il devient injuste parce qu'il a

été trop confiant, et il finit par refuser tout
parce qu'il a tout accordé. M. Gall éprouve déjà
cette injustice ; non-seulement on lui conteste les
connaissances qu'il n'a point, mais on lui refuse
celles qu'il a réellement ; on en a fait un colosse,
on veut en faire un atôme ; et après l'avoir élevé
au-dessus de tous les anatomistes français, on ne
veut plus même qu'il soit un bon anatomiste allemand : ce qui est absolument déraisonnable.

L'auteur de l'ouvrage que nous annonçons n'a
point à se reprocher cette versatilité dans les principes et cette inconstance de l'opinion. Fidèle à
son ami dans le malheur, comme il lui était
attaché dans les beaux jours de sa gloire, il s'est
armé de pied en cap pour soutenir, envers et
contre tous, que la doctrine du crâne est un système incontestable, utile aux sciences et à la morale. Il admet sans restriction toutes les propositions de M. Gall, il ne nous fait pas grâce d'un
seul organe, d'une seule conjecture, d'une seule
observation sur les mouvemens automatiques :
tout est bien, tout est au mieux dans la crâniologie, et la lecture de ce livre prouve au moins
que M. Demangeon aime ses amis avec tous leurs
défauts.

Nous n'entrerons pas dans de grands détails à cet
égard : il nous faudrait répéter ce que nous avons
écrit, et ce que l'opinion publique paraît avoir
confirmé. D'ailleurs, M. Demangeon ne nous dit
rien de neuf relativement à cette étrange doctrine ;

les principes et les faits sont dans son livre tels
qu'ils ont été exposés dans le cours de M. Gall,
et même dans la *Crânologie* publiée par Nicolle.
Ce qui distingue M. Demangeon des autres partisans de ce système, est une haine plus forte contre
les adversaires de M. Gall, et une plus grande
colère contre nous. Dans un avant-propos de cent
quarante-six pages, l'auteur épuise tout le vocabulaire des injures contre les rédacteurs du *Jour-*
*nal de l'Empire*, sans distinction. Il nous nomme
tour-à-tour les vingt-quatre docteurs de l'A B C,
des forbans qui ne respectent rien, des hypocrites, des imposteurs, des apôtres du mensonge,
des frères minimes, des obscurantins ; et il finit
par nous adresser ce joli madrigal : *Plus negâre*
*potest asinus quam probare philosophus.* Nous
nous contenterons de lui faire observer modestement, 1°. que quand même deux docteurs sur vingt-
quatre auraient manqué de respect à la crâniologie,
ce n'est point une raison pour dire des injures aux
vingt-deux autres qui n'ont pas daigné s'en occuper ; 2°. qu'un médecin estimable, un philosophe comme M. Demangeon a tort de se mettre
dans une si grande colère contre des hommes qui
n'ont jamais parlé de lui ; 3°. enfin, que rien n'est
plus déraisonnable que de se fâcher contre des
ânes, et d'écrire un livre contre eux. Quant à
moi, je déclare que jamais je n'imprimerai cent
quarante-six pages contre un âne de quelqu'état
qu'il soit ; et quelqu'injure qu'il m'ait faite, je me

bornerai à un article de journal, et je pense qu'il est plus que suffisant en pareille occasion.

M. Demangeon fait surtout de grands efforts pour prouver que la doctrine de M. Gall n'est contraire ni à la morale, ni au repos des familles, et il nous trouve bien coupables d'avoir osé dire que les démonstrations du docteur allemand tendaient à établir le système des *penchans irrésistibles*. Nous répondrons par un fait allégué par M. Gall, et cité par M. Demangeon lui-même, dans la page 183 de son livre. Le voici :

« Catherine Zieglerin fut arrêtée à Vienne,
» comme prévenue de vol, et ensuite remise en
» liberté faute de preuves. Au sortir de sa prison,
» elle rendit ses juges responsables du premier
» infanticide qu'elle commettrait. Arrêtée quelque
» temps après pour ce crime, elle avoua qu'un
» *penchant irrésistible* à l'infanticide lui avait uni-
» quement donné l'envie de devenir grosse en
» retournant chez elle. Gall ayant examiné son
» crâne, y trouva un tel aplatissement en ar-
» rière, que toute la saillie de l'organe de la phi-
» logénésie (l'amour maternel) semblait en avoir
» été retranchée, tandis que celui de la cruauté
» était très-développé. »

Je demande à tout homme pourvu de quelque raison, si l'on peut nous accuser d'avoir fausse-ment inventé la théorie des *penchans irrésistibles*, lorsque MM. Gall et Demangeon nous présentent une fille qui se fait faire un enfant pour avoir le plaisir de le tuer neuf mois après ; et quand ces docteurs avouent eux-mêmes que ce monstre femelle avait un *penchant irrésistible* à l'infanti- cide. Telle est la bonne foi des hommes qui nous désignent comme des imposteurs et des hypocrites.

Au reste , ce livre que l'auteur nomme Physio- logie intellectuelle , est écrit correctement, avec beaucoup de clarté et toute l'élégance que com- porte le sujet. Il prouve que M. Demangeon a de grandes connaissances ; et abstraction faite des erreurs qu'il veut défendre, son ouvrage contient un grand nombre de choses curieuses , utiles et même intéressantes. Mon éloignement pour les principes de l'auteur ne m'aveugle pas au point de méconnaître l'esprit et le talent avec lesquels il plaide une mauvaise cause ; mais il aura beau dire qu'*un âne peut nier plus de choses qu'un philo- sophe n'en peut prouver;* tant qu'il s'obstinera à vouloir placer la source de nos vertus et de nos vices dans des bosses du crâne , je serai toujours l'âne qui nie, et jamais celui qui admire.

# OBSERVATIONS SUR LA PHROENOLOGIE,

OU LA CONNAISSANCE DE L'HOMME MORAL ET INTELLECTUEL, FONDÉE SUR LES FONCTIONS DU SYSTÈME NERVEUX, PAR G. SPURZHEIM, D. M.

LES esprits forts ne croient point aux revenans, et cependant nous voyons de temps à autre reparaître les ombres de gens bien et dûment enterrés, dont la résurrection n'était pas plus désirée que probable. Le fantôme de Mesmer s'est déjà montré jusqu'à trois fois depuis les obsèques du magnétisme ; il a fait peur à quelques vieilles femmes, et il a été canonisé par le collége des magnétiseurs. Le spectre a fait retraite, fort heureusement pour nous ; car c'est sans doute à sa disparition que nous devons le beau temps dont nous avons joui cette année. Mais ne nous flattons pas de l'espoir qu'il ne revienne plus. Une grande autorité, Hérodote, nous apprend qu'un certain Aristée, de Proconèse, mourut dans la boutique d'un foulon, et ne fut point inhumé, parce qu'on ne pût retrouver son corps ; que, quoique bien mort, il reparut, sept ans après, à Proconèse même, et y composa des vers *arimaspiens* ; qu'il remourut, et se montra trois cent quarante ans plus

9.

tard dans la ville de Métaponte, où il fit ériger des monumens que l'on voit encore aujourd'hui, ajoute l'historien. Soyons donc bien assurés que dans trois cent quarante ans, au plus tard, nous reverrons le grand Mesmer entouré de ses somnambules et des malades qui sont morts guéris par le magnétisme.

En attendant ce phénomène qui effraie les médecins, comme l'annonce d'une comète effrayait nos bons aïeux, occupons-nous d'une réapparition qui n'est pas moins étonnante, et ne confond pas moins le petit orgueil de nos sceptiques. Il n'est personne en Europe qui n'ait entendu parler de M. Gall et de sa doctrine; le docteur n'est point mort, fort heureusement pour les sciences qu'il cultive avec éclat; mais la crâniologie, sa fille chérie, est décédée il y a dix ans, au milieu de la capitale; une commission prise dans le sein de l'Institut a donné son extrait mortuaire ; et dans ce Journal nommé alors *Journal de l'Empire,* on lisait son oraison funèbre, tandis que les autres Feuilles chantaient son apothéose. Qu'elle soit allée dans le ciel ou dans les enfers, c'est une question trop ardue pour que j'aie la prétention de la décider. « Qui connaît, dit Salomon, si l'âme des enfans des hommes monte en haut et si l'âme des bêtes descend en bas ? » (Ecclésiaste, chap. III, v. 21.) Mais sa mort est au moins aussi bien constatée que celle d'Aristée de Proconèse, et le docteur Gall l'a regrettée aussi sincèrement que le docteur Young a pleuré sa chère

Narcisse. Hélas! nous ne l'oublierons jamais ; nous avons vu tous les bijoux de la défunte, c'est-à-dire ces jolis crânes parfumés et vernissés qui lui servaient de jouets, nous les avons vu rentrer dans ces coffres élégans qu'elle nommait ses écrins dans le temps de sa gloire, et qui devinrent à sa mort, non pas des sarcophages, car la chair n'y est pour rien, mais de tristes *ostéophages*, mot nouveau que l'Académie doit adopter par respect pour la crâniologie.

Si l'ingratitude des hommes n'était pas asse connue, notre conduite envers la crâniologie en serait une preuve. Avec quel enthousiasme n'a-t-on pas d'abord accueilli cette fille du docteur! Comme on vantait ses charmes! comme on se pressait pour entendre les oracles de cette nouvelle Pythonisse! Du fond de son antre, dont le dôme était arrondi en forme de bosse, l'aimable Sybille nous disait : Vous volerez, vous tuerez, vous forniquerez, parce que vous avez les protubérances nos 1, 14 et 16, qui renferment les organes de l'amour physique, du meurtre et du vol. Et la foule s'écriait : Quelle science! quelle profondeur! quelle philosophie! Rappelons-nous ces jours heureux où nous portions une main furtive sur la nuque d'une jolie femme pour y mesurer l'ampleur des protubérances occipitales, et y découvrir l'indice d'un grand penchant à l'amour non platonique. Il me semble encore voir une de ces tendres mères promener sa main sur la tête de

son enfant, et dire avec orgueil : il a toutes les
bonnes bosses ! Voulions-nous éprouver l'homme
qui se disait notre ami; avec l'*index* et le *medius*
nous tâtions à la fois la bosse n° 12 près de la suture lambdoïde, et la bosse n° 14 près de la suture
squammeuse. Si la première était saillante, et l'autre déprimée, nous pouvions compter sur un attachement sans bornes; si le 14 dominait, au contraire, nous nous hâtions de fuir le traître qui,
sous l'apparence de l'amitié, méditait de nous
égorger; car, il faut le dire, la nature nous a joué
le mauvais tour de placer l'organe du meurtre près
de celui de l'amitié. S'agissait-il de traiter avec
quelqu'un des affaires d'intérêt; en explorant les
bosses 15 et 16, leur rotondité ou leur aplatissement nous conseillait de refuser ou d'accorder
notre confiance : c'est, en effet, sous ces deux
monticules que sont nichés les organes du vol et
de la ruse. Non, quand j'aurais une langue de fer,
toujours parlant, je ne saurais nombrer et dire
tous les bienfaits de la crâniologie. Et cependant
nous les avons méconnus ! Mais, malgré nos sarcasmes et nos calomnies, le système du docteur
Gall vient de ressusciter; un nouveau père l'adopte
et lui donne le nom de *Phrœnologie.* N'allez pas
croire que ce nom ait quelque rapport avec le mot
*frénétique.* Trompés par ce *phrèn,* que les hellé-
nistes ne s'imaginent pas trouver de l'*esprit* là-de-
dans; c'est tout simplement la bosse, la bosse de
M. Gall qui se remontre à la lumière, et nous donne

la connaissance de l'homme moral et intellectuel : mais combien n'est-elle pas modifiée, arrondie, polie et embellie par les mains habiles et savantes de M. Spurzheim !

Dans sa nouvelle vie, la belle Allemande reçoit une nouvelle éducation ; couverte d'un voile plus décent, elle n'alarme plus la pudeur ; ses penchans ne sont plus *irrésistibles ;* elle dit seulement qu'*ils sont presque soustraits à la volonté.* Que ce *presque* est heureux! il rend la proposition presque orthodoxe. Au lieu de vingt-sept organes, elle en a trente-cinq ; elle parle enfin une langue toute nouvelle : c'est une véritable métamorphose.

Mais il ne suffit pas de payer un juste tribut d'éloges à cette nouvelle édition de la crâniologie, corrigée et augmentée par M. Spurzheim ; il faut au moins indiquer les heureux changemens que le nouveau physiologiste a fait dans la doctrine du premier crâniologue. J'ai déjà dit que M. Spurzheim avait découvert huit nouveaux organes, puisqu'il en compte jusqu'à trente-cinq, et il faut espérer qu'il en sera des bosses comme des élémens, qui, jadis au nombre de quatre, se sont multipliés jusqu'à celui de quarante-sept, sans compter ceux que l'on découvre dans le moment où j'écris.

La première et la plus importante correction porte sur le nom même de la science. M. Spurzheim rejette le mot *crâniologie* : il n'indique , dit-il, qu'une doctrine du crâne ; or, le crâne n'est qu'une empreinte du cerveau, et ce sont les parties cérébrales même dont il faut rechercher les fonctions. Cette raison est fort bonne ; mais ne peut-on pas ajouter que le mot *crâne* prêtait à de mauvaises plaisanteries , à des jeux de mots sur la bosse , et il ne faut pas qu'une religion prête au ridicule. Le nom de Phrœnologie se présente de meilleure grâce ; encore le changera-t-on si les mauvais plaisans s'obstinent à le confondre avec le mot frénésie. C'est un grand avantage dans les sciences que de savoir changer les mots. Le vocabulaire de la chimie est entièrement renouvelé : dans le dix-septième siècle , les mots anatomiques étaient tous latins , ils sont tous grecs aujourd'hui, et un savant docteur vient tout récemment de franciser ce grec d'une nouvelle manière ; les médecins aussi nous traitent à la grecque ; nous ne guérissons pas davantage , mais nous avons au moins la consolation de ne plus éprouver de maladies ignobles ; nous nous plaignons en bons termes , et nous mourons d'une manière classique. Si d'ailleurs on observe que les hommes ne disputent presque jamais que sur des mots , on sentira combien M. Spurzheim vient d'ennoblir la crâniologie roturière , en donnant à tous nos organes des noms de bon ton et de bon goût.

Il commence, comme M. Gall , par celui sans lequel nous n'existerions pas, et que la sage nature a caché sous les deux protubérances occipitales ; mais au lieu de le nommer grossièrement l'*instinct de la propagation* ou l'*organe de l'amour phy-*

*sique*, il lui donne le joli nom d'*amativité*, mot
dont on connaîtra toute la justesse, lorsque, dans
la description de l'organe, on verra qu'il est question de *cervelet très-développé*, de *nuques larges
et saillantes.* J'invite cependant les dames à ne
pas confondre l'*amativité* avec l'amour ; la première a bien son mérite ; mais le second est plus
honnête, et il ne faut jamais nommer que celui-ci,
sans préjudice aux droits de l'autre.

Le second numéro est encore celui de M. Gall;
mais, au lieu de l'*amour des enfans ou des jeunes*,
il se nomme *philogéniture*; philogénésie, dont on
se servait aussi il y a dix ans, était plus complétement hellénique, mais, hybride ou non, la philogéniture signifie l'amour des pères et mères pour
leurs enfans, et l'on sent combien il est philosophique de le placer immédiatement après *l'amativité* : c'est rapprocher l'effet de la cause.

A partir de ce second organe, M. Spurzheim
abandonne M. Gall, et il intervertit l'ordre de
nos protubérances. Les noms qu'il donne à ces
organes législateurs de nos sensations, de nos
penchans, de nos facultés, font connaître leur
nature et leurs fonctions. En voici quelques-
uns : celui de l'amitié se nomme *affectionivité;*
celui de la rixe, *combativité;* la vilaine bosse
du meurtre n'est plus que la *destructivité;* l'instinct qui porte à construire, soit un édifice
comme la colonnade du Louvre, soit la digue
d'un castor, soit le Panthéon d'Agrippa, soit un

nid d'hirondelle, se nomme *constructivité*; l'indigne penchant au vol peut se présenter, même
en bonne compagnie, sous le nom modeste de *convoitivité*, et le penchant à cacher quoi que ce soit
est finement exprimé par le terme délicat de *secré-
tivité*. Je voudrais bien parler aussi de l'*habitativité*,
de l'*individualité*, de l'*idéalité*, de la *localité*, de la
*causalité*, et surtout de la *surnaturalité*; mais un
article de journal n'est pas un volume, et un volume suffirait à peine pour apprécier dignement
une seule page de M. Spurzheim. Contentons-nous
de signaler l'ineptie ou la malveillance de ces
hommes qui nous reprochent de retourner vers
la barbarie, qui nous parlent sans cesse de décadence et de mauvais goût, qui vont disant partout
que les mauvaises doctrines nous viennent du dehors, et qui voudraient clouer l'esprit humain à
un vil poteau pour l'empêcher de s'élever à la *surnaturalité* et à la *perfectibilité* indéfinie. N'eussions-
nous reçu de l'étranger que le mesmérisme, la
phrœnologie et la tragédie romantique, cela ne suf-
firait-il pas pour prouver notre infériorité? Soyons
donc humbles puisque nous sommes pauvres en
génie : je le demande à tout l'Institut, quel est le
Français qui ait jamais inventé rien de comparable
*l'amativité*, *l'habitativité* et *l'affectionivité*?

Quand M. Spurzheim est en train d'abattre des
préjugés, il n'y va pas de main morte; c'est encore
un avantage incontestable que la plupart des étrangers ont sur nous. Si nous attaquons une opinion

générale , nous énervons notre style par une foule
de précautions oratoires , et nous nous croyons
fins quand nous ne sommes que faibles. Un Français , je le suppose , voudrait prouver que les artistes grecs ont mal connu les justes proportions
de la figure humaine , et démontrer que l'Apollon
du Belvédère et la Vénus de Médecis, loin de représenter un dieu et une déesse , n'offrent pas
même à nos yeux des êtres intelligens, par cela seul
qu'ils ont la tête trop petite : dans quelles circonlocutions ne tournerait-il pas avant d'oser exprimer un pareil paradoxe! Que de *si* et de *mais*
n'entasserait-il pas l'un sur l'autre avant de se
laisser deviner! M. Spurzheim dédaigne tous ces
détours ; il dit nettement que *l'imbécillité seule*
*peut être le partage d'une tête aussi petite que*
*celle de la Vénus de Médecis.* Il ajoute , deux lignes plus loin, que l'on doit donner à la plus belle
des femmes *une tête où l'intelligence soit au moins*
*possible.* Il ne s'exprime pas aussi franchement sur
l'Apollon ; mais il se sert d'une tournure française
pour se concilier notre suffrage. « On ne verra pas
non plus , dit-il , qu'une tête aussi petite que celle
de l'Apollon du Belvédère , soit l'apanage de la
plus haute sagesse. Les artistes seraient en contradiction avec la nature , s'ils voulaient prendre les
proportions de cette statue pour modèle de tous
les hommes intelligens. » Que vont dire les Italiens
et les Français qui ont écrit de si belles choses sur
la tête de ce dieu ? Que vont dire les partisans de

l'*angle facial*, qui, établissant une échelle de tous les degrés d'intelligence, en désignaient le *maximum* et le *minimum* par la tête de l'Apollon et la tête de la grenouille? Je ne m'engagerai pas dans cette discussion; mais je crois, en conscience, que les têtes de la Vénus et de l'Apollon sont en effet trop petites : car je ne vois pas le moyen d'y placer les trente-cinq protubérances de M. Spurzheim, ni même les vingt-sept de M. Gall. Cependant, puisque nous en sommes sur les divers degrés d'intelligence, et puisque les grosses têtes en ont toujours davantage, les deux pères de la crâniologie devraient bien nous donner leur mesure; elle serait placée, comme étalon, dans tous les colléges électoraux, et il serait défendu aux électeurs de nommer un député qui n'aurait pas les dimensions requises. Ce qui m'afflige dans tout cela, c'est de voir qu'Apollon, s'il revenait sur la terre, ne serait pas reçu à l'Académie.

Je n'ai pas eu besoin de consulter les savans pour louer M. Spurzheim et sa doctrine. On ne nous demande jamais compte de nos éloges : nous sommes toujours des juges très-compétens quand nous approuvons; mais s'il nous arrive de blâmer, mille cris s'élèvent contre nous, et l'instruction qu'on admirait dans nos articles bienveillans, se change en une ignorance profonde quand notre critique devient moins libérale. Jusqu'ici, je ne risque rien : j'ai fait voir tout ce que la crâniologie a de romantique et d'admirable; j'ai signalé l'heu-

reuse découverte de la *causalité* et de la *surnaturalité*; j'ai fait justice de ces ignorans journalistes,
mes confrères, qui se sont moqués des bosses de
M. Gall, tandis qu'ils ne voyaient pas les énormes
bosses qu'ils portaient eux-mêmes sur leur front.
Mais j'ai promis d'indiquer le côté faible de la doctrine, et je n'échapperais pas moi-même au reproche d'ignorance, si je n'avais pris de bonnes
précautions pour pouvoir argumenter contre un
homme armé de trente-cinq protubérances. J'ai eu
recours aux savans; ils m'ont fourni des notes, et
je vais présenter ici ceux de leurs raisonnemens
que j'ai pu comprendre; car je n'entends rien à
l'anatomie ni à la physiologie, et je suis, en métaphysique, aussi aveugle que ceux qui ont écrit
vingt volumes sur cette matière impondérable. L'un
de ces savans surtout a eu la complaisance de se
rapetisser pour se mettre à la portée de mon intelligence : il a prétendu que le simple bon sens valait
autant que la science pour démontrer l'absurdité
d'un système, et que le rabot de la logique ( ce
sont ses termes ) détruirait aussi bien les bosses
de M. Spurzheim, que les ciseaux, les scies, les
pinces, les rugines et les érigines de l'anatomiste.
Voici à peu près la substance de son discours;
mais j'invite le lecteur à s'en défier, car j'ai remarqué que mon savant avait une large protubérance entre l'oreille et l'occiput; c'est là que se
tient en embuscade l'organe de la rixe ou de la
pugnacité, selon M. Gall, et de la *combativité*

selon M. Spurzheim , organe dont l'existence ne peut être contestée , car on en voit très-distinctement la bosse sur le crâne des chiens querelleurs et sur celui du connétable du Guesclin , comme on trouve celle des voyages sur la tête d'une hirondelle et sur celle du capitaine Cook. Je vais donc rapporter le discours d'un querelleur qui aura tort ; mais il faut dire le pour et le contre , et le contre n'est pas ce qui ennuie le plus nos lecteurs. Faisons cependant observer que les louanges partent toujours de mon propre fonds, tandis que je suis forcé d'emprunter les critiques : la nature m'ayant refusé la bosse de la combativité , n'a fait pousser sur mon crâne que celles de l'*approbation*, de la *bienveillance* et de l'*affectionivité*.

« Tout savant qui écrit, disait l'antagoniste des crâniologues, se propose d'instruire, puisqu'un ouvrage ne peut être utile qu'en instruisant ; mais si le livre par lequel on prétend m'éclairer, ne fait qu'ajouter de nouvelles difficultés à celles qui m'embarrassent; si, au lieu d'expliquer les phénomènes , il les rend plus inexplicables ; s'il épaissit le voile dont la nature a couvert ses secrets, l'ouvrage est tout au moins inutile , s'il n'est pas dangereux. Or, les prétendus organes législateurs de nos penchans et de nos facultés, que les docteurs allemands logent dans notre cerveau, ne font qu'embrouiller notre métaphysique, déjà si peu claire, et changent en absurdité ce qui n'était qu'incompréhensible. Les travaux des anatomistes, le génie des physiologistes et des philosophes n'ont pu encore expliquer l'action de notre volonté sur nos muscles, ou, en d'autres termes, nous apprendre pourquoi nous remuons le bras ou la jambe quand nous en avons la fantaisie. Ils ont beau compter les paires de nerfs, décrire la forme des muscles extenseurs ou fléchisseurs, comparer leur puissance motrice à celle d'un levier du premier ou du second genre, tout cela ne me dit point comment toute cette belle mécanique se met en mouvement à l'ordre de ma volonté. Les beaux discours que l'on a faits sur la nature de l'âme ne m'aident point à résoudre la difficulté. A ce mot *âme*, je sais que nos grands hommes vont sourire ; ils n'en ont pas encore formellement admis l'existence, comme Roberspierre a daigné reconnaître l'Etre-suprême ; mais M. Spurzheim est orthodoxe, il nous donne une âme spirituelle, et soit conviction ou concession de sa part, la reconnaissance de ce principe me suffit pour argumenter d'après ce texte. Voyons donc comment nous arrangerons cette âme avec des organes bien matériels qui commandent nos penchans, qui produisent nos sentimens, et qui nous accordent ou nous refusent les facultés intellectuelles. D'après ce simple exposé, l'âme commence à devenir fort embarrassante ; car, si des houppes nerveuses donnent les penchans, les sentimens et l'intelligence, le rôle de l'âme se réduit à rien, à moins qu'on ne considère notre cerveau comme une ré-

publique fédérative d'âmes matérielles, dont l'âme
spirituelle est le président. Voici un raisonnement
bien simple auquel je ne prévois pas qu'on puisse
répondre : Si les organes qui nous donnent les
penchans, nous fournissent en même temps les
moyens d'exécuter tous les actes que ces penchans
sollicitent, l'âme est absolument inutile, et, au
lieu de l'admettre, M. Spurzheim devait la ren-
voyer dans la région des chimères ; si, au contraire, les organes donnent les penchans sans fournir aucun moyen d'exécution, il faut que chaque
organe, celui de la *destructivité*, par exemple,
avertisse mon âme que je veux manger une perdrix, et que mon âme commande à mes muscles
tous les mouvemens nécessaires pour tuer la perdrix et pour la manger. Or, si je n'ai jamais conçu
comment une âme peut contracter ou relâcher des
muscles, je concevrai bien moins encore comment
un organe du cerveau peut agir sur l'âme qui agit
ensuite sur mes muscles, et détermine leurs mouvemens. Il y a donc ici deux difficultés au lieu
d'une ; le système fait donc reculer la science au
lieu de la faire avancer.

» Mais peut-être, en nous débarrassant de cette
âme, trouverons-nous une solution plus facile.
Essayons : me voilà donc sans âme avec mes trente-
cinq organes qui sont fichés à la circonférence de
mon cerveau comme des clous de girofle dans un
citron ; ma bosse de *combativité* me met flamberge
en main, ma bosse de *circonspection* me dit : ren-

gaîne ; mon n° 6 me crie : tue ; mon n° 13, celui de la bienveillance, veut que je caresse ; la protubérance de l'*amour-propre* me rend fier comme un Castillan ; celle de la *vénération* me rend humble comme un solliciteur. Quel charivari dans ma tête ! et il n'y a plus d'âme pour y mettre le holà ! Rappelons donc vîte cette âme qui, après tout, est moins embarrassante, et chassons les trente-cinq législateurs démagogues qui mettent l'anarchie dans mon cerveau.

» Parcourons maintenant quelques-uns de ces beaux organes, et voyons sur quelle base M. Spurzheim les établit. La perdrix dont je viens de parler n'est point une plaisanterie, mais une transition ; car il est question de tuer pour se nourrir. J'écarte à dessein toutes les vilaines conséquences que l'on peut tirer d'un organe du meurtre considéré comme une source de plaisir.

» Jusqu'ici nous avons cru que, pour avoir le désir de tuer des animaux et de les manger, il suffisait que la nature nous ait donné des mains pour abattre et saisir une proie, des dents incisives pour couper la chair, des canines pour la déchirer, des molaires pour la broyer, un estomac propre à la digérer. M. Spurzheim prétend que cela ne suffit point, et que nous avons nécessairement un organe cérébral qui nous donne ce penchant, et nous indique les moyens de le satisfaire. Voici une phrase curieuse, écoutez bien : « Le tigre et le chat ont des dents et des griffes ; mais un penchant intérieur fait usage de ces instrumens, tandis qu'une brebis ne saurait les employer. » Mais, monsieur le docteur, quand la brebis aurait trente-six protubérances au lieu de trente-cinq, comment ferait-elle usage des griffes qu'elle n'a pas? Comment coupérait-elle et déchirerait-elle des chairs quand sa mâchoire supérieure n'a point de dents incisives, et quand la nature lui a refusé des dents canines? Comment, dirai-je ensuite, un homme d'esprit, aussi instruit que M. Spurzheim, prétend-il fonder un système sur de pareils raisonnemens?

« Après une phrase aussi originale, nous pouvons bien parler de l'*amour-propre;* l'organe qui en est la source et le siége, est situé, dit l'auteur, dans la partie postérieure et supérieure de la tête: « Ceux qui éprouvent ce sentiment, ajoute-t-il, tiennent la tête levée en arrière. » J'avoue que je ne vois pas pourquoi, car cet organe se trouvant sur la déclivité postérieure du crâne, plus on lève la tête, plus l'organe est abaissé, et l'on ne conçoit pas qu'un orgueilleux abaisse par fierté l'organe de l'orgueil. M. Gall était plus raisonnable lorsque, confondant la hauteur morale avec la hauteur physique, il disait que les orgueilleux avaient la même protubérance que les chèvres, parce que les chèvres aiment à grimper sur les hauteurs : ce calembourg physiologique valait bien la fierté qui se manifeste en s'abaissant.

« De l'amour-propre je passe à l'amour mater-

nel, et en cela je suis plus conséquent que M. Spurzheim, car certainement il y a bien un peu de l'a-
mour de soi dans la *philogéniture*. On sait depuis
dix ans que l'amour des mères pour leurs enfans
est déterminé par un organe cérébral, marqué
n° 2 dans les deux crâniologies, et que la saillie ou
la dépression de cette protubérance, indique une
vive tendresse ou une indifférence absolue. Ainsi
le plus doux des sentimens n'est plus qu'une fatalité. On a demandé à M. Gall de quelle nature
était la bosse d'une mère qui, ayant deux enfans,
idolâtrait l'un et haïssait l'autre : le docteur s'est
gratté occiput, sinciput, et n'a jamais pu trouver
la solution de cette difficulté. M. Spurzheim n'a-
borde même pas cette question embarrassante ;
mais l'objection est incomplète, car elle ne présente qu'un choix entre deux individus. L'argument sera bien plus fort si l'on demande quelle
est la protubérance d'une mère qui aime avec passion et orgueil son premier enfant, qui le voit ensuite avec indifférence quand il en est survenu un
second, et finit par le haïr lorsque, devenu trop
grand, il indique trop l'âge de la mère. Comment
une bosse du crâne, comment un organe du cerveau s'abaissent-ils selon les fantaisies, les torts ou
les caprices d'une mère ? Si la mère hait en conser-
vant la protubérance, si elle aime ne l'ayant pas,
que devient le système des organes cérébraux ?

» Il y a loin d'aimer ses enfans à aimer le bien
d'autrui ; aussi ne chercherai-je point de transition

10.

pour passer de l'amour maternel à l'organe du
vol. M. Gall lui avait donné ce nom, qui est le
mot propre; M. Spurzheim, en l'adoucissant, n'a
produit qu'une équivoque. Convoitise ou *convoitivité* peut se prendre pour le désir de posséder ce
qu'un autre possède, ou simplement pour le désir
d'en avoir autant. Tout comme un autre, je désire
ce qui me convient; mais cela ne signifie pas que
je veuille l'enlever au légitime possesseur. Soyons
donc francs, et rétablissons la bosse du vol qui
joue un si beau rôle dans la crâniologie. Vous dites
que c'est un organe donné par la nature à certains
hommes et à certains animaux : il se manifeste
par une saillie du crâne, et le crâne une fois bos-
sué, ne revient plus sur lui-même quand la bosse
a vieilli et s'est endurcie. Tâchons donc de résoudre la difficulté que je vais vous soumettre :
Presque tous les peuples sauvages sont enclins
au vol ; toutes les îles de la mer du Sud, par
exemple, nourrissent des voleurs très - subtils.
Les rois même de ces peuplades ne sont pas,
à cet égard, plus honnêtes gens que leurs sujets.
Je me souviens très - bien que le roi Toubouraï-
Tamaïdé vola des clous au capitaine Cook, et
que la reine Obéréa ayant volé l'habit et la veste
de M. Banks, eut cependant la délicatesse de
lui laisser sa culotte. Or, quand ces peuples se
civilisent, le nombre de voleurs diminue considérablement. Comment donc une institution, comment la volonté d'un législateur abaisse-t-elle une

bosse du crâne? Que devient la portion de cerveau qui a été créée tout exprès pour nous donner une si belle inclination?

» Si, d'un autre côté, vous confondez la convoitivité avec le vol, tous les enfans sont voleurs ; dès qu'un enfant voit une chose qui lui plaît, ses premiers mots sont : *je la veux*, et il la prend si on ne s'y oppose. Cependant la plupart de ces enfans apprennent à connaître la propriété, et se corrigent. A quoi sert donc la bosse, et pourquoi la nature fait-elle les frais d'une construction qui va devenir inutile? »

Mon savant ne se lassait pas de parler, mais je me lasse d'écrire. Me sachant partisan de la bosse, il m'accablait de questions. « S'il faut, disait-il, un organe du cerveau pour manger de la viande, pourquoi n'y en a-t-il point pour manger de l'herbe? Un bœuf a-t-il plus de discernement que l'homme? Pourquoi n'a-t-il pas besoin de protubérance pour choisir le trèfle ou la luzerne, tandis que, sans sa bosse, un pauvre loup mourrait de faim près d'un mouton? Pourquoi aussi, parmi les hommes, les uns ont-ils la bosse et d'autres ne l'ont-ils pas, tandis que tous les loups, tous les lions, tous les tigres et tous les chats, sans exception, sont doués du même organe? Pourquoi, après avoir dit que les têtes de la Vénus de Médicis et de l'Apollon du Belvédère sont des têtes d'imbécilles, parce qu'elles sont trop petites, l'auteur dit-il ensuite, page 115, que les anciens

artistes ont fait des têtes trop grandes? Pourquoi,
entiché de ces organes cérébraux, et voulant que
tout provienne d'eux, soutient-il que « toute la
sphère d'activité immédiate des yeux est bornée à
la perception de la lumière et des couleurs? » Quoi!
mes yeux ne suffisent pas pour me faire voir qu'un
triangle n'est pas un cercle, et qu'une maison ne
ressemble pas à un arbre! « Pourquoi.... » Mon
homme allait encore en enfiler une douzaine, mais
je l'arrêtai en l'assurant que ses sophismes ne dimi-
nuaient en rien mon respect pour la crâniologie.

Je viens de faire un grand acte d'équité en rap-
portant fidèlement le pour et le contre ; mon
procédé doit apprendre à M. Spurzheim qu'il a
oublié un organe, celui de l'impartialité.

# SUR L'ORIGINE DES QUALITÉS MORALES

ET DES

## QUALITÉS INTELLECTUELLES DE L'HOMME,

### ET SUR LES CONDITIONS DE LEURS MANIFESTATIONS ;
PAR F.-J. GALL.

CET ouvrage, qui s'annonce sous un titre philosophique et moral, n'est autre chose qu'une
nouvelle édition, corrigée et considérablement augmentée, de la crânologie, crâniologie, ou mieux
encore crânioscopie. C'est le système des protubérances, c'est la doctrine par laquelle nos facultés intellectuelles, nos qualités morales et nos
penchans, bons ou mauvais, doivent leur origine
à des *organes matériels* logés dans le cerveau, et
se manifestant au-dehors par des protubérances
plus ou moins apparentes sur la surface extérieure
du crâne. Ainsi, depuis cette belle découverte,
une femme n'aime plus son enfant de tout son
cœur, mais de toute la bosse qu'elle porte au-dessus de l'occiput, entre les deux branches de la
suture lambdoïde ; ainsi, on ne vole plus par cupidité, par besoin, par l'effet des mauvais exemples
ou d'une mauvaise conduite, mais parce qu'on a
le malheur de porter dans l'angle des pariétaux un

maudit organe qui nous conseille sans cesse de
mettre la main dans la poche ou dans le secrétaire
du voisin ; ainsi, on ne tue plus par colère, par
vengeance, ou parce qu'on a besoin de tuer des
animaux pour s'en nourrir, mais parce qu'au dessus de l'apophyse mastoïde, la bienveillante nature
a placé un autre organe qui nous porte au meurtre,
non-seulement pour manger de la chair, mais
surtout pour le plaisir de tuer ; ainsi, on n'est
plus dévot par piété, par religion, mais parce
qu'on a le bonheur de porter au haut de l'os frontal, sur le sommet de la tête, l'organe de la *théo-*
*sophie* qui nous fait croire en Dieu beaucoup plus
fermement que ne pourraient le faire l'éducation,
le catéchisme ou les plus beaux raisonnemens sur
les causes finales. Et notez bien que l'action du
bon organe n'exclut pas le développement du
mauvais, témoin cet honnête ecclésiastique cité
par M. Gall, et qui se fit aumônier d'un régiment,
pour avoir le plaisir de voir tuer un plus grand
nombre d'hommes ; témoin encore cet homme
d'une probité intacte, qui devint irrésistiblement
voleur depuis qu'il avait été blessé à la tête. Ainsi
la manifestation des penchans qui nous entraînent
au vice ou qui nous portent à la vertu, a également pour condition *sine quâ non*, un organe
matériel qui se révèle aux yeux du crânioscope par
une protubérance du crâne. En parcourant la série de nos penchans et de nos facultés intellectuelles, on vous prouve qu'il y a autant de bosses

que de facultés ou de penchans ; et si vous demandez, par exemple, pourquoi le tigre a besoin
d'un organe cérébral pour le porter au meurtre,
quand il a déjà un estomac destiné à digérer des
substances animales, quand il a des griffes pour
saisir la proie, et des dents pour la déchirer, on
vous répondra que cet appareil ne suffisait point,
et que le tigre devait encore avoir dans le cerveau
un *organe législatif* qui lui ordonnât de faire un
usage meurtrier de ses dents et de ses griffes, sans
quoi le pauvre animal aurait peut-être mangé de
l'herbe qui lui aurait donné une indigestion.

Il s'en faut bien que les organes cérébraux se
réduisent au petit nombre dont je viens de parler
dans ce préambule ; il y a quinze ans que M. Gall
comptait déjà vingt-sept protubérances indicatives,
et depuis ce temps il en a sans doute recruté
beaucoup d'autres. En attendant qu'il nous en
donne la topographie dans les volumes qui vont
suivre ; je me rappelle parfaitement que nous
possédons déjà l'organe de la musique, celui de
la poésie, celui des couleurs, celui de la docilité,
celui des mathématiques, celui de l'amitié, celui
de la rixe, celui de la bonhomie, celui de la ruse,
celui de l'ambition, celui des lieux ou des voyages,
etc., etc..., et si celui des voyages vous paraît un
peu bizarre, apprenez que les hirondelles ne quittent pas notre France en automne, parce que le
froid a fait disparaître les moucherons dont elles
se nourrissent, mais parce qu'elles portent dans le

cerveau l'organe que M. Gall a reconnu sur le crâne des plus célèbres voyageurs ; ainsi, les hirondelles et le capitaine Cook, les grues et Christophe Colomb, les cailles et les courriers du cabinet ; les oies sauvages et les conducteurs de diligences, sont également remarquables par une jolie petite bosse qui se cache à demi dans les *sinus frontaux*, sous le bord interne des sourcils, près de la racine du nez.

Cette doctrine, éminemment philosophique, faisait depuis long-temps les délices de l'Allemagne ; Vienne et Berlin connaissaient déjà les vingt-sept organes législatifs de nos penchans et de nos facultés, lorsque nous étions encore plongés dans les ténèbres de l'ignorance. Nous voyons avec indifférence des fronts lisses ou bossus, sans nous douter de l'importance attachée à la présence ou à l'absence de la bosse. Si un domestique nous avait volés, nous n'avions pas l'esprit de lui tâter le crâne pour consulter l'oracle niché dans la protubérance ; nos anatomistes même ne se doutaient pas qu'ils étaient destinés par la nature à composer la meilleure chambre de la Tournelle, ou la cour d'assises la plus compétente ; et cependant le siècle des lumières avait commencé pour nous depuis l'an de grâce 1789 ! et cependant nous avons des prétentions à la prééminence intellectuelle ! O honte du nom français ! c'est un Allemand qui a découvert le magnétisme animal, et c'est un Allemand qui nous révèle les mystères de la crânioscopie !

En 1807, M. Gall arrive à Paris, précédé par une immense réputation, escorté d'une légion de crânes, et les savans s'empressent de l'accueillir. Il réunit autour de lui des anatomistes, des physiologistes, des physiciens et des métaphysiciens; il leur dit poliment : « Messieurs, excusez ma franchise germanique ; mais, en conscience, vous n'êtes que des ignorans. Avant moi, personne n'a su ce que c'est qu'un cerveau. Malpighi, qui a fait un gros livre sur cet organe multiple, n'y a vu qu'*un paquet d'intestins difformes et confus ; Sabatier et M. Boyer le rangent dans les viscères sécrétoires et excrétoires; Bichat n'y voyait qu'une enveloppe destinée à garantir les parties situées sur la base interne du crâne ;* d'autres, tels que Bérenger, Spigel, Vesling, Willis, Vieussens, etc., fidèles à la doctrine de Galien, présentaient le cerveau comme l'organe sécrétoire des esprits vitaux, et trouvent encore aujourd'hui des imitateurs. Enfin, Messieurs, vous n'y entendez rien ; je vais vous prouver qu'il ne faut pas couper un cerveau en tranches, mais qu'il faut le développer ; ensuite je vous enseignerai à connaître tous les organes qu'il renferme, et déterminent la manifestation de nos penchans et de nos facultés intellectuelles. » Les savans se turent et attendirent ; mais de jeunes médecins, de jeunes chirurgiens crièrent au miracle, proclamèrent la grande découverte, et firent des livres pour exposer et démontrer l'infaillibité de la crâniologie.

Bientôt le docteur allemand annonce un cours de physiologie intellectuelle , et les curieux s'y portent en foule, attirés par la nouveauté du système , par les conséquences philosophiques de la doctrine , et par le bon marché , car il n'en coûtait que cent vingt francs pour recevoir douze leçons et pour devenir philosophe ; c'était donner la vérité pour un morceau de pain. Par une heureuse coïncidence , le docteur aux protubérances cérébrales choisit une salle de franc-maçonnerie pour nous communiquer la lumière ; ainsi le local n'avait pas changé de destination. Je n'ai pas eu la mémoire assez fidèle pour rapporter textuellement les discours du professeur ; mais tout ce qu'il dit sur les organes du cerveau , sur nos penchans, sur nos facultés , peut se réduire à cette dernière analyse : « Venez, Messieurs , approchez, et ne redoutez pas ce régiment de crânes ; ils sont tous nettoyés , vernissés et parfumés , ce sont des bijoux philosophiques. Ces oracles muets , et pourtant si éloquens , vous apprendront pourquoi vous êtes voleurs, si vous l'êtes ; pourquoi vous avez envie de tuer , de quereller , de combattre ; pourquoi vous êtes bons ou méchans , religieux ou incrédules , sots ou spirituels ; et vous, Mesdames, vous saurez pourquoi vous aimez vos enfans , ou pourquoi vous ne les aimez pas ; car vos vertus , votre attachement à vos devoirs et votre douceur naturelle ne vous feraient pas aimer vos enfans, si votre protubérance n° 2 n'était pas développée , et vous les aimeriez avec passion, si vous aviez la bosse, quand même vous seriez méchantes, acariâtres, inhumaines et dévergondées. Si, par malheur, cette protubérance philogénésique n'offrait qu'une surface presque plane, et si, au contraire, l'organe du meurtre faisait, au-dessus du pavillon de votre oreille, une saillie considérable, bien loin d'aimer vos enfans, vous vous sentiriez le plus vif désir de leur tordre le cou, et telle est la cause physique de la plupart des infanticides. » A cette belle démonstration, vous eussiez entendu dans toute la salle un murmure approbateur, et vous auriez distingué cette exclamation d'enthousiasme : Comme cet homme est philosophe ! Si ensuite le professeur disait : « Voyez tous ces crânes, ils sont autant de preuves de la vérité de mon système ; depuis celui de la musaraigne jusqu'à celui de l'éléphant, il n'en est pas un seul qui démente la doctrine des protubérances ; tous les tigres ont la bosse du meurtre, toutes les pies ont celle du vol, tous les renards, celle de la ruse, tous les chiens hargneux ont celle de la rixe ; et vous, Messieurs, vous réunissez les protubérances de toutes ces bêtes. » Et les auditeurs enchantés s'écriaient : Combien cet homme a d'esprit !

La gloire de M. Gall était parvenue à son apogée ; sa doctrine était devenue vulgaire ; les mères tâtaient la tête de leurs enfans pour savoir s'ils auraient de l'esprit, du courage, de l'ambition, et les jeunes gens qui voulaient se marier, imaginaient tous les prétextes possibles pour examiner les protubérances occipitales de la future épouse. Des journalistes s'étaient déclarés les champions de la crâniologie, et les amis du docteur disaient à tout le monde, en confidence, que les savans de l'Institut étaient partisans de la nouvelle doctrine. Depuis le baquet de Mesmer rien n'avait fait autant de bruit que les têtes de morts de M. Gall : on en voyait sur des tabatières, d'autres pendaient en breloque à la chaîne des montres, et la réputation du professeur avait pénétré jusque dans les derniers rangs de la société, car on entendait des portefaix et des manœuvres se demander : Donnes-tu dans la bosse?

Hélas! il faut bien que je parle un peu du rôle que j'ai joué dans ce triste drame, et

*Quamquam animus meminisse horret, luctuque refugit,*
*Incipiam.*

Dans la foule des amateurs qui se pressaient au cours de M. Gall, j'étais à peu près le seul incrédule, et les cent-vingt francs donnés pour m'instruire furent de l'argent jeté par les fenêtres, car aucune des vérités qui jaillissaient des crânes de M. Gall ne put entrer dans le mien. J'avais commencé les hostilités par un article sur le livre intitulé : *Crâniologie,* ou *Découvertes nouvelles du docteur Gall.* Quoique j'eusse traité le sujet en riant, les enthousiastes des bosses me prouvèrent qu'ils n'étaient pas d'humeur de rire. Je fus re-

gardé comme un profanateur et un sacrilége,
parce que je refusais mon encens à Baal ; on me
signalait comme un obscurant, un fanatique, un
inquisiteur, un ennemi des lumières. Un autre
rédacteur, qui signait la lettre N, avait déjà combattu la crâniologie, et l'avait justement condamnée
sous le rapport de la religion et de la morale ; il
avait poussé l'irrévérence jusqu'à déclarer cette doctrine *abominable ;* ce mot fut une étincelle lancée
sur un baril de poudre ; les adeptes jetèrent les
hauts cris, et comme ce rédacteur n'assistait point
au cours de M. Gall, on feignit de me confondre
avec lui, et on me chargea de ses iniquités quand
j'avais bien assez des miennes.

La première fois que j'entrai dans le temple des
protubérances, l'un des acolytes du grand-prêtre
me désigna d'un air féroce au courroux des frères
de la doctrine. Quelle était ma contenance au milieu de tant d'ennemis se tournant vers moi, *torva
tuentibus*, se chuchotant à l'oreille, et me mon-
trant comme une bête venimeuse ! Dans le trouble
où j'étais, je me plaçai par malheur près de quelques jeunes chirurgiens qui, sortant de l'amphi-
théâtre, étaient encore armés des ciseaux, de la
lancette, du bistouri, du scalpel, du rasoir et de
tous les instrumens de douleur. C'en est fait, me
disais-je, mon dernier soleil s'est levé, et dans
quelques jours, M. Gall fera des démonstrations
sur mon crâne. Le professeur lui-même me fit
bien sentir qu'il me connaissait, car chaque fois

qu'il promenait ses crânes parfumés sur une jolie tablette, pour les faire voir aux assistans, il avait toujours l'attention d'élever cet ossuaire quand il passait devant moi, quoique je me cachasse honteusement au troisième rang des spectateurs.

Cependant je ne perdis pas courage, je continuai d'assister aux séances; j'eus même la force d'écouter sans frémir le long discours dans lequel le docteur, tenant et lisant l'article que j'avais fait la veille, secouait le pauvre journal, en commentant mes expressions, en réfutant mes objections et en pulvérisant toute ma logique. Vains efforts! Rien ne put ébranler ma constance, et quinze articles successifs attestent mon intrépidité. Les vieux militaires se plaisent à raconter les grands combats où ils ont fait preuve de valeur; les séances crâniologiques sont mes batailles; ainsi, j'espère que le lecteur me pardonnera cette digression où, sans avoir la sagesse de Nestor, j'ai imité son babil.

Cependant la guerre de plume s'animait tous les jours davantage; l'inimitié avait succédé à la simple opposition, et la haine à l'inimitié; les gros mots étaient lâchés de part et d'autre, et le style des belligérans commençait à emprunter l'éloquence de la halle, quand un coup de théâtre imprévu dénoua brusquement le mélodrame, et aplatit toutes les bosses sur les crânes des combattans. Le chef du gouvernement ayant demandé à la première classe de l'Institut un rapport sur la doctrine de M. Gall, la crâniologie fut condamnée, les bijoux du docteur rentrèrent dans ses coffres, le temple de Janus aux cent têtes fut fermé, la paix se rétablit dans l'empire de la physiologie, et les plus chauds partisans du nouveau système se vantèrent de n'y avoir jamais cru. Dès-lors, je pus marcher le front levé, et M. Gall, sans doute, s'est plus d'une fois rappelé ce vers :

*Tempora si fuerint nubila; solus eris.*

Pendant dix années il ne fut plus question, à Paris, des protubérances, et cette doctrine ne se professait plus qu'à huis clos, lorsque M. Spurzheim, collègue de M. Gall au consulat crâniologique, tâcha de ressusciter le système et de ranimer la foi éteinte dans le cerveau des vrais croyans. Il lança sur le public un volume qui portait le nom *Phrœnologie*, et qui reproduisait toutes les petites boîtes osseuses avec leurs ingrédiens, tels que les penchans, les qualités morales et les facultés intellectuelles. Les mêmes principes, les mêmes raisonnemens y étayaient la même doctrine, mais ils furent loin d'obtenir le même succès. Cependant M. Spurzheim avait adouci les teintes du tableau, il avait même modifié les traits de M. Gall, et quelquefois émis une opinion différente : il avait, de plus, changé l'ordre numérique de plusieurs bosses, et par hasard, ou à dessein, les nos 14 et 16, qui étaient les organes du meurtre et du vol, sont devenus ceux de la vénération et de la justice ;

jamais conversion ne fut plus complète. J'écrivis
un article sur la réapparition du fantôme, et j'en
préparais un second pour l'exorciser ; mais

Je n'ai fait que passer, il n'était déjà plus.

Enfin , M. Gall reparaît lui-même et non pas par
procuration ; il vient d'ouvrir ses coffres, il a fait re-
peindre ses crânes , et il nous les présente avec tous
leurs attraits. Les deux volumes qu'il vient de publier ne sont que préparatoires , et ce n'est qu'à la
fin du second qu'il établit la pluralité des organes ;
tout ce qui est antérieur est employé à fonder sa
doctrine et à répondre à toutes les objections de
ses adversaires. Plusieurs autres volumes doivent
suivre les deux que j'annonce aujourd'hui et que
j'examinerai dans un autre article. En attendant,
je crois devoir annoncer que M. Gall prétend être
orthodoxe ; il repousse le soupçon d'athéisme,
de matérialisme et de fatalisme ; il affirme que
son système ne détruit pas la liberté morale de
l'homme ; il cite les écrivains religieux , les Pères
de l'Église , les Apôtres , la Bible et l'Évangile
comme auxiliaires de sa doctrine ; rien n'est plus
édifiant. Mais comme j'ai la bosse de la rixe , je
suis entraîné par un penchant irrésistible à quereller M. Gall sur son orthodoxie comme je l'ai fait
sur ses hérésies. Le docteur serait bien maladroit
s'il s'offensait de mon obstination , puisque je suis
une preuve vivante de son système. J'ai dénoncé
l'armistice , et dans peu de jours je reprendrai les

hostilités. Mais, après quinze ans d'interruption, j'ai pensé qu'avant d'attaquer le fantôme converti, je devais, dans le premier article, retracer l'historique du fantôme incorrigible. A Paris, on s'occupe si peu de temps des mêmes objets, qu'on y oublie jusqu'à ses propres bosses.

J'ai dit que la doctrine de M. Gall était presque devenue orthodoxe sous le rapport de la morale, et que le docteur, repoussant avec indignation les accusations d'athéisme, de matérialisme et de fatalisme, s'efforçait de prouver que les principes de la crânioscopie ne nous enlèvent pas le libre arbitre, seul dogme qui distingue le vice de la vertu ; mais je n'ai exprimé qu'une partie de la justification du professeur. Ce n'est point une abjuration qu'il prononce devant l'autel de la morale publique, c'est une apologie de son système qu'il présente avec confiance et avec orgueil à ses lecteurs. Rien de mieux que de se justifier ; il est même beau de s'amender quand on a failli. Il semble donc qu'il ne nous reste plus d'autre tâche à remplir que celle d'examiner sa doctrine telle qu'il l'expose aujourd'hui, sans rechercher ce qu'elle était ou ce qu'elle paraissait être quand la foudre lancée par l'Institut fit crouler tout l'édifice crâniologique. Cette manière de juger la doctrine des protubérances, en datant d'aujourd'hui, et sans retour vers le passé, serait d'autant plus juste que M. Gall ne s'est encore expliqué que par des interprètes, tels que l'auteur anonyme de la *Crânologie*

11.

dont j'ai parlé, M. le docteur Demangeon, dans un livre intitulé : *Physiologie intellectuelle*; M. le docteur Nacquart, dans un *Traité sur la nouvelle Physiologie du cerveau*, et M. le docteur Spurzheim, dans sa *Phrœnologie* dont j'ai donné une courte analyse. Il est vrai que M. Gall a publié un grand ouvrage in-folio avec des planches magnifiques ; mais ce livre est d'un prix si élevé, il orne un si petit nombre de bibliothèques, il s'acheva dans un temps si peu favorable à l'auteur, qu'on peut le regarder comme interdit au public, et les grands principes que M. Gall y développe, et la doctrine qu'il y professe, ressemblent beaucoup à une *proclamation secrète* dont il est question dans l'histoire d'Irlande.

Devenu plus sage par le triste bienfait des années, et encore tout meurtri des coups que j'ai portés à M. Gall, je suis très-disposé à la conciliation ; je voudrais écarter tous les fâcheux souvenirs, je voudrais pouvoir considérer le grand système des protubérances comme s'il sortait aujourd'hui pour la première fois du cerveau de M. Gall ; mais le docteur ne veut pas la paix, et quoiqu'il ne soit plus jeune, il a l'organe de l'humeur querelleuse aussi développé que je l'avais il y a quinze ans. Un poète a dit :

Le Dieu qu'on nomme Amour n'est pas exempt d'aimer.

Et je dis en prose que le père des bosses a sa bosse tout comme un autre. Maintenant, c'est M. Gall

qui est l'agresseur ; quinze années de retraite n'ont
pu calmer son ressentiment, et il emploie presque
un volume à prouver l'ignorance et la mauvaise
foi de ses adversaires, comme si le public pouvait
attacher quelque importance à notre *mauvaise foi*
sur une chose à laquelle on ne pense plus. M. Gall
a tort de nous provoquer ; tout journaliste peut
dire : Bataille est mon métier, et il n'y a que des
bosses à gagner avec nous ; mais puisqu'il veut
se battre, battons-nous ; je lui laisse le choix des
armes : ce sera sans doute à coups de tête conformément au système, et quand nos bosses se cho-
queront, il faudra bien que l'une ou l'autre s'apla-
tisse. Pour mettre les procédés de mon côté,
j'exhibe d'abord le cartel de M. Gall.

Dans le *Dictionnaire des Sciences naturelles*,
M. Cuvier avait supposé à M. Gall l'opinion des
penchans irrésistibles. Le docteur s'en offense, et
il répond aujourd'hui : « ..... Pourquoi M. Cuvier
adopte-t-il ici encore le langage de la mauvaise foi
des anciens collaborateurs du *Journal de l'Empire ?* N'ai-je pas assez réfuté et dans mes ouvrages
et dans mes leçons publiques l'absurde idée de
l'irrésistibilité de nos penchans? » Voilà donc
M. Cuvier qui n'a point d'idées propres, et qui
est obligé d'adopter celles d'un journaliste, quand
il s'agit d'anatomie et de physiologie ! Mais continuons : M. Gall dit ailleurs : « ..... J'affirme que
jamais je n'ai enseigné l'irrésistibilité des actions,
et que partout j'ai professé la liberté morale. » D'a-

près cette déclaration formelle, je me trouve dans
la désagréable nécessité de prouver que M. Gall
n'est pas sincère, ou que j'ai tant de mauvaise foi
que j'en ai revendu à M. Cuvier. Voyons donc
froidement et tranquillement de quel côté est la
mauvaise foi, car, sans cette recherche préalable,
on ne pourra plus croire à rien de ce que je dirai
par la suite.

M. Gall affirme qu'il n'a jamais enseigné l'irrésistibilité des penchans et des actions, et moi j'affirme que j'ai entendu les mots *penchans irrésistibles* sortir plus de vingt fois de la bouche de
M. Gall, dans les premières séances de son cours.
Qui des deux a menti, va dire le lecteur ? Je vais
lui fournir tous les moyens de prononcer. M. Cuvier, que je n'ai pas l'honneur de connaître per-
sonnellement, a aussi entendu les penchans irrésis-
bles ; les rédacteurs de la *Gazette de France*, qui
étaient partisans de M. Gall, lui ont cependant reproché poliment les penchans irrésistibles ; le gouvernement d'Autriche avait déjà fait suspendre les
leçons de M. Gall comme dangereuses pour la morale et la religion ; la cour de Vienne avait donc
aussi entendu parler des penchans irrésistibles ;
cent personnes entendirent ces mots comme moi,
aux séances de M. Gall, et répandirent dans Paris le
bruit de cette étrange doctrine, et ce bruit était
public depuis long-temps quand j'écrivis la première ligne sur la crâniologie ; un livre enfin, ex-
plicateur de la doctrine de M. Gall, et que le doc-

teur n'a désavoué que l'année suivante, annonçait textuellement des penchans irrésistibles. Est-il supposable que tant de personnes, qui n'avaient entre elles aucun rapport, aient toutes entendu des mots qui n'auraient jamais été prononcés? Mais, dira-t-on, ceci n'est qu'une probabilité qui, toute forte qu'elle est, ne peut prévaloir sur la dénégation formelle du professeur. Eh bien! voyons si cette autre preuve sera plus concluante. M. Gall lui-même a si bien reconnu qu'il s'était servi de ces expressions, que, dans l'une des séances où il *pulvérisait* ( c'était son mot) l'article que j'avais fait la veille, il se plaignait amèrement de ce que j'abusais du peu de connaissance qu'il avait de la langue française; il convint qu'il avait employé des termes dont il n'avait pas senti toute la rigueur, et depuis ce jour effectivement il cessa de parler des penchans irrésistibles, sans cesser d'en professer implicitement la doctrine. Je ne manquai pas de rapporter le lendemain les doléances du docteur sur ma prétendue mauvaise foi, et je fis observer que cet homme, si peu instruit dans la langue française, avait fait un long discours en fort bon français. Je propose encore cette question : Est-il supposable que M. Gall, si empressé à pulvériser mes articles, n'eût pas crié à l'imposture, s'il n'avait pas prononcé le discours que je lui attribuais ? et aurait-il prononcé un pareil discours s'il ne s'était jamais servi des expressions dans lesquelles réside tout le danger de sa doctrine ?

Sans trop de présomption, je crois le lecteur
fort embarrassé de se décider sur la bonne foi de
M. Gall quand il m'accuse de mauvaise foi. Mais
que pensera-t-on, quand on apprendra que dans
le livre que j'annonce aujourd'hui, dans ce même
livre où le docteur affirme n'avoir jamais enseigné
l'irrésistibilité des penchans, et avoir toujours professé le dogme de la liberté morale, les penchans
irrésistibles se retrouvent partout implicitement et
explicitement avec leurs odieuses conséquences?

Depuis la page 416 jusqu'à la fin du premier
volume, M. Gall entremêle ses raisonnemens de
petites historiettes qu'il nous a déjà contées dans
ses cours. Ici, c'est un garçon apothicaire saisi
d'un tel penchant à tuer qu'il se fait bourreau
pour le satisfaire; là, c'est un riche Hollandais
qui paie les bouchers pour qu'ils lui permettent
d'assommer les bœufs; plus loin, un honnête ecclésiastique éprouve un tel désir de tuer, que,
n'osant l'assouvir sur des hommes, il rassemble
chez lui des femelles de différens animaux pour
se procurer le plaisir de couper la tête aux petits
à mesure qu'ils naissent; ailleurs, la jeune fille
d'un homme qui avait le goût le plus décidé pour
manger de la chair humaine, est séparée de cet
antropophage, et élevée avec soin dans les meilleurs
principes, et cependant elle succomba à la même
tentation, et l'hérédité de ce penchant prouve,
selon M. Gall, qu'il a sa source dans un organe
matériel. Enfin, c'est un jeune garçon que M. Gall

conseille d'enfermer pour la vie, *parce qu'il ne s'abstiendrait pas de voler.* Or, ce conseil ne prouve-t-il pas l'opinion de l'irrésistibilité ? Tout autre aurait dit : Enfermez-le jusqu'à ce qu'il se corrige ; mais M. Gall veut que ce soit *pour toujours ;* cet arrêt n'est-il pas barbare, si l'on ne suppose pas l'irrésistibilité des penchans ? Dans les passages que je viens de citer, cette triste doctrine est implicitement comprise ; en voici où elle l'est explicitement : Ici, M. Gall soutient que, puisqu'une femme enceinte peut avoir un appétit désordonné de manger de la craie ou du charbon, elle peut, quoique vertueuse, être atteinte d'une manie lubrique, et entraînée *par des penchans irrésistibles* à des actions illégales ; là, c'est un homme plein de probité, qui, ayant été blessé à la tête, devint *irrésistiblement* voleur ; ailleurs, après une discussion sur les *plexus nerveux,* je lis cette phrase : « Comment se fait-il que précisément celles de nos passions et de nos affections dont on établit le siége dans ces plexus et dans ces ganglions, se manifestent avec autant de violence et d'une manière si *irrésistible ?* »

Mais ce n'est pas tout : M. Gall affirme aussi qu'il a toujours professé le dogme de la liberté morale de l'homme ; voici une singulière preuve de cette assertion : « On oppose d'ordinaire à ceux qui nient le libre arbitre, le sentiment intérieur de sa liberté. On dit que chacun a la conscience que, toutes les fois qu'aucune contrainte ni physique,

ni morale ne nous force d'agir ; nous agissons librement, c'est-à-dire que nous aurions pu agir de
telle ou telle autre manière. *Mais comme les adversaires du libre arbitre* PROUVENT *que ce sentiment, cette conscience intérieure ne sont qu'*IL-
LUSOIRES, *il vaudrait mieux, pour la bonne cause,
abandonner cet argument.* » Un peu plus loin,
on trouve encore *un grand nombre de philosophes qui sont parvenus à* PROUVER *que tout ce
qui arrive, arrive nécessairement, et qu'il ne peut
y avoir aucun acte volontaire.* Comment donc
M. Gall s'obstine-t-il à professer la liberté morale,
quand, de son aveu, les philosophes ont *prouvé*
que notre liberté, notre conscience sont illusoires,
et que tout ce qui arrive, arrive nécessairement ?
Je crois maintenant que ma mauvaise foi n'est pas
trop évidente, et que la conscience de M. Cuvier,
conscience qui n'est point illusoire, peut être parfaitement en repos. Quant à M. Gall, qui proteste
toujours contre les penchans irrésistibles, et y revient toujours irrésistiblement, il ne peut plus se
tirer d'affaire qu'en nous disant avec franchise :

C'est la maudite bosse, elle fait son métier.

Mais il est temps d'examiner la logique du docteur. Pour prouver que ses organes matériels nous
laissent toute la liberté d'agir, quoiqu'ils déterminent nos penchans, il dit : « J'ai prouvé que ce
n'est qu'en admettant différens organes pour les
différentes qualités et facultés, que l'on conçoit

comment un organe peut inciter à certaines actions
pendant que les autres organes produisent des
mouvemens et des idées absolument contraires... »
Il conclut de là que l'homme peut toujours prendre telle ou telle résolution, et qu'ainsi il est parfaitement libre. Il se plaint ailleurs de ce que ses
adversaires lui reprochent toujours l'irrésistibilité
des mauvais penchans, tandis qu'ils ne parlent pas
des bons penchans qui sont également irrésistibles,
et qui rétablissent l'équilibre. Je vais tâcher, à mon
tour, de pulvériser ce raisonnement qui pèche
contre la logique, contre la physique et contre la
physiologie. Si le bon et le mauvais organes, que je
porte dans l'encéphale, sont inégaux en force, certainement je ne suis pas libre, car alors je suis entraîné par le plus fort, comme un poids de trois
livres est entraîné par un poids de quatre ; c'est le
raisonnement que faisait Hobbes, nom qui serait
d'un fâcheux augure pour l'orthodoxie de M. Gall.
Si les deux organes sont égaux en énergie, je ne suis
pas plus libre que dans le premier cas : d'abord parce
que la physique m'apprend que deux forces égales
qui agissent sur un même corps, en sens contraire,
le rendent nécessairement immobile ; et en faisant
abstraction de cette vérité physique, ma liberté n'y
gagnerait rien, car ma volonté dépendrait du succès
de la lutte entre les deux organes ; mon âme ressem-
blerait alors à l'agneau qui est attaqué par un loup
et défendu par un chien ; je conçois que l'agneau
fait pour le chien de très-sincères vœux, mais on ne

me persuadera jamais qu'il soit libre. L'argument pèche contre la physiologie en ce que, pour agir en vertu d'un penchant déterminé par un organe maté-riel, il faut que je fasse un mouvement quelconque ; or, si les deux organes sont égaux, j'aurai donc deux volontés contradictoires : à laquelle mes muscles obéiront-ils ? Si l'on m'objecte que les deux or-ganes seront alternativement plus forts ou plus fai-bles, je répondrai ce que la physique m'enseigne , c'est-à-dire , que quand deux forces se surpassent mutuellement , il arrive à chaque oscillation un moment où elles sont égales; si je monte un escalier quand vous le descendrez, il y aura nécessairement un moment où nous nous trouverons sur la même marche , et si , dans le moment d'égalité entre les deux organes , celui du meurtre me crie : pousse ton épée dans le ventre de cet homme , et si celui de la bonté m'ordonne de remettre mon épée dans le fourreau , je demande à M. Gall si ce seront mes muscles extenseurs ou mes muscles fléchis-seurs qui obéiront à ces ordres contradictoires ? J'ai supposé les trois cas possibles , ainsi je défie le docteur de répondre à l'objection.

Pour satisfaire en apparence à la morale uni-verselle , M. Gall a cru devoir modifier ses axiomes physiologiques. N'osant plus dire : Les organes cé-rébraux, indiqués par les protubérances du crâne, nous donnent des penchans irrésistibles , il dit au-jourd'hui : « J'appelle organe la condition maté-rielle *qui rend possible* la manifestation d'une faculté. » Les protubérances n'ont donc plus d'autres fonctions que *de rendre possibles* les actions humaines. Où donc est l'importance de la découverte? Avant M. Gall, nous savions qu'une bonne ou mauvaise action était possible : telle est la fragilité humaine, que le plus honnête homme peut faillir. Mon bras et ma main rendent un crime possible, mais ils ne m'y portent point. Si les penchans irrésistibles étaient odieux, ils avaient au moins une certaine figure philosophique très-digne d'attirer l'attention ; mais des organes qui se contentent de rendre les actions possibles, n'intéresseront personne. En voulant éteindre une partie de son feu, M. Gall y a versé un torrent d'eau, et ne présente plus que des cendres mouillées. Son système perd en force et en éclat tout ce qu'il gagne en innocence.

En accumulant des sophismes pour étayer un faux système, il faudrait un miracle pour qu'on ne tombât pas dans de nombreuses contradictions; ne nous pressons pas de crier, il n'y a point de miracle dans le livre de M. Gall. Les contradictions y fourmillent à un tel point, que je suis dans l'embarras du choix. Mais la crâniologie n'étant plus à la mode, il ne m'est plus permis d'écrire quinze articles sur cette fantasmagorie. Quelques exemples suffiront.

Pressé par une apostrophe un peu vive de M. Richerand, le docteur Gall répond qu'il ne juge des différentes protubérances du crâne qu'en tant qu'elles sont produites par le développement des parties cérébrales subjacentes. Ce ne sont donc pas

les saillies de la boîte osseuse, mais celle des organes
cérébraux, cachés sous ces saillies, qui sont les in-
dicateurs des penchans ou des facultés. Et cependant M. Gall a cité, dans ses cours et dans ses écrits,
des centaines de personnes dont il avait deviné
les facultés ou les penchans à la seule inspection
du crâne. Comment donc a-t-il vu le cerveau de
tous ces gens-là? Dans toutes les prisons où il a fait
ses observations crânioscopiques, il se vante d'avoir
toujours reconnu si le prisonnier était un voleur
ou un assassin, et d'avoir deviné les bonnes qualités
qui, chez les prisonniers, étaient souvent mêlées
à des penchans criminels. Il a donc jugé d'après
la boîte osseuse, et non d'après les parties cérébrales subjacentes, car je ne puis supposer qu'il ait
enlevé la calotte du crâne à tous ces malheureux
pour regarder leur cerveau. Cent fois il nous a entretenus des penchans et des facultés des grands
hommes anciens ou modernes, qualités qu'il a reconnues sur les bustes qui nous restent de ces
hommes célèbres. Comment donc a-t-il vu le cerveau de Périclès ou d'Alcibiade? Comment a-t-il
deviné que les bosses formées sur le marbre, par
le sculpteur, étaient produites par les parties cérébrales subjacentes? Il a donc jugé d'après la bosse
même, en contradiction avec la phrase que j'ai
citée plus haut.

A la page 310 du premier volume, le docteur
fait cette déclaration : « S'il s'agit de penchans
capables de conduire à des actions nuisibles et

contraires aux lois, je m'abstiens de juger. » Et à la page 425 du même tome, il nous raconte qu'il a conseillé à des parens de faire enfermer leur fils *pour toujours*, parce que jamais il ne s'abstiendrait de voler. Le docteur ne s'est donc pas abstenu de juger, et ce qu'il y a de pis, il a jugé d'après la bosse, car il n'a pas fait trépaner le jeune homme pour regarder ce qu'il y avait sous la protubérance n° 16.

Voici une phrase de la page 253 : « Que ces admirateurs de l'excellence de l'espèce humaine me répondent pourquoi, dans tous les temps et dans tous les pays, l'on a volé et assassiné, et pourquoi aucune éducation, aucune législation, aucune religion, ni la prison, ni les travaux forcés, ni la roue n'ont encore pu extirper ces crimes ? » Ici, M. Gall avait besoin d'accuser l'espèce humaine pour pulvériser quelques-uns de ses adversaires ; mais, à la page 330, il avait un autre besoin, et il dit avec une philantropie admirable : « On s'étonne qu'il ne se commette pas plus de mal, et l'on est forcé de reconnaître la bonté naturelle de l'espèce humaine. » N'avais-je pas raison de dire que le docteur a ses bosses tout comme un autre ? Ce n'est sûrement pas la même qui a soufflé ces deux passages.

M. Gall, qui a tant d'horreur de la mauvaise foi, devrait bien s'habituer à citer avec plus d'exactitude qu'il ne fait quand il accuse un de ses adversaires. A la centième page du premier tome, il

reproche à M. Pinel d'avoir considéré la physiologie du cerveau comme une vésanie scientifique
qu'on n'a point encore renvoyée aux petites-maisons; puis, en note, je lis : « Pinel, sur l'aliénation mentale, page 132. » Peut-être bien M. Pinel
a-t-il pensé cela, et regardait-il M. Gall comme un
malade qui lui était dévolu; mais j'affirme qu'il ne
l'a point écrit. Ce qu'il y a de plaisant c'est qu'à la
page 132, M. Pinel ne parle ni de M. Gall, ni
de la physiologie du cerveau, mais de Darwin,
auteur d'une Zoonomie, dans laquelle il attribue
presque tous les vices à l'aliénation mentale, et
M. Pinel ajoute : « N'est-ce pas là convertir en
petites-maisons nos cités les plus populeuses ? »
Quel rapport cette phrase a-t-elle avec celle que
M. Gall prétend citer? J'en dis autant de la page 5
du tome II, où M. Gall assure que Malpighi n'a
vu dans le cerveau qu'un paquet d'intestins difformes et confus. J'ai déjà relevé cette bévue
en 1808, et j'ai cité plus fidèlement que ne fait
M. Gall le passage latin de Malpighi : je ne le re-
produirai pas, mais si le lecteur veut savoir à quoi
s'en tenir, sans recourir au traité *de cerebro*, qu'il
consulte la dissertation sur les glandes du célèbre
Bordeu; il y verra l'opinion de Malpighi comparée à celle de Ruisch, et il reconnaîtra que M. Gall
a tiré de sa propre bosse le paquet d'intestins difformes et confus.

Comme M. le docteur Gall va nous laisser reposer quelque temps avant de publier ses autres

volumes, je demande la permission d'en finir avec lui, tandis que ses protubérances sont encore sous ma main.

Ce ne sont plus les accessoires, mais la base même de la doctrine crâniologique que je me propose d'attaquer aujourd'hui. Je veux prouver que le système était insoutenable avant les concessions que le docteur fait maintenant à la morale, et que cependant le système s'écroule par l'effet même de ses concessions, c'est-à-dire, que la crâniologie ne pourrait pas plus être admise par une société d'incrédules que par des hommes religieux.

Que mes lecteurs ne s'épouvantent pas trop du ton presque solennel de ce début ! Je sais qu'ils n'aiment pas la métaphysique ; aussi mon dessein n'est-il pas de les engager dans ce dédale ténébreux ; je vais soigneusement arracher toutes les épines de la crânioscopie, et ne leur en présenter que la fleur, sans leur garantir cependant qu'ils puissent la prendre pour une rose.

D'un autre côté, la gaieté et la plaisanterie ont leur inconvénient ; par un préjugé presque universel, l'ironie et la raillerie paraissent des moyens tout-à-fait étrangers à la logique, et nous ne voulons pas croire qu'une plaisanterie puisse être un raisonnement ; c'est une erreur : la gravité n'est pas toujours la raison, et telle plaisanterie, légère et folle en apparence, a souvent caché un argument bien fort, ou une objection bien embarrassante. Entre ces deux écueils, je vais risquer

d'échouer sur celui qui amusera plus le lecteur, et
qui lui épargnera les *atqui* et les *ergo* de l'école.
Quelle nécessité, d'ailleurs, d'être sérieux en parlant des protubérances ? Si le résultat de la doctrine paraît d'abord effrayant, dans le nombre des
prétendues preuves dont on l'étaie, il en est de si
plaisantes que le rire de l'auditeur fait explosion
malgré lui. Une réunion des hommes les plus
sages, le tribunal le plus auguste, les membres
même du Sacré Collége auraient-ils pu conserver
leur gravité, s'ils avaient entendu un philosophe,
un docteur leur dire bien sérieusement que le
capitaine Cook avait la même bosse que les hirondelles, parce qu'il aimait les voyages, et que les
hommes fiers et hautains ont la protubérance des
chèvres, parce que ces animaux aiment à grimper
sur les hauteurs ?

Par un de ces concepts que les savans et les
géomètres même emploient fréquemment, et qui,
sous une apparence fictive, expliquent parfaitement
les réalités, je me figure le docteur Gall encore
tout froissé de sa chute, et recevant les consola-
tions et les conseils de M. Spurzheim, son colla-
borateur dans la manufacture des âmes matérielles.
Je me représente le conseiller abordant le docteur : il tient dans la main droite le fatal rapport
de l'Institut, et dans la gauche l'insolent et ancien
*Journal de l'Empire.* Après quelques momens
d'un silence énergique, il lui dit sans préambule
et sans périphrases : Écoutez, docteur, jamais

nous ne nous tirerons d'affaire avec ces gens-là ;
les savans vous contesteront toujours vos découvertes, et ces coquins de journalistes ne cesse-
ront de vous chicaner sur vos organes matériels.
Le peuple même, qui a commencé par rire, et
peut-être excité par les bigots, finirait par nous
regarder comme les envoyés du diable. Il ne faut
pas faire crier la canaille ; faisons donc quelques
concessions à la bétise, mais faisons-les de manière à ce que les gens d'esprit voient toujours
passer le bout de l'oreille. J'interromps ce dialogue
supposé pour avertir le lecteur que partout où je
placerai des renvois, je copie textuellement des
passages du livre de M. Gall : ainsi, le colloque
n'est pas aussi fictif qu'il le paraît.

Vous avez raison, cher collègue, répond tris-
tement le docteur, les savans sont jaloux de ma
gloire. « On peut juger ( voyez pag. 32, vol II )
combien la nouvelle physiologie du cerveau a con-
trarié les chefs de l'École de médecine, par l'extrême circonspection que les élèves devaient mettre
dans leur conduite. Les uns parlaient de mes découvertes, tout en affectant de me blâmer, et d'en
faire honneur à leurs professeurs ; les autres firent
de mes idées leur propriété, sans oser indiquer la
source de leur richesse ; d'autres publièrent des
extraits de mes cours, mais se gardèrent bien de
se nommer ; d'autres enfin furent expulsés de leurs
sociétés savantes pour s'être déclarés partisans des
extravagances du docteur allemand. » Quant à ces

12.

coquins de journalistes, j'excepte cependant ceux qui ont donné dans la bosse, ils me feront mourir de chagrin ; ils viennent toujours me parler de l'âme quand je ne m'occupe que de la matière. Ils ont tant de mauvaise foi, qu'ils m'ont querellé jusque sur les penchans irrésistibles, et ils ont tant crié, que j'ai été obligé d'y substituer des penchans qui ne savent plus ce qu'ils veulent. Le vulgaire est une grosse bête toujours amie du merveilleux. Il n'y a pas un imbécille qui ne veuille avoir une âme, et c'est toujours avec l'âme qu'on veut expliquer les phénomènes physiologiques. Il faut faire cesser toutes ces clameurs et fermer la bouche à mes ennemis ; j'y suis décidé, jetonsleur à chacun une âme, et qu'ils se taisent.

En vertu de cette belle résolution, l'âme est introduite au congrès des organes matériels de l'intelligence, des penchans et des affections. La nature de l'âme est de dominer sur la vile matière ; elle s'avance donc, et d'un ton dédaigneux et froid, elle dit : Messieurs les organes, puisque mes antagonistes sont forcés de me reconnaître, je pense, je réfléchis, je juge...... Halte-là ! lui crie l'organe de *la fierté* : le raisonnement, la réflexion et le jugement ne sont pas dans vos attributions. Voilà leurs altesses les organes de la *sagacité comparative*, de la *pénétration métaphysique* et de l'*observation inductive*, qui sont exclusivement chargés de ces fonctions : votre prétention à raisonner et à juger est une véritable usurpation des droits de la matière. Nous ne vous avons appelée ici que pour vous prouver que vous n'existez pas ; il vous sied bien d'avoir de l'orgueil ! c'est moi seul qui en dispose , et je ne vous en ai point accordé. Apprenez enfin , madame , que vous n'êtes point une réalité , mais simplement une concession. Je croyais cependant , répond l'âme contristée , que le grand docteur m'envoyait vers vous pour présider votre conseil.

A ces mots , un grand éclat de rire part de tous les organes , celui même du meurtre sourit pour la première fois. Nous présider ! s'écrie celui de *la rixe* ; n'est-ce pas nous , au contraire , qui disposons de vous selon notre volonté ou nos caprices ? n'est-ce pas à notre ordre que vous devenez tour-à-tour une bonne âme , une âme sensible , une âme perfide , une âme scélérate ? Mais , messieurs , reprend l'âme tremblante , le docteur me protége. Oui , réplique l'organe de *la glossologie* , belle protection ! apprenez donc à connaître la valeur des mots et le sens du langage ; voyez comment le docteur parle de vous ; ouvrez son code des organes à la page 231 de son premier volume : il y déclare qu'il ne fait aucune recherche sur votre nature ; il ajoute : « Je me borne aux phénomènes. . . . . Aucune faculté ne se manifeste sans condition matérielle , même celles *qu'on nomme spirituelles* n'agissent que par le moyen de la matière. » Si cela ne suffit point pour rabattre votre caquet , lisez la page 61 du deuxième tome ; l'in-

faillible y dit clairement : « Nous n'avons aucune
idée positive de ce qui n'est point matière ; par
conséquent nous ne pouvons rien dire de l'âme,
ni de l'action de l'âme sur le corps, ni de l'action
du corps sur l'âme. Je me renfermerai, comme je
l'ai fait jusqu'à présent, dans la recherche des
conditions matérielles avec lesquelles, etc., etc. »
Vous le voyez bien, le docteur ne peut rien dire
de vous ; s'il vous renvoyait demain, il ne pourrait pas même vous donner un certificat de bonne
conduite. Et encore, je n'ai pas cité tout le paragraphe ; il suffit de dire qu'il le termine par cette
déclaration qui vous rend tout-à-fait inutile : « Je
déterminerai (même page 61) quelle partie *du*
*corps* il convient de considérer comme l'organe *des*
*qualités morales et des facultés intellectuelles.* »

L'âme n'a point de protubérance, et pourtant
elle est obstinée ; malgré l'argument *ad animam*
qui l'avait un peu interdite, elle réplique avec une
tranquillité mêlée de dépit : allons, messieurs,
puisque l'esprit et l'âme n'ont rien de commun,
je ne m'occuperai pas de l'intellectuel, mais vous
me laisserez au moins le département des penchans et des affections. Vous n'aurez rien, lui
répond *l'amitié ;* c'est par moi seule qu'on aime.
C'est par moi seule qu'on aime d'une autre façon,
ajoute *l'amour physique.* C'est par moi seul que
l'on hait et que l'on tue, s'écrie le *meurtre,* d'une
voix terrible ; et, si vous croyez en Dieu, dit la
*théosophie,* c'est à ma houppe cérébrale que vous

en avez l'obligation. La pauvre âme, à ces cris,
ne peut plus se contenir. Eh! que serai-je donc,
misérables, leur dit-elle ; suis-je créée pour n'être
qu'une cinquième roue à votre charrette? Ce que
vous serez? répond doucement la *circonspection*,
je vais vous le dire : vous nous servirez d'enseigne
pour nous concilier les esprits faibles, et pour
empêcher les sots d'avoir peur en entrant ici. A
ces mots, l'âme oppressée s'évanouit, et cette ca-
tastrophe termine mon rêve physiologique.

Je sais qu'un grand nombre de lecteurs ne verront, dans le tableau que je viens de leur présenter, qu'un écart de l'imagination, qu'un jeu d'esprit assez froid, insignifiant et peut-être ridicule.
Ils ne voudront pas reconnaître qu'en faisant parler les prétendus organes de l'intelligence humaine,
je ne leur ai fait dire aucune sottise qui ne soit
dans mon sujet, et qu'il m'était facile de traduire
tout le verbiage, résultant de la doctrine des
bosses, en langage didactique et sérieux. Qu'ils
apprennent donc que toutes les absurdités dont
j'ai composé le dialogue entre les docteurs et la
scène dramatique des protubérances, sont des
conséquences nécessaires des principes proclamés
dans la nouvelle physiologie du cerveau, et si j'en
ai fait une farce ridicule, c'était pour ne pas les
condamner comme odieuses.

Si pourtant on veut de la gravité dans une discussion philosophique, lors même que le sujet
inspire tout autre chose, je dirai ce que prouve

la querelle supposée entre l'âme et les organes de
la crâniologie. S'il est vrai que nous ayons dans le
cerveau des organes matériels d'où émanent la
pensée, le raisonnement, le jugement, les affections, les vertus et les vices, très-certainement
nous n'avons plus besoin d'âme. Si, au contraire,
nous avons une âme, c'est elle seule qui est dis-
pensatrice des facultés, des qualités et des affections, et les prétendus organes législatifs du cerveau ne sont plus que des rouages inutiles dans le
chef-d'œuvre de la création. Nous ne savons pas,
nous ne saurons jamais comment notre âme agit
sur notre organisation physique, et comment un
acte de notre volonté dilate ou contracte nos
muscles, et nous fait accomplir tous les mouvemens nécessaires à la vie animale ; mais, en admettant les organes cérébraux, le saura-t-on mieux?
ne sont-ils pas plus propres à multiplier les obstacles qu'à les aplanir, et à reculer la difficulté
qu'à l'expliquer? Si j'ai la manie de me jeter dans
les abstractions, et de rechercher comment mon
âme agit sur mes nerfs, et, par leur moyen, sur
mes muscles, la doctrine de M. Gall va me donner
un nouvel embarras et me condamner à un nouveau travail également inutile, car je ne comprendrai pas mieux comment mon âme peut opérer
sur ces organes, ou ces organes sur l'âme, et
comment cette double puissance peut produire
l'unité dans le *moi* humain. Il faut donc retran-
cher ou l'âme, ou les prétendus législateurs nichés

dans mon cerveau ; voilà ce que j'ai voulu prouver dans une scène justement ridicule, pour épar-
gner au lecteur l'ennui de la dialectique. Maintenant que j'ai fait mon thême en deux façons, on
peut choisir selon son goût.

Mais quel est cet homme qui s'approche de moi
d'un air mystérieux, et avec un sourire sardo-
nique? Ah! je le reconnais : c'est un disciple de
Diagoras, de Lucrèce, de Hobbes, de Spinosa,
de Boindin, du baron d'Holbach, et d'un célèbre
astronome. Il me tire à l'écart, et me dit à l'o-
reille : Avouez que vous faites une fort mauvaise
chicane au docteur Gall : vous savez bien qu'autrefois il ne parlait pas de l'âme, et s'il en parle aujourd'hui, c'est parce que l'organe de la circonspection s'est développé dans son cerveau. Mais,
quand vous disputerez contre lui en tête-à-tête, et
quand vous direz qu'en admettant les organes matériels de l'intelligence, l'âme devient inutile, s'il
vous répondait que vous avez raison, que répli-
queriez-vous? et s'il vous prouvait que les organes
suffisent, que diriez vous? — S'il prouvait, je
n'aurais rien à dire, mais il ne prouvera rien. Tous
les philosophes, tous les savans réunis auront
beau multiplier les moyens d'investigation, ils
tripleront, centupleront la force de leurs microscopes, ils découvriront dans le corps animal des
milliers d'organes encore inconnus, ils parvien-
dront à rendre l'atôme visible et à palper le fluide
éthéré, ils déduiront de leurs découvertes les con-

séquences les plus séduisantes, et présenteront les corollaires les mieux enchaînés, qu'ils ne me donneront jamais le mot de l'énigme. Quoi qu'ils fassent, il faudra toujours recourir à un premier agent ; et ce premier principe, entouré d'un mur d'airain, toujours invisible, toujours inintelligible, leur sera toujours nécessaire, sans quoi toutes les difficultés resteront sans solution. Le sage Newton s'est arrêté à l'attraction, sans rechercher la cause et le pourquoi de cette loi de la nature. Un philosophe plus présomptueux a prétendu avoir découvert cette cause dans un fluide émané des corps célestes en rotation. J'y consens de tout mon cœur ; mais qui a fait tourner ces globes ? Il faut donc encore chercher la cause de la prétendue cause. Et quand on imaginerait vingt autres fluides (car depuis plus d'un siècle les fluides sont à la mode, comme les épicycles l'étaient chez les anciens astronomes), il faudrait encore rechercher la cause de la première impulsion, et en revenir au premier agent.

J'en dis autant de la physiologie audacieuse : vous aurez beau me montrer tous les organes et m'expliquer leurs fonctions, vous me ferez voir les muscles qui opèrent la mastication, les glandes salivaires destinées à humecter les alimens broyés, les muscles de la déglutition, le conduit nommé œsophage, vous me décrirez l'estomac, vous me parlerez du cardia et du pylore, vous me ferez suivre le bol alimentaire dans les circonvolutions

du tube intestinal, vous me parlerez de la bile qui
s'écoule dans le *duodenum*, et vous ferez sonner
à mes oreilles le beau nom de pancréas ; vous
m'enseignerez comment des pores absorbans et innombrables dépouillent les alimens digérés de leurs
particules alibiles au profit de la nutrition ; vous
me ferez comprendre, si vous pouvez, comment
se fait la chylification et la sanguification, vous
évaluerez tant bien que mal la force du cœur, vous
me ferez voir les artères qui portent le sang du
centre aux extrémités et les veines qui le ramènent
des extrémités au centre ; de-là, vous me conduirez à l'appareil pneumatique, et m'expliquerez
comment la respiration enlève l'oxigène à l'air at-
mosphérique, et change le sang veineux en sang
artériel ; vous développerez ensuite, sous mes
yeux, l'admirable mécanisme de la vision et de
l'audition, en nommant toutes les tuniques, toutes
les humeurs de l'œil, et tous les brimborions de
l'oreille sans me faire grâce de l'*étrier* ni du *marteau;* des sens, vous passerez aux fonctions cérébrales, et vous me conduirez dans les régions né-
buleuses de la métaphysique. Eh bien! avec tout
cela, et cent fois plus encore, vous ne pourrez pas
m'apprendre ce que c'est que la vie ; que dis-je la
vie ! vous ne pourrez pas seulement me dire pourquoi je remue le bout du doigt quand j'en ai la
volonté, et, bon gré, mal gré, il en faudra recourir à un premier agent.

Ainsi, que le docteur Gall admette l'âme par

concession ou par conviction, cela m'est fort indifférent ; il est toujours certain qu'il ne peut pas
s'en passer, puisque ses organes n'expliquent pas
tout, tandis que pendant tant de siècles l'on s'est
passé de ses organes, et l'on a été assez sage pour
s'arrêter aux limites que la nature assigne à notre
intelligence. Je ne conçois pas comment de pareilles idées sont tombées dans le cerveau d'un
homme d'esprit, aussi instruit que M. Gall, et
comment il s'obstine à nous les faire adopter. Aux
fonctions et à la puissance qu'il accorde à ses organes, il est évident que chacun d'eux peut être
considéré comme une âme spéciale ; j'ai donc dans
mon cerveau une république d'âmes, et, certes,
ce n'est pas une république fédérative, car elles
sont toutes ou contraires ou étrangères l'une à
l'autre. Grand Dieu! quelle anarchie!

Je m'aperçois un peu tard que je retombe dans
le sérieux, et pour que le lecteur ne s'endorme
pas par l'effet d'un raisonnement trop prolongé,
il faut terminer par quelques observations d'un
autre genre. M. Gall affirme que, pourvu que le
cerveau reste intact, toutes les autres parties peuvent être détruites isolément, la moelle épinière
même comprimée ou viciée sans que les fonctions
de l'âme en souffrent immédiatement, et il cite
des cas où tous les systèmes nerveux étant affectés
de la manière la plus violente, les facultés intellectuelles et les qualités morales existaient dans
toute leur plénitude. Je n'ai garde de nier ce fait,

mais je ne le comprends pas. Tous les physiologistes, anciens et modernes, ont regardé les nerfs
comme les moyens de communication entre la
volonté et les parties destinées à accomplir ses
actes. Que ce soit par les *esprits animaux* des
seizième et dix-septième siècles, le *fluide nerveux*
du dix-huitième, ou même par l'électricité, peu
importe, les nerfs n'en sont pas moins les conducteurs de ces fluides. Les malades dont parle
M. Gall, et qui conservaient l'entendement sain,
malgré la compression ou la destruction des nerfs,
étaient donc absolument immobiles, car si, en
vertu des fonctions intellectuelles, ils voulaient
faire un mouvement, comment leur volonté exer-
çait-elle son impulsion sur les diverses parties du
corps? Comment les monarques cérébraux fai-
saient-ils parvenir leurs ordres aux extrémités de
leur empire, quand les routes étaient détruites et
les dépêches interceptées?

M. Gall paraît attribuer à Cabanis l'idée que la division des sens n'est peut-être pas complète, et qu'il
pourrait y en avoir plus de cinq. Cette question est
déjà ancienne, et Montaigne l'agite plusieurs fois
dans ses rêveries métaphysiques. Dans un passage,
il prend une pomme pour exemple, et il dit que
quand on la voit, on la touche, on la flaire et on
la goûte, on croit connaître sa nature, mais qu'il
faudrait peut-être huit ou dix sens pour la connaître parfaitement.

Quant aux corps quadrijumeaux, dont la grosseur relative est différente chez les carnivores et les frugivores ; j'ai déjà prouvé que Verheyen, anatomiste assez peu connu en France, a consigné cette observation dans un traité d'anatomie dont la dernière édition est de 1713 ; j'ai même cité le passage latin ; ainsi, la remarque n'est pas nouvelle, et il y a plus de trente ans que je la connais.

Voici encore une assertion que je ne comprends point : « Les nerfs des sens, dit M. Gall, exercent quelquefois leur activité *sans avoir reçu* la moindre impression du dehors. Les rêves, la manie, etc...; en fournissent des exemples. » S'il y avait *sans recevoir*, je le concevrais sans peine, l'activité des nerfs serait l'effet de la mémoire ; mais *sans avoir reçu* me paraît impossible : je doute qu'un aveugle né ait jamais rêvé qu'il distinguait les couleurs, et je suis bien sûr qu'on n'a jamais rêvé du Mexique ou du Pérou avant la découverte de l'Amérique.

M. Gall n'attribue à l'éducation qu'une très-faible influence ; il ne faudrait pas le presser beaucoup pour lui faire déclarer qu'elle est nulle. Il n'admet pas le repentir et la corrigibilité, qu'on me passe ce mot ; *correction* n'aurait pas le même sens. Il affirme qu'il n'a jamais vu des libertins, des fourbes, des voleurs, renoncer par un sincère repentir aux horreurs de leur vie, quand ils étaient provoqués par une organisation malheureuse. Il dit, ailleurs, que, dans les premières années de la vie, quand les enfans sont encore entre les

mains des mères, des nourrices ou des femmes,
les garçons se distinguent toujours des filles par
leurs penchans, quand même les deux sexes seraient élevés de la même manière. Cela me rappelle la singulière preuve qu'il donnait autrefois
de cette assertion. Les petites filles, disait-il, ont
toutes le penchant le plus vif à faire des poupées,
ce qui n'arrive point aux petits garçons. Je suis
très-persuadé, au contraire, que l'éducation et
l'habitude ont la plus grande influence sur le caractère de l'homme, et relativement à la singulière preuve tirée des poupées, je réponds : Oui,
la petite fille qui ne quitte jamais sa mère ou sa
gouvernante, la petite fille à qui l'on dit sans
cesse : Mademoiselle, tenez-vous droite, ne courez pas, n'allez pas jouer avec les polissons, restez sur votre chaise, ne faites pas de bruit ; la
petite fille à qui l'on donne des poupées pour
concilier l'amusement avec la vie sédentaire, fera
elle-même des poupées par imitation, et faute de
plaisirs plus vifs. Mais voyez les dernières classes
du peuple, regardez ces petites filles à qui l'on
donne toute liberté ; voyez-les jouer avec les garçons, courir, crier, se battre, grimper sur des
tas de pierres, sauter des fossés et donner un
libre essor à leur pétulance : celles-là ne s'amusent point aux poupées, ou, si elles en font plus
tard, ce sont des poupées physiologiques, des
poupées à protubérances.

# SUR LES FONCTIONS DU CERVEAU;

PAR F.-J. GALL.

Ne vous brouillez pas avec les médecins, cela
porte malheur : au mois de décembre vous avez
cherché querelle au docteur Gall, et en juin vous
êtes encore malade. Laissez donc là cette maudite
crâniologie, et au lieu de chicaner le docteur sur
ses bosses, appliquez-vous à guérir les vôtres :
voilà ce que me disait une très-bonne femme qui
s'intéresse bien gratuitement à ma santé, et qui attribue mes souffrances à la vengeance d'Esculape.
J'ai un grand respect pour les idées superstitieuses;
nous sommes certains de si peu de choses, tant de
vérités éternelles, universelles et imprescriptibles
sont devenues des erreurs, nous avons ri de tant
d'erreurs qui nous menacent de devenir des vérités,
que je suis quelquefois tenté de croire au conseil
de la bonne femme, et même au système des protubérances. D'ailleurs, est-il rien de plus doux que
la superstition? N'est-elle pas la mère de l'espérance, autre enchanteresse qui sait si bien endormir nos douleurs, nous berce avec tant de mollesse,
et nous trompe toujours sans jamais fatiguer notre
confiance? Quel charme n'éprouvons-nous pas à

la lecture des Contes de fées, de génies, de revenans ! n'aimons-nous pas jusqu'à la frayeur qu'ils
nous causent! Quel homme au cœur de bronze a
pu s'égarer dans une vallée sombre, dans une forêt
silencieuse, sans désirer qu'il sortît une Dryade de
l'écorce d'un chêne, ou une Naïade du fond d'un
ruisseau ? Si j'en crois la Mothe-le-Vayer, le plaisir
que nous font ces histoires provient d'un secret
désir qu'elles soient vraies, et d'un reste de doute
si elles sont fausses. Tâchons donc de croire, c'est
l'état le plus doux où l'esprit humain puisse se trouver. Il y a justement trente ans que l'on ne croyait
à rien, il est temps de croire à tout; nous contenterons M. Gall, qui ne nous demande pas autre
chose, et nous ranimerons M. Azaïs, dont les com-
pensations commencent à baisser.

Je me livrais à ces idées bienveillantes dans les
momens où la maladie sévissait, et où la fièvre à
la marche inégale venait me prêcher une philosophie de circonstance. Je songeais sérieusement à
faire ma paix avec l'explorateur des crânes, et je
me préparais à prouver le dogme des causes finales, en démontrant que, sans l'organe du meurtre
et celui du vol, il n'y aurait point de bonheur à
espérer sur la terre. Je ne m'effrayais pas de la
honte de chanter la palinodie. Eh quoi! me disais-
je, faut-il toujours penser la même chose? Les
physiologistes m'ont appris que, dans l'espace de
sept ou huit années, le corps humain se renouvelle totalement, et que nous ne conservons pas

une seule des molécules qui nous constituaient avant cette période. Or, nos facultés intellectuelles, nos affections morales, proviennent de nos organes matériels, comme M. Gall l'a prouvé. Notre esprit change donc comme notre corps ; et, par une conséquence rigoureuse, depuis seize ans que je m'occupe de crâniologie, j'ai acquis le droit de changer deux fois d'opinion sur ce système ; et d'ailleurs, serais-je le premier écrivain qui verrait tout en blanc après avoir vu tout en noir? Serais-je le premier journaliste qui aurait dit oui et non sur le même sujet? Oh! certes, quand on traite fort honorablement tant de girouettes politiques, on ne criera pas, j'espère, contre une girouette en crâniologie. C'en est fait, je me décide, et..... Mais voyez ce que c'est que l'homme! Au moment où j'allois présenter humblement la branche d'olivier à mon redoutable adversaire, la fièvre avait cessé, et l'état d'apyrexie me rendant toute mon audace, je me relevai fièrement, semblable à ces matelots qui disent leurs patenôtres quand la tempête mugit, et deviennent des esprits forts pendant la bonace. Une fâcheuse découverte acheva de me déterminer. Ayant porté machinalement la main sur ma tête, je sentis *à un pouce derrière l'oreille, et à la hauteur de son bord supérieur,* une protubérance qui me fit frémir : je savais que l'organe du meurtre se plaît dans cette région, et je me crus irrévocablement destiné à faire un coup de ma tête. Plein d'anxiété, je consultai la

mappemonde crâniologique, et je reconnus avec
un peu moins d'effroi, que l'organe situé dans l'angle mastoïdien des pariétaux, et touchant à la suture écailleuse, est celui de *la rixe*, organe qui fait
une énorme saillie sur le crâne des bretteurs, des
férailleurs, des rodomonts, du connétable du Guesclin, des polissons des rues, de la pintade et du
rouge-gorge. Alors, frappant doucement la fatale
bosse, je m'écriai : Le Jacques de Diderot avait bien
raison, tout est écrit là haut; bataille est mon métier : quand on a le malheur d'être un du Guesclin,
un journaliste, un polisson des rues et une pintade, on ne peut éviter sa destinée, et il faut dire
comme César : *Eamus quò deorum ostenta vocant, jacta esto alea.*

Mais, avant de dénoncer l'armistice, j'ai bien
des devoirs à remplir : je dois instruire les juges du
combat, de la grande révolution qui s'est opérée
dans l'empire des protubérances. Plusieurs départemens y sont rangés dans un nouvel ordre. La
rixe, par exemple, qui était logée au n° 13, demeure aujourd'hui au n° 4, entre le meurtre et
l'amitié. Les organes ont été décorés de noms plus
aimables et de meilleur goût. Le premier de tous,
l'amour physique, semble avoir perdu quelque
peu de son impudence depuis qu'il se nomme
*instinct de la propagation;* la rixe paraît avoir
moins de taquinerie depuis qu'elle est devenue
*l'instinct de la défense de soi-même;* le meurtre
sera moins effrayant en se présentant comme *ins-*

13.

tinct carnassier; et le vol s'est amendé au point de n'être plus que le *sentiment de la propriété.* Voilà une nomenclature de bon ton, mais est-elle juste? Comment M. Gall peut-il comprendre sous le titre d'instinct de la propagation, des goûts honteux, des turpitudes, des actes infâmes, directement opposés au but de la propagation? Comment peut-il confondre la défense de soi-même avec l'instinct qui, selon lui, porte les querelleurs, les perturbateurs et les mauvais sujets *à satisfaire leur penchant, même au mépris de l'honneur et du devoir?* Son instinct carnassier ne présente que l'idée d'un carnivore, et ne suppose pas nécessairement le désir de tuer sans besoin; la dénomination manque donc de justesse, car, dans les horribles exemples que cite l'auteur, on voit de fort honnêtes gens qui ne peuvent résister au désir de tuer, torturer et déchirer des chairs palpitantes, sans autre but que celui de s'amuser. Le brave homme qui se fit bourreau pour satisfaire un si doux penchant, n'avait sûrement pas l'intention de mettre les pendus à la broche; et l'ecclésiastique philantrope, qui se fit aumônier d'un régiment pour voir tuer beaucoup d'hommes, ne voulait pas faire sa curée sur le champ de bataille; il est donc passablement ridicule de comprendre dans une même classe le gastrolâtre et le meurtrier, la gourmandise et la cruauté. Mais le docteur se moque tout-à-fait de nous quand il nomme l'organe du vol *sentiment de la propriété;*

il devait dire au moins : *désir de la propriété d'autrui*, cela eût été clair ; mais des lecteurs français ne comprendront jamais que les bagnes de Brest et de Toulon soient les lieux du monde où le sentiment de la propriété brille avec le plus d'éclat. M. Gall a voulu donner de beaux noms à de fort vilaines choses ; je ne lui rendrai pas le même service ; j'écarterai les métaphores mensongères pour rétablir le mot propre. La délicatesse de mes lecteurs en souffrira quelquefois, mais si l'on veut connaître la crâniologie, il faut bien que je soulève un coin du voile.

On me demandera sans doute pourquoi je me sers toujours du mot crâniologie qui ne se trouve pas une seule fois dans le livre de M. Gall. Je répondrai que depuis seize ans j'étudie ce beau système sans savoir quel nom il porte ; et après avoir lu les quatre volumes publiés par M. Gall, j'ignore encore le titre de l'ouvrage. Ce qu'il y a de plaisant, c'est que le docteur ne le sait pas plus que moi. Son système s'est nommé successivement crânologie, crâniologie, physiologie intellectuelle, nouvelle physiologie du cerveau, phrœnologie, organologie : ouvrez le premier tome de l'ouvrage, vous lirez ce titre placé au frontispice : *Sur l'origine des qualités morales et des facultés intellectuelles de l'homme, etc...* ; le second tome ne parle plus de *l'origine*, mais on y lit : *Sur l'organisation des qualités morales et des facultés intellectuelles, et sur la pluralité des organes cérébraux.* Ainsi,

on nous annonce un seul organe pour nous prouver la pluralité des organes. Le frontispice du troisième tome porte : *Influence du cerveau sur la
forme du crâne*, et cependant cette influence n'occupe que la cinquième partie du volume. Le tome
quatrième a pour titre : ORGANOLOGIE, quoique
l'organologie ait déjà été traitée dans quatre cents
pages du volume précédent, et quoique le corps
humain ait bien d'autres organes que ceux de l'encéphale. Enfin, sur le dos des quatre tomes et sur
la feuille qui précède le frontispice, on lit cet autre
titre : *Sur les fonctions du cerveau et sur celles de
chacune de ses parties*. Celui-ci est moins inexact
sans doute ; mais il est incomplet, car il n'annonce
pas que les fonctions des organes cérébraux sont
indiquées par les protubérances du crâne. Ainsi,
M. Gall a changé l'ordre des organes, il leur a
donné de nouveaux noms, et il a multiplié les titres
de son ouvrage, sans nous apprendre comment
nous devons appeler son système. Je m'en tiens
donc au mot crâniologie, parce qu'il est caractéristique, et parce qu'il a procuré à son auteur une
réputation colossale, mais éphémère.

Ces changemens, ces tâtonnemens, ces définitions
fausses ou impropres, n'annoncent pas un auteur
bien convaincu de la vérité de son système, et cependant M. Gall présente ses organes comme des
oracles infaillibles, lorsqu'il ne peut pas même leur
donner un nom qui désigne clairement leurs fonctions. Mais il est temps d'annoncer une révolu-

tion bien plus importante, qui fait le plus grand
honneur à M. Gall, qui assure son bonheur dans
un meilleur monde, et placera peut-être un jour la
crâniologie parmi les livres canoniques. Je l'avouerai, j'ai parlé avec irrévérence de la nouvelle doctrine ; les penchans irrésistibles m'avaient révolté,
et je ne pouvais imaginer qu'il fût très-utile de
dire au peuple que nos facultés intellectuelles et
nos qualités morales ont leur unique source dans
des organes matériels. Le fatalisme des protubérances me semblait être une apologie des crimes de
la révolution : encore tout frappé des horreurs dont
j'avais été le témoin, je ne pouvais me décider à
ne voir dans cet épouvantable drame que des bosses
plus ou moins saillantes, et je m'indignais contre
le novateur qui paraissait désirer que le genre humain n'eût qu'une seule tête pour le tuer morale-
ment d'un seul coup. Je m'exagerais sans doute
l'importance et le danger d'une doctrine dans laquelle je voyais tant d'affinité avec celles des *frères
et amis*. Le crâne vernissé, parfumé et numéroté,
n'était à mes yeux qu'une nouvelle boîte de Pan-
core, bien plus fatale que la première, car elle ne
nous laissait pas l'espérance. Dès-lors, je ne mis
plus de bornes à mon indignation ; la critique la
plus acerbe parut encore trop douce ; je me servis
de toutes les armes, je fis flèches de tous les bois,
et, d'un bras infatigable, je tirai sur l'odieux crâne,
jusqu'à ce que les sutures s'étant disjointes, on
aperçut qu'il était vide. La fureur m'avait rendu

prophète ; j'avais osé annoncer aux badauds, adorateurs des bosses, que dans trois mois ils se mo-
queraient de l'idole devant laquelle ils s'étaient si
niaisement inclinés, et à l'instant préfix, la foudre
de l'Institut réduisit en poudre les bijoux vernissés, les mappemondes et les tabatières crâniologiques.

Cependant M. Gall n'est pas un homme qu'un
rapport académique puisse blesser à mort ; aussi
savant que les plus savans de ses juges, anatomiste
profond et trop physiologiste, célèbre pour avoir
eu l'art de déplisser le cerveau, et pour avoir démontré que l'encéphale n'est point une masse pul-
peuse ; naturaliste, physicien, érudit, logicien
subtil, métaphysicien plein d'adresse, bon médecin, dit-on, et par-dessus tout cela, homme de
génie, comme l'indiquent les deux belles protubérances qui s'élèvent sur son front et y présentent deux segmens de sphère, le docteur pouvait
dire : *Non omnis moriar, multaque pars mei vi-
tabit libitinam.* Il ne répond à l'arrêt de l'Institut
que par un dédaigneux silence ; il se renferme
dans son ossuaire où il paraît dormir pendant
quinze ans comme un autre Épiménide ; puis tout-
à-coup il se montre à la lumière avec sa crâniologie
corrigée, augmentée, épurée, et un crâne badi-
geonné à neuf.

Pour premier acte d'orthodoxie, l'Aristote des
crânes reconnaît publiquement l'existence de l'âme
et son immatérialité. A la vérité, il déclare que la

physiologie ne doit pas s'occuper de cet être qui n'a aucune des propriétés de la matière, qu'il ne fera aucune recherche sur sa nature, et qu'il se borne aux phénomènes ; mais il reconnaît l'âme, voilà le point essentiel ; et dût-il ressembler en cela aux puissances de l'Europe qui ont reconnu Buonaparte en songeant à le détrôner, il y a reconnaissance formelle, et nous ne devons pas en exiger davantage. Par une conséquence nécessaire, il repousse l'accusation et même le soupçon d'athéisme, de matérialisme et de fatalisme ; puis après avoir fait une profession de foi bien supérieure à celle du Vicaire Savoyard, il prouve, ou du moins il a l'air de prouver, que les philosophes chrétiens, les Pères de l'Eglise, les saints et Dieu même, sont les protecteurs de la crâniologie. Malle-branche a dit : « Ce ne sont pas les personnes d'une véritable et solide piété qui condamnent ce qu'elles n'entendent pas, ce sont plutôt les superstitieux et les hypocrites; » et il est clair qu'il a voulu parler des adversaires de M. Gall, desquels je suis malheureusement. Selon saint Bernard, « il faut juger différemment du scandale des ignorans et de celui des pharisiens ; les premiers se scandalisent par ignorance, les autres par méchanceté. » Cela veut dire qu'il faut être ignorant ou méchant pour ne pas croire à l'organologie, et saint Bernard a la bonté de me laisser le choix entre les deux épithètes. Maintenant, écoutons saint Thomas : « Quoique l'esprit ne soit pas une faculté corporelle, les fonctions de l'esprit, telles que la mémoire, la pensée, l'imagination, ne peuvent avoir lieu sans l'aide d'organes corporels. » Oh ! cette fois, il est évident que saint Thomas, qui n'était pas crédule, croyait à la crâniologie. Saint Grégoire de Nysse compare le corps de l'homme à un instrument de musique, et il arrive, dit-il, à plusieurs musiciens de ne pouvoir donner des preuves de leur talent, parce que leur instrument est en mauvais état. « N'est-ce pas comme s'il avait dit : Quand vos protubérances sont trop ou trop peu développées, il y a charivari dans votre tête, comme il y a charivari dans un orchestre quand les musiciens n'ont pas pris le *la*, et ne sont pas d'accord. Salomon, saint Paul, saint Cyprien, saint Augustin, saint Ambroise, saint Chrysostôme, Eusèbe, etc.... regardent le corps comme l'instrument de l'âme, et professent hautement *que l'âme se règle toujours d'après l'état du corps.* » Ici, j'arrête M. Gall, et je m'inscris en faux contre la phrase que je viens de souligner. Non, des saints n'ont pu dire que l'âme se règle toujours d'après l'état du corps ; ils n'ont pu entendre que l'âme soit forcée de se soumettre aux passions, aux appétits et aux caprices du corps : c'eût été admettre les penchans irrésistibles ; et s'ils l'eussent fait, Jean de Launoy, si justement nommé *le dénicheur de saints*, leur aurait intenté un procès en cour de Rome. Mais poursuivons notre nomenclature. Saint Luc a dit : « L'homme de bien tire de bonnes choses du bon trésor de son cœur, et le méchant en tire de mauvaises du mauvais trésor de son cœur. » Sur cette phrase je n'ai rien à dire ; il est très-vraisemblable qu'elle signifie : il sort de bonnes choses des bonnes bosses, et de mauvaises choses des mauvaises bosses. Il est vrai que saint Luc parle du cœur ; mais les évangélistes n'étaient pas très-forts en physiologie. Puis M. Gall cite avec le même bonheur saint Mathieu, saint Paul, saint Grégoire, saint Jacques, et l'Ecclésiaste, et Platon, et Aristote, et Cicéron, et Sénèque, et Pascal, et Kant ; puis enfin, il cite Dieu même : « Le Seigneur dit que la malice des hommes qui vivaient sur la terre était extrême, et que toutes les pensées et tous les desseins de leur cœur n'étaient, en tout temps, que méchanceté. » Ceci exige une observation : d'abord le texte ne porte pas : *Le Seigneur dit*, mais *le Seigneur vit que la malice des hommes*, etc.... *c'est pourquoi il se repentit d'avoir fait l'homme*, etc.... Mais ce passage de la Bible me fournit une remarque foudroyante contre le système de M. Gall. Je veux bien croire que les Pères de l'Eglise et même des saints aient été assez ignorans pour attribuer au cœur les fonctions que M. Gall assigne au cerveau ; mais je ne puis pas admettre l'ignorance de Dieu. Le créateur de l'homme doit savoir l'anatomie et la physiologie aussi bien que les Willis, les Bonet, les Mayow, les Graaf, les Vieussens, les Verheyen, les Ruysch, les Haller, les Sénac, les Vicq-d'Azir et les Bichat, aussi bien que MM. Boyer, Chaussier, Cuvier, Magendie, Richerand (que je classe par lettre alphabétique), et je crois même aussi bien que M. Gall. Or, Dieu a parlé *des pensées et des desseins de notre cœur;* M. Gall est donc inexcusable d'avoir logé dans des bosses du crâne ce que Dieu a sagement placé dans l'organe qui est le mobile de la circulation du sang et la source de la vie. Ainsi le docteur, pour avoir témérairement fouillé dans les livres saints, y a trouvé sa condamnation.

Il n'est pas le premier qui ait fait cette faute : les magnétiseurs, dont l'étoile avait pâli depuis trente ans, et qui avaient tenté vainement de reparaître sur l'horizon à diverses reprises, s'imaginèrent que la restauration ramenant toutes les bonnes choses, elle devait faire triompher les vérités éternelles, intellectuelles et surnaturelles du magnétisme animal. Dans l'espoir de réussir, ils se firent dévots; l'*Ame du monde* du poëte Lucrèce, le *Spiritus intus* de Virgile, ne fut plus qu'un don de Dieu. C'était par le magnétisme que les saints et leurs reliques opéraient des miracles; c'était après avoir magnétisé le paralytique que Jésus-Christ lui avait dit : Lève-toi ; enfin, Dieu le père avait créé le Monde en magnétisant le chaos. Cette politique ressemble beaucoup à celle de M. Gall; mais il faut être juste, la priorité appartient aux magnétiseurs, et ils peuvent réclamer le brevet d'invention.

Quoi qu'il en soit, mes critiques ont produit un effet salutaire, puisqu'elles ont jeté la crâniologie dans le giron de l'Eglise, et procuré au docteur l'occasion de faire briller son érudition ascétique. Sa doctrine est désormais à l'abri de la censure religieuse : il n'admet plus de penchans irrésistibles que dans le cas d'aliénation mentale ou de manie partielle, et pour ne pas perdre sa chère irrésistibilité, il voit de la manie dans tous les crimes. Cela n'est pas maladroit.

Par quelle fatalité faut-il cependant que je persécute encore M. Gall ! Hélas ! c'est cette maudite bosse, celle de du Guesclin, des polissons des rues et de la pintade ! C'est elle qui me condamne à combattre les crânes sous quelque vernis qu'ils se montrent. J'étais orthodoxe quand le docteur était matérialiste, et depuis qu'il s'est trempé dans l'eau du Jourdain je deviens philosophe. C'est en cette qualité que je me propose d'explorer quelques protubérances. M. Gall va dire encore que je suis le *bouffon des anti-organologistes.* Eh ! pourquoi pas bouffon ? Mon professeur de rhétorique m'a toujours dit que je devais élever mon style au niveau de mon sujet.

Je vais donc, sans autre préambule, attaquer fièrement la phalange des protubérances, et j'aborde l'organologie.

C'est avec bien du regret que je me vois obligé de garder le silence sur l'organe n° 1. Il n'y a pas de bosse plus aimable, plus facétieuse, plus im-

pulsive, plus dangereuse, plus impudente, plus
amusante, plus bouffonne, et cependant plus nécessaire au genre humain. Mais les fonctions de
cette protubérance sont d'une telle nature, et nous
sommes devenus si chatouilleux, que la moindre
indiscrétion de ma part ferait jeter les hauts cris à
mes lecteurs, quoiqu'en secret ils me la pardon-
nassent bien sincèrement. Si nous étions moins
civilisés, moins policés, moins savans en toutes
choses, j'exposerais cette belle partie du système
gallique, sans causer le moindre scandale ; mais
il faut respecter les mauvaises mœurs ; elles me
puniraient de les avoir amusées publiquement. Je
me bornerai donc à dire que cette reine des bosses
fait sa résidence à la base postérieure du crâne et
qu'elle y sert de fondement à toutes les autres, et
que la première vertèbre cervicale, si justement
nommée *atlas,* est plus fatiguée de son poids que
de celui du crâne tout entier. Je dois, en outre,
apprendre à mes chastes lecteurs que l'histoire de
cet organe cynique occupe, dans le troisième volume de la crâniologie, tout l'espace compris entre
les pages 225 et 379. Après avoir jeté cette bouée
pour indiquer un écueil contre lequel la pudeur
pourrait éprouver une avarie, je suis bien certain
que nos Lucrèces ne conduiront pas leurs barques
de ce côté, et qu'elles me béniront de les avoir
préservées d'un naufrage.

L'organe n° 2 me rend toute ma liberté : c'est
celui de l'amour maternel, le plus honnête, le

plus respectable de tous ; et M. Gall l'a philoso-
phiquement placé tout près de celui dont la décence me défend de parler.

L'amour maternel, déterminé par une houppe
cérébrale, nichée dans une bosse du crâne, a
révolté toutes les bonnes mères ; elles ont surtout
rejeté avec horreur l'idée que l'absence de cette
bosse, un simple aplatissement de la boîte osseuse dans cette région du crâne, suffisait pour
conduire une mère, non-seulement à l'indifférence, mais à la haine, et, j'ose à peine l'écrire,
au désir irrésistible d'égorger son enfant, si, par
malheur, l'organe du meurtre est aussi développé
que l'autre est aplati. J'ai partagé leur dégoût
pour cette doctrine, et ce point de la crâniologie
est celui que j'ai attaqué avec le plus de force. En
1809, M. Gall n'a pas daigné ou n'a pas pu répondre aux objections que je lui ai faites. Aujour-
d'hui, il daigne ou il croit pouvoir le faire, et sa
réponse est tellement dénuée de sens, que j'en
suis honteux pour lui, et qu'il me faut faire beaucoup d'efforts sur moi-même pour daigner y répliquer. Je demande pardon à mes lecteurs de
remettre sous leurs yeux ce que j'écrivais il y a
seize ans, mais j'y suis forcé puisque le docteur
m'apprend qu'on a reproduit mes raisonnemens
dans le *Dictionnaire des Sciences médicales*, et
que d'un seul coup de lance il prétend terrasser
deux adversaires. Voici le passage tel qu'il le cite
avant de le pulvériser ; je disais en 1809 :

« Une mère n'aime pas son enfant, parce qu'elle
a une protubérance ; elle l'aime parce que cet enfant est le fruit d'un amour qui fait ou a fait son
bonheur ; elle l'aime, parce qu'il est une partie
d'elle-même, parce qu'il est une partie de l'homme
qui lui est, ou qui lui a été cher ; elle l'aime,
parce qu'il lui ressemble, ou du moins parce qu'elle
le croit ; elle l'aime, parce qu'il est son ouvrage ;
elle l'aime, par le seul orgueil d'être mère ; elle
l'aime, pour les dangers qu'il lui a fait courir,
pour les douleurs qu'il lui a causées ; elle l'aime,
parce qu'il est faible et qu'il a besoin de son secours ; elle l'aime, parce qu'elle l'a senti remuer
dans ses entrailles, et parce qu'elle entend sortir
de sa bouche le doux nom de mère ; elle l'aime
enfin, par devoir, par vertu, par habitude, si vous
voulez, lorsque les autres raisons n'ont pas été
assez puissantes. »

Écoutons maintenant M. Gall :

« Ce n'est certes à aucune de ces choses que le
créateur a confié la vie et le bien-être des enfans
et des petits des animaux. Il a su mieux assurer
leur sort. Que l'on descende dans le cœur des
tendres parens, et qu'on y lise si leur amour pour
leurs enfans est déterminé par des motifs *aussi
artificiels*; s'il est en leur pouvoir de ne pas les
aimer ? Ne trouvons-nous pas des exemples de cet
amour le plus tendre chez les individus les plus
grossiers, chez les nations les plus sauvages ; en
un mot, dans les circonstances *où la plupart des*

*motifs ci-dessus n'existent pas ?* » Eh quoi! M. le docteur, la tendresse d'une mère, son amour pour le père de son enfant, le plaisir de produire un être dont elle attend de l'affection, la douce pitié qui l'a portée à protéger sa faiblesse, et le devoir qui lui commande les soins les plus délicats, ne sont à vos yeux que des motifs *artificiels !* et un petit morceau de cervelle vous paraît sans doute un motif plus moral et plus puissant! puis vous dites que la plupart de ces motifs n'existent pas chez les nations sauvages! En vérité, je ne vous comprends pas: apprenez-moi donc pourquoi une femme sauvage ne regarde pas son enfant comme une partie d'elle-même, pourquoi cet enfant n'est pas son ouvrage, pourquoi elle ne jouit pas du plaisir d'être mère, pourquoi elle n'a pas senti remuer cet enfant dans son sein, pourquoi elle ne l'aime pas au moins par habitude? Vous invoquez le témoignage des *tendres parens;* eh bien! je me soumets à leur décision : demandez à toutes les mères si les motifs que j'ai allégués leur paraissent artificiels, et si elles aiment mieux devoir leur tendresse et leur bonheur à une bosse de leur crâne.

Mais le paragraphe auquel M. Gall a si mal répondu n'était pas même une objection, quoiqu'il lui donne ce nom pour avoir l'air de le réfuter. Voici la véritable objection qui a long-temps tourmenté le docteur, et qu'il cite en l'affaiblissant et en la dénaturant pour en avoir meilleur marché. Je la reproduis telle qu'elle a été faite, et non pas

telle qu'elle a été pétrie et aplatie par les doigts
du crânologue. « Vous dites que la protubérance
n° 2 est très-développée sur le crâne des mères
qui aiment leurs enfans avec passion, et que vous
comparez aux singes dont la philogénésie et la
bonne bosse sont aussi prononcées que chez les
bonnes femmes : vous dites, au contraire, que les
mères dénaturées et les femmes infanticides ont
cette partie du crâne aplatie et sans protubérance.
Eh bien ! je connais une femme qui a deux enfans,
et qui adore l'un et déteste l'autre. Je vous demande quelle est la forme de son crâne ?» M. Gall,
qui, dans toutes les séances de son cours, réfutait
longuement et fort spirituellement le pauvre Journal de l'Empire, garda le plus modeste silence sur
l'argument que je viens de rapporter. Cependant,
un jour qu'il se vantait d'avoir répondu à toutes
les objections, il porta par hasard la main sur son
crâne, et, y ayant vraisemblablement rencontré
la bosse de la sincérité, il ajouta : « Il n'y en a
qu'une (objection) à laquelle je n'ai pas encore
trouvé de réponse.... ; » puis il s'arrêta un moment, et, semblable à Scarron quand il dit : *J'ai
frotté, j'ai gratté occiput, sinciput, ma foi, rien
ne vient bien,* il termina la séance en nous assurant qu'il trouverait infailliblement la solution de
cette difficulté, et il avoua que sa doctrine était
tellement coordonnée, que, si on pouvait lui opposer une seule difficulté insoluble, son système
s'écroulerait de fond en comble. Après une telle

déclaration, le docteur ne pouvait pas publier son
Organologie avant d'avoir brisé l'instrument qui
sapait les fondemens de son édifice, comme les
vers rongeurs des digues menacent tous les jours
la Hollande d'une submersion totale. Voyons
maintenant si le raisonnement qu'il oppose à l'objection est digne d'avoir été médité pendant quinze
ans. Le voici :

» Quelque grave que cette difficulté puisse paraître, *à certains esprits superficiels*, elle est très-
peu importante en effet. » Examinons d'abord
cette phrase : j'y vois que M. Gall a la modestie de
se ranger parmi les esprits superficiels, puisqu'il
lui a fallu quinze ans pour trouver une réponse,
telle quelle, à une objection si peu importante.
Suivons :

» J'ai souvent remarqué que les chiennes et les
chattes aiment l'un de leurs petits plus que les
autres. » Vous déviez, docteur ; j'ai parlé d'une
femme, et je ne suis point assez philosophe pour
croire que tout soit égal entre les femmes, les
chiennes et les chattes. J'ai la bonhomie de penser
que la nature, comme vous disiez autrefois, ou le
créateur, comme vous dites depuis votre conversion, a donné à l'espèce humaine quelques petites
facultés dont les chats et les chiens ne sont pas
également pourvus. Ensuite, je n'ai pas parlé de
simple *préférence*, mais de deux sentimens contradictoires ; je n'ai pas dit que la dame en question aimait mieux un de *ses petits* que l'autre,

14.

mais qu'elle adorait l'un et détestait l'autre, ce qui est un peu différent. La conclusion de votre raisonnement est encore plus étrange que les prémisses, car vous dites : « L'estomac aussi ne digère pas également bien tous les alimens, et tous les mets ne sont pas également agréables au gourmand même le plus vorace ; toute musique ne plaît pas également à toute oreille musicale, toute femme n'inspire pas de l'amour et des désirs à tout homme. » Est-ce bien sérieusement que M. Gall fait un raisonnement aussi misérable ? Quel rapport peut-il y avoir entre les fantaisies d'un gourmand et un organe dont la présence ou l'absence peut causer l'amour le plus passionné ou une haine qui va jusqu'à l'infanticide ? Si le docteur avait créé des protubérances gastronomiques, s'il avait institué un organe pour la viande et un autre pour le poisson, un pour la musique de Mozart et un autre pour celle de Rossini, j'aurais puisé mes argumens dans la Cuisinière bourgeoise, ou j'aurais demandé des conseils aux artistes de l'Opéra ; mais la réponse de M. Gall n'effleure pas même la question. Il a beau faire ; je trace autour de lui ce cercle dont il ne sortira pas, et je lui dis : « La femme dont j'ai parlé a ou n'a pas la protubérance de l'amour maternel ; si elle l'a, pourquoi haït-elle un de ses enfans? Si elle ne l'a pas, pourquoi aime-t-elle l'autre? Si elle aime sans la bosse, si elle hait malgré la bosse, votre protubérance est inutile, et n'est plus qu'un rêve de votre cerveau.

C'est à cela qu'il faut répondre, ou il faut avouer qu'on n'a rien de raisonnable à dire. »

Poussons cependant le docteur jusqu'à ses derniers retranchemens, et citons un exemple où il ne puisse plus équivoquer sur les préférences en cuisine ou en musique. Je connais aussi une dame fort coquette, et très-fière d'une beauté qui commence à perdre un peu de sa fraîcheur. Cette dame a deux filles, dont l'aînée a seize ans et la plus jeune huit. L'aînée était idolâtrée par sa mère, quand elle était fille unique et tant qu'elle a été enfant; mais depuis qu'elle est devenue grande et fort jolie, depuis que les adorateurs ont cessé d'obséder la mère de leur douce importunité, pour fixer leurs regards sur la fille, l'amour maternel a perdu d'abord de son énergie, il a décliné ensuite rapidement, puis s'est totalement éclipsé. Et quand la maman a senti que sa grande fille n'était plus à ses côtés qu'un calendrier vivant qui annonçait l'âge réciproque, quand elle a reconnu que la beauté toujours croissante semblait dire à la beauté passée : *Otez-vous de là que je m'y mette*, elle a pris en aversion l'ancien objet de son amour, et a transporté toute sa tendresse sur la fille dont les charmes n'étaient pas encore inquiétans, et dont l'âge autorisait encore les prétentions de la mère. Dira-t-on qu'il n'existe point de femme semblable à celle que je viens de peindre? On se tromperait étrangement; il en est plus de trois que je pourrais citer. Je demande donc à M. Gall quelle est la forme de leur crâne ; de quelle nature est cette bosse qui se cache pour la grande fille et se montre pour la petite ? Le docteur ne me le dira pas, ou il me répondra que la mère aimait autrefois les asperges, et qu'elle aime aujourd'hui les petits pois.

Vainement M. Gall affirmera que sur vingt-cinq crânes de femmes coupables d'infanticide, il n'a pas trouvé la protubérance de l'amour maternel ; ce crime a, dans notre civilisation, des causes trop variées et trop puissantes pour que j'en aille chercher le motif dans l'affaissement d'une partie du cerveau. En Chine, la misère et la disette des vivres a rendu les hommes presque indifférens sur le meurtre ou l'exposition des enfans. Dans d'autres pays, une trop grande rigidité de mœurs pousse les filles-mères au désespoir, et leur fait commettre un crime pour cacher une faiblesse. La preuve que la protubérance n'y est pour rien, c'est que ce ne sont pas toujours les plus dénaturées et les plus dévergondées, mais les plus timides, les plus sensibles à la honte qui se portent à cette extrémité. Telle fille a étouffé son enfant, qui l'aurait chéri avec tendresse si elle eût osé le montrer à la lumière. Si la cause de l'infanticide réside dans l'organisation, pourquoi ce crime est-il plus commun dans la classe indigente, où le sentiment de la honte a moins d'empire que dans les classes supérieures ? Quand notre bienheureuse république accordait une prime d'encouragement aux filles-mères, la honte perdit tout son pouvoir,

et ces demoiselles se paraient de leurs enfans
comme l'arbre des Hespérides nous montre ses
beaux fruits.

Les charmes de l'amour maternel m'ont rendu
prolixe, et je n'ai plus assez d'espace pour y placer
l'énorme protubérance du meurtre, auquel l'infanticide sert naturellement de transition. Ce n'est
point dans cet ordre que M. Gall a rangé ses organes ; mais on sent bien que je n'aurai pas le
courage d'explorer tous les départemens de la crâniologie.

M. Gall paraît croire que sa doctrine sera très-
utile aux criminalistes pour graduer les peines, et
aux juges pour apprécier la culpabilité des accusés.
Je veux supposer son système aussi vrai que je le
crois faux, et, alors même, je ne puis deviner
l'usage qu'on en ferait dans nos tribunaux. Les magistrats admettront-ils l'excuse de la protubérance?
Nommeront-ils des explorateurs de crânes? dé-
terminera-t-on combien de lignes doit avoir la
bosse en plus ou moins, pour modifier le *verdict*
du jury ou l'application de la peine? Mais M. Gall
lui-même nous a dit que les organes ne sont pas
toujours dans un état d'activité ; ils sommeillent
souvent pendant une grande partie de la vie, témoin ce ci-devant honnête homme qui est devenu
voleur après avoir reçu un coup sur la tête, témoins d'autres hommes, continens, et qui devinrent des satyres pour avoir été blessés au cervelet.
Comment devinera-t-on si l'organe veillait ou som-

meillait dans le moment du délit ? Comment saura-
t-on si le meurtrier a tué par vengeance ou par
protubérance, si le voleur a écouté les conseils de
la bosse ou ceux de la cupidité ? Les cours d'assises
enfin professeront-elles le fatalisme ?

Ce dernier mot m'engage à combattre une erreur fort accréditée aujourd'hui. On croit que les
anciens avaient adopté le dogme de la fatalité, et
par *fatalité* on entend la malheureuse nécessité de
commettre un crime quand il a été écrit dans le
livre des destins ; mais, s'ils avaient cette croyance,
pourquoi admettaient-ils un Tartare et un Elysée ?
Les trois juges des enfers sont complètement ridicules s'il y a nécessité d'être criminel comme nécessité de respirer. Que signifie ce roi des Lapithes
qui étourdit les damnés en leur criant :

*Discite justitiam moniti, et non temnere Divos ;*

Son fils Ixion ne peut-il pas lui répondre ? vous vous
moquez de nous avec votre justice, puisque nous
étions condamnés à pécher comme ma roue est
condamnée à tourner. Ne croyons donc pas que
les anciens soient tombés dans une contradiction
aussi absurde. Ils admettaient la fatalité des malheurs, mais non pas celle des crimes. Œdipe devait tuer son père et épouser sa mère, mais il n'é-
tait pas coupable puisqu'il ne les connaissait pas.
Je ne connais aucun passage ancien qui ait mieux
éclairé ce dogme qu'une fable de Phèdre : c'est le *Fur
ad aram compilans.* Un voleur pille un autel de

Jupiter ; la statue du dieu s'anime et lui dit : Je me
soucie fort peu des choses que tu prends ; cependant, scélérat, tu seras puni de ton impiété quand
le jour que le destin a fixé pour ton châtiment sera
venu, *olim cùm adscriptus venerit pœnæ dies.*
Voilà donc Jupiter lui-même qui ne peut pas punir immédiatement, parce que le jour fixé pour la
mort du coupable n'est pas encore venu : or, on
ne pouvait être châtié dans les enfers qu'après la
mort, et le destin qui avait marqué le jour de cette
mort n'a point influé sur le crime. Si l'on rejette
cette interprétation, et si l'on suppose l'irrésistibilité des penchans, il n'y a plus ni crimes ni vertus, et il faut tout mettre sur le compte du *fatum*
ou de la bosse, malgré toutes les belles protesta-.
tions de M. Gall.

Je passe immédiatement de l'organe de l'amour
maternel à celui du *meurtre.* Je néglige la protubérance de l'*amitié* sur laquelle les raisonnemens
du docteur ne me paraissent pas dignes d'une
réfutation sérieuse. Des causes trop variées nous
inspirent de la bienveillance ou de l'aversion, pour
qu'on puisse leur assigner une source unique, et
il nous arrive trop souvent de changer d'affections
envers les mêmes personnes, pour que notre amitié puisse dépendre d'une force physique, organique et constante. Pour croire que ce sentiment est
commandé par le développement d'une houppe
cérébrale, et indiqué par une protubérance du
crâne, il faudrait supposer que cette protubérance

s'affaisse ou se gonfle chaque fois que nous nous brouillons avec un ami, ou que nous nous reconcilions avec un ennemi, sans quoi l'organe serait en contradiction avec les effets qu'on lui attribue.

J'ai déjà parlé de l'organe de *la rixe*, et j'ai assez fait sentir le ridicule de confondre le caractère querelleur et hargneux avec le courage qui nous porte à nous défendre : cela est si faux que les hommes les plus insolens et les plus hargneux sont ordinairement ceux qui se défendent le plus mal quand on se met en posture de les châtier. Mais je me hâte d'arriver au bel organe du meurtre, qui est bien plus important, qui offre bien plus d'intérêt, et constitue une grande partie de la gloire de son inventeur.

Il faut en convenir : une dialectique adroite peut donner à l'existence de cet organe une apparente probabilité. On dira que l'extinction naturelle des êtres organisés n'étant pas proportionnée à leur reproduction, et la masse des individus tendant toujours à s'accroître, il fallait nécessairement qu'un moyen violent de destruction rétablît l'équilibre et empêchât l'encombrement, dont l'excès aurait produit une destruction universelle. J'adopte ce raisonnement, et il ne me force point à reconnaître la nécessité d'un organe cérébral qui préside au grand œuvre de l'extermination. Sans mêler le *créateur* dans cette discussion crâniologique, comme M. Gall le fait depuis quelque temps, et en n'interrogeant que la nature qui est la divinité des phi-

losophes , on peut répondre à M. Gall que cette
nature a trop bien pris ses précautions pour craindre l'encombrement des individus et des espèces.
En donnant à certains oiseaux un bec trop faible
pour briser et broyer des graines, en armant d'autres oiseaux de serres vigoureuses et d'un bec
acéré, elle a suffisamment recommandé aux premiers de n'attaquer que des vers ou des mouches,
et aux autres de choisir une proie plus substan-
tielle. En donnant aux oiseaux aquatiques des pieds
terminés en rames et une huile animale qui rend
leurs plumes imperméables à l'eau, elle leur a
conseillé de s'exposer sans crainte à cet élément;
et, si tout penchant suppose un organe logé dans
le cerveau, pourquoi le docteur n'en assigne-t-il
pas un au penchant qui fait courir les oies et les
canards à la rivière, tandis qu'un pauvre renard
mourrait de faim devant une poule, s'il n'avait
pas au-dessus de l'oreille, l'organe de la cruauté?

Les quatre estomacs des ruminans, l'absence de
dents incisives à leur mâchoire supérieure, et leurs
pieds fort mal conformés pour saisir une proie vivante, les condamnent à une nourriture végétale
qui, sous un grand volume, contient peu de substance alibile, tandis que le tigre, le loup et les carnassiers leurs consorts, pouvant saisir et déchirer,
et pourvus d'un estomac unique, dont la capacité
médiocre exige des alimens plus substantiels que volumineux, sont portés par l'ensemble de leur conformation à chercher leur subsistance dans la chair

et dans le sang. J'ai toujours cru que l'impossibilité d'agir autrement était une assez bonne règle de conduite; mais cette impossibilité ne suffit pas à M. Gall, il faut encore, selon lui, qu'une petite houppe du cerveau apprenne au loup qu'un gigot de mouton vaut mieux qu'une citrouille ; tandis que, par une inconséquence impardonnable, il ne donne pas de protubérance au mouton, pour préférer la saveur de l'herbe à celle de la chair.

M. Gall rejette absolument l'influence des griffes, des dents, de l'estomac et des intestins, sur la détermination des animaux dans le choix de leur nourriture. « Que l'on donne à la brebis, dit-il, les dents, les griffes du tigre, sans changer la disposition de son cerveau, jamais elle ne sentira une impulsion intérieure qui la porte à attaquer ou à tuer d'autres animaux. Le tigre, placé au milieu d'une prairie couverte d'herbes en abondance, mourra de faim plutôt que de se décider à les brouter. » Je réponds d'abord que les dents et les griffes du tigre ne suffiraient pas à la brebis pour lui donner l'appétit des carnivores, et qu'il lui faudrait encore un autre estomac, et une langue et un palais dont les papilles nerveuses fussent propres à savourer la chair. Quant au tigre, je ne vois pas pourquoi il dédaignerait l'herbe, s'il était tout-à-coup métamorphosé en animal herbivore, et pourvu d'une bouche, d'une mâchoire et d'un estomac analogues à son nouvel état. Mais, quoi qu'il en soit de cette supposition et de cette métamorphose, le docteur ne résout pas la difficulté principale, et ne dit pas pourquoi la brebis n'a pas besoin d'une bosse au crâne pour se vouer à l'herbe, tandis qu'une bosse est nécessaire au tigre pour se nourrir de substances animales. Ainsi, le mouton, que nous prenons pour l'emblême de la bêtise, a bien plus de raison, de finesse et d'esprit que le tigre, le loup et même le renard, puisqu'il n'a pas besoin d'organe cérébral pour savoir ce qu'il lui faut, tandis que les trois autres imbéciles n'oseraient tordre le cou à un lapin ou à une poule, si la protubérance ne leur disait pas que cet aliment leur convient. A de pareilles idées, reconnaît-on la sagesse de la nature ?

Mais cette partie du système est entachée d'un vice bien plus choquant. La raison, le bon sens le plus grossier permettent-ils de confondre le besoin de se nourrir, qui est la condition *sine quâ non* de l'existence, avec la cruauté qui n'a pas pour but la nutrition ? Quoi ! la même protubérance qui n'inspire aux uns que le désir d'apaiser les cris impérieux de la faim, porte les autres à tuer, déchirer et torturer des hommes et des animaux dont ils n'ont pas l'intention de se nourrir, et pour le seul plaisir de jouir de leurs souffrances ! Ainsi, l'organe qui permet à un honnête homme la côtelette de mouton et l'aile du poulet, est celui qui animait les Caligula, les Domitien, les Maximin, les Lebon, les Carrier et les monstres de notre révolution ! La nature est donc bien inconséquente si, par une grossière contradiction, elle fait servir l'organe qui détermine le choix de la nourriture, à déchirer et détruire en pure perte des êtres dont on ne se nourrit pas. En vérité, j'ai pitié des gourmands, et si la crâniologie doit triompher de mes efforts, je prie instamment M. Gall de vouloir bien créer pour les gastronomes une petite bosse qui n'ait rien de commun avec celle des assassins.

Pour calmer chez mes lecteurs l'émotion que leur a causée l'organe du meurtre, je vais faire passer sous leurs yeux une protubérance qui se présente de meilleure grâce : c'est celle des voleurs, des filoux et des *chippeurs*, mot que le docteur a daigné recueillir dans ses entretiens avec ces messieurs. Je ne répéterai pas ici ce que j'ai écrit sur cet organe, que M. Gall prétend avoir découvert sur le crâne d'un grand nombre d'animaux, comme sur celui de l'homme. Vainement je lui ai objecté que la propriété étant une institution sociale, la nature, qui donne tout à tous, n'avait pu nous gratifier d'un organe qui distingue *le tien et le mien*, et nous dispose à voler. Le docteur n'en soutient pas moins que le vol est une institution de la nature, et il sue sang et eau pour prouver cette étrange proposition. Oh! très-certainement, s'il confond le penchant au vol avec le désir de posséder tout ce qui est utile et agréable, je puis répondre à M. Gall, comme l'a fait un sénateur russe au czar Pierre Ier, quand ce monarque voulut que l'on fît pendre tous les voleurs, grands ou petits : « Sire, disait-il, nous sommes tous voleurs; l'empereur vole, ses ministres volent, les gens de justice volent, les marchands volent; ainsi, il faudra faire pendre tout le monde. » Mais M. Gall voudra bien me permettre de distinguer le désir de jouir de certains avantages de celui qui porte les voleurs à en dépouiller ceux qui les possèdent. J'ai souvent vu certains petits meubles fort jolis qui me faisaient souhaiter d'en avoir de pareils, mais je prie monsieur le docteur de croire que ce souhait n'allait pas jusqu'à l'intention de *chipper* une montre ou de crocheter une porte.

Puisque mes anciennes objections sur l'organe du vol ont été rejetées par le professeur, sans être réfutées, je vais lui en proposer de nouvelles qui auront peut-être le bonheur de fixer son attention. Il est des pays où la chasse et la pêche appartiennent à tout le monde, et l'on peut y prendre une carpe ou y tuer un lièvre sans avoir une bosse allongée en avant de l'angle sphénoïdal des pariétaux. Mais la civilisation s'y perfectionne, la population s'y accroît; la chasse et la pêche y deviennent des propriétés particulières, et dès-lors le ci-devant innocent chasseur n'est plus qu'un braconnier, et le pêcheur un *chippeur* de poissons. Je demande maintenant si la nature a fait pousser une bosse au moment où la loi a été promulguée? Ces hommes avaient-ils la protubérance avant la promulgation? Alors, ce ne pouvait être celle du vol, puisqu'ils ne faisaient qu'une action permise. N'en avaient-ils pas après la défense légale? Alors, on peut être voleur sans avoir la bosse du vol : cet organe est donc inutile.

Les premiers Européens qui ont navigué dans le grand Océan, tels que les Anson, les Byron, les Carteret, les Wallis, les Bougainville, les Cook, les Lapeyrouse, les Vancouver, etc..... s'accordent à dire que les insulaires des nombreux archipels de cette mer immense, sont les plus audacieux ou les plus subtils voleurs qu'il y ait sur la surface du globe. Cependant, après les châtimens que le capitaine Cook avait fait infliger aux voleurs, le nombre en avait considérablement diminué dans les îles de la Société et celles des Amis; et les princes du pays qui avaient ce doux penchant, sans en excepter le roi Oréo, le roi Poulao, le roi Toubouraï-Tamaïdé et la reine Obéréa, finirent par rougir de cette vieille habitude, s'en corrigèrent et la punirent dans leurs sujets. Aujourd'hui, dit-on, depuis que les missionnaires évangéliques ont converti ces insulaires et leur ont prêché la morale, on ne trouve pas plus de voleurs chez eux que partout ailleurs, et peut-être moins que dans nos grandes capitales. Que sont donc devenues toutes ces bosses? Comment des organes primitifs et fondamentaux, comme les nomme le docteur, comment des penchans *innés et héréditaires* ont-ils cédé à la législation et à la prédication? Voilà donc encore la nature qui obéit aux institutions humaines, et qui pousse ou retire ses bosses au gré des législateurs, ou plutôt à l'ordre de M. Gall!

Mais je m'aperçois que je suis trop sérieux, et dût-on me nommer encore le bouffon anti-organologiste, je ne puis résister au désir de citer un trait qui m'a fait rire comme une des meilleures scènes de Molière. M. Gall nous raconte que, quand il a observé sur quelque tête vivante une protubérance bien prononcée, il n'a fait aucune difficulté d'aborder le porteur de ce bijou, et de le prier, avec la plus vive instance, de permettre qu'on prît avec du plâtre l'empreinte de ce beau crâne pour constater le phénomène et en perpétuer la mémoire. Pour obtenir cette crâniographie, il fallait que le patient se laissât tondre et permît qu'on le coiffât d'une calotte de plâtre. Rien ne résiste à l'amour des sciences, et l'éloquence du docteur a presque toujours vaincu la répugnance des porteurs de bosses. Il nous apprend qu'il s'est procuré quatre cents plâtres de cette manière. A la vérité, M. Gall ne nous dit pas quelle est la séduction qu'il a exercée sur les braves gens qui ont consenti à figurer dans la crâniologie, mais cela se devine aisément, et, à mes risques et périls, je vais tâcher de suppléer à son silence. Je suppose donc que le dialogue suivant a dû s'établir entre le sculpteur et son modèle. « Oh! Monsieur, la belle protubérance! elle va devenir le plus beau diamant de mon écrin, la pierre angulaire de mon système. — Elle est donc vraiment curieuse? — Admirable. — Dites-moi, docteur, est-ce la bosse de l'esprit, du courage, de la sagacité, de la pénétration, ou peut-être celle

de la *drôlerie*, vous m'entendez? — C'est mieux
que tout cela. Elle indique le plus vif *sentiment de
la propriété*. — Ah! je le crois bien ; personne
n'a plus de respect que moi pour les propriétés. —
Vous n'y êtes pas, ce n'est point cela. J'appelle
*sentiment de la propriété*, le penchant qui nous
porte à nous approprier... — Quoi donc? — Les
choses qui ne nous appartiennent pas. — Comment diable! — Oui, à prendre ce qu'on ne nous
donne pas, à ramasser ce qui n'est pas perdu.
— Mais, docteur, c'est donc la bosse du vol?
— C'est toi qui l'as nommée. — Oh! oh! et vous
voulez que je me fasse couper les cheveux et plâ-
trer la tête pour acquérir cette belle réputation?
— Mais vous n'y êtes pour rien, c'est la nature
qui a tout fait. — Cela est fort désagréable. — Oui,
sans doute, cela serait désagréable si c'était une
protubérance vulgaire, insignifiante ; mais la vôtre
est au-dessus de toute comparaison : les crânes
des Cartouche, des Mandrin et même celui de la
*Pie voleuse* pâliraient auprès du vôtre. — C'est
égal; cela ne me paraît pas fort honorable. —
Songez donc à la gloire que vous allez acquérir : votre nom brillera dans tous mes volumes,
vous serez cité dans tous mes cours, et quand j'aurai fait voir tous mes crânes à mes auditeurs, je
montrerai le vôtre pour le bouquet. — Mais que
pensera-t-on de moi? — Tranquillisez-vous, je
dirai que c'est un penchant irrésistible, et votre
*moralité* n'en éprouvera pas la moindre atteinte.

— Allons, docteur, rasez-moi : une mauvaise réputation vaut encore mieux que l'obscurité. — Ah ! vous êtes un honnête homme, et votre nom va passer avec le mien à la postérité la plus reculée. » M. Gall se récriera sans doute contre l'impertinence de ma supposition ; mais, il aura beau dire, je soutiendrai toujours que, pour obtenir une pareille complaisance des hommes à bosses, il a dû nécessairement employer quelques-uns des raisonnemens que j'ai placés dans ce dialogue.

Pour en finir avec M. Gall, je terminerai par la protubérance de la *hauteur* physique et morale ; ces deux épithètes indiquent déjà que le docteur, toujours habile à confondre, n'assigne qu'un seul organe à la hauteur morale, synonyme de fierté et de présomption, et au penchant qui porte les chèvres, les bouquetins et les chamois à grimper sur les rochers les plus élevés. N'est-ce pas là, je le demande, un véritable calembourg physiologique ? Peut-on se moquer de ses lecteurs d'une manière plus évidente ? Quoi ! c'est par fierté que le chamois s'élance sur le sommet des Alpes ! c'est par fierté que l'hirondelle s'élève à perte de vue dans les airs ! J'apprends pour la première fois que, quand je montais sur le Vésuve, où je passais des jours et des nuits, j'y étais poussé par une *hauteur* de caractère et par une fierté qui n'avaient pas même pour témoins des mouches et des insectes, car presque toujours j'étais le seul être vivant sur la surface du

15.

cratère. Si les hommes ne s'étaient jamais avisés de
donner le nom de *hauteur* à une nuance de l'orgueil, M. Gall aurait-il conçu l'idée bizarre de confondre la fierté avec la pointe des clochers et la cîme
des montagnes? Le docteur avoue que, sur ce point,
il aura contre lui tous les lecteurs et tous les auditeurs ; mais il ajoute avec une fierté qui le rend
digne de s'asseoir sur le pic de Ténériffe, ou, tout
au moins, sur la butte Montmartre : « Quant à moi,
l'opinion de la multitude ne saurait me rebuter. »
Ainsi, tous les lecteurs et tous les auditeurs, quels
qu'ils soient, ne sont que la multitude ; ainsi tous
les anatomistes, physiologistes, tous les hommes
d'esprit et de bon sens, doivent humilier leur raison
devant le *quant à moi* de M. Gall.

Avant de prêter aux chamois l'organe que la crâniologie attribue aux orgueilleux, ne devait-il pas
rechercher si les poumons de ces animaux n'ont
pas besoin de l'air vif et froid des montagnes? Peut-
être que, transportés dans les plaines de la Sibérie,
une température égale à celle des hauteurs alpines
les dispenserait de s'élever jusque dans les nues ;
peut-être que les rennes, qui n'ont pas tant d'a-
mour pour les montagnes, apprendraient à gravir
sur leurs cîmes s'ils étaient jetés tout-à-coup sous
les basses latitudes. Si cette considération, que
j'abandonne aux naturalistes, ne suffit pas pour
expliquer le penchant des chamois, j'y trouve une
bien meilleure raison dans la guerre acharnée, furieuse et constante que les habitans de la Suisse

font à ces pauvres animaux. M. Gall avoue qu'ils s'élèvent souvent à des hauteurs où ils ne trouvent aucune nourriture : il faut donc nécessairement qu'ils en descendent quelquefois ; or , puisqu'ils descendent pour paître , j'ai bien le droit de supposer qu'ils feraient leur résidence habituelle dans les lieux où règne l'abondance , si l'avidité , la cupidité de l'homme ne les forçaient pas à fuir sur les rocs escarpés et bordés de précipices.

Autre argument de M. Gall : Les montagnards sont plus fiers que les habitans des plaines. Je veux bien convenir du fait, quoique je puisse chicaner ; mais si l'air des montagnes , si la vie frugale de leurs habitans, si une longue habitude de braver les intempéries et les dangers , si un exercice plus laborieux et plus salutaire , si enfin la sécurité que leur inspire la difficulté de les vaincre , les rend plus présomptueux et plus confians dans leurs forces, ce sentiment n'a rien de commun avec la protubérance. Alors même ce serait la montagne qui ferait naître la bosse, et non pas la bosse qui ferait préférer la montagne.

Troisième argument du docteur : Les rois s'élèvent sur un trône , et tous les hommes veulent s'élever au-dessus de leurs égaux pour les dominer. La hauteur physique a donc de l'analogie avec la hauteur morale. Je réponds que , dans l'origine des sociétés , il fallait bien que le chef quelconque d'une peuplade s'élevât au-dessus de la foule pour faire des allocutions, pour donner des ordres ou

des conseils, comme il faut qu'un roi soit vu de
ses sujets, quand il lui plaît de se montrer, et qu'il
soit entendu quand il veut ordonner. Or, une position élevée est nécessaire pour atteindre ce double
but; et comme

*Regis ad exemplum totus componitur orbis,*

chacun a voulu faire le roi et s'élever autant qu'il
a pu dans son petit cercle social. Mais la preuve
que la plus grande élévation physique n'est pas toujours ce qui nous charme le plus, c'est que nous
nommons bel homme celui dont la stature est de
cinq pieds six à sept pouces, tandis que nous ne
donnerions pas le nom de beau à celui qui aurait
un pied de plus. D'un autre côté, s'il est vrai que,
dans certaines occasions, une position plus élevée
flatte notre orgueil, on n'a jamais vu nos orgueilleux et nos petites-maîtresses se placer au paradis
dans nos spectacles, ni se loger dans les mansardes
d'une maison pour y être au-dessus de la foule.

Je n'espère pas convaincre M. Gall dont le
*quant à moi* a résisté à tous les savans de la capitale; mais je finis en lui adressant une prière : il
donne l'organe de l'orgueil à l'hirondelle, parce
qu'elle vole très-haut; je lui demande en grâce d'accorder aussi à cet oiseau l'organe de l'humilité;
car il n'y en a pas qui vole plus bas, qui rase mieux
la terre, et qui sache mieux sillonner les eaux du
bout de son aile.

# PODOLOGIE. (1)

PERMETTEZ - MOI, monsieur, de me servir de votre feuille pour y dénoncer au public un plagiat qui m'enlève mon honneur, ma gloire, et un demi-siècle de travaux.

Long-temps avant qu'il fût question du docteur Gall, j'avais réfléchi *sur nos sensations et nos affections*, et j'avais deviné que la nature devait leur avoir assigné des organes particuliers. J'ai travaillé soixante années, non pas à bâtir un système, mais à chercher celui de la nature. Je l'avais trouvé ; mes preuves étaient complètes, mon ouvrage allait se produire au grand jour et faire une révolution dans le monde pensant ; mais hélas !.... *Sic vos non vobis.*

Pendant mes longs travaux, je conversais familièrement avec mes amis sur l'important objet de mes veilles ; je ne croyais pas devoir faire un secret

(1) Cet article contient une excellente parodie du système du docteur Gall ; il forme le complément des attaques dirigées par M. Hoffman contre la crâniologie, dont il se montra l'un des plus spirituels et des plus redoutables adversaires.

(*Note de l'Éditeur.*)

de mes découvertes ; cette confiance m'a perdu. Mes idées ont circulé sourdement de bouche en bouche ; en France on y fit peu d'attention, parce que dans ce pays tout ce qui est solide est traité de bagatelle , et les véritables bagatelles y constituent le fond solide de la littérature ; mais en Allemagne, où , pour me servir des expressions d'un grand homme, *les savans ont une tête de fer et un cul de plomb,* mon système devait être accueilli avec enthousiasme. C'est ce qui est arrivé pour mon malheur ; car un plagiaire vient de s'y approprier ma gloire et mes espérances. Encore si ce barbare, en me dérobant le fruit de mon génie, ne l'avait point dénaturé , il me resterait quelque consolation ; mais il l'a gâté , corrompu , et en y mêlant mille sottises , il s'en est fait une propriété personnelle. Pardonnez l'amertume de ces reproches à un cœur ulcéré. Qui perd pèche, je le sens bien..... Mais suspendons l'effusion de mon ressentiment, et passons aux détails.

M. Gall n'a fait que me copier lorsqu'il a dit : *que la moelle épinière n'est pas un prolongement du cerveau, mais qu'elle est formée avant lui ; que les nerfs vont des extrémités du corps au cerveau, et non pas du cerveau aux extrémités du corps.* Avant lui, j'avais décidé que nos pensées , nos vertus et nos vices viennent de nos sensations ; que nos sensations viennent de nos nerfs ; et que nos nerfs ont leur origine aux extrémités du corps : or, Messieurs, l'extrémité la plus éloignée étant incontestablement la plus pure, *à similitudine fluviorum,* et le *pied* étant évidemment l'extrémité la plus éloignée du cerveau; les organes du *pied* sont donc nécessairement l'origine de nos sensations, de nos pensées, de nos vertus et de nos vices.

M. Gall, très-empressé de déguiser son plagiat, a placé dans la tête ce que j'avais trouvé dans le pied, et mis dans des bosses ce que j'avais trouvé dans des creux.

Comme dans la nature il n'y a rien de parfaitement plane, de parfaitement uni, l'on peut dire sans doute que tout est *creux et bosses dans le monde,* et l'on peut se décider pour l'un ou pour l'autre. Buffon a trouvé sa *théorie de la terre* dans les angles saillans et les angles rentrans des montagnes de Bourgogne ; il est permis à chacun de se déclarer le partisan de ce qui est saillant et le détracteur de ce qui est rentrant ; mais j'ai démontré complètement que les creux jouent dans le monde un bien plus grand rôle que les bosses. Les bornes de votre Journal m'interdisant un grand nombre de preuves, une seule considération suffira ; la voici : Nous sommes tous nés dans un creux ; et quoique le ventre de notre mère ait formé une protubérance, il n'est pas moins vrai de dire que c'est un creux qui a été notre berceau.

Quant au pied, le docteur Reicrem a cru faire une bonne plaisanterie, en disant qu'on pourrait tâter le pied aussi bien que la tête, pour y découvrir la source des passions humaines ; ce docteur

sera bien étonné d'apprendre que l'objet de sa
raillerie est la base d'un système fondé sur la nature et sur des observations faites pendant soixante
années ; mais M. Reicrem est bien connu, et l'on
sent qu'en parlant de pied et de tête, ce n'est point
une bosse, mais une pointe que ce docteur a
voulu faire.

Quoi qu'il en soit, monsieur, l'exposé succinct
de ma théorie vous prouvera que M. Gall s'est
approprié toutes mes idées ; qu'il a placé dans son
*crâne* tout ce que j'avois trouvé dans mon pied,
et que sa *crâniologie* n'est qu'un plagiat manifeste
de ma *podologie*.

Je ne suis point étonné que le crâne ait eu la
préférence en Allemagne ; mais j'espère que chez
nous le pied aura beaucoup plus de partisans,
parce que dans ce pays nous n'aimons pas à savoir
combien nous avons de bosses à la tête.

Cette question est d'autant plus importante, que
j'ai trouvé dans le pied *les organes du vol et du
meurtre*, que M. Gall a cru voir dans le crâne ; et
si quelqu'un, en vertu de son organisation, doit
nécessairement être pendu quelque jour, il sera
très-agréable pour lui d'apprendre s'il doit être
pendu par la tête ou par les pieds ; car on est
toujours bien aise de savoir à quoi s'en tenir. Passons à l'examen de ma *podologie*.

Une fois certain que nos organes sont placés
dans les extrémités inférieures, j'ai scrupuleusement
examiné la jambe. Je crus d'abord reconnaître,

dans une des quatre cavités du *tibia*, *l'organe des tons* ou de la musique que M. Gall a placé *au-dessus de l'arc des yeux*. Le mot *tibia* était d'un bon augure : il veut dire *flûte ;* et ce n'est pas pour rien, dis - je, que les anciens lui ont donné ce nom. Le peuple même semble avoir eu l'instinct de cette convenance ; car quand il voit quelqu'un dont le *tibia* est très-décharné, il dit : cet homme est monté sur des flûtes. Malgré ces rapports lumineux, je suis obligé de convenir que je ne découvris rien dans la jambe ; mais, long - temps après, je trouvai cet organe des *tons* sous le pied, entre les deux premiers os du métatarse, près de l'articulation de la première phalange du gros orteil ; et le lecteur observera que c'est en effet avec cette partie du pied que les musiciens frappent la terre quand ils battent la mesure.

La jambe ne me fournissant rien, je descendis au tarse, et j'examinai *l'astragale*. A la première inspection de cet os qui sert de base au tibia, j'y reconnus *l'organe de la danse.* La nature ne pouvait pas mieux choisir ; cet os est un intermédiaire entre la jambe et le pied ; ses articulations avec l'un et l'autre sont l'origine de tous les mouvemens des danseurs, et servant de base au tibia, il tient le corps dans un parfait équilibre. L'astragale des Vestris et des Duport doit être un jour conservé au Muséum, comme le monument de notre gloire et de notre supériorité en ce genre. Les anciens paraissent avoir pressenti ma découverte ; car plu-

sieurs naturalistes ont nommé l'astragale *os balista*,
l'os de la baliste : or, il est évident que le mot *ba-
listæ* vient du mot grec βάλλω, qui signifie *je jette,
je lance, j'atteins*, et que les Italiens en ont dérivé
le mot *ballare*, qui veut dire danser. Je ferai observer, en passant, que le mot diable, *diabolus*,
vient aussi de βάλλω, διαβαλλω, c'est-à-dire *je jette
par, je transporte, je me lance à travers*; et le
peuple a confirmé cette étymologie, car il a nommé
les sauteurs fameux le Grand-Diable ou le Petit-
Diable, selon la grandeur de leurs talens.

J'ai trouvé, dans la cavité du *calcaneum*, l'organe que je nomme *la persévérance en amour*;
ceux qui en sont doués peuvent rester une nuit
entière sur leurs pieds, sans jamais se lasser; il est
toujours accompagné de l'organe de *l'amour platonique*, dont j'indiquerai la place ci-après. Ces
deux organes réunis forment ce que nous nommons *la constance*, et la sagesse du peuple a confirmé cette observation; car quand un amant passe
la nuit sous les fenêtres de sa maîtresse, on dit
qu'il a fait *le pied de grue*.

L'organe de l'amour platonique ou délicat a
différens siéges dans les deux sexes. Dans la femme,
il est placé sous les premières phalanges; et chez
l'homme, au contraire, il est dessus. Leur contact
a lieu, lorsque, sous une table, deux amans se
pressent tendrement le pied; et en cela nous ne
pouvons trop admirer l'attention de la nature, qui
n'a pas voulu que l'homme appliquât son pied

large et grossier sur le pied délicat de la femme
qu'il adore.

Sous la plante du pied, dans la courbure du
métatarse, je trouve l'organe de l'amour qui n'est
point platonique. Je n'entrerai pas dans les détails
explicatifs de cet organe; je me contenterai d'indiquer cet endroit du corps humain, comme l'un
des plus irritables : et personne n'ignore combien
les femmes, en général, sont chatouilleuses à la
plante des pieds.

L'organe *du meurtre*, que M. Gall a horrible-
ment placé près de celui de *l'amitié et de l'attachement*, est, dans ma podologie, situé à l'extrémité
de la seconde phalange du gros orteil, c'est-à-dire
au bout du pied. M. Gall a vu différens organes
dans les bustes des Homère, des Jupiter, etc..... Je
ne conteste point ses observations ; mais j'ai très-
certainement trouvé celui du meurtre au bout du
pied de bronze du colosse de Néron, que j'ai vu à
Rome, dans le palais des conservateurs. Le caractère de Néron rend ma découverte très-vraisemblable ; mais elle devient certaine quand on se
rappelle que ce méchant prince a tué sa femme
Poppée d'un grand coup de pied qu'il lui a donné
dans le ventre.

L'organe de l'*humeur querelleuse*, que M. Gall
confond indignement avec celui *du courage*, et qu'il
place sur les os *pariétaux* près de la *stuture écailleuse*, se trouve dans ma podologie près de l'*organe
du meurtre*. L'individu qui possède ces deux belles

qualités, a un penchant irrésistible vers les actions
les plus féroces. Il peut raisonnablement parier
cent contre un qu'il mourra sur un échafaud, et
ses juges auront nécessairement l'organe de l'injustice ; car rien n'est plus injuste que de punir un
pauvre homme qui ne peut pas s'empêcher de tuer
son prochain.

Ceux qui possèdent l'organe querelleur, sans
avoir celui du meurtre, ne tuent pas les gens à
coup de pied dans le ventre comme faisait Néron ;
mais ils ont un penchant irrésistible à donner des
coups de pied dans le derrière.

L'organe de la *capacité à l'éducation*, que
M. Gall a mis entre ceux du meurtre et de l'amour,
existe, selon moi, dans le *cuboïde*, dans le *sca-
phoïde*, dans les *phalanges*, dans les *sésamoïdes*
même, en un mot, dans tout le pied antérieur ;
c'est la souplesse, la flexibilité de toutes ces articulations qui indique une aptitude à la politesse,
à la grâce, à l'industrie. Le chien a cet organe, et
le premier exercice de son éducation est de donner
la patte à son maître. Le chat, qui est bien plus
loin de la perfectibilité, ne sait pas donner la patte ;
mais, en revanche, il donne très-bien un coup de
griffe, parce qu'il a éminemment l'organe de l'humeur querelleuse.

L'organe de *la théosophie*, c'est-à-dire du penchant à la dévotion, que M. Gall a cru voir au haut
de l'os *frontal*, est réellement situé dans l'articulation des phalanges et des os du métatarse. Plus la

cavité est grande, plus le ligament est lâche, plus aussi le pied a de la facilité à se fléchir, et l'individu peut rester long-temps à genoux sans s'incommoder. Spinosa, Lamétrie, Diderot et un astronome célèbre, avaient cette articulation dure et peu flexible, ce qui les empêchait de se tenir à genoux; et ils n'ont renié Dieu que pour se dispenser d'aller à l'église.

L'organe *du courage* est placé sous le *calcaneum* et sous chacun des os du *métatarse;* il donne au pied une admirable fermeté, et le peuple a pressenti cette organisation, car, pour faire entendre qu'il n'a pas peur, il ne manque pas de dire : Je vous attends de pied ferme.

Celui de la lâcheté et de la bassesse est, au contraire, situé immédiatement après le coude-pied, et se remarque par une dépression dans la partie supérieure du métatarse. Cette disposition est connue de tout le monde; et c'est ce qui a donné lieu à l'expression proverbiale de *pied-plat.*

Je ne finirais pas si je voulais passer en revue tous les organes que j'ai découverts dans le pied; mais ce que j'ai dit suffit pour vous prouver que mon système est tout aussi bien ordonné que celui de M. Gall, ou plutôt qu'il a très-mal ordonné le mien. Avec ma théorie, je suis certain de reconnaître un ivrogne, un libertin, un querelleur, un fripon partout où il se trouve : découverte utile et agréable, dont je vous prie de faire part à vos amis et à vos connaissances.

*Le docteur* PIÉBEAU.

# LES SOMNAMBULES

## ET LE MAGNÉTISME.

RECHERCHES, EXPÉRIENCES ET OBSERVATIONS PHYSIOLO-
GIQUES SUR L'HOMME DANS L'ÉTAT DE SOMNAMBULISME
NATUREL, ET DANS LE SOMNAMBULISME PROVOQUÉ PAR
L'ACTE MAGNÉTIQUE ; PAR A.-M.-J. CHÂSTENET DE
PUYSÉGUR, ANCIEN OFFICIER GÉNÉRAL D'ARTILLERIE.

DES physiciens ont cru qu'il y avait toujours *la
même somme de mouvement* dans l'univers ; on
peut dire plus certainement, ce me semble, qu'il
y a toujours dans le monde la même somme de
superstition. Qu'importe qu'une erreur soit fille
de l'ignorance, ou de la fausse science, ou de l'i-
magination désordonnée ? Dès-lors qu'elle a ses sec-
taires, ses idolâtres, ses fanatiques, elle rentre
dans le domaine de la superstition ; et celle-ci,
reine tolérante, admet tous les systèmes, toutes
les théories ; n'estimant pas ses sujets par leur caractère, mais par leur nombre. Si la raison fait des
conquêtes sur elle d'un côté, elle lui fait bientôt,
de l'autre, quelques concessions ; si la science lui
arrache une province, elle lui rend quelquefois
une contrée toute entière ; ainsi, l'on peut dire

que l'empire de la superstition a toujours la même étendue, quoiqu'il ne soit pas toujours composé du même territoire.

Il est très-remarquable que les siècles où les sciences ont été cultivées avec le plus de succès, ont aussi produit les systèmes les plus absurdes, les théories les plus extravagantes, les conceptions les plus déraisonnables. C'est dans ce temps de fermentation des esprits, que la superstition fait des conquêtes sur la science même. On voit presque toujours une erreur ancienne reparaître avec une vérité nouvelle. Le flambeau de la science, semblable à ces feux follets qui trompent le voyageur, ne nous éclaire souvent que pour nous égarer; et nous faisant décrire une courbe quand nous croyons suivre une ligne droite, elle nous ramène à l'ignorance qui, sans avoir marché, se trouve aussi avancée que nous. Dans aucun temps on n'a fait plus de découvertes; dans aucun temps l'esprit humain n'a été plus exercé, plus actif, plus audacieux que vers la fin du siècle dernier; et, grâce à ses nouvelles lumières, nous avons eu successivement la preuve qu'on peut évoquer les ombres des morts; que nos vertus et nos vices dépendent d'une petite modification dans un petit organe de notre corps; que Dieu n'est rien que le calorique; que la pensée de l'homme n'est qu'une composition chimique; que le doigt d'un magnétiseur peut guérir toutes les maladies; qu'un somnambule, enfin, peut lire dans l'avenir, et, bien supérieur aux prophètes des livres saints, prédire non-seulement l'événement avec toutes ses circonstances, mais prédire aussi, avec la même infaillibilité, le mois, l'heure, la minute où il arrivera.

Des livres *très-savans* ont démontré les quatre premières de ces *vérités* ; je vais m'occuper de l'ouvrage qui prouve les deux dernières. Le mot *vérités* que j'emploie ici paraîtra fort extraordinaire ; mais comment veut-on que je nomme des propositions que leurs auteurs prétendent avoir démontrées, qui sont fondées sur des milliers de faits, prouvées par mille expériences, confirmées par mille témoins irrécusables ? Ce sont donc des *vérités ;* mais une vérité encore plus incontestable, c'est que l'imagination est la partie folle de la raison humaine.

Quoi qu'il en soit, le livre que j'annonce offre un mélange de choses si étonnantes et de choses si puériles, de raisonnemens si solides et d'argumens si absurdes, de démonstrations si vraies et de résultats si faux, de faits tellement irrécusables, et d'effets si contraires à la physique et à la raison ; il présente une théorie si vraisemblable, si ridicule, si inquiétante, si absurde, si bien raisonnée et si folle, si utile et si dangereuse, qu'il ébranlera le scepticisme des plus incrédules, fera rire de pitié ceux même qui ont le plus de crédulité, mais les forcera tous à l'attention, et méritera peut-être leur intérêt.

De quelque manière qu'on l'envisage, le som-

nambulisme magnétique ne peut être indifférent :
si ses prodiges sont vrais, jamais l'homme ne fit
une plus belle découverte ; s'ils sont faux, suppo-
sés, ou seulement apparens, ils peuvent du moins
frapper l'imagination des personnes faibles, déranger les raisons vacillantes, et envoyer d'é-
normes recrues aux hospices d'aliénés ; il intéresse
donc les savans, les moralistes et la société entière, puisqu'il est un poison, s'il n'est pas une
panacée, et qu'il peut faire des fous s'il ne fait pas
des prophètes.

Je vais décrire les prétendus effets de l'acte magnétique, et l'on verra que je n'ai rien exagéré
dans le préambule de cet article.

Quand un malade a été magnétisé avec les procédés convenables, et selon la forme prescrite, il
s'assoupit plus ou moins vîte, ses yeux se ferment,
il tombe dans un sommeil magnétique, bien différent du sommeil naturel ; dès ce moment, il est
séparé, isolé de toute la nature ; mais, concentré
en lui-même, il acquiert un *sens intérieur* infiniment plus parfait que ceux dont il se servait dans
l'état de veille ; il n'a plus *aucune relation avec les
objets extérieurs*, excepté avec la personne qui le
magnétise. On peut faire près de lui autant de
bruit que l'on veut, allumer du feu, des bougies,
répandre des odeurs ; il ne sent rien, il n'entend
rien. Son magnétiseur seul est en communication
avec lui, et peut à volonté y faire entrer d'autres
personnes. Il a un tel empire sur le somnambule,

que non-seulement sa voix, mais même sa pensée
agit sur le malade ; il lui parle, on lui répond ; il
commande, on obéit, et l'on n'obéit qu'à lui ; on
n'entend que lui, on n'a de sens, d'*intuition*, de
*prévision* que pour lui.

Ceci est déjà fort extraordinaire ; mais nous ne
sommes pas au bout. Le somnambule voit tout
l'intérieur, toute l'organisation de son corps ; il
connaît le siége, la nature, l'intensité, la cause de
sa maladie ; il en prévoit les suites, la marche, les
phénomènes, la résolution ; prescrit tous les remèdes qui lui sont propres ; et il n'est aucune
substance dans les trois règnes de la nature qui
échappe à son *sens intérieur*, si cette substance est
nécessaire à sa guérison. Le ou la somnambule
voit et connaît également bien l'intérieur d'un
autre malade si le magnétisme établit un rapport
entr'eux ; alors il démêle dans l'organisation de
cette autre personne les causes, la nature et la
durée future des maux qu'elle souffre ; prescrit des
remèdes toujours sûrs, et désigne infailliblement la
marche, les progrès, les crises, les irrégularités et
la terminaison de la maladie, en indiquant pour
chaque époque les moyens curatifs appropriés aux
différens degrés et aux différentes circonstances.

Est-ce après avoir long-temps et mûrement réfléchi que le somnambule juge et pronostique avec
tant de certitude ? Non. Dès que le magnétiseur a
parlé, le somnambule a vu ; dès qu'il a vu, il a
jugé ; dès qu'il a jugé, tout s'accomplit selon sa

prédiction. Quand serez-vous guéri? lui demande-t-on. — Le 10 juillet. — Quand vous prendra votre crise? — Le 23 mai. — A quelle heure? — A sept heures du matin. — Elle durera? — Trois heures; puis un calme de vingt-deux minutes, puis une autre crise de quatre heures, puis un autre calme de vingt-deux minutes, repos nécessaire que prend la nature pour se préparer à souffrir les atroces douleurs auxquelles elle va être livrée dans la dernière crise, qui sera générale. Ces réponses et mille autres du même genre sont faites sur-le-champ; le *fiat lux* n'a pas produit un effet plus prompt.

Est-ce un somnambule instruit, spirituel, savant, qui juge si sainement, si vîte et avec tant d'infaillibilité? Non: une demoiselle de Buzancy, un couvreur, la femme d'un maréchal-ferrant, un paysan, une malade de l'hôpital de Soissons, et un domestique de madame de Genlis, deviennent dans cet état des médecins bien supérieurs à Hippocrate et à Esculape même. Outre qu'ils ont sur tous les autres médecins l'avantage de toujours voir juste, prescrire juste et prédire juste, ils ont celui plus étonnant peut-être d'être toujours d'accord entre eux. Ainsi, jamais M. Gay, dans l'état de somnambulisme, n'attaquerait M. Portal sur une saignée que celui-ci ordonnerait après s'être fait magnétiser. On sent par-là combien les médecins gagneraient de considération, s'ils ne faisaient de consultations que quand ils sont somnambules.

Peut-être ces prédictions ont un terme assez court pour qu'on puisse juger de la maladie d'après l'état actuel du malade? Non: l'éloignement des époques n'influe pas sur le plus ou moins de certitude dans la prévision du somnambule. L'un, dès le mois de février, prédit tout ce qui se passera au mois de mai ; l'autre, dès le mois de décembre, déroule tous les phénomènes pathologiques de l'année suivante.

Doutez-vous de ces faits? Depuis trente ans ils se renouvellent tous les jours ; ils ont eu pour témoins des hommes irréprochables, instruits et désintéressés ; ils sont rapportés en corps d'ouvrage par M. de Puységur, dont l'honneur, la probité, les mœurs, repoussent tout soupçon de supercherie, dont l'esprit, les connaissances et la raison détruisent toute supposition de crédulité. Il n'a point exigé qu'on le crût sur parole, quoique son caractère et sa réputation lui en donnassent le droit; mais il a annoncé aux incrédules les prédictions des somnambules magnétiques ; il leur a écrit longtemps d'avance à quelles époques les phénomènes se manifesteraient ; il a dit : Venez, et voyez. On est venu, on a vu ; et même, en doutant encore, on a été forcé d'avouer que les faits avaient eu lieu comme ils avaient été prédits, soit pour le temps, soit pour la manière. Il ajoute : « Si, pendant trente années que je les ai observés (les somnambules), j'en avais vu, je ne dis pas dix, mais un seul qui se fût une fois trompé sur ce qui le con-

cerne, je n'aurais aujourd'hui de confiance en aucun cas. » Et, en continuant à lire, on trouve
qu'ils ne se trompent pas davantage sur les maladies de ceux avec lesquels on les met en rapport,
puisque M. de Puységur lui-même a eu la femme
d'un maréchal-ferrant pour médecin, et a fait cent
cures admirables par les conseils et les ordonnances des somnambules.

Après tant de miracles il était naturel d'en rechercher la cause, et de tâcher de concilier les
phénomènes magnétiques avec les lois de la physique, de la raison et du bon sens. Pour arriver à
ce résultat, on a consulté les philosophes anciens
et modernes, dont plusieurs ont admis la possibilité, la réalité même de la précision dans certains
cas ; et l'on a cherché dans les ouvrages des physiciens les plus célèbres, la connaissance, ou le
soupçon du moins, d'un agent, d'un fluide, d'une
substance enfin qui ressemblât au fluide magnétique.
Tout ce que j'ai pu comprendre dans toute cette
métaphysique, c'est que l'agent qui opère tant de
prodiges pourrait bien être cet élément-principe,
ce calorique immatériel de M. de Baudreville (1),
le dieu matériel de Spinosa, l'âme universelle des
pythagoriciens. En effet, M. de Puységur cite des

(1) Auteur d'un ouvrage intitulé : *Du Feu considéré dans
l'Homme et dans l'Univers;* livre curieux où il est beaucoup
question de somnambulisme, mais dont M. de Puységur
ne parle pas.

somnambules qui ont vu une matière subtile blan-
che, qui pénètre tous les corps par des filets très-
déliés qui établissent la communication entre les
somnambules magnétiques : serait-ce le *fluide stel-
laire* de M. Azaïs ? c'est ce que je laisse à examiner
à ceux qui se sentent la tête assez forte. Je suis
néanmoins étonné que M. de Puységur, qui cite
tant d'écrivains anciens, n'ait pas songé aux vers
de Virgile, qui expriment si bien l'opinion des
pythagoriciens sur l'âme universelle. Je vais les
transcrire, et l'on verra qu'ils sont l'épigraphe caractéristique de toute dissertation sur l'*élément-
principe*.

> *Principio cœlum ac terras, camposque liquentes,*
> *Lucentemque globum lunœ, titaniaque astra,*
> *Spiritus intus alit; totamque infusa per artus*
> *Mens agitat motem, et magno se corpore miscet.*

Je vais communiquer à mes lecteurs quelques-
uns des faits extraordinaires et surnaturels rapportés et certifiés par l'auteur. Je n'aurai pas l'audace
de discuter, puisque M. de Puységur n'accorde ce
droit qu'aux savans ; je me permettrai seulement de
relever quelques contradictions, quelques fausses
conséquences d'un principe déjà fort douteux.

Lorsqu'un novateur proclame une doctrine contraire à tous les principes reçus, lorsqu'il la rend
assez populaire pour que les dernières classes de la
société puissent s'en occuper et puissent la comprendre, lors même que le nouveau système peut

intéresser les mœurs et la tranquillité publique, les sociétés savantes gardent un profond silence, elles ne veulent rien voir, rien examiner, rien juger ; elles ne font aucun effort pour faire cesser le scandale, pour combattre l'erreur, pour arrêter le danger : elles pour qui ce serait un devoir, elles qui en auraient tous les moyens. Le charlatan qui devrait les craindre comme l'oiseau de nuit craint la lumière, affiche une sécurité qui accroît le nombre des dupes ; il semble même défier ceux qui pourraient le confondre, comme si on lui avait promis secrètement de lui laisser lever un impôt sur la crédulité publique. Quel a donc été le but de l'instituteur quand il a réuni les savans pour en former un corps respecté dans l'état ? ne leur a-t-il pas prescrit l'honorable tâche de propager les lumières, de faire prospérer les sciences utiles, de détruire les erreurs nuisibles ?

Eh ! qu'importe que ces savans découvrent quelque vérité nouvelle, si le charlatanisme qui triomphe à leur porte détruit tout leur ouvrage et menace de nous ramener aux siècles de barbarie !

Si cependant l'autorité les force à l'examen, ils obéissent de mauvaise grâce, ils mettent tous leurs soins à ne rien voir ; tantôt, sous l'apparence du mépris, ils cachent la crainte de se compromettre, tantôt ils font un *rapport* avec tant de circonspection, qu'il fait naître le doute ; puis ils prononcent sèchement un arrêt si peu motivé, qu'il équivaut à un déni de justice.

Il faut que M. de Puységur soit bien convaincu
de la réalité du magnétisme animal, et des prodiges du somnambulisme, puisqu'il reproche,
comme moi, aux sociétés savantes, leur indifférence à examiner les nouvelles doctrines et à combattre les erreurs dangereuses. « Les maladies de
l'esprit, dit-il, ne sont-elles pas aussi réelles et
plus contagieuses encore que celles du corps ? et si
je ne deviens un évocateur, un devin, un illuminé,
un fripon ou un sorcier, que parce que je suis un
superstitieux, un fanatique ou un enthousiaste,
vous, messieurs les savans, qui devez être les médecins de mon esprit, guérissez donc ma superstition en m'instruisant, mon fanatisme en m'éclai-
rant, et mon enthousiasme en me faisant apercevoir mon illusion. »

Ces réflexions sont parfaitement justes ; mais
quand l'auteur invite les savans à conjurer les fantômes, les magiciens et les sorciers, j'appelle leur
attention sur les miracles du somnambulisme, car
les contes de revenans et d'enchanteurs n'offrent
rien de plus extraordinaire que les prodiges du magnétisme rapportés par M. de Puységur, et dont
il atteste la réalité.

J'ai dit qu'un malade en somnambulisme magnétique voit tout l'intérieur de son organisation, ou
celui d'un autre malade mis en rapport avec lui ;
qu'il y découvre la cause, la nature et le siége de
la maladie ; qu'il connaît aussitôt le remède convenable, qu'il prédit tous les progrès du mal, tous

les changemens qui doivent survenir, et qu'il fixe l'instant de la guérison ; pendant trente années d'observations, M. de Puységur n'a pas vu un seul malade qui se fût trompé une seule fois sur un seul fait. Je déclare d'abord que je ne conteste rien de tout cela, puisque les *savans seuls* ont le droit de réfuter ; mais je puis au moins développer aux yeux de mes lecteurs ce que supposent de pareils *faits*, quoique l'auteur ne l'explique pas.

1º Le somnambule voit, par son sens intérieur, la plus légère altération dans l'économie animale : or, pour apercevoir qu'une organisation est altérée, il faut savoir ce que serait cette organisation dans son état parfait. Si j'ignore la situation, la forme, le volume, la couleur des viscères, comment devinerai-je s'ils sont ou s'ils ne sont pas dans leur état naturel ? L'un des médecins de Molière ne serait pas étonné de trouver le foie à gauche et la rate à droite : le jugement suppose toujours la comparaison de deux états différens : le paysan ou la servante somnambule connaît donc l'anatomie et la physiologie.

2º Le somnambule magnétique voit en un instant la maladie, sa nature, son siége, sa gravité : voilà de la pathologie.

3º Il en devine la cause : voilà l'étiologie médicale.

4º Il désigne sûrement et infailliblement les remèdes qui conviennent dans le moment, et tous ceux qu'il faudra administrer par la suite selon les divers degrés, les crises, les irrégularités de la maladie : voilà une thérapeutique parfaite.

5º Non-seulement il ordonne les remèdes, mais il enseigne à les composer, désigne les doses, les mélanges, les degrés de coction ; il discute la préférence à accorder soit au sel de Glauber, soit au sel d'Epsom ; ne vous conseille pas telles eaux minérales, parce qu'elles sont ferrugineuses, telles autres parce qu'elles sont savonneuses, d'autres encore, parce qu'elles sont sulfureuses, mais vous ordonne celles de Plombières, parce qu'elles n'ont que de la chaleur ; voilà bien de la pharmaceutique, de la chimie, et d'heureux élémens de minéralogie. Voyez donc que de sciences ont fait, à la fois et à l'instant, irruption dans le cerveau d'un paysan somnambule ! et ce qu'il y a de plus merveilleux, c'est que ce beau cortége s'évanouira comme une légion de fantômes dès que le paysan s'éveillera ; le pauvre homme ne se souviendra plus ni du sel de Glauber, ni des eaux ferrugineuses ; il ne saura pas s'il souffre au thorax ou au ventricule ; il ne saura pas même s'il a un ventricule ou un thorax.

Mais ce n'est pas là tout le miracle : le somnambule n'est pas seulement anatomiste, physiologiste et pathologiste, il est encore magicien. Il prédit trois, quatre et cinq mois d'avance, tous les états différens des maladies, leurs progrès, leurs irrégularités, leurs métastases, leur complication, leurs phénomènes, leur terminaison, et tout cela au jour, à l'heure, à la minute, sans jamais se tromper! Oh! certes, c'est un grand sorcier, et je défie toute la société de médecine de me contredire sur ce point.

Si M. de Puységur s'obstine à soutenir qu'il n'y a point là de sortilége, puisque le somnambulisme ne donne cette faculté que relativement aux maladies, et que ses malades somnambules ne président pas autre chose, et que leur sens intérieur les éclaire naturellement sur tout ce qui peut leur être utile..... je vais le combattre avec les armes qu'il me fournit lui-même. Un somnambule est consulté pour un jeune homme sourd, qui souffrait des maux de tête ; après avoir expliqué l'état du malade, le somnambule ajoute : « Si vous n'y prenez garde, *il partira un beau jour d'ici* sans que vous le sachiez, et vous ne le verrez plus. » « Effectivement, dit M. de Puységur, un beau jour on vint me dire que mon sourd avait débarricadé ses fenêtres, et qu'à l'aide d'une corde ou de ses draps, il était sorti de sa chambre, et qu'on ne savait ce qu'il était devenu. » L'auteur apprit ensuite que le sourd était allé à Dormans. Je demande si cette prédiction, *il partira*, est un pronostic médical : M. Portal, M. Corvisart, ou autres, ont-ils jamais deviné qu'un malade partirait, sans qu'on le sût, pour aller à Poissy ou à Pontoise ? Si un médecin s'avisait de faire de pareilles prédictions, je prédirais plus sûrement qu'un jour on verra le docteur sortir de chez lui pour aller droit à Charenton.

Voici un autre exemple encore plus concluant : M. de Puységur consulte une somnambule sur la maladie d'un jeune homme qu'elle n'a jamais vu et qu'on ne peut pas faire venir près d'elle. Comment faire pour les mettre en rapport à une grande distance ? Oh ! le magnétisme est ingénieux. La somnambule demande seulement qu'on lui donne *des cheveux* du malade, et *une plaque de verre qu'il aurait porté quelques jours à son cou. Elle préfère sept ou huit cheveux arrachés, à une mèche coupée ;* et cela suffit pour lui faire connaître *le tempérament, les habitudes du jeune homme, la nature et la cause de sa maladie.* Tout homme de bon sens conviendra que ces prédictions ne se font point d'après les principes d'Hippocrate ou de Galien, mais en tournant le sas, en tirant les cartes ou en remuant du marc de café. Faut-il achever ? Les sept cheveux et la plaque de verre apprirent à la somnambule que le jeune homme avait eu une grande peur dans son enfance, et quelle était la cause de cette peur.

S'il prenait à mes lecteurs quelque envie de se moquer de ces miracles, je vais bientôt faire cesser le rire sur leurs lèvres en leur apprenant le danger auquel ils s'exposent en plaisantant sur le magnétisme. Un beau soir, plusieurs personnes fort incrédules se moquaient de tout ce qu'un jeune homme leur racontait des prodiges opérés par M. de Puységur, c'est-à-dire, par ses somnambules. Le jeune homme *n'eut pas plutôt dirigé son doigt* vers une demoiselle *fort jolie*, dit l'auteur, *et de l'âge de seize à dix-sept ans* (notez bien la circonstance), que l'aimable enfant *jette un cri et tombe à la renverse*, éprouve des spasmes convulsifs, et fait une longue maladie : la puissance d'un doigt est incalculable! Pour terminer cette histoire, j'ajouterai que M. de Puységur a entrepris la cure magnétique de cette demoiselle ; « *je voulus fortement que ses nerfs se calmassent*, dit-il, *et à l'instant ils se calmèrent.* Le magnétisme (voici le plus singulier) prit un tel empire sur la somnambule, que cette jeune personne, même dans son état naturel, voyait et suivait mentalement M. de Puységur dans la rue, pressentait quand il approchait de la maison, et avertissait sa mère qu'il allait frapper à la porte..., et aussitôt on entendait le bruit du marteau. Ce fait, dont je n'ai garde de douter, est un peu contraire à tout ce qui précède, car M. de Puységur a dit plusieurs fois que les somnambules ne conservent, en s'éveillant, aucune trace, aucun souvenir de l'état magnétique ; comment donc l'action du magnétisme subsiste-t-elle quand tout rapport a cessé ?

L'auteur prétend que l'exercice du magnétisme animal n'est qu'une simple faculté, et ne doit pas être considéré comme un art ou comme une science. Je crois, au contraire, qu'il est une science bien réelle et l'une des plus difficiles, comme le lecteur en jugera par les nombreuses conditions exigées pour pouvoir magnétiser avec fruit. La première, et qui n'est pas une bagatelle, est la nécessité de croire au magnétisme avant de magnétiser. *Tout homme qui doute de sa faculté magnétique*, dit M. de Puységur, *ne magnétisera pas.* J'avoue qu'aucune science n'exige cette disposition : un homme aura beau contester les effets de l'électricité, il recevra la commotion tout comme un autre ; mais le magnétisme place la croyance avant la preuve, ce qui est tout nouveau en physique et en histoire naturelle.

Je ne chicanerai point l'auteur sur ce point, puisqu'il est la condition *sine quâ non* ; mais je lui ferai observer qu'il a tort d'écrire sur le magnétisme, et de vouloir le démontrer. Les incrédules ne croiront jamais, puisqu'ils n'obtiendront jamais d'effets qui puissent les convaincre, et ceux qui croient d'avance n'ont plus besoin de démonstration. Je commence à deviner pourquoi l'auteur ne considère pas le magnétisme comme une science.

Il faut ensuite, continue M. de Puységur, que le magnétiseur *veuille sincèrement le bien de son malade, qu'il le veuille sans passion et sans intérêt personnel.* Heureuse faculté, qui ne se développe qu'à l'aide d'une vertu! il faut enfin qu'en magnétisant, il ait la plus ferme confiance de réussir. En récapitulant ces conditions, on trouve la croyance dans l'effet, l'espoir de réussir, et le désir d'être utile à son prochain. Les dévotes peuvent donc magnétiser sans scrupule, puisque le magnétisme est fondé sur la foi, l'espérance et la charité.

En voyant que les somnambules devenaient tout-
à-coup si savans, et que Minerve entrait tout entière dans leur tête, comme Pallas est sortie de
celle de Jupiter, j'avais conçu l'espoir de leur faire
expliquer divers phénomènes qui confondent encore l'orgueil de nos savans : j'aurais été, par
exemple, fort curieux d'apprendre la cause de la
gravitation universelle ; je leur aurais demandé si la
lumière est due aux vibrations d'un fluide élastique,
comme Euler le pense, ou si elle est une émanation
de la matière solaire, comme le veut Newton ; si
notre globe a été autrefois une comète ; si la terre
doit se dessécher jusqu'à ce qu'elle s'enflamme, ou
se refroidir jusqu'à devenir une boule de glace ; si
nous avons été originairement des *volvoces*, des
poissons, ou de petits morceaux de verre..... Que
de choses je m'attendais à savoir, et que ne me
diront jamais ceux qui savent tout! Mais, hélas!
M. de Puységur réprime sévèrement mon indis-
crète curiosité, en me déclarant que les somnambules ne répondent juste que sur ce qui concerne
leur bien-être, et que les curieux indiscrets ne feront jamais de somnambules.

Malgré cet arrêt, mon espoir n'est pas encore
éteint ; M. de Puységur m'apprend lui-même
qu'un somnambule a tenu ce beau discours: « Il
sera toujours impossible aux somnambules de
s'énoncer intelligiblement sur ce qu'ils voient.... Il
y a tant de distance des opérations secrètes de la
nature aux mots dont on peut se servir pour en

tracer une idée, qu'il ne faudrait pas moins qu'un nouveau langage pour donner les vrais noms et les justes détails : tout ce que je puis vous dire, c'est que rien ne m'étonne, et que tout me paraît naturel... Un immense océan d'une matière extrêmement subtile m'environne... Cette matière, qui n'est ni l'air, ni la lumière, mais qui est la base de l'un et de l'autre, pénètre tous les corps...., etc. » Voilà d'abord un somnambule qui n'est ni médecin ni apothicaire ; mais il parle si bien, que je l'appellerais volontiers le *dormeur éveillé*.

Un autre curieux ayant eu l'indiscrétion de demander à une somnambule si, dans cet état, les femmes conservaient de la coquetterie. « Si vous pouviez concevoir, dit-elle, à quelle distance les hommes sont de tout vrai somnambule, vous ne seriez pas tenté de croire que nous puissions conserver, dans cet état, ni coquetterie ni désir de plaire, etc. » Voilà encore une réponse de bon sens et qui n'a aucun rapport à la maladie ; j'ai donc encore un peu d'espérance d'apprendre quelque chose des somnambules.

M. de Puységur a établi un autre principe qui est sans cesse démenti par les faits même qu'il rapporte. Il a dit et répété que, dans le sommeil magnétique, on n'a plus aucune relation avec les objets extérieurs, qu'on n'entend aucun bruit, qu'on ne voit ni feu ni lumière, qu'on ne sent pas les odeurs, etc..... Comment concilier cette assertion avec l'histoire qui suit ?

Le nommé Aubry s'était ordonné une médecine à lui-même dans l'état de somnambulisme, et M. de Puységur la lui avait fait prendre. Le soir, il est magnétisé, il devient somnambule, sort avec M. de Puységur, passe plusieurs portes, descend des escaliers, toujours les yeux fermés, descend un perron, traverse tout un village, en causant de choses et d'autres, s'aperçoit qu'il a gelé et que la terre est raboteuse, arrive enfin chez un maréchal-ferrant, va se placer auprès du feu et s'y chauffe. S'il n'avait aucune relation avec les objets extérieurs, comment ne s'est-il pas cassé le cou dans le dédale de portes, d'escaliers, de petits chemins où il a fallu passer, descendre, marcher? Si le feu, la lumière n'avaient plus d'action sur lui, comment va-t-il se placer près du feu pour s'y chauffer? Je passe la circonstance de la médecine : un médecin vulgaire ne fait pas promener les malades après une purgation, le soir, et quand il gèle ; mais comme il ne doit jamais arriver que ce que le somnambule a prédit, et comme Aubry n'avait pas prédit que le froid l'incommoderait, il pouvait même se baigner dans la rivière sans courir aucun risque.

Pour se débarrasser des questions importunes des incrédules, et pour répondre d'avance aux objections que j'ai faites sur la science anatomique, physiologique et pathologique des somnambules, M. de Puységur établit en principe que leur sagacité, leur justesse d'aperception, leur certitude de prévision, ne sont qu'un *instinct*, et leurs réponses une simple manifestation des sensations qu'ils éprouvent. Cette théorie est contraire à toute logique, comme on va s'en assurer.

Si, dans un grand nombre de remèdes offerts par le magnétiseur, le somnambule choisissait comme machinalement celui qui lui est propre, j'y verrais un *instinct* semblable à celui qui fait choisir au chien une espèce de gramen au milieu d'une foule de plantes. Mais il n'en est pas ainsi : un somnambule prescrit des tisanes à un malade, et ne veut pas qu'il se purge, *parce qu'il* n'est pas encore assez rafraîchi ; un autre veut qu'on sèche un cautère, et qu'on en ouvre à tel autre endroit, *parce que*, dit-il, c'est la seule place où il n'y ait pas de nerfs ; un autre annonce qu'il aura des suffocations, *parce que* son sang ne circule plus librement. Remarquez bien le *parce que*, mot qui suppose le raisonnement et qui exclut l'instinct. Une somnambule dit à une malade : « Comment votre visage et le tour de vos yeux deviendraient-ils jaunes, s'il n'y avait pas d'humeur dans le sang ? » *Ce comment* est-il de l'instinct ? « Ne vous faites jamais saigner, dit-elle, à un autre, *parce que* rien ne vous est plus contraire. » La même dormeuse prédit à l'auteur même qu'il sera guéri le 23 août, et que *s'il* n'avait pas fait ce qu'elle lui a prescrit, il serait tombé en paralysie le 22, et qu'il serait mort le lendemain. La même dit à une dame : « Ces plaques rouges doivent bien être pour vous *la preuve* que votre sang ne circule pas. » Un instinct qui parle de *preuve !*

On trouve encore deux *parce que* dans les réponses somnambuliques du nommé Morhange, domestique de madame de Genlis. La nommée Françoise Deschamps se prescrit à elle-même cette ordonnance : « Deux gros de follicule, un demi-gros de sel de Glauber (c'est pour le lait cela, ajouta-t-elle), et une demi-once de manne (çà c'est pour adoucir). » Toutes les réponses de mademoiselle L...... sont remplies de raison et de logique ; et l'on trouve des *parce que*, des *si*, des *car*, dans celles de cet Aubry qui se promène quand il gèle, après avoir pris médecine. Tous, enfin, comparent, jugent, raisonnent, discutent, prévoient et préviennent. Si c'est là de l'*instinct*, la raison humaine n'est pas autre chose.

Les partisans du somnambulisme verront dans ma critique bien de l'ignorance, de l'aveuglement, de la *superstition*, peut-être même de la malveillance et de l'injustice, tandis que d'autres personnes me trouveront bien niais et bien ridicule de m'armer de toutes pièces pour combattre des moulins à vent. Je ne me justifierai ni envers les uns ni envers les autres ; mais je me croirais réellement injuste et de mauvaise foi, si je n'ajoutais qu'au milieu de toutes ces folies (dont je n'ai rapporté qu'une faible partie) on trouve des raisonnemens spécieux, des apparences assez fortes pour inquiéter le scepticisme, des aperçus d'un ordre nouveau qui ne sont pas totalement dépourvus de vraisemblance, des faits surtout, des faits qu'il est impossible de supposer entièremunt faux, et qu'il n'est plus permis de nier quand M. de Puységur rapporte non-seulement ce qu'il a vu (il pourrait être trompé), mais ce qu'il a opéré lui-même. Il me semble ici qu'on me crie de toutes parts : Pourquoi donc vous en moquez-vous ? Je réponds : Les systèmes les plus absurdes, les théories les plus ridicules, sont toujours fondés sur une vérité ou sur une vraisemblance dont on a tiré des conséquences fausses et déraisonnables. Je crois que c'est le cas du somnambulisme : je ris des *conséquences*, parce qu'elles me semblent ridicules ; mais je ne ris pas de tous les *faits*, parce qu'ils ne peuvent pas être tous faux, depuis trente ans qu'on les observe et que l'on persiste à y croire. Au reste, si cette nouvelle maladie de l'esprit humain fait de fâcheux progrès, il faut en accuser les sociétés savantes qui, par indifférence, par orgueil ou par préjugés, refusent si obstinément d'examiner des faits qui peuvent être de la plus grande utilité s'ils sont réels, et causer de grands malheurs s'ils sont le produit du charlatanisme ou d'une imagination déréglée.

# LES FOUS, LES INSENSÉS,

## LES MANIAQUES ET LES FRÉNÉTIQUES

NE SERAIENT-ILS QUE DES SOMNAMBULES DÉSORDONNÉS ;
PAR A.-M.-J. CHASTENET DE PUYSÉGUR , ANCIEN OFFI-
CIER-GÉNÉRAL D'ARTILLERIE.

CETTE brochure fait suite aux différens ouvrages
que M. de Puységur a publiés sur le magnétisme
animal et le somnambulisme. Les faits contenus
ici ne sont ni plus ni moins surprenans que ceux
dont j'ai déjà parlé. Il y a cependant entre eux
cette différence remarquable que , dans ses autres
écrits , l'auteur a rapporté les prodiges qu'il avait
opérés à telle ou telle époque , tandis que , dans
ce dernier mémoire , il expose ceux qu'il opère
journellement , et qu'il annonce devoir se repro-
duire encore dans le cours d'un traitement *magnétique* dont il publiera les détails. Avis aux incrédules, qui , doutant des faits antérieurs, pourront
se convaincre par leurs yeux de ceux que l'auteur
prédit , et dont la manifestation ne doit être enve-
loppée d'aucun mystère.

Quoique les faits exposés et attestés par M. de
Puységur soient extrêmement multipliés , on peut

les partager en trois classes distinctes qu'il faut observer séparément, car leur nature est tout-à-fait différente. On peut même admettre les uns sans être obligé de reconnaître les autres. On a donc eu tort de poser cette question : *Croyez-vous au magnétisme ?* Il fallait dire : *Croyez-vous à tel fait que l'on attribue au magnétisme animal ?*

Dans les faits de la première classe , je range les sensations éprouvées par les malades soumis à l'acte magnétique : sensations douloureuses ou agréables, nuisibles ou salutaires , passagères ou prolongées , et presque toujours suivies d'un sommeil pendant lequel le malade devient insensible à tous les objets extérieurs comme au plus grand bruit , à la plus vive lumière , à l'odeur la plus pénétrante , même à un choc ou à une contusion qu'il recevrait sans s'en apercevoir ; sommeil pendant lequel on peut transporter le malade où l'on veut sans qu'il s'en doute, et le placer dans toutes les situations sans qu'il le sente ; sommeil enfin qui cesse quelquefois spontanément , mais qui cesse toujours à la volonté du magnétiseur.

Les faits de la seconde classe sont relatifs à ce *sens intérieur* que l'on attribue aux somnambules, qui leur tient lieu de tous les autres sens, et les met en rapport avec toute la nature. Les dieux des gentils avaient des yeux et ne voyaient pas, des oreilles et n'entendaient point : nos somnambules sont tout le contraire ; ils voient sans le secours des yeux, ils entendent sans celui des oreilles. Ils ne voient

pas seulement des surfaces, comme font les hommes
éveillés, mais leur regard *mental* pénètre les corps
les plus denses ; ils y découvrent les plus petites
molécules ; ils aperçoivent dans l'intérieur du corps
humain la plus légère altération, et ce qu'il y a de
plus miraculeux, ils en connaissent et désignent le
remède.

Les faits de la troisième classe sont plus merveilleux encore : les somnambules n'ont pas seulement ce *sens intérieur* qui découvre tout à toutes
les distances, mais ils y joignent cette admirable faculté que M. de Puységur nomme la *prévision* : ils
connaissent l'avenir comme le présent ; ils prédisent tout ce qui arrivera dans un traitement de
plusieurs mois, même de plusieurs années ; et,
bien plus étonnans que les prophètes, ils annoncent, non-seulement l'événement avec toutes ses
circonstances, mais le jour, l'heure, la minute
auxquels il doit se manifester, sans que jamais leur
*prévision* soit en défaut d'une seule minute.

Plusieurs faits de la première classe me paraissent certains : il y a des *effets*, on n'en peut douter,
sans outrer le pyrrhonisme. Qu'on les attribue à
l'imagination, à une aliénation mentale et passa-
gère, au fluide magnétique ou à tout autre ; que
cette action se porte sur le sang ou sur les nerfs ;
qu'on ressuscite, si l'on veut, ce *fluide nerveux*
avec lequel on expliquait tout il y a quelques années ; qu'on fasse revivre les *esprits animaux* qui
jouent un si beau rôle dans les *in-folio* physiolo-

giques du dix-septième siècle, il faudra toujours
convenir qu'il y a des effets ; et comme ils peuvent
être pernicieux, s'ils ne sont pas salutaires, il était
du devoir des savans de s'en occuper, de dissiper
le prestige, de confondre les charlatans, de dé-
tromper les hommes séduits, et d'expliquer, par des
moyens naturels, des effets que le peuple attribuera
toujours à une espèce de magie ; ce qui ne favori-
sera pas le progrès des lumières. M. de Puységur
demande : *les fous, les insensés, les maniaques ne
seraient-ils que des somnambules désordonnés ?*
Je demande, moi, *si les somnambules ne sont pas
des fous et des insensés dont le magnétisme augmente le nombre ?*

Les faits de la seconde classe sont incroyables,
même quand ils ne seraient pas rigoureusement
impossibles. Ils sont contraires à la raison et à toute
physique ; mais puisque la raison de tant de gens
est blessée, c'était encore un devoir pour les savans de les éclaircr et de les guérir.

Ceux de la troisième classe sont si extravagans
et si absurdes, que l'on fait acte de modestie en
les réfutant ; mais les savans de profession se sont
si souvent et si grossièrement trompés, qu'on leur
aurait su gré d'être modestes.

Si l'on partage en trois classes, comme je l'ai
fait, tous les faits allégués par les magnétiseurs, la
difficulté se réduit à ces trois questions : 1°. L'acte
connu sous le nom de magnétisme produit-il un
effet quelconque ? 2°. Les somnambules sont-ils

doués de ce *sens intérieur* qui supplée au sommeil
ou à l'inaction des autres sens? 3°. Ces mêmes
somnambules ont-ils l'étonnante faculté que l'on
nomme *prévision*, et qui leur fait prédire avec certitude des événemens qui échapperaient à la pré-
voyance des hommes éveillés, et qui doivent se
succéder dans un long intervalle de temps?

J'ai répondu affirmativement à la première question; la seconde proposition m'a paru contraire à
la raison et à la physique, quand même elle ne
serait pas rigoureusement impossible. La troisième
me paraît absurde, ridicule, et tout-à-fait indigne
d'être discutée par des hommes de bon sens. Parmi
ceux qui la soutiennent, on compte cependant des
personnes qui ne sont ni sottes, ni folles, ni crédules; ce qui ne donne pas une grande idée de
cette raison humaine dont nous sommes si fiers.
Mais si une pareille absurdité pouvait devenir seulement douteuse, il faudrait avouer que ne rien
croire et ne rien nier serait le comble de la philosophie.

Parmi les effets merveilleux que l'on attribue
au magnétisme animal, il n'y a donc que ceux
de la première classe qui soient certains; je dis
certains, parce que j'en suis convaincu, et je le
dis contre l'opinion des savans qui ne se sont pas
donné la peine de les examiner. Depuis trente ans
qu'on magnétise, il est impossible que tant de personnes de tous les rangs et de tous les caractères se
soient constamment réunies pour ne rien voir, et

se soient accordées à dire qu'elles voyaient. Je sais
que des charlatans ont souvent obtenu de nombreuses attestations de l'efficacité de leurs remèdes ; mais je prie mes lecteurs d'observer que
je ne parle point ici de remèdes, et que je ne considère pas le magnétisme comme moyen curatif.
La nature faisant souvent des cures merveilleuses,
et les drogues des charlatans étant toujours utiles
dans quelque cas, on a pu attribuer aux empiriques tout le bien que faisaient la nature et le
hasard ; et comme ils n'ont tenu registre que des
événemens heureux, le public a pu être trompé
sur la prétendue science de ces jongleurs médecins. Sous ce rapport, j'abandonne le magnétisme
à tout le mépris de ses adversaires : non-seulement je ne le regarde pas comme une *panacée*,
mais je crois qu'il est plus souvent nuisible qu'utile ;
car les maladies qui affligent l'homme sont mille
fois plus nombreuses qu'un seul remède n'en peut
guérir.

Je dis donc seulement qu'il produit un effet
quelconque ; des milliers de personnes ne sont pas
venues sans doute jouer un rôle pénible, difficile
et ridicule, uniquement pour flatter l'amour-
propre de M. de Puységur ; on ne peut pas supposer ici de la complaisance ou du *compérage* ; ce
rôle de dormeur immobile n'est pas aussi aisé à
jouer qu'on le pense ; et parmi tant de comédiens,
la maladresse de quelques-uns aurait trahi le charlatanisme. La diversité de ses effets est une nou-

velle preuve de leur réalité ; ils sont si irréguliers,
si bizarres, qu'ils contredisent souvent la théorie des
magnétiseurs : or , il est évident que des hommes
qui s'accorderaient pour nous tromper, ne nous
auraient montré que ce qui favorise la doctrine de
leurs maîtres.

Parmi les magnétisés , les uns se plaignent de
ressentir une vive douleur, d'autres éprouvent du
soulagement ; presque tous s'endorment pour plusieurs heures , et leur sommeil est la plus parfaite
image de la mort : cette immobilité constante et
aussi prolongée serait déjà assez difficile à imiter ;
et ce phénomène , répété des milliers de fois , doit
au moins fort étonner les incrédules. J'ai vu un
de ces dormeurs recevoir accidentellement une
contusion si forte , que le fourbe le plus coura-
geux , fût-il un Mutius Scœvola, en aurait jeté des
cris de douleur : cependant le dormeur ne sour-
cilla pas même ; et très-certainement il ne s'attendait pas à ce choc , car c'est moi qui en fus la
cause innocente, et, à coup sûr, je n'étais pas un
compère.

Des savans, auteurs de gros livres , ont nié ces
effets, parce que sans doute ils voulaient avoir le
privilége exclusif d'endormir le public, et ils étaient
jaloux de la facilité avec laquelle M. de Puységur
opérait ce prodige. Cependant , forcés par l'évidence à faire un aveu , ils ont attribué tous ces
effets à l'*imagination* des magnétisés. Cette opinion a été la mienne : je cherche même encore à

la concilier avec ce que j'ai lu et vu; mais j'avoue que M. de Puységur m'a un peu embarrassé quand il m'a répondu que le magnétisme agit également sur des hommes qui dorment et sur des aveugles, qui, conséquemment, ne peuvent voir les gestes du magnétiseur, et sur des sourds et muets de naissance, qui, certainement, n'ont jamais entendu parler du magnétisme. Voilà donc des preuves que l'on peut acquérir, et que M. de Puységur ne refuse pas de donner.

J'ai dit le pour et le contre, je propose des expériences; voilà, ce me semble, tout ce qu'on peut attendre de moi sur ce point. Passons au *sens intérieur* des somnambules.

Nous entrons ici dans les espaces imaginaires; mais quoique cette partie de la doctrine me paraisse déraisonnable, je vais néanmoins exposer tout ce qu'on peut alléguer en sa faveur. L'homme n'a que cinq sens; il n'en connaît, il n'en peut pas même imaginer d'autres : il doit naturellement croire qu'ils sont les uniques moyens par lesquels il peut communiquer avec les objets extérieurs. Cependant il serait téméraire d'affirmer que les bornes de nos facultés sont celles de la nature. Des philosophes ont pensé qu'il pouvait exister d'autres sens que les nôtres. Montaigne, entr'autres, a dit formellement : Nous croyons connaître les objets avec nos cinq sens; mais, pour juger parfaitement, il nous en faudrait peut-être huit, dix, et davantage.

D'un autre côté, tous ceux qui croient à la spiritualité de l'âme, et certes c'est le plus grand nombre
des hommes, n'ont jamais prétendu qu'après la
dissolution du corps, l'âme fût un être inerte,
privé d'idées et de sentiment. On a donc cru,
d'une part, qu'il pouvait exister d'autres sens
que les nôtres, et de l'autre, qu'on pouvait avoir
des perceptions, des sensations et des idées sans
l'intervention de ces mêmes sens. Sans cela, le
dogme de l'immortalité de l'âme serait une absurdité ; car qu'est-ce que serait une âme qui ne
pourrait ni penser ni sentir ? Or, appliquons ces
principes au *sens intérieur* des somnambules ;
nous dirons que, dans cet état, leurs sens sont
absolument engourdis, n'ont plus aucune fonc-
tion, et que le sens intérieur supplée aux yeux,
aux oreilles, etc..... Les magnétiseurs ajouteront
que ce sens intérieur a plus de certitude, plus de
justesse que tous les autres ensemble, parce qu'il
n'est ni distrait ni séduit par les illusions qui environnent l'homme éveillé. Je ne désespère pas même
qu'on ne bâtisse un jour un beau système sur ce
rêve métaphysique. En effet, ne peut-on pas dire
que la vie humaine n'est qu'un long somnambulisme, et que la mort en est le réveil ? Après la mort,
ajoutera-t-on, l'âme, dégagée de son enveloppe
corruptible, n'a plus que des sensations nobles et
des notions justes. Le sommeil magnétique est une
image anticipée de cet heureux état ; car ceux qui
y sont plongés, voient et entendent à des distances

infinies sans le secours des yeux et des oreilles ;
tous leurs jugemens sont d'une justesse parfaite ;
et toutes leurs réponses d'une candeur admirable.
Jamais on n'a menti dans le sommeil magnétique,
parce qu'on n'y est plus soumis à l'empire de ces
sens terrestres et grossiers. En veut-on une preuve
irrécusable ? Un homme qui, dans l'état de veille,
était avare et fripon, a fait, en dormant, l'aveu
d'un dépôt soustrait, et a naïvement désigné le lieu
où il l'avait caché.

Il n'est point de conséquences absurdes ou ridicules qu'on ne puisse tirer d'un principe aussi
étrange ; cependant les faits allégués par M. de
Puységur sont innombrables. Ils étonneront le plus
grand nombre des lecteurs, ils en intéresseront
d'autres, et amuseront les plus incrédules. Ici je
ne veux rien nier, rien réfuter ; mais je propose
une expérience dont le succès doit être infaillible,
expérience qui, en un seul jour, va démontrer
évidemment la réalité ou le ridicule de ce prétendu
sens intérieur.

M. de Puységur nous dit dans quatre volumes différens, que plusieurs somnambules, qu'il nomme,
ont la faculté de voir à travers les masses les plus
denses, et dans l'intérieur du corps humain. L'un
a vu un dépôt qui allait se former ; un autre, du
sang épaissi dans les vaisseaux capillaires ; un autre
encore, trois vers qui allaient ronger le cœur d'un
malade, et le chemin que devaient faire ces vers
pour sortir par l'issue naturelle. Ici les anatomistes

doivent être embarrassés ; car la route du cœur au rectum n'est pas très-facile. Un grossier paysan vit clairement de petites particules de bile concrète arrêtées *dans le canal qui conduit au duodénum ;* je ne sais pourquoi ce paysan, qui connaît le *duodénum*, n'a pas nommé le *cholédoque :* il faut croire que le sens intérieur nous rend assez savans pour parler latin, mais qu'il ne va pas jusqu'au grec.

Or, puisque ces somnambules aperçoivent si clairement de si petites choses cachées dans les mystérieux replis de l'organisation humaine, je demande qu'on fasse paraître devant eux un certain nombre de femmes enceintes, et qu'on leur demande de quel sexe sera chacun des enfans. Certes, celui qui voit trois vers, quelques gouttes de sang, quelques parcelles de bile dans le péricarde, dans les vaisseaux et dans le *cholédoque*, verra très-certainement le sexe d'un fœtus de sept à huit mois. Si ces somnambules devinent, nous serons forcés de nous taire et d'admirer ; s'ils refusent l'expérience, nous saurons à quoi nous en tenir sur les merveilles du magnétisme.

J'ai dit que je ne discuterais pas la prétendue *prévision*, c'est-à-dire la faculté prophétique des somnambules : j'aimerais presque autant y croire que la combattre sérieusement. Les endormeurs magnétiques croient nous familiariser avec ce miracle, en disant que *ce que nous nommons passé et futur, n'est peut-être qu'une manifestation graduelle d'un éternel présent.* Cette phrase est belle, il faut en convenir : elle a un air profond et ténébreux qui étonne le lecteur : il est dommage qu'elle s'écroule au souffle de la raison ; car enfin, que je considère le temps comme un fleuve qui s'écoule devant moi, ou comme un lac immobile dont je fais le tour, il suffit de quelques instans où mes pas soient successifs, pour qu'il existe un passé et un futur. L'auteur de cette phrase aurait dû voir que le mot *graduelle* détruit son *éternel présent.* C'est dommage, je le répète ; car l'*éternel présent* a un air de grandeur qui imprime un certain respect.

Mes lecteurs désirent sans doute connaître tous les ouvrages d'un homme aussi singulièrement célèbre que M. de Puységur ; en voici les titres : ( en 1807 ) DU MAGNÉTISME ANIMAL, *considéré dans ses rapports avec diverses branches de la physique générale ;* ( en 1809 ) deux *Mémoires pour servir à l'établissement du magnétisme animal;* ( en 1811 ) *Recherches, expériences et observations physiologiques sur l'homme considéré dans l'état de somnambulisme naturel, et dans le somnambulisme provoqué par l'acte magnétique;* et enfin la brochure que j'annonce, où figurent les *Fous* et les *Insensés* qui se sont fait un peu trop attendre, car certainement ils auraient dû paraître plus tôt sur le théâtre magnétique.

Tous ces ouvrages sont un immense répertoire de merveilles et de miracles ; on y trouve des faits certains, dont la preuve d'ailleurs peut s'acquérir facilement : mais ils sont bizarres, incohérens ; ils

ne tendent pas à une même conclusion ; les raisonnemens qu'ils fournissent à M. de Puységur ne
sont point coordonnés ; il prouvent quelquefois
tout autre chose que ce que désignent les faits
mêmes ; les conséquences en sont mal déduites, et
offrent souvent des résultats contradictoires. Ces
défauts sans doute ne détruisent pas les faits, mais
ils font crouler le système ; c'est ainsi que le fantôme du mesmérisme a résisté à toutes les attaques,
tandis que le fameux baquet *est tombé en javelle.*

D'ailleurs M. de Puységur néglige souvent de
rapporter des circonstances, et de donner des explications qui font ou qui détruisent tout le merveilleux des expériences. C'est ce que je remarque dans
sa dernière brochure, où il expose un traitement
qu'il vient d'entreprendre, qui doit être fort long,
et dont il donnera le journal tous les mois. En
voici le résumé succinct :

Un enfant de douze ans est sujet à des accès de
délire pendant lesquels il se frappe la tête aux murs,
ou veut se jeter par la fenêtre. Le magnétisme seul
peut le calmer et le calme sur-le-champ. Dans
l'état de somnambulisme, ce jeune malade apprend
à M. de Puységur que ses accès proviennent d'une
forte contusion qu'il a reçue à la tête, il y a huit
ans, et d'une opération au crâne qui a été mal faite.
Dans le sommeil magnétique, le jeune homme prédit ses nouvelles rechutes et l'heure précise à laquelle elles arriveront ; ses prédictions se justifient
toutes. Il recommande aussi qu'on se garde bien

de le toucher dans ses accès, et surtout qu'on évite
de se laisser mordre par lui, parce que *sa morsure
causerait la rage*. Ceci, comme on le voit, est
assez sérieux pour que nos docteurs daignent s'en
occuper ; mais je prédis qu'ils ne voudront rien
voir, et je prédis plus juste que les somnambules.

Le malade ayant annoncé que la cessation de
l'acte magnétique lui causerait la mort, M. de
Puységur a eu le courage d'entreprendre cette cure
aussi dangereuse que désagréable ; il fait coucher
près de lui le petit convulsionnaire ; il suit, à l'é-
gard du magnétisme, les ordonnances que le somnambule lui-même s'est prescrites : quand il voyage,
il le conduit partout avec lui, dans l'état de somnambulisme ; il prévient le public qu'il donnera
régulièrement le journal de cette étrange maladie ;
il ne fait mystère ni des accès du jeune homme,
ni des moyens qu'il emploie pour les calmer ; l'enfant, prédisant ce qui doit lui arriver deux, trois et
quatre jours d'avance, il est facile de se convaincre ou de la fausseté ou de la réalité du fait :
eh bien ! je répète encore que les savans ne voudront ni voir ni entendre, et ils diront qu'il n'y
a rien.

Voici des faits plus extraordinaires : M. de Puységur magnétise l'enfant, et le conduit en cet état
à Paris, où il reste *cinq jours en somnambulisme*.
Il s'étonne et s'amuse beaucoup du mouvement de
cette grande ville qu'il n'avait jamais vue ; les boulevards l'enchantent ; les cabriolets, les voitures

l'occupent : un jour il va se promener aux Champs-
Elysées , il y mange des gâteaux ; un autre jour il
voit les exercices de Franconi ; il se tient souvent
chez une portière où il joue avec d'autres enfans ;
toujours somnambule , il marche , boit , mange ,
dort et s'éveille du sommeil naturel ; mais dès que
le somnambulisme cesse , il n'a plus aucun souvenir ni des boulevards , ni des gâteaux , ni des
chevaux de Franconi ; il ne reconnaît ni la portière , ni les enfans ses camarades ; il s'étonne , il
s'effraie , il s'afflige même quand on lui dit qu'il
est à Paris.

Je suis loin de nier le matériel de ces faits , et
je n'ai pas besoin *de voir* pour en croire M. de
Puységur ; il y a cependant ici des contradictions
qui m'embarrassent. Ce petit somnambule avait les
yeux ouverts ou fermés. S'il les avait ouverts ,
comment serais-je assuré qu'il était dans l'état de
somnambule , puisqu'il parlait , marchait , buvait
et mangeait comme les personnes éveillées ? Mais ,
qu'ils fussent ouverts ou fermés , si le jeune homme
était vraiment somnambule , comment pouvait-il
répondre à toutes les questions *étrangères à sa
maladie* , manger des gâteaux , assister à un spectacle , jouer avec des enfans , tous objets avec lesquels le magnétiseur ne l'avait point mis en rapport ? M. de Puységur a dit dans son volume de
1811 , pages 374 et 375 , qu'il ne faut interroger
les somnambules que sur les choses *relatives à
leurs maladies ;* et il a dit à la page 43 du même

-volume : « Le premier caractère distinctif du somnambulisme, que je regarde comme le meilleur et le plus complet, c'est *l'isolement;* c'est-à-dire, qu'un malade dans cet état n'a de communication et de rapport qu'*avec son magnétiseur, n'entend que lui*, et ne conserve *aucune relation avec les objets extérieurs.* » Comment accorder ces déclarations formelles avec le récit qu'on vient de lire? M. de Puységur a-t-il mis l'enfant en rapport avec les cabriolets, les gâteaux et les chevaux de Franconi ? Mon intelligence ne va pas jusqu'à résoudre cette difficulté.

Quoi qu'il en soit, il y a des faits constans : il s'agit d'une maladie et d'une maladie affreuse, et les médecins ne seraient pas excusables de refuser leur attention à de pareils phénomènes ; mais les savans n'aiment pas à s'expliquer sur les choses qui n'intéressent pas directement leur amour-propre, et le merveilleux qu'ils n'opèrent pas eux-mêmes n'est que du charlatanisme. Voici une anecdote fort curieuse sur ce sujet :

Agnès Burguet, femme du maréchal-ferrant de Buzancy, est attaquée d'une maladie longue et cruelle : dans l'état de somnambulisme, elle prédit, *au mois de décembre*, tous les phénomènes qui doivent se manifester en elle jusqu'au mois de mai suivant ; elle désigne les jours et les heures des crises, leur durée, leur nature, leur résultat; elle prédit, ce qui était plus extraordinaire, le moment, la nature et la durée des évacuations, et enfin tous

les symptômes qui doivent se succéder dans ce
long intervalle de temps. M. de Puységur conduit
la malade à Paris, avertit des médecins et d'autres
savans, les prévient des prédictions de la somnambule, les somme de venir vérifier ses pronostics : l'expérience a lieu, tout se passe comme Agnès
l'avait annoncé. M. de Puységur en donne le long
détail, jour par jour; puis, dans une note, il désigne
par trois initiales, et par les qualités, les savans
qui assistèrent à cette épreuve. Voici cette note :
« A cette séance et à toutes les autres ont assisté
alternativement MM. Bay..., All..., Frid..., Dys...,
Pr...., Tour...., médecins ; et MM..C..... Dum....,
Dec... et Sy..., professeurs des classes d'anatomie,
de physiologie et d'histoire naturelle. » Eh bien !
qu'est-ce que ces messieurs ont décidé ? Le voici :
Quand la femme somnambule fut remise dans son
état naturel, les savans sortirent promptement de
la salle magnétique pour passer à celle du déjeu-
ner ; ils burent et mangèrent fort bien, ne dirent
pas un mot de la malade, et sortirent sans signer le
procès-verbal, sans même demander qu'il leur fût
remis. Ceci est imprimé depuis près de deux ans ;
ainsi ces savans ont bien eu le temps de réclamer
contre l'anecdote, si elle est fausse. Mais voici une
scène plus curieuse encore.

Le petit somnambule de douze ans ayant eu le
crâne fêlé, il était naturel que M. de Puységur
voulût consulter M. Gall, l'homme du monde qui
a vu le plus de choses dans le crâne de l'homme

et des animaux. Il écrit donc au docteur qui ne
répond pas ; M. de Puységur n'en est point hu-
milié, et il a raison : les savans ont des priviléges.
Il conduit donc le jeune malade chez le physiologiste allemand. M. Gall ne croit point au magnétisme animal, et M. de Puységur ne croit pas plus
au système des bosses ; on juge par-là que les deux
personnages étaient *en situation.* Ce dialogue offre
même tout ce qu'on peut exiger dans une bonne
scène, car les deux interlocuteurs, divisés d'opinion, ont encore une opposition de caractère ; en
effet, le Français ne dit pas un seul mot contre la
*crâniologie,* tandis que l'Allemand déclare tout
net que *le somnambulisme n'est qu'un rêve et rien
de plus, et que les somnambules ne disent que ce
que les magnétiseurs leur font dire.* Notez encore
que M. de Puységur ne rétorque rien de tout cela
contre la doctrine des protubérances ; mais se con-
tentant de discuter avec cet excellent ton qu'il
n'oublie jamais, il se permet une seule malice, et
si petite et si douce, que bien des étrangers la pren-
draient pour un compliment.

Le docteur, ayant tâté la tête du jeune homme,
dit qu'à la vérité il y avait eu une ouverture faite,
mais que cela ne prouvait rien. *Je sens bien,* répondit M. de Puységur, *que pour vous éclaircir
du fait, il vous faudrait son crâne, mais en conscience je ne puis pas vous le donner.* Cette scène
se prolonge encore, et M. Gall sort, laissant M. de
Puységur avec M. Spurzheim. Cet autre savant,

tout aussi incrédule que le docteur Gall, s'huma-
nise cependant davantage : plus patient dans la discussion, il reconnaît, non sans étonnement, que
M. de Puységur n'est point un visionnaire, et un
évocateur de revenans, comme vraisemblablement
il l'avait pensé. Il va même (voyez ce que c'est
que d'écouter avant de prononcer!), il va jusqu'à témoigner le désir de magnétiser lui-même.
On lui soumet sur-le-champ le petit malade qui
s'endort sous les mains de M. Spurzheim, comme
sous celles de M. de Puységur, et répond à toutes
ses questions avec une justesse et une candeur dont
tout autre qu'un savant aurait été vivement touché. M. Gall rentre ; on lui conte ce qui s'est
passé, et il en écoute le récit avec autant de froi-
deur que d'insouciance. Cette fois M. de Puységur
se lassa d'être si modéré, et dit au docteur : «Vous
devez vous rappeler qu'il y a plus d'un an, lorsque
vous vîntes chez moi, *et fîtes agir vous-même* la
femme du maréchal de Buzancy, dans l'état de
somnambulisme, *par la seule impulsion de votre
volonté*, vous me dites, en vous retournant vivement : *Ah! ma foi, si cela était vrai, mon système
tomberait.* » M. Gall avait donc vu, il avait fait
agir lui-même une somnambule, par la seule impulsion de sa volonté, et pourtant il nie..... Cela
est tout simple : il faut que son système passe avant
celui des autres.

Malheureusement cette excellente scène ne finit
point comme je l'avais espéré. Je croyais voir le

savant s'emparer de la tête du magnétiseur pour
y chercher certaine bosse, et celui-ci étendre ses
mains victorieuses , magnétiser l'anatomiste, l'endormir, et le conduire ensuite chez Franconi, ou
le faire jouer *avec les enfans de la portière.* En
vérité , je ne puis concevoir qu'on ait de l'indifférence pour le magnétisme ; car, s'il n'est pas vrai,
il est au moins fort amusant.

# HISTOIRE

### DE LA

## GUÉRISON D'UNE JEUNE PERSONNE,

PRODUITE PAR LA NATURE ELLE-MÊME ; PAR UN TÉMOIN OCULAIRE DE CE PHÉNOMÈNE EXTRAORDINAIRE; TRADUIT DE L'ALLEMAND, DU BARON FRÉDÉRIC-CHARLES DE STROMBECK, AVEC UNE PRÉFACE DU DOCTEUR MARÇARD, MÉDECIN DES EAUX DE PYRMONT.

C'EST en 1784 qu'une commission, composée de savans et de médecins, fut chargée par le roi d'examiner les prétendus prodiges du magnétisme animal. Ces savans, médecins, physiciens ou chimistes décidèrent que le magnétisme n'était rien, que ce fluide n'existait pas, et qu'on ne pouvait, en conséquence, lui attribuer aucun des effets observés au *baquet* de Mesmer. Depuis cet arrêt fulminé par une académie et une *Faculté*, le magnétisme s'est propagé d'une manière étonnante en France et dans toute l'Europe. Les effets ont été mieux observés et rigoureusement constatés; les phénomènes du somnambulisme ont encore ajouté au merveilleux de la découverte; une foule de médecins, jusqu'alors incrédules, se sont convertis à la foi magnétique;

et la doctrine se présente avec une masse de preuves
si imposante, qu'on est réduit à se taire quand on
refuse d'y croire. Ce magnétisme a donc trente années d'existence, depuis qu'il a été démontré qu'il
n'existe pas ; or, sa pratique n'est point indifférente à l'ordre social, puisque des magnétiseurs de
bonne foi conviennent de ses inconvéniens comme
ils vantent son utilité. Il n'est donc plus permis aux
savans brevetés de garder un silence dédaigneux ;
car le magnétisme compte aussi des savans parmi
ses prosélytes, et je suis assuré que le nombre des
médecins qui y croient et qui en parlent surpasse le
nombre des docteurs qui le nient et qui se taisent.

Deux difficultés se présentent ici naturellement,
et de leur solution dépend l'intelligence de ce qui
va suivre : je vais tâcher de résoudre l'une et l'autre.

On me demandera d'abord pourquoi le mesmérisme, appuyé sur des faits incontestables, constaté
par des dépositions d'un millier de témoins pris
dans toutes les classes de la société, et même parmi
les médecins et les anatomistes, est cependant
tombé en discrédit immédiatement après avoir
opéré ses prétendues merveilles.

On demandera ensuite comment le magnétisme
trouve encore aujourd'hui tant d'incrédules et tant
de railleurs, lorsqu'il s'est propagé dans toute l'Europe, lorsqu'il produit partout les mêmes effets,
et obtient les mêmes succès, et lorsque tant de
savans et de médecins attestent ses miracles et écrivent en sa faveur.

Je réponds à la première question : Les commissaires nommés par le roi étaient des hommes
tellement estimés pour leur savoir et leur caractère
personnel, que leur arrêt a frappé de terreur ceux
qui se sentaient disposés à croire au magnétisme.
En second lieu, Mesmer était loin de jouir d'une
aussi bonne réputation : justement ou injustement,
il avait été décrié en Allemagne. L'Académie des
sciences de Berlin avait déclaré ses théorèmes absurdes, et les journaux allemands le couvraient de
ridicule. Son début en France n'était pas propre
à effacer ces impressions défavorables. Avant d'exposer sa grande découverte, avant de nous gratifier
de sa *panacée* qui devait produire tous les biens et
guérir tous les maux, il exigea, pour condition
préalable, une somme de 240,000 livres qu'il ob-
tint en effet, par cent souscriptions de cent louis
chacune. Cette spéculation sur le bonheur qu'il
voulait procurer à l'humanité, diminuait un peu
notre reconnaissance, et le procès peu honorable
qu'il eut avec ses propres élèves, acheva de lui
ôter toute considération. Si l'on se rappelle d'ailleurs que la révolution survint bientôt après, et
fit suspendre toutes les expériences, on ne sera
plus étonné de l'interruption qu'a éprouvée la
croyance au magnétisme ; on sera même surpris
qu'il ait osé reparaître après tant d'humiliations,
et que, nouveau Phénix, il ait pu renaître de ses
cendres plus brillant et plus beau.

Je répondrai maintenant à la seconde question,

que les magnétiseurs eux-mêmes ont contribué, dans ces derniers temps, à rendre le magnétisme ridicule. Ils ne se sont point contentés d'exposer simplement et clairement les faits bien réels et très-extraordinaires qui s'offraient à leurs regards; ils ont annoncé des prodiges, des prophéties, des merveilles ; ils nous ont fait voir des forêts enchantées, des talismans, des guérisons miraculeuses : plusieurs d'entre eux, lassés bientôt de n'être que simples historiens, se sont jetés dans les ténèbres d'une philosophie occulte, ont bâti des systèmes ; composé des cosmogonies : parce qu'un somnambule avait dit, en rêvant, qu'il voyait une vapeur blanchâtre, on a conclu que cette vapeur était le fluide universel, le *spiritus intus* de Virgile, l'*âme du monde* de Pythagore. Suivons un peu toutes les folies que l'on nous a données comme des vérités incontestables, et dont chacune a produit des volumes.

Nous sortions à peine des horreurs de la révolution, nous avions encore les sens troublés, l'âme froissée, les esprits abattus, toutes les idées morales venaient d'être bouleversées, lorsqu'on nous annonce des prodiges qui confondent notre jugement, humilient notre raison, et nous font douter même des vérités physiques. On n'a plus besoin des yeux pour voir, ni des oreilles pour entendre : un sens intérieur que l'on nomme *faculté intuitive*, *clairvoyance instinctive*, ou tout ce qu'on voudra, nous fait tout voir, tout sentir, tout pressentir,

tout prévoir ; une somnambule ayant les yeux fermés et couverts d'un triple bandeau, lit un journal
avec son estomac ; un autre somnambule lit un
livre fermé dont on ne lui présente que la couver-
ture ; d'autres femmes (car il faut observer qu'il y
a cent rêveuses pour un rêveur), d'autres femmes
aperçoivent distinctement les objets à travers les
murailles, et à d'énormes distances. Une demoiselle endormie sur sa bergère, dans le fond de son
salon, voit son père qui voyage, qui descend de
voiture à plusieurs lieues, qui entre dans une auberge, qui quitte un habit vert pour en prendre un
gris ; un autre voit au milieu de la nuit, sur le haut
d'une montagne éloignée de plus de trois mille
toises, une petite touffe d'herbes qui doit lui rendre
la santé. Ce sens intérieur met le somnambule en
rapport avec l'univers entier. On peut magnétiser
et faire éprouver des crises à des distances incom-
mensurables. Un jeune homme a magnétisé une
jolie femme ; le jeune homme fait un long voyage ;
toutes les nuits, du fond de son lit d'auberge, il
continue à magnétiser la dame à des intervalles
successifs de dix, vingt, trente, quarante lieues,
sans que la dame soit sortie de Paris, et l'honnête
mari, qui sent son lit frémir par l'effet de la commotion, dit avec une naïveté admirable : *On magnétise ma femme*. Ailleurs, je vois un *morceau
de verre* qui opère des prodiges comme la baguette
des fées et l'anneau des enchanteurs : il suffit que
vous ayez porté ce morceau de verre pendant

quelques instans pour que le ou la somnambule connaisse parfaitement vos traits, vos affections, vos maladies, quoique ce ou cette somnambule ne vous ait jamais vu. Une autre demoiselle (ce sont presque toujours des demoiselles), voit du fond de sa chambre l'heure qu'il est à toutes les montres et à toutes les horloges, sans se tromper d'une seconde; et comme si le Diable Boiteux lui avait découvert les toits des maisons, elle voit tout ce qui se passe dans les recoins les plus cachés, dans les chambres le mieux closes. Voilà, dit-elle, le président qui s'habille.... Il sort.... Il vient ici.... Il va entrer, et il entre. Voilà, dit-elle une autre fois, le conseiller qui lit le journal à sa femme. Cette somnambule est une jeune personne parfaitement belle et bien constituée, remplie de modestie et de pudeur : or, comme le conseiller ne lisait pas toujours le journal, je suis un peu effrayé de tout ce que la *faculté intuitive* faisait voir à cette demoiselle. Aux phénomènes du sens intérieur succède le merveilleux des prophéties : l'avenir se découvre aux yeux des somnambules ; l'un prédit au mois de février des faits étonnans qui doivent se succéder à des intervalles réguliers le 3 du mois de mai suivant ; un autre expose long-temps d'avance tous les accidens, toutes les crises, toutes les métastases qui doivent survenir dans le long cours de la maladie la plus irrégulière, et rien n'est plus admirable que la précision avec laquelle ils divisent le temps ; car les somnambules ne diront pas : Telle chose arrivera à huit heures ou à huit heures un quart, ils disent huit heures dix-huit minutes trente secondes, et ils ne se trompent jamais. La Société royale de Londres et l'Académie des sciences de Paris ont fait long-temps de vains efforts pour fixer la longitude en mer; pourquoi ces malheureux savans ne croyaient-ils pas au magnétisme? Les montres marines et l'observation des satellites de Jupiter offrent-elles un résultat comparable à la prévision et à la clairvoyance instinctive des somnambules?

Est-il bien étonnant qu'une doctrine, cachée sous une pareille enveloppe, ait rebuté les esprits raisonnables? Les magnétiseurs peuvent-ils se plaindre de notre incrédulité, lorsqu'ils nous présentent des faits qui nous ramènent aux *Mille et une Nuits* et aux romans de la *Table ronde?* Que serait-ce donc si je rapportais toutes les absurdités, tous les miracles ridicules qui sont attestés par des hommes fort estimables d'ailleurs, et consignés dans des procès-verbaux revêtus de signatures qui devraient être respectables?

Le croira-t-on? Pour donner au magnétisme un vernis d'antiquité, on en cherche les traces dans les écrits de Bacon, de Plutarque, de Tacite, dans le Démon familier de Socrate : que dis-je! la Pucelle d'Orléans n'était qu'une somnambule! et, pour pousser la folie au dernier terme, on trouve le magnétisme jusque dans l'Evangile; saint Marc a dit : *Ils imposeront les mains, et les malades*

*seront guéris;* donc saint Marc est le précurseur
de Mesmer. Eh! messieurs, leur dirai-je à mon
tour; pourquoi vous arrêter en si beau chemin?
Pourquoi n'ajoutez-vous pas que Dieu a étendu
ses mains sur le chaos, et qu'il a créé l'univers?
Ceci, au moins, aurait quelque vraisemblance, tant
il y a de rêveurs en ce monde!

Le lecteur jugera dans quelle classe il faut placer
le somnambulisme de la jeune personne dont
M. le baron de Strombeck, témoin oculaire,
nous a tracé l'histoire jusque dans ses moindres
détails. Je demande bien pardon à M. le baron
si je ne traite pas ce sujet avec toute la gravité qu'il
a peut-être le droit d'exiger; je n'ai pas encore
une foi assez robuste pour résister à l'envie de rire
de ce qui me paraît le comble du ridicule. Le rire
est un mouvement convulsif qui peut survenir ino-
pinément et indiscrètement dans des occasions où
le sérieux, j'en conviens, serait de meilleur ton;
mais la nature a ses droits, et M. le baron prouve,
par son histoire même, combien la nature est puis-
sante. Il lui conviendrait mal de me refuser de l'in-
dulgence; il avoue qu'il était incrédule avant le somnambulisme de mademoiselle Julie : sa philosophie,
dit-il, se rapprochait de celle de Spinosa; les
spasmes, les rêveries, les miracles de mademoiselle
Julie, en ont fait un vrai croyant. Le somnambulisme opère donc des conversions, et nous aurons
vraisemblablement un jour des missionnaires somnambules. Les vœux que je fais pour leurs succès

sont bien sincères et désintéressés, car si j'avais attendu les miracles de la *prévision* et de la *clairvoyance* magnétique pour admettre les vérités utiles, je serais mort très-certainement dans l'impénitence finale.

Mon incrédulité ne m'empêchera cependant pas de reconnaître que le magnétisme s'est considérablement épuré et simplifié dans ces derniers temps. On a d'abord réformé le baquet, les bouteilles, le verre pilé et les pointes de fer, qui cependant guérissaient tous les maux, ou du moins nous faisaient changer une maladie contre une autre : ce qui était toujours un soulagement.

Quelques magnétiseurs ont poussé la réforme jusqu'à supprimer la *manipulation*. A les en croire, l'emploi des mains n'est point nécessaire; la foi suffit accompagnée d'une volonté ferme et vigoureuse : plus de contact, plus d'attouchemens, pas même extension des bras à distance respectueuse : ce chaste magnétisme écarte le soupçon et tranquillise la décence.

Enfin, M. le président baron de Strombeck nous apprend que la nature seule produit tous les phénomènes du somnambulisme magnétique, sans qu'aucun magnétiseur agisse même par sa volonté. Reste à savoir si les dames préféreront cette dernière méthode; je n'ose prononcer, mais je me déclare d'avance pour ce qui plaît aux dames. Essayons donc de retracer une partie des merveilles dont M. le baron a été le témoin, et qui sont

19.

attestées par les docteurs Marcard, Kœler et
Schmidt, ainsi que par d'autres personnages qui
déclarent ces faits évidens, scrupuleusement observés, de manière à ne pas laisser le plus léger
doute et à écarter tout soupçon *de grimace et de
jonglerie.*

Mademoiselle Julie, née sans fortune, jeune,
parfaitement belle et bien faite, fort bien constituée, pensant très-noblement, spirituelle sans
être savante, sensible et mélancolique, aimant
beaucoup la danse et fort peu la musique, était
entrée, comme demoiselle de compagnie, et ensuite comme fille adoptive, dans la maison de M. le
président baron de Strombeck. Je dois ajouter,
avec M. le président, que *tous les organes* de mademoiselle Julie *étaient parfaitement réguliers,*
phrase qu'il ne faut pas lire comme on lit un journal; et je me hâte de dire que mademoiselle Julie
était d'une honnêteté exemplaire, si décente et si
modeste, que, même dans l'état de somnambulisme, elle réprimandait sévèrement les mauvais
plaisans qui se permettaient le petit mot pour
rire, circonstance que je me plais à faire remarquer
pour ôter tout prétexte à la malignité et à la médisance, défaut dont mes lecteurs même ne sont
peut-être pas tous exempts. J'aurais bien d'autres
choses à dire à la louange de mademoiselle Julie;
mais ses bonnes qualités excéderaient les bornes
qui me sont prescrites, et, pour abréger, je passe
à sa maladie.

Cette maladie se manifesta par des spasmes convulsifs et des évanouissemens qui duraient plusieurs
heures. Dans ces crises, l'état de mademoiselle
Julie ressemblait, jusqu'à l'identité, à celui de
somnambulisme magnétique. Alors la malade aimait beaucoup à parler, ce que je note ici comme
un excellent remède à administrer à celles de nos
dames qui s'obstinent à se taire. Dans ces momens d'extase, mademoiselle Julie se croyait transportée dans le ciel; elle conversait avec les anges;
et, ce qui était plus flatteur pour M. le président,
elle prenait pour des anges les personnes qui étaient
près d'elle. Hélas! pourquoi n'ai-je pas aimé une
somnambule? L'aimable dormeuse s'entretenait
avec ses amis, qui, à ses yeux, étaient des esprits
célestes; dans cette douce erreur, elle apostro-
phait M. le président, s'étonnait qu'il fût déjà
mort, et craignait qu'il ne s'ennuyât dans le
ciel, parce qu'il n'aurait plus de procès à juger.
Ce trait m'a causé une satisfaction indicible, et il
ne sera pas perdu pour moi. Si jamais j'ai encore
quelque petite querelle avec les gens de robe, je
leur prépare un coup qui doit les atterer : malheureux, leur dirai-je, vous vous ennuierez dans le
ciel, mademoiselle Julie vous le prédit.

Cette maladie ne changeait point de nature, mais
elle prenait des nuances si variées, que M. le baron
a cru devoir la diviser en *quatre états différens;*
et certes, nous ne pouvons lui refuser notre confiance, car, assidu près de la dormeuse, il a suivi

toutes les périodes de son mal avec une fidélité vraiment touchante.

Oserai-je écrire ce qui suit? Pourquoi pas? on a bien osé l'imprimer, l'attester, le signer. Dans ses accès de somnambulisme, mademoiselle Julie parlait en vers, et (voici le miracle) *en vers ïambiques!* Oui, messieurs, en vers ïambiques, très-réguliers, sans une faute de quantité. Quelle découverte! Une jeune fille parle en beaux vers quand elle croit faire de la prose! Pourquoi ne me suis-je pas fait magnétiser, moi qui si souvent ai fait de la prose quand je croyais écrire en vers? Combien de nos poètes vont partager mes regrets, et pour mon compte, et pour le leur!

Mademoiselle Julie ne se contentait pas de faire des vers en dormant, elle déclamait la tragédie avec une perfection qui ferait pâlir les Talma et les Duchesnois. La musique, dont elle se souciait fort peu, dans son état naturel, l'enchantait dans son état magnétique, ou plutôt elle s'en servait pour enchanter tous ceux qui avaient le bonheur de l'entendre. Comme tout est perfection dans le magnétisme, mademoiselle Julie chantait alors avec une grâce et une justesse admirables, exécutant facilement les traits les plus difficiles, et qui, dans tout autre temps, lui auraient paru inexécutables. Combien de nos chanteuses auraient besoin de se faire magnétiser, et qu'un chœur de somnambules figurerait bien à l'Opéra!

Les prédictions de mademoiselle Julie ne sont

pas moins étonnantes que ses talens. Sa clairvoyance instinctive et sa prévision sont d'une sagacité admirable. Tantôt elle dit : Demain je serai
comme morte, et l'on croit effectivement qu'elle
va mourir. Une autre fois : Demain, dit-elle, sa-
medi et dimanche je serai furieuse, je crierai, je
battrai, je mordrai : elle crie, elle bat, elle mord ;
et cela est bien étonnant sans doute, car quelle
femme aurait un accès de méchanceté sans le pouvoir du magnétisme ? Le président feint de vouloir
écrire tout ce qui s'est passé : Tu l'as déjà écrit,
lui dit-elle, dans la chambre voisine, en deux alinéa, l'un de seize lignes, l'autre de quinze lignes
et demie ; et tout cela se trouve exact. Est-il question de l'heure ? Elle voit dans la poche des assistans celle que marquent leurs montres, celle qu'il
est à une pendule placée à un étage supérieur, et
à l'horloge du château, et à telle pendule qu'on
veut lui nommer à quelque distance que ce soit.
Lui demande-t-on ce qu'il y a sur le bureau du
président au premier étage ? Elle nomme tous les
objets, et même une épreuve d'imprimerie qu'on
vient d'apporter à l'insu de tout le monde.

Aussi bon médecin qu'habile musicienne, notre
somnambule se prescrit des remèdes qui opèrent
toujours l'effet désiré. Parmi ces remèdes on remarque fréquemment une *beurrée* qui fait merveille : Je ne voudrais pas la manger, dit-elle ;
mais il faudra m'y forcer. En effet, elle devient docile ; tantôt elle mange une beurrée, tantôt deux

beurrées, et s'en trouve bien : c'est cependant un remède que je n'ai jamais vu dans les traités de matière médicale ; mais si la foi peut transporter les montagnes, faut-il s'étonner qu'une beurrée mangée à propos soulage l'estomac d'une demoiselle sensible et mélancolique ?

J'allais continuer le bulletin du somnambulisme de mademoiselle Julie, lorsque des personnes pressées de savoir à quoi s'en tenir, me demandèrent impérativement une conclusion. J'approuve leur impatience ; mais, avant de la satisfaire, je dirai que la fille adoptive du baron de Strombeck a opéré, pendant quatorze jours de suite, des miracles plus ou moins étonnans que ceux dont j'ai entretenu mes lecteurs. Sa guérison n'a pas été moins extraordinaire que sa maladie. Toutes ses prédictions se sont vérifiées à la minute, et le retard d'une minute dans l'exécution des ordres qu'elle avait donnés, produisait des crises alarmantes, et la rejetait sur le bord du tombeau. Les remèdes qu'elle se prescrivait étaient d'ailleurs les plus simples : de bon café, bien fort, du lait, du sucre ; la beurrée et le vin de Malaga composent à peu près toute sa pharmacie ; ainsi, mademoiselle Julie, si digne d'être aimée de tout le monde, ne le sera cependant pas des apothicaires, dont elle rend le ministère inutile sous tous les rapports.

Les somnambules, en général, sont très-égoïstes et ne s'occupent que de leurs propres maux. Mademoiselle Julie ne leur ressemble point : émi-

nemment philantrope, elle a déployé toute la sagacité de sa clairvoyance instinctive pour guérir
une oreille de M. le baron, et elle a prescrit de
fort bonnes ordonnances au docteur Marcard, qui
était moins docteur et plus malade que la malade
même. L'oreille de M. le baron est d'un grand
poids dans cette affaire, et dans la crainte d'obs-
curcir l'éclat de ce prodige par quelque expression
triviale, je laisserai parler le baron président : « Elle
» me prit la main, fit faire plusieurs mouvemens à
» mes doigts, ôta une bague d'or que je portais, la
» passa sur ses sourcils, sur son nez, et, je crois,
» mais je n'en suis pas certain, sur son bras. »
Voyez quel scrupule de franchise : *Je n'en suis
pas certain !* « Elle la mit ensuite à son doigt indi-
» cateur, ne *l'entrant* que jusqu'à la première
» phalange ; ensuite elle me passa légèrement ce
» doigt sur les sourcils..... Au même instant, j'é-
» prouvai une douleur assez vive à l'endroit qu'elle
» avait touché. »

Certainement un mal d'oreille ne peut pas tenir
contre un remède aussi puissant, que l'on peut
classer parmi les drastiques ; pourquoi donc l'o-
reille du président ne fut-elle pas guérie ? C'est
que l'imprudent baron s'est avisé de toucher du
fer avant le temps prescrit par la somnambule.
Ainsi, le magnétisme est admirable, même dans
les cas où il ne guérit point.

Enfin, après bien des spasmes, bien des rêves
et bien des rechutes, mademoiselle Julie prédit

avec certitude le terme de sa maladie et de son pouvoir magnétique. Elle commanda qu'on lui fît un anneau d'or du poids de deux louis, et que cet anneau fût enveloppé et cousu dans du parchemin. Quand elle posséda ce talisman, elle fit quelques tours de passe-passe, et elle se trouva guérie des convulsions, du somnambulisme, et même de ses caprices : car, je le dis à regret, mademoiselle Julie ressemblait à la belle Missouf; elle était capricieuse et fort entêtée : ce que M. le baron nous avoue avec une impartialité digne des plus grands éloges.

Après avoir été simple historien, M. de Strombeck se jette dans la métaphysique; il cherche à expliquer les phénomènes qui se sont passés sous ses yeux, et qui l'ont guéri lui-même, non pas de son mal d'oreille, mais de la croyance au matérialisme, ce qui est bien plus sérieux. M. le baron fait d'abord des raisonnemens dans lesquels je me suis perdu avec lui; puis il arrive enfin à la découverte d'une vérité qu'il expose en forme de théorème. « Le magnétisme, dit-il, est l'exaltation de » l'instinct et le sommeil de la raison. » J'ignore encore si la première partie de cette proposition est exacte, mais la dernière est incontestable; les personnes qui attestent les miracles de mademoiselle Julie doivent donc avoir un instinct d'une sagacité parfaite, car leur raison me paraît plongée dans le sommeil le plus paisible.

Et cependant, je dois en convenir, mes plaisanteries ne prouvent rien : je ris, parce qu'il est impossible de ne pas rire de la beurrée qui guérit les spasmes, de la bague que l'on promène sur un nez, de l'anneau cousu dans du parchemin, d'une jeune fille qui fait des vers iambiques sans le savoir, et du bout d'oreille du président; mais que puis-je opposer, que puis-je répondre à tant de gens qui ont vu, examiné, revu, confirmé et attesté? Que répondraient les savans même s'ils se donnaient la peine de voir ce qu'on offre de leur montrer? Qu'ils aient dédaigné des hommes obscurs tels que moi, quand on leur criait qu'il y a dans le magnétisme des faits prodigieux, mais incontestables, cela se conçoit aisément : ils ne voulaient pas, ils ne devaient pas se compromettre. D'ailleurs, il est si facile de dire : *Cela n'est pas vrai;* et si difficile à un savant d'avouer qu'il ignore quelque chose! Mais aujourd'hui j'oppose science à science, école à école, et Hippocrate à Galien. Les savans ont nié, me dit-on. Eh! n'est-ce pas un savant que ce docteur Marcard, médecin des eaux de Pyrmont? Ne sont-ils pas des savans les docteurs Schmidt et Kœler, médecins de la cour? Est-il ignorant ce docteur Gmelin, qui, comme les précédens, confirme et atteste les phénomènes du magnétisme animal, et déclare que des somnambules devinent la pensée du magnétiseur, quelle qu'elle soit? Il y a donc des faits; et ceci me conduit naturellement à une conclusion.

Une seule expérience rigoureusement faite, un seul fait décisif prouvé jusqu'à l'évidence, auraient

plus servi le magnétisme que les mille et un volumes publiés à sa louange. M. Deleuze, dans son
Histoire critique, ou plutôt apologétique du magnétisme animal, avoue que les somnambules ne sont
exempts ni d'exagération, ni d'erreur, ni de vanité ; les magnétiseurs eux-mêmes ont pu vouloir
nous endormir comme leurs disciples, et perfec-
tionner notre instinct aux dépens de notre raison :
aucun d'eux n'a pu se résoudre à être moins sorcier que ses confrères : de là, tant de prodiges, tant
de miracles qui se contredisent souvent, et dont
les uns démontrent la fausseté des autres. Que
faut-il donc faire quand on s'engage dans ce dédale obscur ? Il faut rejeter impitoyablement tous
les raisonnemens métaphysiques, tous les faits miraculeux, malgré l'attestation des docteurs, et ne
s'attacher qu'aux faits généraux sur lesquels les
magnétiseurs et les témoins de tous les pays, de
toutes les écoles, sont unanimement d'accord.

Ces faits généraux sont au nombre de six ; ils
composent toute la doctrine magnétique ; ce sont :
1° le sommeil magnétique, qui diffère essentielle-
ment du sommeil naturel, de manière que l'un
peut exister sans l'autre, et que celui-ci peut cesser quand l'autre dure encore ; 2° l'abolition complète des sens extérieurs pendant le sommeil magnétique, de sorte que le dormeur est un véritable
automate dont la vie est toute intérieure, et qui,
insensible à toute autre impression, n'obéit qu'à
son magnétiseur, comme le fer obéit à l'aimant ;

3º l'action de la volonté du magnétiseur sur le magnétisé, communication de la pensée sans le secours de la parole, et correspondance parfaite de l'un à l'autre, même à de grandes distances; 4º l'oubli complet, au moment du réveil, de tout ce qui s'est passé dans le sommeil magnétique; 5º la faculté intuitive, le sens intérieur qui compense avec usure de la perte des autres sens, et qui donne au somnambule la perception des objets à travers les corps les plus denses, perception qui est transportée dans la région de l'épigastre, et à laquelle les yeux et les oreilles deviennent des organes inutiles; 6º enfin, la prévision, la faculté de prévoir et de prédire des événemens très-éloignés, et de les prédire avec une précision et une sûreté mathématique. Voilà les points fondamentaux sur lesquels il n'y a pas dissidence entre les magnétiseurs. Ce dernier, cependant, est si étrange, que M. Deleuze a cru devoir y apporter une modification. Sentant bien que cette faculté prophétique révolterait tous les hommes tant soit peu raisonnables, il a fait des concessions à notre incrédulité, et, pour élever notre foi, il a rabaissé les prodiges de la prévision. « Ce n'est, dit-il, dans les som- » nambules qu'une plus grande sagacité à juger de » l'avenir par des conjectures. »

Il m'en coûte de contredire un homme aussi sage et aussi généralement estimé que M. Deleuze, mais je ne puis admettre cette explication atténuante. En fait de miracles, j'adopte aussi bien les

grands que les petits ; et si un somnambule conjecture avec certitude sur des événemens que mille
accidens peuvent déranger, j'aime autant croire
qu'il est prophète. Il s'en faut bien, d'ailleurs,
que les faits attestés par les magnétiseurs, et même
par M. Deleuze, puissent se prévoir par des conjectures ; et comme les somnambules oublient totalement lorsqu'ils s'éveillent, ce qu'ils ont prévu,
réglé, ordonné pendant leur sommeil, ils doivent
faire eux-mêmes des actions qui dérangent l'ordre
des événemens prédits. Une somnambule prévoit
qu'elle fera une chute tel jour, et elle tombe en
effet. Cette somnambule serait-elle tombée si, par
hasard ou par le soin de ses amis, elle était restée
couchée pendant ce jour fatal ? Les Agnès Burguet,
et d'autres coryphées du somnambulisme, prédisent
minutieusement une suite de faits qui arriveront
dans trois ou quatre mois, à telle heure et tant de
minutes : peut-on nommer conjectures des prédictions si précises, et vérifiées, *dit-on,* avec une
exactitude rigoureuse ?

Les somnambules sont donc prophètes, malgré
M. Deleuze, et ils sont bien autre chose, si j'en
crois de doctes partisans du magnétisme. Dans
ses *Instructions sur la philosophie de la Nature,* Ocken dit : « Dans le mesmérisme, l'instinct
» animal monte au plus haut degré admissible
» en ce monde. Le *clairvoyant* est donc un pur
» animal, sans mélange matériel; ses opérations
» sont celles d'un esprit. Il est semblable à Dieu;

» son regard pénètre tous les secrets de la nature...
» Il devient médecin, prophète, devin; un sem-
» blable état de spiritualité et de pure animalité est
» celui des saints. » Voilà sans doute une phrase
bien allemande et bien savante, et, malgré la
chute du système continental, je suis étonné qu'on
l'ait laissée passer aux barrières.

Quand on nous présente des faits extraordinaires, douter est, sans contredit, le parti le plus
sage ; mais quand les apparences en viennent à
ce point où le doute serait plus absurde que la
croyance, si l'on s'obstine à nier dans la crainte de
paraître superstitieux, ne tombe-t-on pas soi-
même dans un genre de superstition ? Est-on plus
philosophe en niant l'évidence qu'en adoptant des
croyances absurdes ?

J'ai dit que des six faits généraux sur lesquels
repose la doctrine magnétique, les quatre premiers
sont incontestables : les rejeter, c'est refuser de
voir pour se réserver le droit de contredire.

1° *Le sommeil:* c'est le premier effet obtenu par
le magnétisme ; c'est le fait le plus universellement
reconnu ; c'est le châtiment des incrédules, car ils
sont endormis dans le moment même où ils font de
beaux argumens contre le sommeil magnétique. Ne
serait-il pas bien étonnant qu'un million de personnes (car il n'y en a pas moins) de tout âge, de
tout rang, différant autant par l'esprit et le carac-
tare que par la fortune, eussent fait semblant de
dormir pendant plusieurs heures, et quelque-

fois dans une position difficile à maintenir, pour donner raison à Mesmer, que la plupart de ces personnes estiment fort peu? Quelque peu importante que soit mon opinion, je déclare que je crois aussi fermement au sommeil magnétique qu'au sommeil naturel; avec cette restriction cependant, que je n'attache aucune idée précise au mot *magnétisme*; et je ne prétends point que l'*aimant* y soit pour quelque chose : mais qu'on attribue ces effets à l'électricité, au galvanisme, à un fluide particulier, à tout ce qu'on voudra, ils existent, c'est tout ce que je veux dire.

2° *Abolition des sens extérieurs* : pendant le sommeil magnétique, les dormeurs sont insensibles à l'éclat de la lumière, au bruit, à l'émanation des odeurs; ils peuvent recevoir un choc, une contusion sans sourciller, et ils n'en ressentent la douleur qu'à leur réveil, sans en deviner la cause. Tout ceci est également reconnu dans toutes les écoles de magnétisme, et l'on a pu s'en assurer mille fois par les expériences les plus faciles et les moins sujettes à l'erreur.

3° *L'action de la volonté* du magnétiseur sur les magnétisés. Quoique ce fait semble tenir du merveilleux, il n'est plus possible d'en douter. Dans le temps même où la pratique du magnétisme était grossière, scandaleuse, justement soupçonnée de charlatanisme et de cupidité, MM. les commissaires nommés par le roi remarquèrent avec étonnement cette obéissance passive,

et presque automatique des magnétisés à la volonté du magnétiseur. Certes, ces membres de
l'Académie royale n'étaient point favorables à
Mesmer, puisqu'ils l'ont unanimement condamné ;
et cependant on trouve dans leur rapport ces
phrases bien remarquables : « Quand on ne l'a
» point vu , on ne peut s'en faire une idée , et ,
» quand on l'a vu , on est également surpris.....
» Tous sont soumis à celui qui magnétise. Ils ont
» beau être plongés dans un sommeil apparent, sa
» voix, un regard , un geste les en retire. On ne
» peut s'empêcher de reconnaître à ces effets cons-
» tans une grande puissance qui agite les malades,
» les maîtrise , et dont celui qui magnétise semble
» être le dépositaire. »

Il n'y a donc, dans ce passage, que le mot *appa-*
*rent* qui affaiblisse l'aveu. J'y ai déjà répondu quelques lignes plus haut. Non , tant de milliers de
personnes de tout rang et de tout pays ne se sont
point accordées pour jouer le sot rôle de dormeur.
D'ailleurs, si ce sommeil n'était qu'*apparent*, que
signifierait cette *grande puissance qui agite les
malades*, et que les commissaires *n'ont pu s'empêcher de reconnaître ?* Des malades seraient-ils
agités s'ils étaient des imposteurs, de misérables
bouffons ? Seraient-ils agités par une *puissance*
qui ne serait qu'une fourberie ? Observons encore
que, dans les trente années qui se sont écoulées
depuis ce rapport, les expériences ont été tellement
multipliées , que le soupçon de jonglerie devien-

drait ridicule. Ainsi ce fait, tout étrange qu'il est, peut être rangé dans la classe de ceux qu'on n'ose admettre et qu'on ne peut contester.

4° *L'oubli total*, au moment du réveil, de tout ce qui s'est passé pendant le sommeil magnétique. Ceci n'a pas besoin de preuves. Ce fait n'a pu être inventé par les magnétiseurs, car il ne leur est pas favorable : si les dormeurs avaient été des *compères*, bien loin de feindre un oubli complet, ils nous auraient vanté les belles choses qu'ils auraient supposé avoir vues dans leur état magnétique. Plusieurs somnambules, au contraire, ont nié, en s'éveillant, tout ce qu'on leur racontait de leurs propres actions, et il a fallu leur montrer de leur écriture pour les convaincre des merveilles dont il ne restait aucune trace dans leur mémoire.

5° *Le sens intérieur, la clairvoyance instinctive.* Ici, nous entrons dans le pays des prodiges. Il n'y a point d'absurdités qu'on n'ait débitées à ce sujet. Il m'a été impossible d'en parler sérieusement, et cependant ce fait n'est pas moins général et pas moins attesté que les autres. Il y a donc quelque vérité encore obscure dont on a étrangement abusé. Ce phénomène consiste, disent les magnétiseurs, en ce que les somnambules, privés de l'usage des yeux et des oreilles, ont la perception des objets par le moyen d'un sens intérieur qui supplée à l'abolition des autres sens. Le siége de ce sens intérieur paraît être fixé dans la région de l'épigastre : de là, des somnambules ont pu lire un journal ou un livre fermé qu'on appliquait sur leur estomac ; ils ont vu aussi, dit-on encore, au travers les corps les plus denses, et jusque dans les replis de l'organisation humaine. On ne s'est pas arrêté à ces merveilles, et les exagérations ont été poussées à ce point de folie que j'ai signalé dans les articles précédens. Je n'en suis pas moins persuadé qu'il y a une vérité cachée sous cette enveloppe ridicule, et l'on sera fort étonné que j'en trouve la preuve chez les ennemis même du magnétisme.

Les mêmes savans, qui méprisent le somnambulisme magnétique au point qu'ils dédaignent de le combattre, n'ont point contesté l'existence des somnambules naturels dont les actes ne sont pas moins extraordinaires. Dans l'Encyclopédie, qui a paru avant qu'il fût question de magnétisme, on trouve des faits de somnambulisme parfaitement semblables à ceux que rapportent les magnétiseurs : pourquoi ceux-ci seraient-ils impossibles, si les autres n'ont pas même été mis en doute ?

M. Pététin a fait, sur une cataleptique, des observations contre lesquelles personne n'a réclamé. En 1809, M. Lullier-Winslow a démontré l'identité de ces faits avec ceux du magnétisme, et confirmé leur exactitude (1). M. Pétros cite une partie de ces observations dans le *Dictionnaire des*

(1) Je fais cette observation d'après M. Deleuze, je n'ai point l'écrit de M. Lullier-Winslow.

*Sciences médicales*, ouvrage généralement estimé ; et M. Pétros n'en conteste aucune. D'où peut donc provenir l'obstination à rejeter comme indignes d'examen les phénomènes de la *clairvoyance* magnétique, quand cette merveilleuse faculté paraît démontrée dans la catalepsie ? Chez le cataleptique, il y a transport des sens à la région de l'épigastre ; il en est de même dans le somnambulisme magnétique, et vraisemblablement dans le naturel. Le sens intérieur, l'intelligence des cataleptiques semblent tout embrasser, rien ne leur échappe : voilà aussi ce que les magnétiseurs disent des somnambules ; le cataleptique répond avec justesse à la simple pensée de celui qui lui applique un doigt sur l'estomac ou sur le gros orteil : le somnambule en fait autant à l'égard du magnétiseur. Or, n'est-il pas bien étrange que ces prodiges soient admis comme des vérités dans un cas, et considérés comme absurdes dans un autre ? Si le fait est impossible, comment devient-il vraisemblable dans la seule catalepsie ? Que nous importe à nous qui n'avons ni esprit de corps, ni doctrine à soutenir, que nous importe qu'un miracle de physiologie soit produit par un cataleptique ou un somnambule ? Et ne sont-ils pas tombés dans une contradiction choquante, les savans qui l'ont tour-à-tour admis ou rejeté, selon la qualité de celui qui le leur annonçait ?

J'ai ri des vers ïambiques de mademoiselle Julie, et qui n'en rirait pas ? Cependant je reste confondu

quand je lis dans le traité d'*Aliénation mentale*
de M. Pinel, que des fous, hommes d'un esprit
médiocre et sans instruction, parlaient et écri-
vaient, dans leur état de démence, avec une éloquence, une pureté et une élégance dont leur état
lucide ne donnait aucune idée. Observons, en
passant, que les aliénées pour cause de superstition ou d'hystérisme, présentent des ressem-
blances étonnantes avec les femmes somnambules
qui parlent des anges, du fluide universel, et qui
portent des regards si clairvoyans sur l'organisation
humaine. Concluons donc que la *faculté intuitive*
dans les somnambules mérite au moins d'être
scrupuleusement examinée, ou qu'il faut la nier
également dans les somnambules naturels et dans
les cataleptiques.

6° Enfin, la *prévision*, ou la faculté de voir
dans l'avenir, c'est-à-dire, de voir ce qui n'existe
pas. J'ai été, ce me semble, assez complaisant sur
la *clairvoyance instinctive*, quoiqu'elle choque la
raison et les notions de la physique ; mais je n'ai
pas le courage de discuter les faits de la prévision.
Je laisse ce soin à ceux qui ont une foi robuste,
infatigable et aveugle.

On voit que, malgré mon incrédulité, j'ai
fait d'assez amples concessions, qui pourtant ne
satisferont personne. Tandis que les adeptes me
traiteront d'impertinent, d'autres personnes ne
verront en moi qu'un esprit faible et superstitieux :
voilà ce qu'on gagne à ne pas se jeter à corps perdu

dans un parti : on n'est l'ami d'aucun, parce qu'on veut être ami de la raison.

Mon dessein était d'exposer des faits anciens et curieux qui rattachent le magnétisme à des phénomènes inexplicables, recueillis dans un grand nombre d'ouvrages. J'aurais comparé les prodiges magnétiques à quelques idées des physiologistes du dix-septième siècle, aux miracles du diacre Pâris, à l'histoire d'Urbain Grandier, aux procédures intentées contre les sorciers et les possédés de la terre de Labour, etc... ; mais j'ai déjà trop abusé de la patience de mes lecteurs, qui doivent être bien las du magnétisme. Je quitte donc la plume, et je me tairai sur ce sujet jusqu'à ce qu'une autre Julie ait révélé d'autres merveilles.

# DE QUELQUES ÉCRITS

## SUR LE MAGNÉTISME ANIMAL.

---

J'AVAIS fait mes adieux aux magnétiseurs et aux somnambules ; mais des voix impérieuses me commandent de rentrer dans la carrière où je me suis si témérairement engagé. Sans avoir la faculté intuitive ni la prévision magnétique, j'ai prédit plus juste que les somnambules eux-mêmes. Pour avoir voulu garder le milieu entre les extrêmes, j'ai déplu aux deux partis, comme j'en avais le triste pressentiment. Le rôle de conciliateur est le plus sot que l'on puisse jouer en ce monde : c'est une grande folie que de vouloir rapprocher des gens dont les uns veulent tout avoir, et les autres ne rien céder. Je suis puni pour avoir désobéi à la loi de Solon, qui ordonne de prendre franchement un parti quand deux factions divisent la république.

Mais de quel côté me tournerai-je? C'est bien ici l'embarras du choix. Je m'étais tenu dans un parfait équilibre, doutant, plaisantant même des phénomènes magnétiques, mais demandant aux savans une preuve, une seule preuve qui me convainquît de l'imposture des magnétiseurs. Mes prières, mes sollicitations, mes cris, n'ont produit aucun effet ; les uns ont nié tout sans rien observer, les autres ont voulu être crus sans rien prouver. J'avais défié les professeurs en magnétisme ; je leur proposais une expérience où il ne pût y avoir lieu à la supercherie ni à l'erreur ; cette épreuve devait prouver la faculté intuitive d'une manière incontestable : aucun d'eux n'a relevé le gant que j'avais jeté sur l'arène du somnambulisme.

D'un autre côté, les savans se sont moqués de moi, mais ils ne m'ont fourni aucun moyen de repousser les innombrables témoignages qui s'élèvent depuis trente ans en faveur du magnétisme animal : témoignages qui s'étendent du nord au midi, de Stockholm à l'île de Malte, et du levant au couchant, depuis le fond de l'Allemagne jusqu'aux extrémités de la France, et même jusqu'en Amérique.

Aujourd'hui que je me suis établi médiateur, je suis plus embarrassé que jamais ; les intelligences que j'entretiens dans les deux partis ne me fournissent aucunes lumières : des gens du monde m'écrivent qu'ils sont convaincus jusqu'à l'évidence des phénomènes magnétiques ; des gens du monde me reprochent de m'occuper de ces folies. Des médecins très-savans, très-estimés, m'écrivent en faveur du magnétisme ; des médecins non moins savans, non moins estimables, m'écrivent pour me prouver que j'ai eu tort d'accorder quoi que ce fût aux magnétiseurs. Ainsi, tout le parti

romantique de la science m'accuse d'incrédulité,
et des docteurs du parti classique ont pitié de ma
susperstition, sans que les uns ni les autres daignent me convaincre ou m'éclairer.

Cette obscurité qui m'environne, cette perplexité où je me trouve, seraient fort peu intéressantes pour mes lecteurs, si tous ces avis contradictoires ne donnaient lieu à des observations assez
importantes, que voici : 1° Les médecins opposans
ne nient plus les effets du magnétisme ; ils se contentent de dire qu'ils sont produits par des causes
étrangères, telles que l'*imagination*, l'*imitation*,
ou qu'ils rentrent dans l'ordre des faits que présentent *les maladies nerveuses*; 2° les docteurs opposans n'ont plus de prétexte pour garder un silence dédaigneux ; ils ne peuvent plus dire qu'il ne
leur convient pas d'entrer en discussion avec des
ignorans, puisque d'autres médecins qui prétendent bien n'être pas plus ignorans que les premiers, reconnaissent et attestent la réalité et l'efficacité du magnétisme animal ; 3° il n'y a eu depuis
trente ans ni déserteurs ni faux frères dans le parti
magnétique ; le nombre des vrais croyans s'est
même considérablement accru, tandis qu'il y a
défection dans le parti classique de la médecine ;
et sans compter les docteurs Gmelin, Schmidt,
Marcard et Kœler, je pourrais citer des médecins
français, si un reste de timidité ne les forçait à
faire un secret de leur croyance, et s'il m'était
permis de publier des lettres qui prouveraient mon

assertion. L'un d'eux cependant semble m'avoir affranchi de toute réserve à cet égard, puisqu'il énonce sa conversion à la foi magnétique dans un ouvrage qui a paru récemment.

Relativement à la première observation, je répéterai que je n'attache aucun sens précis au mot *magnétisme;* que je m'en sers parce qu'il est d'usage, sans prétendre que l'aimant, ou un fluide quelconque, agisse sur les magnétisés. Maintenant, c'est aux savans à prouver comment l'imagination peut produire les effets extraordinaires qui sont attestés dans la pratique du prétendu magnétisme.

La seconde observation me donne le droit de continuer l'examen des écrits qui traitent de cette matière; car, bien que je reconnaisse mon incompétence en physiologie et en médecine, je puis me servir du bras d'un savant classique pour terrasser un savant romantique; puis tout-à-coup, relevant celui-ci, m'unir à lui pour porter des coups à son adversaire. En les combattant ainsi l'un par l'autre, je parviendrai peut-être à leur faire faire la paix.

Enfin, la troisième observation démontre que l'on peut sans rougir s'occuper d'une discussion sur le magnétisme animal, car une doctrine absolument absurde se serait affaiblie en trente années au lieu de prendre de la consistance, et aurait vu diminuer le nombre de ses prosélytes, bien loin de le voir accroître. Je vais donc continuer ma route sans m'inquiéter des clameurs ni des railleries. En ménageant les deux partis, je me suis vu l'ennemi de tous deux, je deviendrai peut-être leur ami en les attaquant l'un et l'autre. Mais, avant de commencer ce grand combat, je veux donner à mes lecteurs des nouvelles de mademoiselle Julie, cette aimable fille adoptive du baron de Strombeck, cette intéressante somnambule dont les charmes feraient sûrement plus de partisans au magnétisme que tous les raisonnemens métaphysiques sur le *spiritus intus* de Virgile, et sur l'*âme universelle* de Pythagore.

M. le baron de Strombeck ne ressemble guère à un auteur critiqué ; loin de s'offenser de mes réflexions tant soit peu malignes et des railleries que je me suis permises sur les prodiges opérés par mademoiselle Julie, il m'a fait l'honneur de m'écrire une lettre pleine de raison et de politesse. En homme d'esprit, il a senti que des faits aussi extraordinaires devaient d'abord révolter le bon sens de ses lecteurs, et que le premier mouvement des hommes est de rire quand on leur raconte avec un grand sang froid des événemens qui tiennent du sortilége et de la magie.

La lettre de M. le baron contient d'abord un extrait du *Moniteur westphalien*, dont le rédacteur, en rendant compte de l'étonnante guérison de mademoiselle Julie, cite un autre fait parfaitement semblable, dont il possède le procès-verbal. Après avoir copié cet extrait, M. de Strombeck me dit qu'il ne trouve rien de surnaturel dans le phénomène qu'il a décrit ; il n'y voit que la crise d'une maladie nerveuse. En cela, M. le baron se trouve d'accord avec un de nos célèbres médecins, M. de Montègre, qui a très-bien développé cette idée dans l'article *Convulsionnaire* du Diction- naire des Sciences médicales. Il y a cependant une énorme différence entre l'opinion du docteur français et celle de M. de Strombeck, car je suis certain que M. de Montègre aurait eu comme moi le tort de rire de la faculté intuitive et des prophé- ties de mademoiselle Julie, et n'aurait pas signé le procès-verbal qui atteste ces prodiges, comme l'ont fait les docteurs Marcard, Schmidt et Kœler. Dans une autre citation, M. le baron rappelle les phénomènes observés par M. Pététin sur une ca- taleptique, phénomènes qui sont parfaitement semblables à ceux du somnambulisme ; et pour- quoi, comme je l'ai déjà dit, les cataleptiques auraient-ils le privilége exclusif des miracles ? Pour- quoi un fait qui choque la raison n'est-il pas con- testé quand M. Pététin l'atteste, tandis qu'il pa- raît absurde quand il est observé par des médecins allemands ? Pourquoi enfin les cataleptiques au- raient-ils l'étonnante faculté de voir sans le secours des yeux, d'entendre sans celui des oreilles, tandis qu'on se moque des somnambules qui présentent, dit-on, les mêmes phénomènes ?

M. de Strombeck ne nie point que l'imagination ne joue un grand rôle dans toutes ces merveilles ; et puisqu'elle peut influer sur nous au point de nous faire perdre la santé, il n'est point surpre-

nant qu'elle puisse nous la rendre. Au reste,
ajoute-t-il, l'imagination est-elle un remède moins
noble que le quinquina et la rhubarbe? Je pense
absolument comme M. le baron sur ce point, et
j'apprends avec un grand plaisir que mademoiselle
Julie est parfaitement guérie, qu'il n'y a pas eu la
moindre récidive, et que ses prédictions se sont
complètement vérifiées; car mes lecteurs doivent
se souvenir que, dans l'état de somnambulisme,
cette jeune et belle dormeuse avait prédit à jour
fixe sa guérison radicale, dont M. le baron a aujourd'hui la bonté de me donner l'assurance. Je
prévois néanmoins que nos incrédules endurcis
riront de la prophétie comme des autres merveilles;
mais supposons qu'ils aient été à la place de M. de
Strombeck, qu'ils n'aient pas quitté la belle somnambule qui les aurait pris pour des anges, qu'ils
aient observé de près toutes ses crises, qu'ils aient
eu le bonheur de les calmer, en lui préparant son
café, sa beurrée et son vin de Malaga, ces docteurs mécréans ne changeraient-ils pas de langage?
ne feraient-ils pas comme ces envoyés de la reine
Elisabeth, qui, chargés par elle de détruire la franc-
maçonnerie, furent tout-à-coup frappés de *la lumière,* et au lieu d'obéir à la reine, se firent recevoir
francs-maçons? Que M. de Montègre, ce terrible
antagoniste du magnétisme animal, se trouve un
jour près d'une pareille dormeuse, et nous verrons
s'il sera encore disposé à réfuter mes propositions
comme il l'a fait dans les deux lettres qu'il a pris

la peine de m'écrire, et dans une brochure dont je vais parler.

En 1812, rendant compte d'autres ouvrages sur le même sujet, je reprochai aux savans le silence qu'ils gardaient sur une doctrine qui pouvait être dangereuse si elle n'était pas utile. Fatigué de mes interpellations, M. de Montègre y répondit par une brochure que j'examinerai, et qui me paraît mériter la plus sérieuse attention. A cet écrit intitulé *du Magnétisme animal et de ses partisans*, est joint le rapport de MM. les commissaires nommés par le roi en 1784; et, ce qu'il y a de plus remarquable, c'est qu'on y trouve aussi le *rapport secret* des mêmes commissaires, rédigé par M. Bailly, et destiné uniquement à être mis sous les yeux de Sa Majesté. Cette pièce extrêmement curieuse, et peu connue, suffirait pour faire rechercher la brochure où elle se trouve, quand même le talent de M. de Montègre ne la recommanderait pas assez.

L'examen que je ferai de cet ouvrage prouvera que je ne dissimule aucun argument contraire ou favorable au magnétisme animal; mais, avant de me servir de l'esprit de M. de Montègre pour combattre les pères magnétiseurs et les frères somnambules, j'attaquerai M. de Montègre lui-même avec une arme toute nouvelle, et contre laquelle il n'est sûrement point préparé : cette arme est une longue lettre aussi bien écrite que bien pensée, que j'ai reçue de Caen, et dont l'auteur anonyme m'an-

nonce des prodiges bien plus étonnans que ceux
de mademoiselle Julie, et surtout bien plus utiles.
Cet anonyme, qui me donne cependant le moyen
de communiquer avec lui par un intermédiaire,
est, je le répète, un homme de beaucoup d'esprit,
malgré sa croyance à la prévision des somnambules. Un seul trait suffira pour exciter la curiosité de mes lecteurs. Un somnambule a prédit à
l'anonyme toutes les horreurs de la révolution
française, et même les quatre états politiques par
où elle a passé. C'est aux conseils de ce somnambule que l'anonyme a dû le bonheur de se conduire
de manière à vivre lui et sa famille dans un calme
inaltérable et une sécurité parfaite, au milieu des
dangers dont aucun n'a pu l'atteindre. Si ce n'est
pas là de la *prévision*, je ne connais plus la valeur
des termes.

Je parlerai enfin des *Annales du Magnétisme
animal*, ouvrage périodique qui paraît depuis
quelque temps, et que l'on peut appeler un recueil
de merveilles. En voici un échantillon : Une femme
enceinte et somnambule a suivi, par le moyen de
sa *faculté intuitive*, les progrès du fœtus qu'elle
portait dans son sein, depuis la conception jusqu'à l'accouchement. Ainsi nous connaîtrons ce
secret impénétrable à tous les savans anciens et
modernes; ce secret que n'ont pu deviner, ni
Harvée en éventrant des centaines de biches, ni
Leuwenhoek avec ses *animalcules*, ni Needham
avec ses *anguilles*, ni Haller avec son *jaune d'œuf*,

ni Bonnet avec ses *réseaux*, ni Buffon avec ses *molécules organiques*; et qu'on dise maintenant que le somnambulisme n'est bon à rien !

Dans la brochure dont je parle, M. de Montègre attribue les effets du magnétisme animal au pouvoir de l'imagination : c'est, en dernière analyse, tout ce qu'il tend à prouver : telle est aussi l'opinion de MM. les commissaires nommés par le roi pour l'examen du mesmérisme, avec cette différence que ces commissaires, ne pouvant tout expliquer par l'*imagination*, y ont joint l'*imitation*, sans trop dissimuler le soupçon de supercherie et d'imposture.

Puisqu'un docteur aussi renommé que M. de Montègre a bien voulu descendre des hauteurs de la science pour donner une leçon à un ignorant qui n'est cependant pas plus crédule que lui, il voudra bien, j'espère, continuer à l'instruire, et il lui permettra de répliquer. Il ne tardera pas à s'apercevoir que je ne me range du côté des magnétiseurs qu'en tant que de raison, et que je saurai bien aussi leur adresser quelques vérités aussi peu agréables que celles des commissaires. *Intrà muros peccatur et extrà*, voilà pourquoi je dirige mes traits contre les deux partis.

Les adversaires du magnétisme ont toujours eu et ont encore aujourd'hui le tort de juger cette pratique sur ce qu'elle était il y a trente ans; ils ont toujours en butte le baquet de Mesmer, et certes il leur est facile de le tourner en ridicule : c'est un triomphe si misérable, que des savans devraient le dédaigner. Je sais très-bien qu'une femme peut éprouver des convulsions à la vue d'un convulsionnaire, que l'aspect d'un épileptique peut disposer à l'épilepsie ; j'avouerai donc que dans une réunion de magnétisés, les *crises*, les spasmes, les grimaces réels ou simulés de quelques-uns, peuvent agir fortement sur des femmes dont les nerfs sont très-irritables, mais tout cela ne prouve rien contre les personnes que l'on magnétise isolément ; si celles-ci présentent les mêmes phénomènes que les autres, que devient l'objection fondée sur l'*imitation ?* Ainsi la raison et la bonne foi auraient dû faire renoncer à ce moyen d'attaque, puisqu'aujourd'hui il n'y a plus de baquet, et que le magnétisme n'offre plus des scènes où le scandale n'avait que le ridicule pour excuse.

Passons donc à l'*imagination*, et voyons si elle est responsable de toutes les folies reprochées au magnétisme. M. de Strombeck, par exemple, présente une série de faits très-extraordinaires qui ont été observés pendant quinze ou dix-huit jours de suite, par un grand nombre de témoins, et qui sont attestés par trois médecins dont l'un, aussi incrédule que M. de Montègre, peut-être même savant comme lui, avait été jusqu'alors adversaire déclaré du magnétisme animal. Mademoiselle Julie tombe en somnambulisme : elle se croit transportée au ciel, elle converse avec les anges, elle prend pour des anges les personnes qui l'entourent ; jusqu'ici M. de Montègre peut avoir raison, et je me range à son avis : j'irai plus loin, j'attribuerai à la seule imagination les bons effets qu'elle éprouve des remèdes très-insignifians qu'elle se prescrit; car, comme l'observe M. le baron, si l'imagination peut nous faire perdre la santé, elle peut aussi nous la rendre; mais quand mademoiselle Julie acquiert l'étonnante faculté de voir sans le secours des yeux, et de deviner les pensées les plus secrètes, comment ces prodiges peuvent-ils être produits par l'imagination? M. de Montègre, ne pouvant répondre à la question, se tire d'affaire en niant ces faits qu'il traite de puérilités, de niaiseries, et il me renvoie à la *Gazette de santé*, où il a fait justice de pareilles absurdités. Oh! c'est ici, j'espère, que la simple logique triomphera du doctorat et de la science.

Quand il s'établit une discussion, et qu'il s'agit de raisonner sur une série de faits, tous également attestés, et par le même nombre de témoins, ne serait-il pas très-commode de n'admettre que ceux que l'on peut expliquer, et de pouvoir rejeter tout ce qui sort des limites de nos connaissances, et dont nous ne pouvons donner d'explication? Tel est cependant le procédé de M. de Montègre : ayant décidé que l'imagination produit tous les effets attribués au magnétisme, il me répondra que les docteurs Schmidt, Marcard et Kœler disent la vérité sur les faits qu'il peut expliquer; mais ces trois honnêtes médecins courent grand risque de

passer pour des fous ou pour des menteurs, si leur
confrère ne peut plus expliquer les phénomènes
qu'ils attestent. Que de choses, a dit un grand
philosophe, que de choses qui nous paraissent absurdes, et qui, avec le temps, deviennent de
grosses vérités! Mais accordons à M. de Montègre
le droit de nier les faits qui révoltent sa raison,
quoique certifiés depuis trente ans par d'innombrables témoins, et demandons-lui pourquoi il
n'attaque pas, dans ses écrits, les cataleptiques de
M. Pététin, comme les somnambules des magnétiseurs. Une cataleptique voyait par le creux de
son estomac; une somnambule transporte de même
le sens de la vue à l'épigastre; une cataleptique
répondait à la seule pensée de M. Pététin; une
somnambule répond à la question mentale du magnétiseur. Pourquoi M. de Montègre chagrine-t-il
donc les pauvres somnambules, tandis qu'il laisse
en paix les cataleptiques qui ne sont pas moins sorciers? Pourquoi, dans le *Dictionnaire des Sciences
médicales*, qu'il enrichit de si bons articles, a-t-il
souffert qu'on rapportât les prodiges de la catalepsie sans les contester? Si tout ce qui choque sa
raison lui paraît décidément faux, pourquoi mé-
nage-t-il un confrère qui atteste aussi des miracles?
Des docteurs qui reconnaissent la faculté *intuitive*
des cataleptiques, sont des adversaires bien plus
dignes de M. de Montègre que moi, pauvre ignorant, qui attends toujours des preuves pour croire
à quelque chose. Je prie M. de Montègre de vouloir

21.

bien. répondre à· ces· questions qui sont un·.peu embarrassantes·: jusque-là·je douterai. J'ai dit·, et je répète·, que ce *sens intérieur*, cette *faculté in-tuitive* me paraît absurde ; mais que l'impossibilité ne m'en est point démontrée, parce que rien ne me prouve que la·perception. des objets·ne puisse avoir lieu·que par les sens que nous connaissons. Si l'homme avait huit sens et plus , a dit Montaigne, il jugerait des choses autrement qu'il ne fait.

· Mais, me diront les incrédules, pourquoi inter-peller les savans puisqu'ils ont parlé? Pourquoi leur·demander un examen puisqu'ils ont examiné avec la plus scrupuleuse attention? Des commis-saires choisis·dans l'Académie royale des·sciences, dans la Faculté de médecine, d'autres commis-saires·pris dans·la Société royale de médecine., ont longuement et religieusement examiné la pratique du magnétisme, et ils ont décidé que le magné-tisme·animal n'existe point.

· On sera·peut-être étonné d'apprendre que c'est précisément le rapport de ces commissaires qui m'a fait supposer quelque réalité dans ce magnétisme qui auparavant me paraissait une pure jonglerie. Tout homme qui voudra lire sans prévention les quatre rapports, car il y en a quatre en comptant celui de M. de Jussieu, en tirera une conséquence tout-à-fait opposée à celle des commissaires. Je ne profiterai pas de l'aveu qu'ils font dans cette phrase: « On ne peut s'empêcher de reconnaître *à ces* » *effets constans*, UNE GRANDE PUISSANCE qui agite

» les malades , les maîtrise , et dont celui qui ma-
» gnétise semble être le dépositaire. » On me répondrait que cette *grande puissance* est l'imagination. Il est vrai qu'on serait fort embarrassé d'expliquer comment l'imagination , extravagante et
vagabonde , peut produire des *effets constans*,
comme l'avouent les commissaires ; mais je ne veux
tirer aucun avantage de cette inadvertance, quelque
forte qu'elle soit. J'arrive à la conclusion , où la
logique est violée d'une manière tout-à-fait honteuse pour des savans aussi célèbres ; la voici , ré-
duite aux termes les plus simples :

Les commissaires « *ont conclu d'une voix una-*
» *nime que* RIEN NE PROUVE *l'existence du fluide*
» *magnétique animal ; que ce fluide* SANS EXIS-
» TENCE , *est par conséquent sans utilité.* » Vit-on
jamais une conclusion plus étrange ? Quoi! parce
que *rien ne prouve* son existence , vous décidez
qu'il n'existe pas ? Mais, en physique, en physiologie , en astronomie , il est des choses qui ne
peuvent point se prouver, et qui sont néanmoins
admises comme des vérités reconnues. Nous igno-
rons encore si la LUMIÈRE est une émanation du
soleil , comme le veut Newton , ou si elle est due
aux vibrations d'un fluide élastique, comme Euler
prétend le prouver. Les savans nous laissent le
choix sur ces deux explications si différentes ; je
pourrais donc leur dire, en raisonnant comme
MM. les commissaires : « Rien ne prouve la théorie
de Newton , ni celle d'Euler ; donc elles sont

fausses toutes deux. » Autre exemple : Lorsque le
célèbre Cook fit son second voyage pour découvrir le prétendu *continent austral* , supposons
qu'un savant lui eût dit : rien ne prouve l'existence de ce continent , donc votre voyage est
inutile ; le navigateur n'eût pas manqué de lui répondre : rien ne prouve que ce continent n'existe
pas , et je pars pour m'en assurer. Maintenant, je
le demande , n'est-il pas étonnant que tant de
savans commissaires aient fait un si long rapport
pour arriver à une pareille conclusion ?

Mais ceux qui m'opposent ce fameux rapport
se gardent bien de parler de celui de M. de Jussieu,
qui, malgré ses confrères, malgré le ministre,
s'obstina à en faire un particulièrement. Voyons
donc ce que dit ce savant qui n'est pas moins
connu , et n'a pas moins bonne réputation que les
autres. Ici je réclame l'attention du lecteur. M. de
Jussieu admet des *faits* ( du magnétisme animal )
*indépendans de l'imagination ;* il en fait une classe
distincte , dans laquelle il range l'observation suivante :

Placé vis-à-vis une femme dont la cécité avait
été constatée par les commissaires... ( Notez bien
ceci , *constatée par les commissaires,* par les adversaires du magnétisme, par ceux qui décident
que ce magnétisme n'existe pas. ) ; M. de Jussieu
dirige , *à la distance de six pieds ,* une baguette
sur l'estomac de cette femme ; au bout de trois
minutes , elle paraît inquiète , agitée ; quinze mi-

nutes après, M. de Jussieu renouvelle l'épreuve : *toutes les précautions possibles*, dit-il, *n'avaient pas été négligées.* Je demande d'abord ce qui a pu agiter cette femme ; comment une aveugle, décidément aveugle, a-t-elle reconnu la présence et la direction d'une baguette *à la distance de six pieds ?* Mais poursuivons, et ici je cite textuellement. « J'étais assuré que la malade n'avait tiré » d'autre avantage de son traitement que *d'en-* »*trevoir confusément certains objets à trois ou* » *quatre pouces de distance.* »

Eh! n'est-ce rien que d'entrevoir quand on a été complètement aveugle ? Quoi! les magnétiseurs avouent qu'il leur faut quelquefois des semaines entières pour obtenir des effets, et M. de Jussieu en produit déjà de si marqués dès le premier jour! Il ajoute que l'heure avancée ne lui permit pas de faire une troisième épreuve *qui aurait peut-être augmenté la conviction.* Ceci n'est-il pas bien remarquable? La conviction était donc déjà commencée? Et si en quelques minutes une aveugle entrevoit déjà à la distance de trois à quatre pouces, ne suis-je pas en droit de supposer qu'après douze épreuves elle aurait vu à la distance de trois ou quatre pieds?

Les traits que j'ai lancés contre les adversaires du magnétisme vont me donner un vernis de superstition qui me fera prendre en pitié par les lecteurs philosophes. Eh! quand je serais superstitieux, le grand malheur ! Que de confrères j'aurais

qui se gardent bien d'en convenir ! Que de confrères j'aurais, même parmi les savans! La sensibilité, dit Cabanis, se comporte à la manière d'un
fluide qui diminue d'un côté quand il se jette de
l'autre : n'en est-il pas de même de la superstition ? Le plaisir que nous prenons aux histoires de
féeries et de revenans, a dit un grand sceptique,
vient d'un reste de doute si elles sont fausses, et
d'un secret désir qu'elles soient vraies. Dans le
temps où l'on ne croyait à rien, dans ce temps où
nous avions pour religion l'athéisme, et pour
morale la licence, les tireuses de cartes ont fait fortune. Telle jolie femme qui riait des *préjugés religieux*, concevait de vives inquiétudes si, en faisant
*la patience*, elle découvrait, dans l'as de pique,
une infidélité de son amant. Je descends peut-être
à des détails trop puérils : eh bien ! prenons un vol
un peu plus élevé ; passons le bras de mer qui
nous sépare de cette *première nation du monde*,
et contemplons ce peuple philosophe. J'y vois le
sage Addisson faire de vains efforts pour guérir les
Anglais de la crainte des esprits et des apparitions
nocturnes. La superstition y a subjugué l'érudition
même et la science. L'historien Robertson croit
aux sorciers, et le docteur Johnson a peur des
revenans ; que dis-je ? ce dernier a gravement
réfuté les objections qu'on opposait à sa croyance.
Jacques Ier a pris la peine d'écrire pour prouver
qu'on pouvait faire trois cents milles, à cheval sur
un manche à balai ; et Thomas Brown a cru devoir

faire un livre pour convaincre ses compatriotes qu'on ne pouvait pas aller aux Grandes-Indes dans une coquille d'œuf. Je prie les savans auteurs du *Dictionnaire des Sciences médicales*, de croire que je n'en suis pas encore à la coquille d'œuf, ni même au manche à balai : j'accorde au magnétisme animal ce que l'évidence m'empêche de lui refuser, mais je suis, comme je l'ai toujours été, fort disposé à rire des prodiges, des miracles et des prophéties des somnambules.

Eh! qui pourrait ne pas rire de tant d'absurdités ? On est tenté de croire au magnétisme quand on lit les ouvrages où il est attaqué; mais si l'on veut s'instruire dans ceux des magnétiseurs, le bon sens est tellement révolté, que le livre tombe des mains. Dans la théorie comme dans la pratique, tout est confusion, défaut de logique ou contradiction. Ici l'on me dit qu'un magnétisé est tout concentré en lui-même, qu'il est insensible à l'éclat de la lumière, au bruit, aux odeurs, qu'il ne voit et n'entend rien de ce qui est autour de lui ; plus loin, un somnambule magnétique sort dans la rue, sent qu'il fait froid, qu'il a gelé, parce que la terre est ferme : il voit briller du feu, et s'en approche pour se chauffer ; une somnambule dit qu'elle voit le fluide magnétique, qu'il est blanc et brillant, qu'il traverse la muraille de la chambre, et cette somnambule ne voit pas dix ou douze témoins qui sont contre cette muraille. Les somnambules, nous assure-t-on, ne s'occupent que de ce qui les intéresse ; ils ne voient, ne sentent que les personnes et les choses avec lesquelles on les a mis en rapport ; et cependant une somnambule voit à travers les murs ce qui se passe dans les maisons. Celle-ci parle d'un mari qui lit le journal à sa femme ; l'autre voit quelqu'un qui voyage et qui change d'habit dans une auberge. Les somnambules, dit M. Deleuze, sont très-éclairés sur leurs intérêts, et ne disent rien de ce qui peut leur nuire. Un autre professeur en somnambulisme nous raconte qu'un de ces dormeurs, fripon et avare, a révélé le secret d'un dépôt qu'il gardait injustement. M. Deleuze blâme ses adversaires de ce qu'ils reprochent aux somnambules des erreurs d'anatomie ; mais il se méprend sur l'objection : on n'est point étonné qu'un ignorant ne connaisse pas l'anatomie, mais on lui reproche de mentir quand il dit qu'il voit ce qui ne peut exister. Quand un somnambule prétend voir l'intérieur de mon corps, s'il place mon foie à gauche et ma rate à droite, je le prendrai pour un des médecins de Molière, et il devrait ajouter au moins que le magnétisme *a réformé tout cela.* Une femme voit trois gros vers qui vont lui ronger le cœur ; et elle prédit, trois mois d'avance, qu'elle aura trois crises, à la dernière desquelles elle expulsera ces trois rongeurs. Le prodige s'opère à la minute où il a été prédit. Je ne dois pas contester un si beau miracle, mais je voudrais bien que l'on m'indiquât la route qu'ont pu prendre ces trois gros vers pour aller du péricarde au rectum, sans perforer ni le diaphragme, ni l'estomac, ni le tube alimentaire. Dans les Annales du magnétisme animal, une somnambule se prescrit l'eau de carotte pour faire couler la bile, et voit son lait qui lui monte à la tête, puis retombe dans sa jambe gauche. Oh! certes, cette somnambule n'a pas lu le livre de M. Richerand sur les *erreurs populaires en médecine*, car alors elle n'aurait pas parlé de l'eau de carotte contre la bile, ni du lait répandu. Selon quelques magnétiseurs, ce merveilleux fluide peut guérir tous les maux; selon M. Deleuze, il ne guérit que quelques maladies, soulage dans plusieurs, et peut nuire dans quelques autres. Mais mon anonyme de Caen, qui, depuis trente ans, a vu et opéré tant de prodiges, m'écrit : « Le somnambulisme n'est point une science ; les magnétiseurs qui posent des principes généraux, qui gouvernent leurs malades, sont des médecins punissables. » Lequel faut-il croire? Je penche pour le dernier.

Mais la confusion est bien plus grande encore dans la théorie. Il est vraiment plaisant de voir certains professeurs *manipulans*, chercher à étayer la doctrine de la *faculté intuitive* sur une physiologie baroque ; ou la *prévision* sur une métaphysique de grimoire. Que de raisonnemens sur le système nerveux, sur le *plexus solaire*, dans le premier cas, et sur le fluide universel, sur l'immobilité du temps, et sur la *présence du futur* dans le cas de prophétie!

Leurs préceptes ont cela de bizarre, qu'en les suivant à la lettre il est impossible que l'on croie jamais au magnétisme. Par exemple, M. Deleuze, le plus modéré, et sans contredit le plus raisonnable des magnétiseurs, dit et répète plusieurs fois qu'on ne doit point magnétiser en présence des curieux, ni leur donner le spectacle des somnambules. Eh ! pourquoi donc, lui répondrai-je, vous plaignez-vous de notre incrédulité ? Voulez-vous nous forcer à croire sur parole ? N'avez-vous pas été curieux vous-même avant d'être un vrai croyant ? Et si l'on ne vous avait jamais rien fait voir, auriez-vous écrit deux volumes en faveur du magnétisme ?

Les pères de la doctrine magnétique avaient dit : *croyez et veuillez* ; ces paroles étaient celles de l'initiation. M. Deleuze prétend qu'on aurait dû dire : *veuillez et croyez.* Je trouvais déjà fort difficile de croire sans preuves, puisqu'on en refuse *à un curieux* ; mais vouloir avant de croire, vouloir ce qu'on ne croit pas, m'a paru si dur à digérer, que dès ce moment j'ai renoncé à la nourriture magnétique.

Il faut avouer cependant que les magnétiseurs sont d'excellens chrétiens ; car la foi, l'espérance et la charité sont les trois vertus qu'ils exigent dans ceux qui se consacrent à la pratique du magnétisme. Et qu'on ne croie pas que je veuille ici faire une mauvaise plaisanterie, car voici les propres paroles du grand-maître de l'Ordre, de l'hiérophante du temple, du législateur des somnambules : « Le magnétisme exige *volonté active vers le bien ; croyance ferme en sa puissance; confiance entière en l'employant.* » Moi, qui ne suis qu'un profane, je ne comprendrai jamais comment la foi peut avoir quelque chose à démêler avec la physique, et comment ma croyance ou mon incrédulité changeront la nature d'un fluide, et pourront agir, en bien ou en mal, sur la poitrine d'un asthmatique , ou sur les articulations d'un goutteux. L'amour du prochain est sans doute une vertu fort louable, mais je ne crois pas que l'intention puisse changer les propriétés d'un fluide répandu dans toute la nature. Si ce fluide est une drogue salutaire, la main d'un ennemi n'en fera pas un poison ; et le plus honnête homme du monde me présenterait de l'arsenic, que je me garderais de l'avaler.

C'est cependant avec ces belles maximes que les magnétiseurs ont cherché à sanctifier leur doctrine ; et je ne finirais pas si je rapportais toutes les absurdités, toutes les contradictions dans lesquelles ils sont tombés quand ils ont voulu confirmer par le raisonnement des principes aussi étranges et aussi ridicules.

Pourquoi donc, malgré tant d'erreurs et de folies, ce magnétisme s'est-il propagé et acquiert-il de la consistance au lieu de tomber en discrédit? C'est qu'au milieu de ce fatras d'inepties il y a des vérités incontestables, il y a des faits très-réels quoique très-extraordinaires, et notre raison ne

se révolte contre eux que parce qu'elle n'y est point
encore habituée. L'électricité a d'abord trouvé des
incrédules ; et si l'électricité ne nous avait pas ac-
coutumés à des phénomènes étonnans, le galvanisme nous eût paru une véritable jonglerie, tant
que nous n'aurions pas vu des expériences décisives. Combien de fois n'avons-nous pas plaisanté
sur les pierres tombées du ciel ? Ces pierres font
aujourd'hui partie de la science. Cependant aucun physicien n'est encore parvenu à nous expliquer tous ces faits qui semblent tenir du merveilleux ; il faut donc, bon gré mal gré, que les
savans se résignent à des phénomènes qu'ils ne
comprennent point. J'ai encore recours ici à l'a-
nonyme de Caen, qui cependant ne me flatte
pas, car il me dit que mon scepticisme m'expose
à écrire beaucoup d'absurdités. Il ajoute, avec une
confiance vraiment remarquable : « L'incrédulité
» de l'orgueil humain est quelquefois si ridicule
» pour celui qui possède la vérité, qu'il est amu-
» sant de provoquer son opiniâtreté. Les incré-
» dules ont peur maintenant. Le magnétisme est
» si répandu ! Leur amour-propre doit battre en
» retraite. Le nombre des témoignages l'écrasera.
» Ils auront fait une belle chose ! Ils auront re-
» poussé, durant quarante ans, une vérité utile à
» l'humanité. Les pauvres d'esprit, les gens simples
» et bienfaisans ont été plus heureux : ils ont béni
» la chose, ils en ont profité. Je m'honore d'être
» un de ceux-là. »

Voilà bien le ton d'une persuasion intime ; mais pourquoi nos magnétiseurs, en nous reprochant notre incrédulité, se refusent-ils à des expériences qui puissent nous convaincre ? Pourquoi cette précaution suspecte d'exclure les curieux, puisque tout homme est nécessairement curieux avant d'être persuadé ? Vainement on me vantera les lumières, la sagesse, la probité d'un magnétiseur : quand il s'agit de faits si étranges, on ne croit que ce qu'on voit ; car, comme on l'a dit avec raison, il y a cent fois plus à parier pour un mensonge que pour un miracle.

Il semble que les magnétiseurs aient pris à tâche d'augmenter notre scepticisme au lieu de le combattre par des preuves. Au lieu de présenter des faits faciles à vérifier, et sur lesquels il ne pût y avoir soupçon d'erreur ou d'imposture, ils ont inondé la France de théories, d'attestations, de déclamations souvent discordantes, disant ce qu'ils savaient et ce qu'ils croyaient savoir, ce qu'ils voyaient et ce qu'ils croyaient voir, mais trop souvent aussi ce qu'ils ne voyaient point du tout. Aucun d'eux n'a voulu être moins magicien que ses confrères. Quoi ! un tel a déjà obtenu des prodiges, et je n'ai encore que des effets étonnans ! Vîte, redoublons d'ardeur et de volonté ; si les merveilles se font trop attendre, on en facilite l'éruption, on fait des questions adroites qui amènent doucement des réponses surprenantes ; si ces réponses sont trop vagues, un petit mot qu'on ajoute

leur donne de l'éclat ; on dissimule ce qui est
défavorable ; on donne *du style* à ce qui est avan-
tageux, et l'on pousse à la roue jusqu'à ce qu'on
arrive au miracle. Si une heureuse étoile fait tomber sous la main du magnétiseur quelques filles
plétoriques, chlotoriques ou hystériques ; ou une
de ces femmes qui, sans dédaigner les réalités,
aiment à s'égarer dans la région des chimères ; les
phénomènes deviennent plus brillans ; on consigne
les nouveaux prodiges dans une brochure que l'on
fait signer par trois ou quatre témoins, toujours
irréprochables, et l'on dit que la vérité du magnétisme est enfin démontrée.

Concluons donc qu'il y a des effets vraiment
extraordinaires ; mais que jusqu'à ce qu'ils soient
publiquement constatés par une expérience irrécusable, les magnétiseurs ne doivent pas s'étonner si l'on s'obstine à les confondre avec les
Cagliostro et les autres escamoteurs.

# LE MYSTÈRE DES MAGNÉTISEURS

## ET DES SOMNAMBULES,

DÉVOILÉ AUX AMES DROITES ET VERTUEUSES, PAR UN
HOMME DU MONDE; AVEC CETTE ÉPIGRAPHE :

Ad majorem gloriam Dei.

ASSEZ et trop souvent j'ai entretenu le lecteur
des miracles du magnétisme et des rêveries des
somnambules. J'ai fait tous mes efforts pour tenir
la balance égale entre les docteurs-médecins qui
préconisent le mesmérime, et les médecins non
moins docteurs qui s'en moquent. Ce n'était point
la première fois que je m'étais vu ballotté entre
Hippocrate et Galien; je me rappelle encore avec
terreur les deux arrêts contradictoires qui furent
prononcés le même jour contre de pauvres malades à qui un médecin disait : « Vous êtes morts
si l'on vous saigne » ; tandis qu'un autre médecin
leur criait : « Vous êtes morts si l'on ne vous saigne
pas. » Il en est de même du magnétisme : les avis
sont partagés sur ses prodiges ; il y a scission
même parmi les savans ; et cette doctrine a,
comme toutes les autres, ses fanatiques et ses incrédules.

L'un de nos plus célèbres docteurs prit la peine,
il y a quelque temps, de composer une brochure
pour démontrer que j'avais tort de ménager les
magnétiseurs et les somnambules. Accablé par
une autorité si imposante, je sentis combien mon
impartialité devenait ridicule : je suis une trop
petite puissance pour garder la neutralité ; je pris
donc la résolution de me ranger du côté du plus
fort. Cette conduite n'est pas trop généreuse, j'en
conviens ; mais que d'exemples ne pourrais-je pas
citer sans parler du magnétisme ?

Je ne tardai pas à reconnaître qu'il ne faut jamais suivre les mauvais exemples, quelque nombreux qu'ils soient, et qu'il ne faut pas être
girouette, même en fait de somnambulisme. On
m'avait reproché d'écrire sérieusement sur un sujet
aussi ridicule, et voilà qu'une nouvelle brochure
me punit d'avoir plaisanté sur un sujet si grave et
si sérieux.

Un anonyme qui se dit *homme du monde*, et
qui pourrait bien être de l'autre monde, tant il
est honnête et religieux, commence par me donner une petite leçon bien douce et bien polie, puis
il dévoile *le mystère des magnétiseurs et des somnambules*.

Le voilà donc connu ce secret plein d'horreur !

Ce que l'Académie royale des sciences, ce que
la Société royale de médecine, ce que tous les
savans de l'Europe, ce que les magnétiseurs eux-

mêmes n'avaient pu nous apprendre, l'homme du
monde nous le fait voir, et nous découvre l'affreuse vérité. Depuis trente ans et plus qu'on
magnétise à tort et à travers, personne n'avait pu
nous dire ce que c'est que le magnétisme. L'un prétendait qu'il est un fluide *sui generis;* l'autre, que
c'est l'âme universelle des Pythagoriciens ; ceux-ci
le nommaient *électricité animale;* ceux-là n'y
voyaient qu'un effet de l'imagination ; d'autres
enfin soutenaient que ce n'est rien du tout. L'a-
nonyme, plus clairvoyant ou plus heureux que
nos savans, a découvert l'origine, le but et la véritable nature du magnétisme animal, et il annonce
cette grande découverte avec une confiance qui ne
peut naître que d'une intime conviction. Le lecteur
s'impatiente sans doute de mes circonlocutions,
et il brûle de connaître ce grand mystère....... Eh
bien! quoi qu'il m'en coûte, je vais écrire ce mot
affreux : ce magnétisme, cet art merveilleux, prodigieux, ténébreux, n'est autre chose que le diable.
Oui, messieurs, le diable même; c'est lui qui
conduit la main du magnétiseur, c'est lui qui guérit les maladies les plus désespérées, c'est lui qui
donne aux somnambules le don de prophétie et
celui des miracles, c'est lui enfin qui se sert de
cette dernière ressource pour damner le genre
humain.

Il faut, dit l'homme du monde, toute la témérité de nos modernes sceptiques pour douter du
pouvoir du démon, et pour ne croire à aucun

22.

des faits relatifs aux obsessions, possessions, aux
maléfices de la magie, des sorciers et des devins.
Il est vrai, ajoute-t-il, que ces moyens, employés
autrefois par le démon, sont bien usés aujour-
d'hui ; les incrédules s'en moquent, et le peuple
n'y a presque plus de confiance. Il est donc naturel
de penser que le diable, qui n'est pas bête, voyant
une réduction considérable dans ses revenus, a cherché et trouvé quelque expédient pour réparer ses
pertes. En vertu de sa pénétration, il a pu distinguer, dans l'immense société du genre humain,
quelque homme digne de devenir son apôtre, et
lui communiquer le pouvoir de magnétiser et
d'opérer des prodiges. « Les effets qui sortent des
» creusets magnétiques ont donc pour principe le
» cerveau du diable, et je vais le démontrer, dit
» l'homme du monde, 1º par les noms et les œu-
» vres des principaux opérateurs; 2º par les moyens
» dont on se sert pour produire ces effets ; 3º par
» ces effets même, dont quelques-uns décèlent
» l'origine d'où ils sortent. »

Tout le reste de la brochure est employé à
prouver ces propositions ; j'espère qu'on me dis-
pensera d'en faire l'analyse : j'estime trop mes
lecteurs pour ne pas les croire suffisamment convaincus ; il est des vérités qui n'ont besoin que
d'être énoncées pour répandre une vive lumière ;
et l'homme du monde s'est trop défié de notre
intelligence quand il a cru devoir démontrer des
choses aussi vraisemblables. Loin de chercher à le

contredire, je le conjure de ne pas me confondre avec ces modernes sceptiques, et ces esprits forts qui ne croient pas au démon. J'avoue que dans ma jeunesse j'ai quelquefois parlé de lui avec irrévérence, mais, depuis vingt-cinq, ans il ne m'a que trop forcé à reconnaître son pouvoir. Eh! comment douterais-je de l'existence du diable? Ne l'ai-je pas vu mille fois sous mille costumes différens? N'est-ce pas lui qui inscrivait le mot *liberté* sur la porte des prisons? Ne l'ai-je pas vu goujat et grand seigneur, couvert d'une souquenille, puis tout chamarré d'or, coiffé d'un bonnet, puis portant le chapeau sous le bras, armé d'une pique, puis d'une épée brillante, et toujours mon maître quoiqu'il se dît mon égal? Quel autre que le diable eût pu se métamorphoser de tant de manières si étranges? Et aujourd'hui même ne s'offre-t-il pas encore de temps en temps à mes regards sous la forme d'un livre ennuyeux que je suis obligé de lire? En faut-il davantage pour me réconcilier avec l'homme du monde, et pour lui prouver que je ne suis pas incrédule?

Mais, si la perfection de son ouvrage m'interdit toute critique, il me permettra, j'espère, de lui soumettre quelques observations. Selon lui *les noms et les œuvres* des principaux magnétiseurs prouvent évidemment que leur doctrine a pour principe le cerveau du diable (page 8). Il ajoute que nous avons un nouveau garant de son opinion sur l'origine infernale de l'art magnétique, dans la conduite de ses principaux défenseurs et opérateurs (page 12); il dit encore (page 13) que, pour être jugé digne d'être *adepte* de première classe, il faut avoir abjuré solennellement toute foi dans la divinité de Jésus-Christ. Il dit enfin que pour être un sujet digne de l'attention des adeptes, il faut avoir non-seulement une constitution physique disposée à l'hypocondrie, à la catalepsie, aux fureurs hystériques, mais encore une constitution morale tendante à l'incrédulité religieuse (page 22 et 23). Tout cela doit être certain puisque l'homme du monde l'affirme au nom de la religion; mais j'ai donc été bien aveugle et bien sourd, puisque je n'ai rien vu, rien entendu de semblable, ni parmi les magnétiseurs, ni parmi les somnambules! Moi qui ai vu le diable si souvent, comment ne l'ai-je pas reconnu dans les ateliers du magnétisme? Quoi! tous ces braves gens qui nous endorment ne sont que des démons! tous ces beaux traités de somnambulisme que j'ai lus, commentés et critiqués, ont été composés par le diable! j'étais donc réellement au sabat quand je me suis trouvé dans le salon de l'un des plus illustres magnétiseurs, et les dormeurs sur lesquels il répandait à pleines mains les pavots magnétiques, n'étaient que les enfans de Béelzébuth! Sans m'en douter, j'avais autour de moi Satan, Astaroth, Bélial et Moloch! il faut avouer que j'en reviens de loin. Eh! comment l'aurais-je soupçonné? Je n'ai vu ni ces longues queues dont parle le Dante

dans sa *Divine comédie*, ni ces écailles de poisson
si bien décrites par les sorcières de la terre de Labour, ni ces pieds de bouc si célèbres chez les his-
toriographes du diable ; et si ces messieurs avaient
des cornes, je puis affirmer au moins qu'elles
n'étaient point apparentes.

Je ne ferai plus qu'une seule observation sur
les révélations de l'homme du monde. Il prétend
que le démon a eu recours au magnétisme, parce
que ses vieux moyens étaient usés. Le diable
vieillit donc, et son génie s'use ? Oh ! sur ce point
je ne puis adopter l'opinion de l'anonyme, et je
ne proférerai jamais un pareil blasphême ; non,
jamais je ne dirai à un auteur que son talent baisse,
à un actrice qu'elle vieillit, et au diable, que son
génie décline : je me souviens des *Homélies*, et la
leçon de Gil-Blas vaut bien celle de l'homme du
monde. A cela près, j'adopte toutes les conclusions
de l'anonyme, et je déclare que son livre eût été
admirable s'il eût paru vers le milieu du dixième
siècle.

## ANNALES DU MAGNÉTISME ANIMAL.

### DU N°. I AU N°. 34.

NOTRE devoir est de critiquer, mais il ne nous
est pas permis de manquer de politesse. Depuis le
1er juillet 1814, je reçois périodiquement l'inap-

préciable cadeau des *Annales du Magnétisme*,
et je n'ai pas encore annoncé la découverte de cette
mine féconde où les bonnes gens peuvent venir
puiser à pleines mains des guérisons, des prévisions, des prédictions et des miracles ; j'ai péché,
je l'avoue ; mais voici mon acte de contrition, et
si mon repentir est tardif, au moins il est sincère :
vaut mieux tard que jamais.

O ciel ! que dira l'Académie des sciences qui a
condamné le magnétisme animal, il y a trente-
deux ans ? Que diront les Sociétés de médecine
qui ont nié jusqu'à son existence ? Que diront les
chimistes, les anatomistes, les physiologistes, les
pathologistes, les naturalistes, les anthropolo-
gistes, les ichtyologistes, les tétrapodologistes, les
ornithologistes et les entomologistes, quand ils
apprendront que le serpent magnétique dont ils
croient avoir écrasé la tête, se relève avec fierté,
siffle ses ennemis, et s'entortillant autour du *lituus*,
devient le serpent sacré d'Esculape, le symbole de la
vie et de la santé ? Je tremble surtout pour une société de médecins illustres auxquels je m'intéresse
particulièrement. Les savans qui, sous la forme de
Dictionnaire, viennent d'élever un beau monument aux sciences médicales, sont de vrais mécréans en magnétisme ; ils l'ont accablé sous le
poids de la logique, de la démonstration, de l'é-
vidence, et du ridicule plus meurtrier que tout
cela ; l'un d'eux a décoché une brochure qui a fait
mainte contusion à maint somnambule. Ces doc-

teurs n'en sont encore qu'à la lettre F de leur
Dictionnaire ; mais vienne la lettre M , je suis certain que l'article *Magnétisme animal* sera un vrai
libelle. Vains efforts! la science n'est qu'une sotte
quand elle parle à la multitude ; les hommes veulent croire et admirer : tout ce qui est occulte et
mystérieux a une énorme supériorité sur tout ce
qui est raisonnable ; un *sens intérieur,* qui est je
ne sais quoi , et qui se loge je ne sais où , vaut bien
mieux qu'un nez, des yeux et des oreilles ; des
*précisions* et des *prophéties* frappent bien autrement l'imagination que des *signes* et des *symp-*
*tômes :* une guérison miraculeuse est bien plus
éclatante qu'une cure opérée par la rhubarbe ; les
noms des Alibert , des Boyer , des Corvisart ,
des Cuvier , des Pinel, etc...... , sont d'une bien
faible autorité si on les compare aux noms mytho-
logiques de Mesmer et de Deslon : la foule se por-
tera toujours où l'on fait des prodiges , et l'ignorance triomphera dans ce siècle de lumières, comme
elle a triomphé dans tous les siècles.

Mais pourquoi les rédacteurs des Annales magnétiques m'ont ils envoyé leurs feuilles avec tant
de persévérance? Quels sont mes titres à cette faveur? Je crains d'avoir deviné. Ces messieurs
auront lu dans le *Journal des Débats* quelques
articles où je parlais de médecine et de physiologie ; ils m'auront trouvé suffisamment ignorant
pour être enrôlé dans le régiment des somnambules , et ils se seront écriés comme les docteurs

de Molière : *Dignus, dignus est intrare in nostro docto corpore.* Un motif plus noble s'est peut-être joint à celui-ci. Quoique j'aie toujours parlé avec irrévérence des guérisons magnétiques, des prophéties du somnambulisme et des visions extatiques de mademoiselle Julie, j'ai soutenu qu'il y avait des effets réels dans ce qu'on nomme, improprement sans doute, le magnétisme animal. J'ai vu de ces effets qui n'ont pu être simulés, sur lesquels je n'ai pu me tromper; ils ont commencé à se manifester dans l'opération magnétique, et ils ont cessé à la volonté du magnétiseur. Vainement les savans ont dit que ces effets étaient dus à l'imagination ; je leur demanderai toujours pourquoi cette imagination ne les fait naître que quand on magnétise, et pourquoi ce sommeil, d'une nature si singulière, survient-il et cesse-t-il avec la pratique du magnétisme ? Les incrédules ne font que reculer la difficulté en alléguant la puissance de l'imagination, car il importe peu que le magnétisme agisse immédiatement sur les organes, ou qu'il se serve d'un intermédiaire ; il est toujours la première cause des effets, si cet intermédiaire lui est soumis. Tout ce que nous savons, nous le devons à notre mémoire ; mais si l'on ne nous avait rien appris, notre mémoire ne nous dirait rien. Il faut donc que les docteurs anti-magnétiques me démontrent que l'imagination produit absolument les mêmes effets sans le secours du magnétisme, et alors je conviendrai avec eux qu'il n'y a rien ni dans cette doctrine, ni dans cette pratique.

Rien absolument, car on ne me persuadera jamais que le magnétisme puisse être un moyen curatif, encore moins qu'il soit une panacée, encore moins qu'il donne la faculté de voir à travers les murailles, et qu'il agisse à de grandes distances, comme de Paris à Rome, et même de Paris à Pantin : je laisserai conter, à qui voudra croire, qu'un somnambule lit une lettre avec son dos ou avec son ventre ; qu'un autre dormeur a vu, à une lieue de distance, et sur le sommet d'une montagne, une touffe d'herbe qu'il nomme, dont il pressent les vertus, et dont antérieurement il ne connaissait pas même le nom. Je ne parle point des somnambules qui lisent dans l'avenir, qui prédisent les événemens à la minute, et qui ont annoncé vingt-cinq ans d'avance toutes les phases de la révolution française ; ce sont gens qu'il faut admirer, et avec lesquels on ne discute pas. Ceux qui ajoutent foi à leurs prédictions méritent d'être confiés au docteur Pinel ; son Traité *de l'Aliénation mentale* indique la médecine qui leur convient.

Les apôtres de la doctrine magnétique ont senti depuis long-temps le ridicule dont se couvraient leurs disciples. Le coryphée de la secte a recommandé aux frères magnétiseurs de ne jamais faire d'expériences devant les incrédules. Pour magnétiser, il faut qu'ils croient, et pour les convaincre,

on ne leur montre rien, ce qui est fort raisonnable. Le même docteur a fait des aveux bien modestes : il confesse que le magnétisme ne guérit pas
toutes les maladies, que les somnambules ne sont
pas toujours *lucides*, qu'ils se trompent quelquefois, et qu'il leur échappe de temps en temps de
fort jolis mensonges. Un autre professeur de la
même école, vient de gourmander les rédacteurs
des *Annales*, pour avoir annoncé fastueusement
une cure magnétique et merveilleuse qui malheureusement s'est trouvée fausse ; il fait sentir
les dangers de pareilles méprises ; il avoue avec
candeur qu'il a été dupe autrefois des mêmes illusions ; il ajoute que le fameux Court de Gébelin
est mort immédiatement après avoir attesté publiquement qu'il devait à Mesmer sa parfaite *guérison;*
oh ! bien parfaite, car un journal du temps annonça
le miracle en ces termes : « L'auteur du *Monde
primitif*, le célèbre Court de Gébelin, vient de
mourir, guéri par le magnétisme animal. » Mourir
guéri est ce qu'il y a de plus certain en médecine ;
c'est le seul cas où l'on n'ait pas à craindre les
rechutes et nous connaissons des docteurs qui
n'ont pas besoin d'employer le magnétisme pour
opérer de semblables guérisons.

Ces *Annales* du plus beau des arts et de la découverte la plus utile, m'ayant été particulièrement et très-gratuitement envoyées, je serais bien
ingrat si je n'en faisais pas l'éloge ; je les loue donc,
et en les recommandant à mes lecteurs, je suis

aussi sincère qu'un somnambule, et aussi infaillible qu'un traitement magnétique. On y trouvera d'abord l'histoire complète du magnétisme animal, de ses essais, de ses malheurs, de sa mort, de sa résurrection, de ses progrès, de ses prodiges ; on y lira les longues et savantes recherches sur les notions que les anciens ont eues du somnambulisme, ouvrage véritablement curieux ; des articles sur le Démon de Socrate ; d'autres sur les causes du somnambulisme en général ; des préceptes sur la pratique du magnétisme, et des traitemens sans nombre toujours couronnés de succès. Pourquoi faut-il que la critique se mêle à des éloges si bien mérités ? Hélas ! les pères de cette doctrine ne sont point d'accord entre eux : aussitôt que des expériences concluantes leur ont fait établir un principe, on les voit proclamer un principe contraire et fondé sur des expériences non moins irrécusables. Le grand-maître de l'Ordre avait défendu de faire des miracles pour amuser les curieux et convaincre les incrédules, et les Annales m'apprennent que les curieux, les oisifs et les profanes, sont tous les jours témoins des prodiges les plus étonnans. Un docteur avait dit : Croyez sans rien voir ; un autre docteur dit : Faites voir, et ne raisonnez pas. La seconde partie de ce dernier précepte a été fidèlement observée par les magnétiseurs.

On m'avait appris dans quinze ou vingt volumes qu'il ne fallait jamais entretenir un somnambule de choses étrangères à sa santé ; et cependant les

Annales me montrent une somnambule qu'on interroge sur le fluide universel, sur la physiologie, sur la pierre philosophale, qui répond pertinemment à toutes les questions, et nous enseigne que le fluide magnétique traverse avec force l'or, le fer et l'acier, plus difficilement la soie et l'argent, et forme une auréole autour du cuivre. Les plus illustres magnétiseurs avaient affirmé qu'il fallait être dans un état pathologique, c'est-à-dire, avoir une maladie quelconque, pour être sensible au magnétisme ; et voilà un M. Birot, qui, d'un tour de main, détruit ce principe fondamental. Il met d'abord en somnambulisme une dame un peu indisposée ; survient une demoiselle de la santé la plus florissante : M. Birot braque ses doigts, et au même instant la demoiselle ferme l'œil et s'endort. Une autre demoiselle se présente, la voilà dans les bras de Morphée. Deux autres demoiselles arrivent sur le champ de bataille, et le terrible M. Birot les réunit aux trois dormeuses. J'espère que ce M. Birot sera consigné aux portes de l'Académie et à celles des spectacles ; un pareil endormeur pourrait jouer de fort mauvais tours aux quarante et aux auteurs dramatiques. Voici une dernière observation sur l'instabilité des principes magnétiques ; mais, cette fois, la nature a fait une heureuse révolution dans l'âme des somnambules. Autrefois les pères et les frères étaient tant soit peu philosophes ; il y avait beaucoup de matière dans leur psychologie, et l'âme universelle de Pythagore était le *non plus ultrà* de leur métaphysique. Aujourd'hui, ils sont d'une orthodoxie édifiante ; c'est dans la Bible, dans l'Evangile, dans les Pères de l'Eglise qu'ils vont chercher des autorités pour leur doctrine ; et partout où il est question de *la main de Dieu* ou du *doigt de Dieu*, ils nous présentent ces passages comme des preuves de l'origine sacrée du magnétisme.

Malheureusement, les variations de ces messieurs ne sont pas toujours aussi heureuses ; il en est d'autres que l'on nommerait très-justement des contradictions formelles, et qui pourraient faire placer le magnétisme animal dans le *Dictionnaire des Girouettes ;* mais j'aime mieux m'occuper de ses hauts faits et de sa gloire.

Voici une recette contre le mal de tête, que je devrais nommer *céphalalgie ;* car il est démontré depuis quelque temps que l'on ne peut guérir une maladie si on ne lui donne pas un nom grec. Si donc vous éprouvez une céphalalgie, procurez-vous un pot de réséda, magnétisez-le avec une ferme volonté de vous guérir, intention qui ne vous manquera jamais, et chaque fois que vous flairerez cette touffe odorante, votre mal de tête se dissipera comme par enchantement. L'efficacité de cette recette est attestée par les Annales, et je l'adresse aux jolies femmes qui n'ont pas toujours un magnétiseur à leurs ordres : un pot de réséda vaut un Mesmer, et guérit tout aussi bien.

Je vais raconter l'histoire merveilleuse de mademoiselle Sophie, femme-de-chambre, âgée de dix-neuf ans, somnambule très-lucide et très-savante. De graves censeurs m'accuseront peut-être de multiplier les articles sur le magnétisme. Je leur répondrai qu'il n'y a rien de puéril à combattre la superstition, l'erreur ou le charlatanisme, quand ils obtiennent des succès et quand ils menacent de faire dogme. Une fausse direction donnée à la croyance des hommes n'est jamais sans importance. Toute déviation des principes, en métaphysique et en psychologie, peut devenir dangereuse, si l'on n'arrête le faux guide qui s'égare lui-même, ou qui veut nous égarer. Vainement on m'objectera qu'une doctrine décriée ne mérite point qu'on prenne, contre ses dangers, des précautions bien sérieuses. On serait effrayé si l'on connaissait le nombre des hommes qui exercent le magnétisme, et le nombre infiniment plus grand des hommes et des femmes qui s'y livrent avec confiance. La bibliothèque magnétique forme aujourd'hui un énorme amas de volumes; et si l'on sentait la gravité des conséquences que l'on peut tirer des faits attestés, des principes répandus, des théories exposées dans ces écrits, on me pardonnerait de revenir souvent sur ce sujet, et l'on conviendrait qu'il n'est pas inutile d'attaquer, au moins par le ridicule, ces pratiques moins innocentes qu'on ne pense. Dans presque toutes les classes de la société, le magnétisme compte des adeptes, des enthousiastes, des fanatiques. Des hommes distingués par leur naissance, leur probité, leur esprit, et même leur instruction, professent, exercent, et font des livres pour propager cette doctrine. Une foule de malades, trompés par l'annonce de fausses guérisons, se livrent aveuglément à la manipulation magnétique, négligent les secours de la médecine, et, après avoir dit cent fois qu'ils se portent mieux, *ils meurent guéris* par le magnétisme, comme a fait Court de Gébelin. L'un des plus sages et des plus honnêtes magnétiseurs a cru présenter un argument irrésistible en faveur de la médecine magnétique, quand il a dit que, parmi les véritables médecins, il y avait aussi des ignorans, et que la Faculté ne guérissait pas toujours. Plaisante logique! parce que les médecins ne sont pas tous également instruits, également habiles, j'irai me confier à des gens qui ne savent rien du tout ; parce que les docteurs les plus savans peuvent cependant me laisser mourir, je dois appeler à mon secours des hommes qui n'ont fait aucune étude! Cela ne mérite pas de réfutation. Du côté des mœurs, je l'avoue, le magnétisme est singulièrement épuré. Celui que prescrit M. Deleuze, par exemple, est tout-à-fait irréprochable ; mais ce grand-maître de l'Ordre magnétique peut-il répondre de tous ses chevaliers? S'il est vrai, comme on le prétend aujourd'hui, que la différence des sexes n'ait plus aucune influence sur les prétendus phénomènes, je demanderai pourquoi, sur dix somnambules, il y en neuf qui sont de jeunes personnes *de dix-huit à dix-neuf ans*? Cet âge heureux, qui est celui des prodiges, me ramène enfin à mademoiselle Sophie, dont ce préambule m'a un peu trop éloigné.

Mademoiselle Sophie avait reçu une forte contusion au bras gauche, et le portait en écharpe au mois de février 1814. Magnétisée par une demoiselle qui faisait son coup d'essai, elle tombe en crise en six minutes : grande susceptibilité dans mademoiselle Sophie, ou grandes dispositions dans la demoiselle qui magnétisait pour la première fois! Dans cette première séance, la jeune somnambule voit *qu'elle a des nerfs dérangés qui l'empêchent de remuer les doigts.* Ici se présente une question difficile à résoudre. Sophie a-t-elle voulu dire que ses nerfs ne transmettaient plus sa volonté aux muscles et aux tendons, ou bien a-t-elle pris ses tendons pour des nerfs? Dans le premier cas, j'admire la sagacité physiologique de la femme-de-chambre; dans le second, je l'excuse; car si le divin Hippocrate lui-même a confondu les nerfs avec les tendons, je ne dois pas exiger que mademoiselle Sophie soit meilleure anatomiste. Un air d'effroi se fait remarquer sur le visage de la somnambule; on l'interroge, elle répond : *J'ai la poitrine pleine de sang, et j'ai, auprès du cœur, une boule plus grosse que le poing.* Deux jours après, elle revoit sa boule, et se plaint d'un grand mal d'*estomac* : tout à l'heure il était question de la poitrine, mais l'erreur est naturelle : les femmes-de-chambre confondent ordinairement la poitrine avec l'estomac, et il y a des magnétiseurs qui n'en savent pas davantage. Nouvelle crise, nouvelle découverte. La malade se prescrit une saignée faite *par M. Boyer*, puis elle va faire toucher son bras par *le gendre de Valdajou.* On voit que le magnétisme est un grand niveleur, et qu'il sait rapprocher les distances : certes, on ne s'attendait guère à voir les noms de Boyer et de Valdajou figurer dans le même traitement.

Une autre inspection faite par la *vue intérieure*, découvre à mademoiselle Sophie que sa poitrine est pleine de sang caillé ; *sa boule en est tellement encombrée qu'elle ne peut plus la voir*. J'avoue mon ignorance sur ce passage : les somnambules ont la faculté de voir l'intérieur de leur corps, et d'y découvrir les plus petites ramifications des vaisseaux ; or, il faut pour cela que leur vue intérieure perce les tégumens, les muscles, les viscères et ce lacis d'innombrables artères et artérioles, veines et veinules toutes pleines de sang ; comment donc une couche de sang a-t-elle empêché mademoiselle Sophie de voir sa boule ? Certes, voilà une grande et importante difficulté !

Jusqu'ici nous n'avons vu qu'une physiologie de somnambule ; voici maintenant les prévisions. Mademoiselle Sophie s'est prescrit une saignée au pied pour lundi, à neuf heures du matin, et elle veut encore M. Boyer ; mais bientôt elle s'écrie : *Non, il ne le pourra pas ; on viendra le chercher*

*pour une dame qui demeure rue des Saints-Pères;
il ne faut pas compter sur lui.* A cette prévision
je joindrai une prédiction plus étonnante encore :
mademoiselle Sophie devait se mettre en voyage
pour aller à Moulins ; on lui objecte l'état de
troubles dans lequel se trouvait la France à cette
époque ; elle répond, avec le calme de l'assurance :
*Les alliés entreront à Paris, mais ils n'y feront
pas de mal. Il ne faut pas prendre la route de
Fontainebleau, mais celle d'Orléans : sur celle-là,
nous pouvons voyager avec sécurité.* Hélas ! pourquoi mademoiselle Sophie, qui lit si bien dans
l'avenir, ne nous a-t-elle pas averti du retour de
l'île d'Elbe ? Cela est bien méchant de sa part ;
mais revenons à sa boule.

Elle était toujours aussi grosse ; le magnétisme
devait la faire tomber ; mais il faut, dit-elle, me
magnétiser en ligne courbe, car si la boule touche
le cœur, je mourrai subitement. On lui objecte
qu'en dirigeant le magnétisme du côté droit, la
boule ne touchera pas le cœur ; mais elle répond :
*Si vous forciez cette boule à tomber du côté droit,*
ELLE GLISSERAIT SUR LE DIAPHRAGME, *et elle m'é-
toufferait. Il faut absolument qu'elle tombe à
gauche, environ six pouces au-dessous du cœur.*
Je n'admire pas ici le mot *diaphragme* prononcé
par une fille de dix-neuf ans : on sait que les femmes-
de-chambre de Paris connaissent parfaitement le
corps humain ; mais je suis émerveillé de la justesse de l'observation : mademoiselle Sophie a vu

tout de suite que ce large muscle nommé diaphragme, qui sépare les cavités thorachique et ab-
dominale est plus élevé à droite qu'à gauche, et
que la boule glisserait infailliblement sur ce plan
incliné. Je ne suis pas aussi content de la position
qu'elle donne au cœur : elle le place tout-à-fait à
la gauche, tandis qu'il est directement au milieu
de la poitrine ; mais comme la pointe de ce noble
muscle est tant soit peu inclinée vers la gauche, et
comme toutes les femmes-de-chambre appellent le
côté gauche le *côté du cœur,* je sais gré à mademoiselle Sophie d'avoir respecté les préjugés vulgaires
sur ce point d'anatomie.

Mais un nouveau personnage entre en scène,
et c'est à lui que nous devrons le dénouement de
cette comédie pathologique. M. Duchier, le magnétiseur en chef, le nosographe et biographe de mademoiselle Sophie, s'empare du traitement et fait
des miracles. La demoiselle qui a magnétisé la première, s'approche de la somnambule, et il s'établit
entre elles un petit dialogue : « Comment vous
trouvez-vous ? — Pas bien ; vous n'êtes pas assez
forte pour me magnétiser. — Comment cela se
peut-il ? Ne m'avez-vous pas dit que vous éprou-
viez le même bien que ce fût M. Duchier ou moi
qui vous magnétisât ? — Oui, vous étiez assez forte
alors ; mais depuis que M. Duchier me magnétise,
j'ai acquis une force supérieure à la vôtre. — Puisqu'il est plus fort que moi, vous deviez éprouver
une différence ; et cependant vous disiez que c'était

la même chose. — Je craignais de vous faire de la
peine.— Je ne pourrai donc plus vous magnétiser?
— Non ; et pour l'avoir fait aujourd'hui , je serai
si faible , que je ne pourrai marcher de deux jours ;
mais M. Duchier rétablira mes forces. » Je rapporte cette petite scène pour démontrer qu'il n'y a
rien de magique ni de diabolique dans le magnétisme ; et que tout y est fort naturel. Mademoiselle
Sophie aime mieux un homme qu'une femme ; les
professeurs ont une prédilection pour les filles de
dix-huit à dix-neuf ans : je ne vois rien là que de
très-simple et de très-raisonnable.

La supériorité de M. Duchier étant bien constatée, l'aimable Sophie ne perd jamais l'occasion
de lui dire des choses aimables : *Il faut que M. Duchier ne me quitte pas un moment..... Si ma boule
est tombée une demi-heure plus tôt que je ne
l'avais prédit, je le dois au puissant secours de
M. Duchier ; quatre jours plus tard, elle aurait
eu huit pouces de longueur et six de largeur.* On
lui demande ensuite pourquoi elle entend toujours
M. Duchier partout où il se trouve : *Le puissant
secours qu'il m'a porté fait que je serai toujours
en rapport avec lui.* Oui , fiez-vous donc aux promesses des jeunes filles ! Quoi ! il est des infidèles
même parmi les somnambules ! M. Duchier revient
à Paris au mois de novembre , et *il trouve Sophie
entre les mains d'un autre magnétiseur.* Cette fille
guérie était dans un état pitoyable, et l'on tremblait
pour ses jours ; mais M. Duchier est généreux ; il

la ressaisit, la magnétise jusqu'au mois d'août 1815, et il nous assure qu'elle est aujourd'hui grasse et fraîche, et qu'elle jouit d'une parfaite santé.

Le talent de M. Duchier ne se borne pas à faire tomber les boules des jeunes filles, il sait aussi rétablir chez elles les sécrétions et les excrétions de tout genre, les guérir de la constipation, chasser leurs vents, et leur donner la fièvre pour exciter une crise salutaire. M. Duchier renferme en lui toute la médecine : entre ses mains, le magnétisme devient tour à tour alexitère et débilitant, astringent et laxatif, excitant et antispasmodique, béchique et cordial ; il est à la fois diaphorétique, hépatique, splénique, fébrifère, fébrifuge ; purgatif, carminatif et emménagogue : ces trois dernières vertus sont celles que possède surtout M. Duchier ; mais la délicatesse de mes lecteurs m'interdit toute démonstration sur ce point, et quoiqu'ils sachent très-bien ce qui se passe dans la chambre d'un malade, quoiqu'ils aient vu jouer *le Légataire universel* et *le Malade imaginaire*, quoique le mot, dans ce cas, n'ait pas les inconvéniens de la chose, je n'ose entrer dans des détails qui cependant feraient mieux sentir le mérite de M. Duchier. Il faut donc que l'on me croie sur parole, ou que l'on recoure au 32ᵉ numéro des *Annales magnétiques.*

Et voilà l'une des mille cures merveilleuses attestées par les plus habiles magnétiseurs ! Et c'est dans le dix-neuvième siècle que l'on proclame de pareils prodiges! Certes c'était bien la peine de faire, pendant vingt-cinq ans, un cours de philosophie pratique, d'élever des temples à la Raison, de détrôner l'Éternel, et de chasser les saints de leurs temples, pour leur substituer la métaphysique du somnambulisme et les miracles de M. Duchier!

# ENTRETIENS

## SUR LE MAGNÉTISME ANIMAL

### ET LE

## SOMMEIL MAGNÉTIQUE DU SOMNAMBULISME,

DÉVOILANT CETTE DOUBLE DOCTRINE, ET POUVANT SERVIR A EN PORTER UN JUGEMENT RAISONNÉ.

Un endormeur en chef, un hiérophante du temple de Morphée, vient de publier de nouvelles preuves et de nouveaux principes de la doctrine magnético-somnambulique. Ce docteur *consilio manuque* nous cache mystérieusement son nom ; et pour être plus sûr, sans doute, de rester inconnu, il nous apprend qu'il demeure rue Royale, n° 13, place de Louis XV, et qu'il est auteur de deux autres ouvrages également soporifiques (magnétiquement parlant), dont l'un n'a pu obtenir des méchans journalistes qu'une *simple annonce mercantile*, tandis que l'autre n'a pas même été annoncé. Il faut que justice se fasse : je vais réparer les torts de mes confrères ; et, comme le *Journal des Débats* ne fait pas d'annonces mercantiles, je vais consacrer aux *Entretiens sur le Magnétisme animal,* un grand nombre de lignes gratuitement.

. Ce professeur anonyme a beaucoup de somnambules à ses ordres, et ce sont toujours des femmes, conformément à l'usage des magnétiseurs , comme ce seront toujours des hommes quand les femmes magnétiseront. Toutes ces femmes sont jeunes , car le savant de la rue Royale paraît avoir réformé une somnambule qui comptait quarante ans , et chez qui l'énergie magnétique était presque éteinte. Ce dédain des huit lustres est injuste et incivil ; incivil, parce que bien des femmes , sans être jeunes , méritent encore les politesses du magnétisme ; injuste, parce qu'il n'y a point de femmes de quarante ans. Cherchez, interrogez, vous en trouverez beaucoup qui auront *trente ans passés,* puis soixante ; mais cinquante , rarement ; et quarante, jamais. Il y a donc là un peu de calomnie ; et je soupçonne, au contraire, que c'est la somnambule de trente ans passés qui a reformé le magnétiseur.

Quoi qu'il en soit, de toutes les somnambules du Monsieur, la préférée , la plus clairvoyante, la plus accessible au fluide magnétique, la favorite enfin, est une demoiselle qui a eu *la gale*, et qui demeure près du Théâtre-Français. Il n'y a rien dans ce choix que de fort raisonnable. Un proverbe dit : Qui a la gale la gratte, et le magnétisme est une espèce de friction ; ainsi, le maître et l'écolière qui se sont mis en rapport, tant pour la gale que pour le magnétisme, n'ont plus besoin de s'approcher l'un de l'autre pour se communiquer leurs sensations et leur *prurigo* ; ils se magnétisent par la fenêtre, et il ne faut que deux minutes dix-huit secondes au fluide du Monsieur pour aller de la rue Royale à la rue de Richelieu, tandis qu'il faut le double de ce temps au fluide de la demoiselle pour franchir le même espace en sens contraire. Le savant nous donne la raison de cette différence : c'est parce que les facultés magnétiques de la femme sont de moitié plus faibles que celles de l'homme. Mais c'est ici que mon professeur commet une grande indiscrétion, car si la femme a moins d'énergie, elle est moins propre aux expériences ; pourquoi donc, messieurs les magnétiseurs, vous adressez-vous toujours aux dames, et surtout aux demoiselles de dix-huit ans, comme ce baron de Strombeck à qui nous devons l'histoire magnétique et somnambulique de mademoiselle Julie?

Voici une question plus ardue. Notre Monsieur du n° 13, en magnétisant par la fenêtre, conçut une inquiétude : si, par hasard, se disait-il, les

maisons qui séparent la rue Royale du Théâtre-
Français recélaient quelques somnambules affa-
mées de fluide, ne pourraient-elles pas attirer le
mien, et l'empêcher d'arriver à sa destination?
Aussitôt mon homme se met en voyage, il arrive
chez la belle galeuse, la magnétise, et, au bout
d'un quart-d'heure, elle lui dit : *Je dors.* Pour des
profanes comme nous, je dors signifierait je ne
dors pas ; mais, chez les adeptes, ces mots indiquent un coma, un carus, un sommeil de plomb,
selon la fantaisie du magnétiseur. Or, quand la
demoiselle fut endormie, le Monsieur lui fit sa
question. Elle répondit que si le fluide rencontrait
dans son chemin, à une fenêtre élevée, une personne déjà mise en somnambulisme ; si surtout
cette personne était d'une très-grande susceptibilité magnétique, elle pourrait attirer le fluide, et
la demoiselle n'en recevrait aucune sensation. Cette
réponse de la sibylle m'a fait penser que tous ces
fluides qui voyagent dans les rues de Paris peuvent
quelquefois se rencontrer, et qu'alors le plus fort
doit faire tomber l'autre ; ainsi lorsque, le soir,
nous recevons quelquefois d'une fenêtre certaine
lotion qui excite notre colère, ce n'est peut-être
que du fluide magnétique ; et si Don Japhet d'Ar-
ménie avait connu la voisine du Théâtre-Français,
il n'aurait pas vomi tant d'imprécations contre une
pauvre fille qui magnétisait par la croisée.

Voici une autre question que je transcris littéralement avec sa réponse ; mais il faut d'abord ap-

prendre au lecteur que notre somnambule privi-
légiée avait fait successivement deux chutes, et
chaque fois pour être montée sur des meubles,
dans l'intention *d'attraper une punaise.* Que le
magnétisme est charitable! la gale et les punaises
ne le rebutent point. C'est en voulant guérir la
pauvre demoiselle de ses contusions que le Monsieur de la rue Royale l'a mise en somnambulisme,
et lui a fait la question suivante : « Si j'étais à cent
lieues de vous, et que je connusse, *par l'odorat,*
au moyen de mon fluide, que vous êtes malade,
pourrais-je vous soulager en vous magnétisant,
comme si vous étiez près de moi? — Si vous me
magnétisiez, vous m'endormiriez, et je verrais ce
qu'il me faudrait, mais vous ne pourriez pas me
soulager la partie malade. » Eh quoi! à cent lieues
de distance on ne peut plus soulager les parties
malades, et cependant on peut encore endormir!
J'ai cru qu'il n'y avait que les auteurs qui pussent
endormir de si loin.

Il est temps de faire connaître à mes lecteurs le
talisman qui opère tous ces prodiges. C'est un anneau d'or magnétisé, et le professeur nous apprend
qu'une pièce d'or a la même vertu qu'un anneau.
Il préfère l'or, dit-il, parce que c'est le métal le
plus pur, et, cette fois au moins, le professeur a
fait preuve de goût. Il ajoute qu'avec ses pièces
d'or magnétisées on ferait accourir chez soi une
foule de somnambules. Oh! je le crois sur parole,
et même le magnétisme est superflu, le métal suf-

firait. Or, avec ces pièces ou ces anneaux on peut
faire de l'eau magnétisée, et avec cette eau, impré-
gnée de fluide éthéré universel, on peut opérer
une révolution... Comment une révolution? Oui,
messieurs, une révolution politique et générale,
comme je vais vous le prouver; mais il faut que je
reprenne les choses d'un peu plus haut.

A chaque réapparition du magnétisme on s'a-
percevait toujours qu'il avait fait de nouveaux progrès. Mesmer ne l'avait d'abord présenté que
comme un remède à tous les maux, et c'était un
remède en effet; car, à chaque décès d'un personnage considérable, on apprenait que le défunt
était mort, guéri de sa goutte, de sa phthisie, de
son hydrothorax ou de son catarrhe. A la seconde
résurrection, le somnambulisme devint l'auxiliaire
du magnétisme, et lui fit faire des miracles : on
magnétisait une jeune fille, malade par défaut ou
par excès de santé; elle tombait en somnambulisme, et dans cet état, elle voyait à travers les
murailles, à des distances immenses; elle voyait
aussi l'intérieur des corps le plus compacte, et les
innombrables détails de l'organisation humaine.
Alors on lui présentait un autre malade, et on
lui demandait quelle était la nature et la cause de
l'affection dont ce malade se plaignait. La somnambule ayant les yeux bien fermés pour y mieux
voir, regardait attentivement les muscles, les nerfs,
les vaisseaux, les intestins, les viscères du malade,
et disait : c'est le sang, ou la bile, ou la lymphe,

ou le poumon, ou le diaphragme, ou le pancréas, ou le duodénum, ou l'iléon, etc......., qui pêche dans ce sujet. Et que les mots ne nous étonnent point; dès que l'on tombe en somnambulisme, on sait tout-à-coup la chimie, la physique, l'anatomie, la physiologie, la médecine et le latin. Je dis *le latin* seulement, et non pas toutes les langues, car je me souviens qu'une paysanne somnambule, qui dissertait fort bien sur le canal qui conduit la bile dans le duodénum, ne put jamais nommer le *cholédoque*, ce qui prouve que le magnétisme est un enseignement mutuel pour le latin, mais non pas pour le grec.

Dans cette seconde période, on vit encore de véritables médecins professer la doctrine du somnambulisme, et chacun de ces docteurs avait sa somnambule attitrée ; il la consultait et exécutait religieusement ses ordonnances. C'était un assez beau phénomène que de voir les malades guérir les médecins ; et ils les guérissaient en effet comme certains médecins guérissent leurs malades.

La troisième réapparition du magnétisme fut marquée par une grande simplification dans la pratique. On n'eut plus besoin de manipuler, de palper, remuer les mains, et faire des tours de passe-passe, pour porter le fluide magnétique dans l'économie animale. La volonté suffisait, la volonté faisait dormir, elle éveillait, elle faisait marcher, manger, boire, danser même si cela était nécessaire. C'est pendant cette période qu'on eut l'heureuse idée de magnétiser un pot de réséda, et il suffisait d'en respirer l'odeur pour se guérir de son rhume, de sa migraine ou de sa fièvre.

Que nous restera-t-il donc pour la quatrième résurrection ? Le plus étonnant de tous les prodiges, celui qui nous annonce une révolution générale ; écoutez : le docteur de la rue Royale était chez lui *à neuf heures et demie du soir, le mercredi* 9 *septembre* 1822 ; lecteur, ne perdez jamais le souvenir de cette époque. *Il sentit sous son nez des bouffées d'odeur de vulnéraire.* Sur-le-champ, il parcourt toute la maison pour s'informer de l'accident qui avait nécessité l'emploi de cette drogue. Mais tout le monde se portait bien, et dans toute la maison, il n'y avait que le nez magnétique qui eût reçu les émanations du vulnéraire. Alors il lui vint en idée que ce pourrait bien être la Dulcinée de la rue de Richelieu qui aurait fait quelque sottise, réclamant le secours de la piloselle, de la pulmonaire, de la grande consoude, de la verge d'or, de la bugle, de la véronique, de la sanicle, de la pervenche, du géranium, de l'aigremoine, de l'orpin, du mille-pertuis, de la sclarée, du dictame, de la scabieuse, de l'aristoloche, de la gentiane, ou du *faltranck* de Suisse, car le mot vulnéraire veut dire tout cela et bien d'autres choses encore ; et j'espère que le docteur voudra bien me pardonner d'avoir suppléé au laconisme du mot vulnéraire. Quoi qu'il en soit, il avait senti toutes ces odeurs, et il courut chez la demoiselle. Elle voulut nier la faute ; mais, au premier coup de main, elle tombe sous le joug du somnambulisme, et avoue son étourderie et sa chute. C'est ici que les jolis insectes dont j'ai parlé avaient joué leur rôle. La somnambule déclare ensuite qu'elle s'était composé du vulnéraire en magnétisant de l'eau pure, et qu'elle s'en était bassinée ses contusions.

Le magnétisme peut donc faire du vulnéraire sans employer une seule plante? Oui, sans doute, est c'est là qu'est le miracle. Notre docteur a fait avec de l'eau pure toutes les substances que renferme la matière médicale. Faut-il de l'eau de Cologne? Il met son doigt dans un verre d'eau, et lui dit : Sois eau de Cologne ; faut-il de l'éther? sois éther; manne, casse, rhubarbe? l'eau se transforme en ces trois purgatifs, séparés ou réunis. Mais que dis-je? l'eau est inutile ; la seule magnétisation produit toutes les substances salutaires avec leurs vertus et leur odeur. Aussi, notre Monsieur avoue-t-il que les somnambules lui trouvent une odeur de pharmacie ambulante. Un jour, par exemple, que la demoiselle se plaignait d'une congestion de sang à la tête, le docteur se hâte de lui magnétiser les pieds, et à l'instant, elle s'écrie qu'elle y sent de la moutarde ; c'était en effet de la moutarde, mais non pas après dîner, car la seule intention du magnétiseur avait produit un sinapisme, et par une heureuse métastase ou par dérivation ou par révulsion, le sang cessa de menacer une tête si chère, et reprit son cours habituel.

Voilà donc le magnétisme qui, rival du créateur, peut, sans matière, produire toutes les substances et faire tout de rien! Sent-on bien l'importance de cette découverte? Si le Monsieur de la rue Royale se met en tête de tout bouleverser en France, il en est le maître. Dans cette crise inquiétante, le gouvernement restera-t-il tranquille comme un dormeur magnétique? Songez donc que notre homme peut changer l'eau en vin ; il le dit, il en est si sûr, qu'il s'écrie (page 244) « que les joyeux enfans de Bacchus, que les aimables disciples d'Anacréon varient leurs chants pour célébrer les divines métamorphoses de l'eau.... Par le magnétisme de l'eau, l'homme peut se procurer la liqueur conservatrice de ses forces...., etc. » Si cet homme qui fait du vin, du vulnéraire, des gouttes d'Hoffman avec de l'eau, et de la moutarde avec rien, s'avisait de faire des libéraux qui eussent le don de nous endormir, que deviendrions-nous? Certes, je ne demande pas qu'on lui ôte un seul cheveu de la tête, mais c'est un homme qu'il faut surveiller ; et, si j'avais pu dire tout ce qu'il fait avec son magnétisme, on sentirait l'utilité de mon conseil. Comme, par exemple, quand il s'est trouvé dans la plus profonde obscurité avec une dame et son mari, il fit paraître des aigrettes lumineuses que la femme vit très-bien, et que le mari ne vit pas ; puis il nous dit naïvement qu'il était en rapport magnétique avec la dame, et qu'elle n'était pas en rapport avec son mari.

J'ai cru devoir effrayer le lecteur afin qu'il prît ses précautions contre le magnétisme, et qu'il empêchât sa femme de se mettre en rapport avec d'autres qu'avec lui. Maintenant je vais le rassurer, non pas complétement, mais autant qu'il m'est possible.

Notre docteur affirme qu'avec le magnétisme on peut faire *tout ce qu'on veut*, et cependant lorsque son odalisque a eu besoin d'une infusion d'herbe *à chat* (la cataire) on s'est servi réellement de l'herbe à chat de l'herboriste ; il dit ensuite que, pour se préserver de la contagion quand il magnétise un sujet infecté de quelque virus ou psorique ou herpétique, etc....., il porte sur lui du vinaigre *des quatre voleurs*, et dans la bouche une pastille de menthe poivrée ; dans une occasion enfin où il a voulu purger sa malade, il lui a ordonné de véritables fleurs de pêcher et des follicules de séné, avec de vrai sirop de chicorée. Or, il n'aurait pas fait acheter tout cela si une seule parole, si un seul geste magnétique avait pu le produire. Le magnétisme qui crée la moutarde, et le vulnéraire et le vin, ne peut donc pas créer l'herbe à chat, la menthe poivrée et le vinaigre des quatre voleurs? Espérons donc que ce grand sorcier ne pourra pas créer des armées et des canons, comme cette fée qui donna à un beau prince une petite boîte d'où il sortait à volonté des bataillons et des escadrons, armés de grands sabres de fin acier de Damas.

Je n'ai plus qu'un reproche à faire à l'auteur des Entretiens : il nous accuse de superstition parce que nous ne croyons pas très-fermement à ses miracles ; j'avoue que l'*incrédulité superstitieuse* est une expression fort remarquable, mais l'anecdote par laquelle je vais en finir avec mon savant, lui prouvera que cette expression n'est pas nouvelle.

Je me trouvai, il y a plus de trente ans, dans une société où un médecin de Paris faisait l'éloge du magnétisme et du docteur Deslon, l'aide-de-camp de Mesmer. Parmi les auditeurs on remarquait une jeune provinciale, fort jolie, point sotte, et désirant beaucoup savoir ce que c'était que ce magnétisme qui faisait tant de bruit, même dans sa province. Le docteur offrit de donner la première leçon à la belle curieuse, et il fut pris au mot. Il lui imposa d'abord les deux mains sur le sommet de la tête, puis les descendit sur les épaules ; ensuite il appliqua la droite sur le dos et la gauche sur la poitrine. La demoiselle frémit. C'est ainsi qu'il faut commencer, dit le docteur. Commencer ! s'écria la demoiselle, avec un accent qui annonçait de l'inquiétude pour la fin. Le magnétiseur glissa ensuite sa main le long du sternum, s'arrêta un moment à la partie qui correspond au bord antérieur du diaphragme ; puis tout-à-coup il l'appliqua fortement sur l'épigastre. La demoiselle s'apercevant que le magnétisme aspire toujours à descendre, se leva brusquement et dit : « Monsieur le docteur, on dit dans mon pays : Jeu de mains, jeu de vilain. »

24.

L'Hippocrate se tourna vers nous, et d'un sourire un peu forcé, il murmura tout bas : « Comme on est superstitieux en province ! » Quelqu'un lui répondit, et je le réponds moi-même au docteur de la rue Royale : « Vous aimeriez mieux un esprit fort qui croirait à tout. »

# DU MAGNÉTISME ANIMAL,

## RESSUSCITÉ PAR L'ACADÉMIE DE MÉDECINE.

LES médecins avaient tué le magnétisme animal, les médecins le ressuscitent ; il n'y a rien à dire à cela : c'est une nouvelle preuve de la mobilité de la science médicale, qui change de doctrine comme nos jolies femmes changent de mode, qui prêche tantôt le dogme et tantôt l'expérience, qui passe du solidisme à l'humorisme, devient tour à tour empirique, dogmatique, méthodiste, éclectique, expectante, naturiste, mécanique, hydraulique, chimiste, matérialiste, animiste et pneumatique, et cependant ne se trompe jamais, et dans toutes ces variations nous commande toujours le respect et la confiance, et qui, après avoir condamné le magnétisme animal comme une chimère, le déclare aujourd'hui très-digne d'être pris en grande considération. On ne manquera pas de dire que c'est le progrès des lumières. Oui, sans doute, les derniers ont toujours raison ; et l'Académie de médecine de 1826 est bien autre chose que la Faculté et la Société royale de médecine de 1784. Notez surtout qu'aujourd'hui l'Académie de médecine jugera seule, tandis que les pauvres médecins de 1784 avaient associé à leur travail de pauvres savans, tels que les Franklin, les Bailly, les Lavoisier, les La Place, etc. Ainsi, nous sommes bien sûrs que l'Académie ne se trompera point, et le magnétisme très-animal sortira de son tombeau, répandra sur nous ses pavots salutaires ; Paris sera peuplé de somnambules qui, les yeux fermés, verront à travers les murs et les montagnes, qui nous apprendront ce qui se passe dans les planètes et dans les étoiles, et nous prescriront des remèdes infaillibles ; nous serons tous heureux, au moins en rêves, et les badauds chanteront en chorus.

Jérusalem renaît plus charmante et plus belle.

Il n'était pas difficile de prévoir cette réapparition ; les jongleurs de toute espèce s'entendent à merveille ; ils ont leur argot, et quand l'un crie, tous les autres répondent. Quand on a vu reparaître une légion de tartufes, on devait bien imaginer que tous les enchanteurs, les négromans et les baladins mystiques viendraient prendre leur part à la curée de la sottise. Si une odieuse corporation, condamnée par tous les rois chrétiens,

par les cours de justice et par le Saint-Père, se remontre avec audace et signale déjà son retour en
dépouillant les familles, faut-il s'étonner de voir
accueillir une autre société, qui, du moins, n'a
été condamnée que par le bon sens ? Oh ! certes,
les endormeurs magnétiques sont infiniment pré-
férables aux endormeurs de Mont-Rouge ; les premiers n'escroquent pas des testamens, ils ne menacent ni la vie, ni l'indépendance des rois, et ils
bornent leur ambition à serrer les pouces, à palper
les épaules, les bras, les genoux et l'épigastre des
jeunes et jolies femmes. Ces derniers mots sont
officiels.

Il est assez remarquable que ces deux espèces
d'endormeurs se remontrent à la fois sur l'horizon ;
mais c'est un effet de ce périodisme qui ramène
les mêmes sottises trois ou quatre fois par siècle,
et toujours avec un nouveau cortége de miracles.
Quand on s'entretenait à Paris du comte de Saint-
Germain, qui se disait âgé de plus de quatre cents
ans, et renouvelait l'histoire d'Aristée de Proconèse, rapportée par Hérodote, la secte des mar-
tinistes et des illuminés faisait de grands progrès
dans la haute classe, qui accueillit avec enthousiasme l'incomparable Cagliostro et le divin Mesmer : le premier ressuscitait les morts ; il vous faisait voir votre grand-père et votre grand'mère, et
il vous proposait de vous faire souper avec Ly-
curgue et Solon, avec Antoine et Cléopâtre ; aussi,
un prince de l'Église se déclara-t-il son protec-

teur. Le second n'eut pour magie que ses mains
et un baquet. Ses mains lui servaient à tâter nos
dames, à provoquer les effluves du fluide magnétique, et à palper les cent louis que chaque imbécille lui apportait pour être initié aux grands mystères. Ces *cent louis*, prix fixe de la science, font
assez voir que le docteur ne s'adressait pas à ce
qu'on nommait la canaille.

Le baquet, garni de pointes de fer, d'une chaîne
et de bouteilles vides, était l'autel de déception
autour duquel se rangeait la plus brillante société
de Paris, et surtout une foule de femmes sensibles.
C'est là que l'on entendait roucouler la marquise,
gémir la comtesse, beugler la duchesse, rugir la
baronne, et miauler la plébéienne, avec un sentiment exquis et une admirable variété d'inflexions.

Quelque temps avant le baquet, la capitale eut
pour récréation les extases de sœur Perpétue et de
sœur Félicité. Ces deux somnambules, bien plus
admirables que les somnambules magnétiques, se
faisaient donner de grands coups de bûche ou d'un
gros chenet sur le ventre, par le frère Coutu ; elles
nommaient ces coups *des secours*, et se plaignaient
de ce qu'on ne touchait jamais assez fort. Un jour
sœur Perpétue, mécontente de frère Coutu, fit
appeler un porte-faix, qui lui administra les secours d'une manière satisfaisante, car il frappait
comme un sourd. C'est ainsi que, vingt-huit ans
auparavant, Marie-Catherine La Cadière, après
s'être fait stigmatiser par le jésuite Girard, son

confesseur, le renvoya pour prendre un carme.
Cette preuve de bon goût donna lieu à un procès
fameux et fort édifiant, qui fut jugé par le parlement d'Aix, le 16 décembre 1751, à l'avantage
du jésuite.

Vingt-six ans avant les coups de bûche et les
crucifiemens des sœurs Perpétue et Félicité, le
cimetière de Saint-Médard avait donné aux Parisiens un avant-goût des extases, des convulsions,
des miaulemens et des hurlemens du baquet magnétique. Les jansénistes eurent aussi leurs miracles ; si vous en doutez, lisez le gros *in-quarto*
de M. Carré de Montgeron, maître des requêtes,
qui les a fait attester par-devant trente notaires,
afin qu'ils fussent authentiques ; allez ensuite demander à Mont-Rouge ce qu'on y pense de ces
miracles ; puis demandez à Pascal ce qu'il pense
des miracles des fils de Loyola : vous verrez qu'ils
ont tous raison.

Si nous remontons plus haut encore, nous ar-
rivons à l'époque où des nuages mystiques obscur-
cissaient la gloire du grand roi ; et nous trouvons
les *illuminés des Cévennes*, les milliers d'inspirés
qui s'endormaient comme les succubes du magnétisme et raisonnaient de même ; nous verrons enfin des prophètes, au nombre de deux ou trois
cents, parcourir les provinces, et y répandre des
prédictions toujours infaillibles comme celles des
somnambules.

Remarquons bien qu'à toutes ces périodes de

jonglerie et de mysticité, il a toujours été question de faire naître, de donner, de distribuer la lumière comme dans la franc-maçonnerie. L'*illuminisme*, les *illuminés*, le *siècle des lumières*, telles sont les expressions employées par les charlatans, et répétées par les dupes. Les Anglais en ont eu leur part; et leur Georges Fox n'ayant pu faire accepter ses lumières aux souverains et aux peuples de l'Europe, est allé les porter en Amérique. Il est donc bien démontré que ces prétendues lumières sont toujours contemporaines de quelque grosse bêtise. On ne pense jamais plus à la lumière que quand on n'y voit goutte; car c'est alors qu'on en a le plus besoin. Dans ce sens, j'avoue que nous sommes dans le siècle des lumières, entre les jésuites et les somnambules; et il faut espérer que les dames qui courent les rues, pieds nus, finiront par se faire donner des coups de bûche : alors les lumières seront éblouissantes.

C'est sans doute pour entretenir le feu sacré, pour raviver la lumière du siècle, que l'Académie de médecine a pris en considération les miracles du magnétisme, et décidé qu'elle s'en occuperait sérieusement. Puisqu'elle trouve les rêveries du somnambulisme dignes de ses graves méditations, pourquoi n'examinerait-elle pas aussi les miracles du diacre Pâris et les rapports faits sur les convulsions de sœur Perpétue? Il y a parité dans les faits; on peut donc leur attribuer la même cause. Peut-être les jansénistes étaient-ils de grands magnétiseurs ; peut-être le frère Coutu était-il un autre Mesmer, avec cette différence cependant, que ce bon frère ne demandait pas cent louis pour révéler le secret des coups de bûche. A cela près, tout est identique : le magnétisme est *un remède ;* les coups donnés aux convulsionnaires étaient *des secours ;* M. Deleuze veut que le magnétiseur demande à la personne dormante : « *Vous fais-je du bien ?* » La même naïveté se remarque chez les sœurs extatiques. Clouées sur une croix et toutes sanglantes, elles disaient : « *Je vais faire dodo.* » A la question de M. Deleuze, elles auraient répondu : « *C'est du nanan ; encore ! encore !* » Les grimaces des fanatiques ou des fripons qui gigottaient dans le cimetière de Saint-Médard, sont-elles plus contraires à la physique que les prédictions des somnambules, et leur faculté de voir à travers les murailles et les montagnes ? Les guérisons obtenues par l'intercession du bienheureux diacre, choquent-elles plus le bon sens que les cures opérées par les ordonnances d'un paysan somnambule, qui prétendait voir son *duodénum* et son *mésentère,* ou celles d'une paysanne qui voyait clairement trois gros vers lui ronger le cœur, et passer ensuite dans le canal intestinal sans le perforer ? Pourquoi dédaigner une sottise quand on attache tant d'importance à une autre plus grande ?

Jamais une société de savans n'a fait une aussi grosse école, et n'a plus prêté le flanc au ridicule que ne vient de le faire l'Académie de médecine.

Ce qui peut lui arriver de plus heureux, c'est d'avoir travaillé pour rien, et de laisser les choses *in statu quo*. Or, toute décision qui ne peut rien décider est une fausse mesure, et il m'est facile de démontrer que celle de l'Académie de médecine est dans ce cas. Elle vient d'approuver le rapport qui lui a été fait sur le magnétisme animal, rapport dans lequel on jette de la défaveur sur l'ancien rapport fait à l'Académie des sciences, par Lavoisier, Franklin, Bailly, etc. ... Voilà une première faute; maintenant, qu'arrivera-t-il?

De deux choses l'une : ou le magnétisme sera condamné une seconde fois, ou il sortira triomphant de cette nouvelle épreuve. S'il succombe au nouvel examen, il faudra donc que l'Académie reconnaisse la sagesse et la sagacité des premiers juges, et fasse son *meâ culpâ* d'avoir approuvé un rapport dans lequel ces premiers juges sont blâmés. Cela ne sera pas fort honorable pour une société savante. Si le magnétisme triomphe, comme l'espèrent les magnétiseurs de l'Académie, nous n'en serons pas plus avancés ; car sans doute les honorables membres n'ont pas assez de présomption pour croire que le public recevra le nouveau jugement comme un oracle, et qu'il cassera ignominieusement l'ancien jugement de la Société royale, de la Faculté de médecine, et de l'Académie des sciences. Je ne fais pas d'injure aux docteurs actuels en supposant que le public restera dans le doute entre la décision des nouveaux

juges et celle des anciens, si recommandables à
tant d'égards. On pourra même demander quels
sont les titres des nouveaux médecins, pour que
leur jugement prévale sur celui des savans et des
médecins de 1784. Le doute sera donc ce que
l'Académie pourra obtenir de plus favorable, et
comme je l'ai déjà dit, le nouvel examen laissera
les choses *in statu quo.*

Il paraît que M. Orfila n'a point fait ces réflexions, ou ne les a pas cru concluantes, car il a
conseillé la prise en considération. On est étonné
d'entendre dire à un homme de ce mérite : « Si le
magnétisme est une chimère, il est temps que le
public en soit désabusé *par l'autorité de l'Académie.* » Eh! pourquoi l'autorité de l'Académie
aurait-elle plus de poids que celle des savans illustres et des grands médecins qui, dans le siècle dernier, ont condamné le magnétisme? N'était-il pas
plus raisonnable de dire, par modestie au moins,
si ce n'était par justice : « Quand nos prédécesseurs n'ont pu fixer l'opinion publique sur cette
question, pouvons-nous espérer qu'on aura plus
de confiance dans nos décisions? Aurons-nous la
prétention de mieux voir et de mieux juger que les
trois corps illustres qui nous ont précédés dans cet
examen ? »

C'est ce qu'ont bien senti M. Desgenettes et
M. Double, qui ont formellement blâmé le nouveau
rapport. Le premier aurait voulu que l'on montrât
plus d'égards pour les membres de l'ancienne Aca-

démie des sciences ; le second s'est écrié : « Il n'est pas aisé de stigmatiser les travaux des Franklin, des La Place, des Lavoisier, des Thouret. L'opinion du monde savant a pu être fixée par eux. » J'ajouterai, moi : « Mais il est très-facile de se rendre ridicule en se mettant au-dessus de pareils hommes, et en se promettant de mieux juger. »

Mais il est une autre considération que je vais soumettre au lecteur, et qui aurait dû rendre plus circonspect l'auteur du nouveau rapport. C'est que les savans et les médecins de 1784 auraient encore raison quand même il serait démontré à l'avenir que le magnétisme est une réalité, et qu'exempt de tout danger, il peut être éminemment salutaire. Ici je réclame un peu d'attention, car n'ayant lu nulle part l'observation que je vais faire, je la présente avec défiance comme je le fais pour toutes les idées qui me sont propres, et je désire qu'on la juge avec sévérité.

Reportons-nous donc à l'époque du fameux baquet, et observons d'abord que l'Académie des sciences, la Société royale et la Faculté de médecine, n'ont point spontanément attaqué la doctrine et la pratique du prétendu magnétisme, mais que ces corps n'ont fait qu'obéir à un ordre du roi. Ce fait irrécusable exclut tout soupçon de jalousie et de malveillance.

Remarquons ensuite qu'il n'était pas encore question du somnambulisme en 1784, et qu'ainsi les premiers juges n'ont pas pu s'en occuper ; leur

rapport ne peut donc être infirmé par les preuves
que l'on a cru trouver dans les visions des somnambules.

Avouons enfin que les savans du dernier siècle
ont dû considérer le magnétisme tel qu'il était
alors, et le juger tel qu'on le leur présentait. Or,
si je démontre que les magnétiseurs ont abandonné
tout ce qui avait été blâmé par les premiers juges,
et que, tout en se plaignant de la critique, ils y
ont ponctuellement obéi, il faudra bien reconnaître que les savans ne s'étaient point trompés,
et que les magnétiseurs ont fait un aveu tacite de
leur défaite. Voyons donc ce qui est arrivé.

On a d'abord attaqué le nom même de cette
prétendue science, et on n'a vu aucune preuve de
la présence de l'aimant (*magnes*) dans ce qu'on
nommait le *magnétisme*. Les magnétiseurs n'ont
point insisté, et aujourd'hui ils ne parlent plus
d'aimant, mais seulement d'un fluide quelconque,
auquel ils vous laissent la liberté de donner le nom
qui vous paraîtra convenable.

On a blâmé les crises scandaleuses du baquet;
et, loin de les attribuer au prétendu magnétisme,
les juges n'y ont vu qu'un produit d'une imagination exaltée, des effets d'imitation et de sympathie,
tels qu'on en remarque dans les affections nerveuses, comme l'hystérie, l'épilepsie, etc., etc.
Les magnétiseurs ont partout renoncé au baquet,
et je doute qu'il en existe un seul en France.

Les convulsions magnétiques ont été blâmées

comme très-dangereuses pour la santé. Les magnétiseurs, qui autrefois les regardaient comme des
crises salutaires, conviennnent aujourd'hui qu'elles
sont une circonstance fâcheuse dans la pratique du
magnétisme, et qu'il est très-dangereux d'exciter
aussi vivement la sensibilité des personnes nerveuses. M. Magendie, qui n'est point magnétiseur,
a prouvé que ce danger peut aller jusqu'à la mort.

En convenant que, dans quelques cas, une
excitation nerveuse peut être favorable, les premiers juges ont formellement nié le plus grand
nombre des guérisons attribuées au magnétisme.
Ecoutons maintenant M. Deleuze, que l'on peut
considérer comme l'hiérophante du magnétisme,
et comme le plus franc des magnétiseurs. A la
page 202 du premier volume de son *Histoire critique du magnétisme animal*, on trouve la déclaration suivante. « Non-seulement je ne crois point
que le magnétisme guérisse toutes les maladies,
mais je suis persuadé qu'il n'en guérit *que le plus
petit nombre;* que le plus souvent il soulage *sans
guérir*, et qu'il peut quelquefois être nuisible. »

On s'est élevé avec justice contre ces attouchemens, ces manipulations sur les cuisses et sur
l'épigastre ; on y a vu de l'indécence et un danger
pour les mœurs. Les magnétiseurs sages ont renoncé à cette pratique ; ils se bornent à toucher
une seule fois la tête ou les épaules ; plusieurs
même d'entre eux prétendent que l'on peut très-
bien magnétiser *à distance*, et il était temps, car

M. Récamier a cité plusieurs cas de grossesse, résultat naturel de l'action magnétique, et de la question tant recommandée par M. Deleuze.

On s'est moqué enfin de cette *volonté* qui agit si puissamment sur les personnes magnétisées, et les soumet complètement au magnétisme ; et voilà que M. l'abbé Faria, qui a fait autant de miracles que MM. Deleuze et de Puységur, déclare formellement que les effets sont les mêmes, soit que l'on veuille, soit qu'on ne veuille pas, soit même qu'on veuille un effet contraire.

On a beaucoup plaisanté aussi sur le fluide universel, cette *âme du monde* que les premiers magnétiseurs ont été chercher dans la boutique de Pythagore, dans le poëme de *Lucrèce*, et dans le sixième livre de l'*Enéide ;* aujourd'hui l'âme universelle est réformée ; le fluide n'est plus qu'*animal*, ou plutôt purement humain, car les animaux ne sont pas assez bêtes pour éprouver des crises magnétiques et pour devenir somnambules.

Je n'ai presque pas besoin de tirer des conclusions de tous ces faits ; le lecteur a déjà senti qu'on avait eu raison, en 1784, de repousser une doctrine et une pratique qui ont été implicitement condamnées par les magnétiseurs mêmes, puisqu'ils ont abandonné les points fondamentaux de l'une et les procédés de l'autre, pour ne conserver que l'obstination dans une vaine science à laquelle ils ne peuvent pas même donner un nom raisonnable.

Quand j'ai vu un corps aussi distingué et aussi respectable que l'Académie de médecine discuter gravement la fantasmagorie du magnétisme et du somnambulisme, j'ai cru, je l'avoue, que cette société savante était tombée dans un piége politique ; on a vu souvent des ministres faire naître, ou du moins favoriser des discussions vaines ou ridicules, pour amuser le public et détourner son attention de certaines mesures qu'on ne veut avouer qu'après le succès ; cette idée m'a rappelé l'apologue suivant : Une vieille paysanne ayant épousé un très-jeune homme, devint la fable du village ; fatiguée des sarcasmes continuels dont elle était l'objet, elle confia ses chagrins à sa voisine, femme très-fine et très-rusée. Celle-ci lui conseilla de faire teindre son âne en vert, et de le lâcher un beau dimanche sur la place aux yeux de tous les villageois. L'âne fut peint et lâché, et dès-lors on ne parla plus que de l'âne vert et l'on oublia la vieille. Oui, je le confesse, j'ai eu l'impertinence de croire que le magnétisme était l'âne, le ministère, la vieille femme, et l'Académie de médecine, la voisine officieuse. Cette idée revient encore m'importuner quelquefois, et je ne sais trop.... Au reste, nous le verrons bien par les travaux de la commission chargée d'exploiter cette mine de ridicule.

De toutes les espèces d'endormeurs qui sèment sur le riche sol de la France leurs pavots politiques, religieux ou médicaux, les magnétiseurs sont, sans contredit, les plus amusans et les moins dangereux. Comme, depuis quelque temps, nous avons grandement besoin de récréation, occupons-nous des charlatans qui font rire, et accordons une courte trève à ceux qui veulent nous faire pleurer. Notre examen n'aura rien d'hostile contre les véritables médecins, car le magnétisme ne sert pas mieux la médecine que les jongleurs politiques et religieux ne servent le roi et la religion.

J'ai promis d'enseigner la pratique du magnétisme à ceux de mes lecteurs qui ne la connaissent point encore, ou qui n'ont pas, comme moi, une vaste érudition dans cette ridicule et fausse science; je vais m'acquitter de ma promesse. Approchez donc, curieux et postulans; je vais vous distribuer la lumière; mais voyons avant tout si vous avez les dispositions requises. Vieillards et vieilles femmes, éloignez-vous; vous n'avez rien à faire ici : vous n'y pourriez pas même jouer un rôle passif. Si cette exclusion vous paraît incivile, ouvrez le premier tome du Coran magnétique, portez vos regards sur les pages 128 et 129, vous y lirez ces décisions naïves : « Il est certain qu'un homme d'un tempérament faible ne saurait magnétiser avec la même énergie qu'un homme robuste... » Et plus loin : « Le magnétisme est une communication des forces vitales, et ces forces sont bien moindres dans un homme infirme et dans un vieillard que dans un homme sain et vigoureux. » Plus loin encore, en parlant de la différence qui existe entre les hommes, le prophète ajoute : « Les uns sont d'un caractère ferme, actif, prononcé, les autres sont mous, indolens, incertains. » Voyons donc : Avez-vous le caractère ferme ou le caractère mou? Et n'allez pas faire ici les rodomonts, car vous pourriez bien apercevoir quelque geste négatif que l'on ferait maladroitement derrière vous, et vous vous écririez avec douleur :

*O Jane, à tergo quem nulla ciconia pinxit !*

« Heureux Janus, personne ne t'a fait les cornes derrière toi ! »

Approchez aussi, jeunes dames et demoiselles ; M. Deleuze prétend que « la différence de sexe n'a aucune influence sur la puissance magnétique, et que les femmes magnétisent aussi bien que les hommes. » Il se trompe ; il aurait dû dire que vous magnétisez mieux ; et quant à la différence de sexe, tous les magnétiseurs vous assureront qu'entre deux personnes de sexe différent, le magnétisme a bien plus de succès. Tout le monde sait d'ailleurs que sur trente somnambules il y a toujours vingt-huit ou vingt-neuf femmes, et sur ce dernier nombre, vingt-quatre ou vingt-cinq jeunes personnes de seize à vingt ans. Maintenant que je n'ai plus autour de moi que des hommes sains, robustes, d'un caractère ferme et des dames ou demoiselles

*De leurs quinze ou seize ans doucement tourmentées,*

je procède à la pratique.

Je déclare d'abord que tout ce qu'on va lire en

caractères italiques, est littéralement extrait des
instructions données par le plus honnête, le plus
chaste et le plus méticuleux des magnétiseurs; les
caractères romains indiqueront mes propres réflexions :

Placez donc dans un fauteuil ou sur une chaise
la personne que vous voulez magnétiser, et qui
veut elle-même s'y soumettre; car, dit M. Deleuze,
« *je ne crois pas possible de se mettre en rapport
avec quelqu'un qui ne le veut pas.* Placez-vous
vis-à-vis d'elle, *de manière que vos genoux et vos
pieds touchent les siens. Prenez-lui les pouces, et
restez dans cette situation jusqu'à ce que vous
sentiez que vos pouces et les siens ont le même
degré de chaleur.* » Arrêtons-nous ici. Certainement, le pouce est un doigt fort honnête, et cependant, je doute qu'une mère ou un mari fussent
très-satisfaits de voir, l'une sa fille, l'autre sa
femme, se placer genoux contre genoux et pieds
contre pieds ( pes pede fervidus instat ), près d'un
jeune homme *d'un caractère ferme, actif et prononcé,* et je demande s'ils auraient la patience d'attendre que la chaleur des pouces se fût mise en
équilibre. Maintenant, continuons : « *Posez ensuite
les mains sur ses épaules; laissez-les-y deux ou
trois minutes, et descendez le long des bras pour
reprendre les pouces; répétez cette manœuvre trois
ou quatre fois. Ensuite, posez vos deux mains
sur l'estomac, de manière que vos pouces soient
placés sur le plexus solaire, et les autres doigts*

*sur les côtés.* » Faisons une pause, tandis que les pouces se reposent avec délices sur l'épigastre de la dame. M. Amédée Dupan, dont j'ai cité l'ouvrage, fait une observation fort juste sur ce précepte de M. Deleuze : il fait voir qu'il est fort difficile d'appliquer les pouces sur le plexus solaire, qui est lui-même appliqué sur la colonne vertébrale, et non pas sous l'épiderme de l'abdomen ; mais les magnétiseurs ont réformé l'anatomie ; ainsi, va pour le *plexus !* et qu'on le place où l'on voudra. Revenons à notre opération :

: « *Lorsque vous sentirez une communication de chaleur, descendez les mains jusqu'aux genoux, ou même jusqu'aux pieds.* » Je m'arrête forcément, car il y a ici une lacune ; et le magnétisme procède plus méthodiquement. Souvenez-vous que vous aviez les pouces sur l'épigastre, et les autres doigts sur les hypocondres ; or, l'épigastre est la partie de l'abdomen qui s'étend depuis l'appendice xiphoïde jusqu'à la région ombilicale. Pourquoi donc le professeur vous fait-il faire un saut brusque jusqu'aux genoux? Quand vous en étiez aux épaules, il vous a dit de *descendre le long des bras;* et, depuis l'estomac, il ne vous trace plus d'itinéraire. Arriverez-vous aux genoux par la perpendiculaire, ou par deux courbes paraboliques ? C'est une grande question ; et le professeur pèche ici par oubli ou par réticence. Je m'en lave les mains : il n'y a pas de ma faute. Quoi qu'il en soit, nous sommes aux genoux ; continuons notre

route : « ...... *ou même jusqu'aux pieds, et repla-*
*cez les mains au-dessus de la tête, en ayant la*
*précaution de les détourner chaque fois que vous*
*recommencerez. Cette précaution de ne jamais*
*magnétiser de bas en haut, et d'écarter les mains*
*avant de les ramener vers la tête, m'a paru être*
*toujours essentielle dans les procédés.* » Je n'ai
que des éloges à donner à ce paragraphe : et, en
effet, qui oserait magnétiser de bas en haut ? Autant vaudrait caresser une jolie chatte à rebrousse-
poil, ou imiter ces bonnes qui passent leur main
sur le visage d'un enfant, de haut en bas et de bas
en haut, en lui disant : « Voilà le plaisir et voilà
le déplaisir. »

Mais pourquoi faut-il détourner les mains ? Il y
a sans doute un grand mystère dans cette pratique
obligée. J'ai vu d'indignes magnétiseurs secouer
leurs mains en les détournant. Serait-ce par le
même motif que les juifs, qui, lorsqu'ils s'accusent
mentalement de leurs fautes, ne manquent jamais
de relever leur habit par derrière, et de le secouer
légèrement, pour y laisser passer leurs péchés ?
Mais admirez la politesse délicate de notre professeur ; il se contente de dire : « Détournez les
mains » ; ce qui signifie sans doute que, par ce
mouvement, vous écarterez les mauvaises pensées
que le démon a pu vous suggérer dans une route
périlleuse. Reprenons :

« *On donne le nom de* PASSE *à l'action de pas-*
*ser la main sur le corps, ou sur une partie du*

corps. *Lorsqu'on les conduit sur le corps jusqu'à l'extrémité des pieds, on appelle cette pratique* MAGNÉTISER A GRANDS COURANS.... *Au lieu d'aller jusqu'aux pieds, vous pouvez vous arrêter aux genoux; mais, dans ce cas, il faut, avant de finir, faire plusieurs passes sur les jambes et sur les pieds..... Mettez dans vos mouvemens de l'aisance et de la souplesse, et continuez à magnétiser pendant environ trois quarts d'heure.* » Trois quarts d'heure! est-il possible? Oui, messieurs, tout autant, et quelquefois quatre, et quelquefois cinq; vous ne savez pas ce que peut *un caractère ferme, actif et prononcé*, tel que l'exige le magnétisme; et le professeur ajoute, avec une ingénuité charmante (page 136), que quand le magnétisme agit, la personne magnétisée *ne s'ennuie point; on la magnétise pendant une heure sans qu'elle éprouve d'impatience.* Oh! je le crois sans peine; mais le magnétiseur? Encore un petit précepte :

« *Si votre malade sent des douleurs dans une partie, tenez quelque temps la main sur cette partie, et descendez comme pour entraîner le mal.* » Je suis fâché de le dire, mais voici encore une lacune : *descendez* est bien vague; car si la douleur est aux pieds, comment descendra-t-on? Et si......, Ah Dieu! j'allais dire une sottise.

Mais si votre malade est au lit, comment faut-il opérer? Le professeur a prévu le cas, et il fait judicieusement observer *qu'on ne peut se mettre vis-à-vis d'un malade qui est au lit; « mais on se*

place alors à côté, *de la manière la plus commode*
(p. 105) ; *on prend les pouces, on met les mains
sur les épaules, on pose la main sur l'estomac,
on la descend de la tête aux pieds.* » Telle est la
pratique du magnétisme ; ce petit nombre de lignes
suffit pour vous rendre aussi savant que les maîtres. Avec les attouchemens prescrits, les *passes
et les grands courans*, vous obtiendrez des miracles, et vous ferez de temps en temps des somnambules qui verront à travers les murailles et
prédiront l'avenir. Je dois cependant indiquer à
mes écoliers un procédé employé par M. de Puységur, et dont M. Deleuze ne parle pas. Je vis un
jour le premier de ces deux praticiens, dans la
chaleur de la magnétisation, retirer ses deux mains
ouvertes, puis les pousser avec force vers la personne magnétisée, comme s'il avait voulu refouler
l'air ambiant. Il s'aperçut que ce mouvement m'é-
tonnait, et il me dit : « *Je bourre le fluide.* » Comment M. Deleuze, qui a tant d'admiration pour
M. de Puységur, son maître en magnétisme, n'a-t-il
pas adopté les bourrades ? Il me semble que cela
doit bien faire : mais peut-être aussi cela est-il
superflu ou même dangereux, car la bourrade
doit être rangée, dans *le Codex*, parmi les remèdes
drastiques. Au reste, messieurs, magnétisez à la
Puységur, à la Mesmer, à la Deleuze, à la Faria,
à la Georget ou à la Rostan, les miracles ne s'o-
péreront ni plus ni moins, et vous n'endormirez
pas moins vos malades.

N'oublions pas ici de faire éclater la chasteté et la retenue de notre professeur ; fidèle à l'honnêteté plus encore qu'à la science, il modifie sa pratique lorsqu'il est question de magnétiser une jeune femme ou une demoiselle. Il vous conseille alors de ne point vous placer en face, mais seulement à côté ; de poser une main sur l'estomac, l'autre sur les vertèbres dorsales, et de faire ainsi les passes *en descendant les mains en opposition.* Il est évident que ce conseil n'est qu'une concession faite à la décence, et qu'il n'a pas force de loi. Comment, en effet, appliquerez-vous les deux pouces sur le *plexus solaire,* si vous êtes placé côte à côte et non pas vis-à-vis. Comment, dans cette position gênante, obéirez-vous au grand précepte de genoux contre genoux, et de pieds contre pieds ? Est-il d'ailleurs plus décent de descendre la main qui est sur le dos que celle qui est sur l'estomac ? Disons-le franchement : les magnétiseurs n'ont aucun égard à cette pruderie du professeur ; quand on n'a rien à se reprocher, on regarde les gens en face, et tous se placent courageusement vis-à-vis.

J'ai terminé ma tâche pour tout ce qui concerne le matériel. Passons maintenant au moral et à la métaphysique du magnétisme. Écoutez, jeunes gens ; voici l'essentiel du métier : c'est peu que vous soyez d'un *physique agréable,* qualité requise par quelques savans, mais sur laquelle M. Deleuze se tait avec prudence ; c'est peu que vous soyez robustes, et d'un caractère ferme, actif et prononcé ; si

vous n'avez pas la *volonté*, la foi et la bienveillance, vous ne possédez rien, et vous ne ferez pas
le plus petit miracle, soit que vous vous placiez en
face ou à côté. A la vérité, M. l'abbé Faria prétend que la volonté est inutile, et M. de Puységur
a prouvé que la foi n'est pas nécessaire. Étant en
garnison à Strasbourg, il ne fit ses premiers essais
de magnétisme que par dérision et avec beaucoup
d'incrédulité ; mais un jour il est attéré par un
prodige qu'il opère sans le vouloir ; il tombe ido-
lâtre, se relève apôtre, et depuis cette conversion,
il a consacré sa vie et sa fortune à la propagation
du magnétisme. Cependant cette exception ne détruit pas la règle, et M. Deleuze exige *la volonté*.
Voici un échantillon de sa logique magnétisante.

« *On a présenté la croyance comme une qua-*
*lité préliminaire ; on a même réduit les préceptes*
*à ces deux mots :* CROYEZ *et* VEUILLEZ. *Cela n'est*
*pas exact. D'abord, ce n'est pas* CROYEZ *et*
VEUILLEZ, *mais* VEUILLEZ *et* CROYEZ *qu'il eût*
*fallu dire.* » C'est donc *la volonté* qui est la condition *sine quâ non*, et d'après ce que je viens de
transcrire, elle doit précéder la croyance. Mais il
faut que le magnétisme agisse d'une manière fâcheuse sur le cerveau des savans qui l'exercent,
car il leur fait produire d'étranges raisonnemens.
A qui persuadera-t-on que l'on puisse vouloir avant
de croire, et vouloir ce que l'on croit impossible ?
Si un homme vient me dire : « Je veux que la lune
» vous tombe sur la tête. » Je lui répondrai : « Si

» vous n'êtes pas fou, il est impossible que vous
» ayez cette volonté. » Oh ! sans doute, il nous
arrive quelquefois de désirer ce qui n'est pas possible, mais il est bien différent de souhaiter qu'une
chose puisse se faire ou de vouloir qu'elle se fasse.
Notez encore que M. Deleuze exige une *volonté
énergique* (page 128.) « Il ne suffit pas, ajoute-t-il,
de se dire à soi-même *je veux ;* il faut que cette
volonté parte naturellement de l'âme. » Eh ! comment cette volonté énergique partira-t-elle naturellement de mon âme, si mon âme est convain-
cue de l'absurdité, de la sottise de la chose que
l'on veut me faire vouloir ? *croyez et veuillez* était
donc plus raisonnable ; et encore *croyez* est un
impératif bien drôle : prouvez, messieurs, et je
croirai sans qu'on me le commande.

Il me reste à parler de l'application du magnétisme à l'art de guérir : c'est là que l'on voit son
triomphe, c'est là qu'est sa vanité. Si je consulte
le fatras d'écrits dans lesquels on rapporte les innombrables cures opérées par ce plaisant moyen,
le magnétisme sera la véritable panacée, la médecine unique et universelle, et il faudra brûler toute
la bibliothèque médicale, substituer MM. de Puységur et Deleuze à Hippocrate et à Galien ; renverser la statue du dieu d'Épidaure, et la remplacer par celle du divin Mesmer. Le magnétisme
ayant guéri toutes les maladies possibles, il faut
convenir qu'il est à la fois alexitère, anti-scor-
butique, anti-vermineux, apéritif, astringent,

béchique, carminatif, céphalique, cordial, diu-
rétique, emménagogue, émollient, fébrifuge, hépatique, maturatif, narcotique, ophtalmique,
otalgique, odontalgique, purgatif, drastique ou
minoratif, à volonté; rafraîchissant, stomachique,
sudorifique, vomitif et vulnéraire. Ma faible plume
n'a pu retracer ici que la dixième partie de la kyrielle laudative. Le magnétisme est tout enfin, et
il exécute tout ce qu'on veut. N'ai-je pas lu, dans
un écrit publié depuis la Restauration, et que je
suis fier de posséder; n'ai-je pas lu, Dieu me le
pardonne, que le magnétisme était le moyen dont
Jésus-Christ s'était servi pour guérir les malades!
J'ai déjà cité cette impertinence; et j'ai reproché
à l'auteur de n'avoir pas ajouté que Dieu avait
créé le monde en magnétisant le néant. Quand on
coupe dans le galon, on n'en saurait trop prendre,
disent les bonnes gens : quand on se jette dans la
sottise, on va toujours jusqu'au fond.

M. Deleuze proteste qu'il n'a jamais attribué au
magnétisme des vertus aussi générales; mais comment l'en croire? quand on lit à la page 143 : « La
preuve que le magnétisme guérit beaucoup de maladies ne peut résulter que de la comparaison des
observations; mais celui qui aura lu les nombreuses relations imprimées ne pourra révoquer
en doute son efficacité...... » Puis à la page 147 :
« Dans les maladies qu'on guérit difficilement, ou
*qu'on ne guérit pas du tout*, j'ai vu le magnétisme
produire des effets surprenans...... » Mais courez

maintenant à la page 102, vous y lirez cette assertion contraire : « Bien loin de guérir toutes les
maladies, le magnétisme n'en guérit *que le plus
petit nombre, le plus souvent* il soulage *sans guérir;* il peut quelquefois être nuisible. »

Mais voici un fait que j'ai gardé, comme on dit,
pour la bonne bouche, et il est si admirable qu'il
faut le citer *in extenso :* « J'ai vu plus de vingt fois,
dit M. Deleuze, une malade être purgée sept ou
huit fois dans la journée, sans colique, en buvant
une bouteille d'eau magnétisée, et je me suis assuré
que c'était l'eau magnétisée qui produisait cet effet...
*La même eau aurait produit un effet opposé si la
malade avait eu du relâchement.* » ( Pages 119
et 120. ) Voilà donc la bouteille d'eau magnétisée
qui devient le plus infaillible des docteurs. Elle
possède parfaitement le diagnostic, puisqu'elle a su
juger quelle était la nature de l'affection ; elle n'est
pas moins habile dans la thérapeutique, puisqu'elle
a si bien connu le remède nécessaire ; il faut enfin
lui supposer une sagacité élective, puisque, pouvant se changer en autant de natures différentes
que Protée pouvait revêtir de formes, elle a choisi
la nature purgative comme la seule convenable à
la circonstance. Et c'est dans le siècle des lumières
qu'on nous débite ces fariboles ! et c'est pour les
constater qu'une société savante les prend en considération, et nomme une commission pour examiner si la bouteille d'eau est une sorcière ou seulement un grand médecin ! Cette fois, les médecins

ont raisonné comme des bouteilles : un homme impoli nommerait un autre vase.

Résumons maintenant toutes les conséquences que l'on peut tirer de ce qui précède : les nombreux malades que le magnétisme prétend avoir guéris n'étaient certainement pas tous en danger de mort ; la plupart d'entre eux n'avaient que de légères indispositions dont on exagérait la gravité pour rehausser la vertu du magnétisme. Ils se seraient donc guéris plus tôt ou plus tard quand même le magnétisme n'eût pas été connu. Ceux qui ont dû leur santé au baquet, aux *passés* ou aux *grands courans*, auraient été également sauvés par un jeu de quilles, de billard ou de bilboquet, comme d'autres malades ont été guéris par des boulettes de mie de pain, ou des cuillerées d'eau pure qu'on leur avait données comme des remèdes précieux. Faites telle singerie possible avec les mains ou les pieds devant une multitude de malades, il y en aura toujours beaucoup qui ne mourront pas ; alors vous mettrez toutes les morts sur le compte de la maladie, et vous attribuerez toutes les guérisons à vos gambades. Vous tiendrez registre des succès, et vous laisserez les accidens sur les registres de la municipalité. Le vulgaire vous donnera des attestations, mais les hommes instruits ne verront dans ces événemens que ce qu'on voit tous les jours, quand on se trouve guéri par le médecin, sans le médecin ou malgré le médecin.

Tous les magnétiseurs sont en contradiction les

uns avec les autres sur la nature, sur les procédés
et sur les effets du magnétisme ; leurs prétendus
prodiges sont contraires aux lois de la nature et de
la logique. Le plus célèbre d'entre eux déclare que
le magnétisme ne guérit que le plus petit nombre
des maladies, et qu'il peut être nuisible ; deux
autres magnétiseurs y reconnaissent de grands dangers. Dans un temps où nous sommes si dévots et
si chastes, de quel œil pouvons-nous voir les genoux contre genoux, les pieds contre pieds, les
tâtonnemens et les manipulations entre personnes
de différent sexe ? La mort a été quelquefois le
résultat des convulsions magnétiques ; des gros-
sesses ont été la suite des *grandes passes et des
grands courans :* jugez maintenant de l'utilité du
magnétisme, et réjouissez-vous de la comédie que
l'Académie de médecine va nous donner. En défi-
nitive, les cent fois cent louis que Mesmer a palpés
seront toujours le plus grand et le plus incontestable miracle du magnétisme. Et que diront mes
lecteurs quand j'aurai mis sous leurs yeux quelques-
unes des jongleries du somnambulisme.

On attribue généralement à M. de Puységur la
découverte de cette espèce de somnambulisme.
Mesmer, Deslon et les anciens magnétiseurs ne
l'ont pas même soupçonné ; dès qu'il a paru sur
l'horizon, il a produit une révolution complète dans
la doctrine du magnétisme animal. Jusqu'alors, le
magnétisme était le véritable médecin, et le magnétisé, un être absolument passif ; on n'avait pas

même besoin de questionner le malade sur le mal qu'il ressentait, ni sur le siége de ce mal; le magnétisme étant une panacée, un remède universel, il importait fort peu de savoir s'il était question d'une affection du foie, du poumon ou de l'estomac, d'un hydrothorax ou d'un hydropéricarde; on était malade, c'était tout ce qu'il fallait pour mériter les bienfaits du magnétisme. Un verre d'eau magnétisée par M. Mesmer ou Deleuze, en savait plus qu'Hippocrate; car il relâchait le constipé et resserrait le relâché; c'était un talisman.

Le somnambulisme a changé l'ordre d'influence et de suprématie: le malade est devenu médecin, et le magnétiseur, réduit au rôle de simple ouvrier, de manipulateur ou pousseur de fluide, a dû se borner à tenir note des ordonnances du dormeur ou de la dormeuse, et à les faire exécuter. Souvent même le malade a guéri le médecin, car la faculté somnambulique n'est point de l'égoïsme; le dormeur à *seconde vue* connaîtra vos maux comme les siens, si vous êtes mis en rapport avec lui, et il vous prescrira les remèdes convenables. C'est ainsi que la femme d'un maréchal-ferrant de Buzancy, est devenue l'Esculape de toute la contrée.

Dès que vous tombez en somnambulisme sous la main du magnétiseur, l'univers entier se découvre à vos yeux: la nature n'a plus de secrets pour vous; les corps les plus volumineux et les plus opaques deviennent perméables à votre *intuition;* vous voyez distinctement ce qui se passe à cent

lieues et à mille lieues de vous, et vous pouvez le
décrire si on l'exige. Votre jugement acquiert une
sagacité inconcevable ; vous répondez aux questions les plus ardues et vous savez résoudre toutes
les difficultés ; les somnambules, en effet, ne parlent jamais mieux que quand ils dorment ; ils ne
voient jamais plus clair que quand ils ferment les
yeux. M. Deleuze lui-même, qui a voulu sagement diminuer la grandeur de ces prodiges pour
les proportionner à notre faible intelligence, dit
positivement que les somnambules *voient le fluide.*
Or, ce fluide, magnétique ou non, est une vapeur formée par des molécules d'une ténuité et
d'une subtilité incompréhensibles, vapeur qui pénètre tous les corps, qui emplit tout l'univers, et
qui, n'ayant nulle part solution de continuité,
explique naturellement la communication des effets
magnétiques à quelque distance que ce soit. Si le
somnambule voit les molécules d'un fluide inac-
cessible aux plus forts microscopes, il n'est pas
étonnant qu'il puisse lire dans l'intérieur de l'économie animale, nous dire si notre bile est concrète ou liquide, si elle s'écoule bien ou mal par
le canal cystique ou par le canal hépatique, si nous
avons des graviers dans les reins ou des calculs
dans la vessie.

Ajoutons à ces prodiges un prodige véritablement miraculeux : non-seulement un somnambule peut voir tout ce qui existe dans la nature,
mais il voit encore ce qui n'existe pas, car il pré-

dit l'avenir ; des milliers de faits rapportés par les magnétiseurs attestent le don de prophétie accordé aux somnambules, et l'événement n'a jamais manqué de justifier la prévision. Un prodige non moins étonnant est le sérieux et le sang-froid avec lesquels un homme instruit, tel que M. Deleuze, a essayé d'expliquer cette faculté des somnambules. M. de Puységur a aussi donné son explication, et sa phrase est d'une merveilleuse profondeur : « C'est, dit-il, parce que les événemens que nous nommons *passés*, *présens* et *futurs*, ne sont que la manifestation *successive* d'un *éternel présent*. » Conciliera qui pourra le *successif* avec *l'éternel présent* ; cela dépasse de beaucoup mon intelligence, mais je reconnais que quand on veut absolument expliquer ce qui est absurde, on ne peut rien faire de mieux que de se rendre inintelligible. Passons maintenant aux exemples :

Une jeune demoiselle, magnétisée par M. de Puységur, tombe en somnambulisme à Paris. On lui demande des nouvelles de son père qui est en voyage : « Je le vois, dit-elle, il est à cinquante lieues d'ici..... ; il s'arrête devant une auberge ; il descend de voiture.... ; un grand homme vient lui parler.... Ah ! mon Dieu ! ils se querellent, ils vont se battre.... Ah ! ils s'apaisent ; mon père entre dans l'auberge ; il change d'habit, etc... » Les ouvrages des magnétiseurs sont remplis de contes pareils, et rapportés gravement. En voici un autre :

Une demoiselle Julie, âgée de dix-huit ans, et

demeurant à Celle, en Allemagne, chez M. le baron de Strombeck, a le précieux avantage de devenir sonnambule *lucide*, sans le secours du magnétisme. Dans cet état, ayant les yeux bien fermés, elle voit clairement tout ce qui se passe à de grandes distances, elle vous dit ce que vous avez dans vos poches, l'heure qu'il est à votre montre, etc...... Un jour elle s'écrie qu'elle voit entrer le garçon imprimeur ; qu'il pose des papiers sur la table ; que ce sont des *épreuves*..... Est-ce dans la chambre où elle se trouve qu'elle voit tout cela ? Non : c'est dans l'étage supérieur, et à travers les plafonds. Une autre fois, elle se prescrit un remède. Le baron lui demande : « Dois-je écrire ce que vous me dites ? — Tu l'as déjà écrit. — Où est ce que j'ai écrit ? — Dans le secrétaire de ton épouse. — Combien cela tient-il de lignes ? — Deux alinéa : le premier de seize lignes et demie, le second de quinze lignes et demie. » Le baron va chercher le papier, compte les lignes, et se sent saisir d'un frisson, en reconnaissant que mademoiselle Julie a pu voir et lire un papier à travers la muraille et un secrétaire. Citons un troisième exemple ; *numero deus impare gaudet.*

Un jeune homme est forcé de quitter sa maîtresse. Pour la consoler de son absence, il lui promet de la magnétiser tous les soirs, dans quelque lieu qu'il se trouve. Effectivement, le charme agit sur la demoiselle pendant tout le temps du voyage ; et, au moment préfix, elle tombe en somnambulisme, et s'écrie : « Ah! il me magnétise, je le sens; je le vois : il est à Munich, à Vienne, à Constantinople, etc..... » Si l'amant eût été Astolphe, ou Cyrano de Bergerac, elle eût dit : Il est dans la lune; il y cherche le bon sens des magnétiseurs; hélas! il ne le trouve pas.

Écoutez, écoutez; voici de la politique transcendante : voulez-vous savoir ce que fait, ce que pense l'empereur de Russie ou celui de la Chine? Tâchez, à quelque prix que ce soit, d'obtenir une touffe de leurs cheveux, ou un morceau de verre qui ait touché leur peau, ou une petite pièce d'étoffe de soie qui ait été appliquée à leur corps; remettez ces amulettes dans les mains d'un somnambule, il vous dira sur-le-champ ce qui se prépare à Pétersbourg ou à Pekin; nous saurons si les Russes se disposent à passer le Pruth, et si les Chinois songent à prendre part à la guerre des Birmans.

La prévision prophétique des somnambules va mettre nos ministres dans un cruel embarras : Leurs Excellences s'obstinent à maintenir l'établissement immoral mais lucratif de la loterie; eh bien! il faudra qu'ils y renoncent; car une jeune somnambule très-lucide a déjà porté son intuition sur la roue de fortune, et elle va révéler toutes les séries de numéros qui se succéderont jusqu'à l'épuisement total du trésor public.

Ai-je besoin de prouver que ces prévisions, ces intuitions et tous ces prodiges somnambuliques ne sont que charlatanisme et imposture, dont souvent les magnétiseurs sont les premières dupes? J'éprouve quelque honte à fournir ces preuves, car le ridicule qui s'attache aux partisans du somnambulisme magnétique, rejaillit toujours un peu sur l'homme qui combat sérieusement de pareilles chimères. Qu'importe? Il ne me convient pas d'être plus fier que l'Académie royale de médecine; et je vais exposer des expériences dont je n'ai pas été simplement le lecteur, mais le témoin.

M. de M*** (1), homme de lettres, mort depuis quelques années à Versailles, et qui a laissé au théâtre des ouvrages très-agréables, avait pris à tâche de me convertir au magnétisme, et après m'avoir long-temps entretenu des prodiges opérés par M. l'abbé Faria, il vint me dire qu'il avait lui-même deux somnambules à sa disposition. L'une surtout était, à l'en croire, d'une lucidité admirable. Je me laissai conduire à un cinquième étage, *rue Sainte-Anne*, alors *rue Helvétius*, et je vis une jeune fille assez laide, d'un teint jaune et d'une maigreur sibylline. Prévenue de ma visite, elle consentit à me rendre témoin de l'opération. M*** était convenu avec moi de faire à la somnambule toutes les questions que j'exigerais. On procède donc à la magnétisation, et il ne fallut pas manipuler pendant trois quarts d'heure, comme le conseille M. Deleuze, car, en moins de vingt minutes, la tête de la demoiselle s'infléchit en devant, et le

(1) Marsollier.

dialogue suivant s'établit; il me fut facile de l'é-
crire, la malade faisant toujours beaucoup attendre
ses réponses :

« Dormez-vous? — Oui. — Combien de temps
voulez-vous dormir?—Pas tant que jeudi.—Quand
faudra - t - il vous éveiller? — Dans cinq quarts
d'heure. — Bon! maintenant, regardez votre mal.
— Je ne l'ai que trop vu. — C'est égal; il a pu
changer. — C'est toujours la même chose. — Où
souffrez-vous? — Vous le savez bien. — Dites toujours. — Eh bien! je vous l'ai toujours dit, c'est à
l'estomac. — Qu'y voyez-vous? — Je vois plus de
deux pintes de bile *filante*, cela me dégoûte à regarder. — Etes-vous bien sûre que c'est de la bile?
— Oh! oui, c'est ce qui me rend jaune. » A ces
mots, je m'approchai de M***, et je voulus lui
parler à l'oreille; mais il me dit : parlez haut, elle
ne vous entend pas, vous n'êtes pas *en rapport.*
Je profitai de l'avis, et je dis à haute voix : « Demandez à la malade où est son estomac. — Plaisante question. — J'ai mes raisons pour la faire.
Demandez aussi qu'elle vous indique avec la main
l'espace qu'occupe son estomac et quelle est sa
forme. Puisque les somnambules voient distinctement les plus petits objets, ils doivent bien voir un
gros sac comme l'estomac. » Les questions furent
faites; elles parurent étonner la somnambule; et,
après une marque visible d'incertitude et d'impatience, elle traça du bout du doigt deux moitiés
d'ellipse, commençant au haut du sternum, sous

l'articulation des clavicules, et finissant à l'enfoncement nommé vulgairement *le creux de l'estomac*. « J'ai cru, dit M***, que l'estomac était plus bas. — Non ; plus bas c'est mon ventre. » Interrogée sur la forme du viscère, elle fit une seconde fois le tracé d'une ellipse qui inscrivait tout le sternum, mais qui, cette fois, avait plus de largeur et comprenait la moitié des deux seins.

Alors je me levai et je dis à M*** : « J'en ai assez : mademoiselle Adèle est une friponne qui se moque de vous ; et je le dis hardiment, puisque vous m'assurez *qu'elle ne m'entend pas*. » Nous parlerons de cela, me répondit M*** ; puis il acheva la consultation. Mademoiselle Adèle se prescrivit l'orangeade, et assura qu'elle serait guérie quand les groseilles seraient mûres. Après les cinq quarts d'heure prescrits, on éveilla la somnambule, ce qui ne fut pas difficile ; nous sortîmes ; et la manière dont la dormeuse me congédia, me prouva qu'elle m'avait très-bien entendu.

Ce que je dis alors à M. de M***, peut s'adresser à tous les préconiseurs des somnambules : « Eh quoi ! vous n'avez pas vu que cette fille vous trompait ! elle prétend voir son estomac, et elle le place dans la poitrine, comme le font la plupart des femmes qui confondent ces deux cavités. La figure qu'elle nous a tracée ferait croire que le grand diamètre de l'estomac est perpendiculaire, tandis qu'il est transversal ; comment d'ailleurs deux pintes de *bile filante* se reposeraient-elles sur la partie de la poitrine qu'elle a désignée ? En supposant même que cette bile ait pu être contenue dans les deux sacs qui enveloppent les poumons, cette fille n'aurait pu la voir au milieu de la poitrine, sous le sternum et sur le médiastin. Soyez donc bien certain qu'elle n'a vu ni son estomac ni sa bile ; mais qu'elle a voulu vous faire payer son orangeade et ses groseilles.

Forcé d'abréger, j'indiquerai sommairement deux autres expériences. Une somnambule qui se plaignait de palpitations, fut interrogée sur la position de son cœur, et, sans hésiter, elle montra la partie gauche de la poitrine, immédiatement sous le milieu du sein gauche ; il est donc évident qu'elle ne voyait pas son cœur, mais qu'elle parlait d'après l'erreur vulgaire qui place le cœur à gauche.

Une troisième enfin, consultée sur l'état d'un malade avec lequel on l'avait mise en rapport, et qui depuis long-temps était menacé de subir l'opération de la lithotomie, ne manqua pas de lui dire : « Je vois *tout plein* de graviers dans vos reins. » Mais, interrogée sur ce qu'elle entendait par le mot *reins*, elle indiqua l'os *sacrum* et les os des îles ; selon la croyance du peuple qu'un coup de pied dans les reins équivaut presque à un coup de pied dans le derrière ; la pauvre fille ne savait pas que les reins sont ces corps charnus que les cuisiniers nomment rognons, et qu'ils nous font manger à la brochette ou au vin de Champagne. Or, comment voyait-elle du gravier et des calculs urinaires dans les os ?

Mais les observations d'un profane comme moi ne sont d'aucune valeur aux yeux des adeptes ; on me fera beaucoup de grâce si l'on ne m'accuse pas de mauvaise foi. Interrogeons donc un homme dont la bonne foi n'a jamais été mise en question, et qui passe pour être l'oracle du magnétisme. On devine que je veux parler de M. de Puységur. Voici ce qu'il rapporte, dans ses *Recherches et Observations physiologiques sur le somnambulisme,* pages 111 et 112 : On magnétise la fille d'un cuisinier ; elle s'endort dès qu'on l'a touchée, et ses premières paroles sont : « *Ah ! je suis perdue, je n'ai plus qu'un an à vivre.* » Interrogée sur la nature de son mal, elle répond : « *Ce sont quatre gros vers qui me rongent le cœur.* » Elle se prescrit un remède, qui consiste dans une pincée de cendre mêlée à un verre d'eau et de vin. Le remède fait merveille ; elle rend l'un de ses gros vers par la bouche, et les trois autres prennent la route opposée. L'intuition de cette fille n'était pas une simple conjecture, puisqu'elle a vu les quatre gros vers, et que ces vers, *dit-on,* sont sortis : elle a même dit que l'un de ces vers avait *du poil,* ce qui, *dit-on,* a été vérifié. Maintenant, je demande à tous les anatomistes et physiologistes comment quatre gros vers pourraient passer du cœur aux deux extrémités du conduit alimentaire, sans perforer ou l'œsophage ou le diaphragme et l'estomac ? Si cela est

impossible, il faut conclure que la fille du cuisinier
a menti comme mademoiselle Adèle. Le livre que
je viens de citer est rempli d'impostures de ce genre,
que M. de Puységur, fasciné par le magnétisme, a
rapportées avec une intime conviction.

Mais voici venir le redoutable M. Deleuze, qui
m'accable de sa logique magnétique, et qui, par
une prévision du somnambulisme, croit sans doute
avoir réfuté, en 1813, toutes les objections que je
fais aujourd'hui. Ce savant, très-estimable, mais
très-abusé, ne veut pas que l'on reproche aux
somnambules *leurs erreurs d'anatomie et de phy-*
*siologie; ils ne voient distinctement*, dit-il, *que*
*leur état, et ils ne raisonnent bien qu'autant qu'ils*
*ne portent leur attention que sur un petit nombre*
*d'objets.* M. Deleuze est un homme d'honneur,
et sa passion pour ses chers somnambules ne l'empêchera pas de reconnaître la raison quand elle se
montrera dans toute son évidence. Je le prie donc
de considérer que mes citations se renferment dans
le cercle des conditions qu'il prescrit à la lucidité
des somnambules. On a parlé de l'estomac à celle
qui se plaignait de l'estomac ; du cœur, à celle qui
avait des palpitations ; et des vers, à celle qui se
plaignait des vers. Ces femmes devaient donc *voir*
*distinctement*, puisque ces vers, ces palpitations
et cette bile filante étaient *leur état*, comme le veut
M. Deleuze. Leur attention ne s'est portée que *sur*
*un petit nombre d'objets*, puisque l'une n'a vu que
son estomac, *dans la poitrine*; l'autre son cœur,

*relégué à gauche ;* la troisième, ses quatre gros vers ; elles devaient donc *raisonner bien,* car on ne pouvait pas les occuper d'objets moins nombreux. Et cependant ces somnambules n'ont vu que des choses impossibles, n'ont dit que des absurdités.

Mais M. Deleuze lui-même a fait une étrange méprise dans son raisonnement somnambulique. Il ne s'agit point ici d'erreurs d'anatomie, mais de mensonges ; il n'est pas question de raisonner, mais de voir. Ces mêmes somnambules, quand ils sont éveillés, ne se trompent pas sur la position et la forme d'un nez, d'une bouche ou d'un menton ; or, si, pendant leur sommeil magnétique, ils voient distinctement les plus petits objets de leur organisation intérieure, ils ne doivent pas plus se tromper sur un cœur ou un estomac que sur un nez ou un menton. Cependant ils se trompent toujours quand on n'évite pas officieusement les questions qui peuvent faire éclater leur imposture ; il est donc bien certain qu'ils mentent quand ils disent qu'ils voient, ou qu'ils imaginent et qu'ils appellent cela *voir.*

Si le lecteur veut connaître toutes les rêveries du somnambulisme, je l'invite à lire les *Recherches physiologiques* de M. de Puységur, que j'ai citées plus haut. S'il veut ensuite connaître une excellente réfutation de la doctrine magnétique, il doit consulter l'article MAGNÉTISME, dans le *Dictionnaire des sciences médicales :* il est de M. le docteur Virey ; et il est impossible de réunir, dans une discussion, plus d'esprit, plus de sagacité et plus de modération à une logique plus foudroyante. Mais, si l'on désire quelque ouvrage plus récent sur les nouvelles folies du somnambulisme magnétique, je citerai une troisième fois les *Lettres physiologiques et morales,* de M. Amédée Dupan. On y trouvera, dans un ordre parfait, l'histoire complète du magnétisme animal, et des détails curieux sur la discussion qui s'est élevée, à ce sujet, dans l'Académie de médecine.

Pourquoi donc tant de médecins et tant d'hommes d'esprit persistent-ils depuis si long-temps à croire aux rêveries des somnambules, si l'intuition et la prévision somnambuliques ne sont qu'imposture et déception? Telle est sans doute la réflexion que feront tous mes lecteurs; et voici comment je crois pouvoir y répondre :

D'abord, il n'y a rien de plus commun en France que de rencontrer des hommes de beaucoup d'esprit, mais d'une ignorance complète sur toutes les sciences physiques. La littérature même et surtout la poésie se concilient fort bien avec la superstition; la logique qui n'est pas fondée sur les faits, est une source d'erreurs, et la plus brillante imagination ne fait qu'égarer notre jugement, et nous fait voir des vérités dans tout ce qui nous flatte. Notre éducation française n'est point un préservatif contre les illusions des charlatans en tout genre. Je doute que le magnétisme fasse jamais fortune en Angleterre.

Quant aux médecins, il faut en faire deux classes. Je range dans la première ceux qui, avec beaucoup d'esprit et d'instruction, se sont laissés séduire par le magnétisme. Habitués à voir dans certaines maladies des phénomènes inexplicables et analogues soit au coma des magnétisés, soit aux bizarres visions des somnambules, ils ont attribué ces effets à un nouvel agent, quoiqu'ils eussent pu en reconnaître l'identité avec des effets bien antérieurs à Mesmer. Ils ont magnétisé eux-mêmes, ils ont provoqué le sommeil, et ce succès les a confirmés dans leur erreur. D'ailleurs, comme l'observe bien judicieusement M. Virey, les magnétiseurs ont presque toujours agi sur des personnes qui leur étaient inférieures dans l'ordre social, ou qui leur étaient surbordonnées. Les colonels magnétisaient les soldats, un médecin sa servante ou une pauvre fille, M. de Puységur la paysanne Agnès Burguet; et lorsque Mesmer ou Deslon magnétisaient les duchesses, le titre de docteur et la réputation de science leur donnait une véritable supériorité sur ces dames. Si, au contraire, les grenadiers avaient magnétisé les colonels, si les valets avaient magnétisé leurs maîtres, et les paysannes leurs seigneurs, on aurait obtenu des résultats tout différens. Les messieurs magnétisés n'auraient pas obéi si complaisamment aux magnétiseurs, et n'auraient point menti pour leur complaire.

Dans la seconde classe de médecins magnéti-

sans, je réunis les jeunes étudians qui veulent à
tout prix se faire connaître, et les médecins sans
pratiques, très-comparables aux avocats sans causes,
qui se chargent des plus mauvais procès, pour
pouvoir dire qu'ils ont plaidé. Tous cherchent la
célébrité, et il faut avouer que pour l'obtenir il
n'est rien de mieux que de faire des miracles ; mais
qu'arrive-t-il? On avait parlé de prodiges opérés
à l'Hôtel-Dieu par le magnétisme, et ces prodiges
se sont réduits à des malades qui sont restés malades, et à la supercherie d'une femme qui se faisait apporter du sang dans un vase, et s'en bar-
bouillait ensuite, pour faire croire qu'il était un
produit de la magnétisation. Quand il n'y aura
plus de dupes, il n'y aura plus de somnambules
magnétiques, comme les revenans n'apparaissent
jamais aux yeux de ceux qui n'y croient point.

# MÉDECINE.

ESSAIS DE MÉDECINE CONTRE L'USAGE DE LA SAIGNÉE ;

Par Jean-Antoine GAY , membre de l'ancienne Faculté de
médecine, etc.

LES disputes de religion ont fait bien des incrédules et n'ont produit aucun bien ; deux antagonistes , après avoir épuisé toutes les ressources de
la dialectique , se quittent toujours plus opposés
qu'ils ne l'étaient avant la controverse. Les disputes des médecins ont ordinairement le même
résultat ; et elles finiraient par décréditer entièrement la médecine , si la faiblesse des hommes et la
peur de la mort ne ramenaient sous le joug de la
Faculté, les rebelles les plus audacieux et les incrédules les plus opiniâtres.

Le livre que j'annonce offre d'abord la discussion
d'un point de doctrine médicale fort important,
puisqu'il s'agit de tuer ou de conserver les hommes,
dans un cas où l'erreur est un arrêt de mort prononcé contre le malade. Il s'agit de l'apoplexie.
Existe-t-il deux espèces d'apoplexie , l'une sé-
reuse , l'autre sanguine ? La saignée doit-elle être
administrée indistinctement dans tous les cas

d'apoplexie? M. Portal prétend que toutes les apo-
plexies sont sanguines, et conséquemment qu'il
faut toujours saigner. M. Gay soutient qu'il n'y a
point d'apoplexie sanguine, et qu'il ne faut jamais
saigner. On ne peut pas être en contradiction plus
évidente, et bien des hommes mourront avant que
ces deux docteurs ne soient d'accord.

Ainsi que je l'ai dit, en rendant compte du mystère des magnétiseurs et des somnambules, on ne
peut se représenter sans frémir un pauvre malade
chez qui l'on envoie deux médecins bien savans,
bien célèbres, dont l'un dit : si l'on saigne, il est
mort; et dont l'autre répond : il est mort si l'on
ne saigne pas. Heureusement encore l'apoplectique
ne les entend point; car il mourrait certainement
de la peur de mourir.

Les *quiproquo* d'apothicaire sont funestes, mais
au moins ils sont rares; les *quiproquo* des médecins
ne sont pas moins meurtriers, et ils se renouvellent
tous les jours. Je ne sais comment ces messieurs peuvent se résoudre à nous révéler leur impuissance,
et à nous apprendre que quand il s'agit de mort,
des savans disent oui, et d'autres savans disent
non : de sorte qu'il vaudrait autant jouer la vie
d'un homme à *croix ou pile*, que d'appeler des
docteurs si peu d'accord sur leur doctrine. La lecture de ce livre m'a tellement effrayé, que j'ai préparé deux billets de loterie, sur l'un desquels j'a
écrit *émétique*, et sur l'autre *saignée*; et j'ai
donné des ordres très-précis pour qu'en cas d'a-

poplexie de ma part, on prît au hasard l'un de ces billets, et qu'on exécutât sur moi l'ordonnance qu'il contient, sans l'intervention d'aucun docteur quelconque. J'ai l'espoir que le hasard me traitera mieux que ne ferait la médecine. Ce qui va suivre prouvera que je ne plaisante pas autant que mes lecteurs voudraient bien le croire.

Le fameux Sydenham, l'apôtre de l'opium, est appelé chez un jeune homme dont l'état faisait craindre l'apoplexie. Il ordonne une saignée copieuse; après midi, il en ordonne une seconde; il en fait faire une troisième le lendemain, et il déclare que si l'on n'en fait pas une quatrième, le malade mourra sûrement. Les parens s'opposent à cette quatrième opération; le jeune homme meurt. Sydenham prétend qu'il eût été sauvé si l'on eût fait cette quatrième saignée. M. Gay soutient qu'il est mort parce qu'on lui a fait les trois premières : le docteur anglais a écrit de belles choses pour soutenir sa thèse; le docteur français écrit de belles choses pour la combattre; mais, en attendant, voilà un homme mort : et ce qu'il y a de clair, c'est qu'il ne reviendra pas se plaindre de son médecin.

M. Gay cite beaucoup d'autres exemples où la saignée a tué le malade; et sans doute M. Portal pourrait nous donner une belle liste des victimes de l'émétique. Il semble, en vérité, que tous les médecins pensent comme ceux du pauvre Muret, et qu'ils soient toujours prêts à faire *experientiam in animâ vili.*

Il faut avouer cependant que l'ouvrage de M. Gay ressemble plus à un écrit polémique qu'à un traité de médecine ; et l'on est tenté de croire , à chaque page , qu'il le dirige contre M. Portal, plus encore que contre la saignée. Ses expressions ne sont pas toujours mesurées ; et la roideur qu'il met dans ses reproches n'a pas toujours la raison et la justesse pour excuse. En voici une preuve bien évidente : M. Bertrand tombe de cheval ; on lui administre une dose d'émétique avant que M. Portal soit appelé ; ce médecin arrive enfin , il fait saigner M. Bertrand à la jugulaire , et le malade meurt. Je rapporte ce fait d'après M. Gay , sans rien préjuger pour ou contre son exactitude. Ce qu'il y a d'incontestable, c'est que M. Bertrand est mort. M. Portal pense *qu'il aurait fallu insister davantage et plutôt sur les saignées.* A ces mots, M. Gay s'écrie : « Prétendre qu'un malade qui a succombé » à la saignée aurait dû être saigné *davantage,* c'est » une assertion qui n'avait pas encore été écrite. » Oh! pour cette fois, M. Gay se moque un peu de son lecteur! Il n'y a pas un écolier de sixième qui ne sente que le mot *davantage* signifie ici *plus fortement, plus impérieusement,* et non pas *itérativement* après la mort du malade. Ce n'est pas à un homme tel que M. Portal qu'il faut faire dire une bêtise ; et c'en serait une bien étrange que de vouloir ordonner une seconde saignée à un homme mort de la première. Voilà cependant l'intention que lui prête M. Gay ; car il dit plus loin : M. Portal qui, dans l'activité de sa pratique, prescrit la saignée *aux vivans et aux morts*, etc......... Cette plaisanterie passe les bornes. Un médecin a bien le droit de nous égorger en nous saignant, ou de nous empoisonner par l'émétique, mais il n'a pas celui de dire des sottises ; mille victimes immolées dans les formes feraient moins de tort à sa réputation qu'une phrase absurde ou une citation inexacte. Ainsi concluons que MM. Gay et Portal sont tous deux des hommes fort habiles, et que nous devons avoir en eux toute confiance, quoique le premier prétende que le second nous assassine par la saignée, et que le second soutienne que le premier nous tue par l'émétique. O Molière ! que n'êtes-vous ici ! Mais que dis-je ! Vous y êtes, et vos médecins ne diffèrent entre eux que du blanc au noir : vos médecins sont les nôtres.

Un autre point de la discussion démontrera que nos savans ne sont pas seulement en contradiction dans les cas difficiles, mais qu'ils sont diamétralement opposés sur les choses même les plus simples. M. Portal condamne l'usage de l'émétique dans l'apoplexie, et il dit, dans le tome II de ses Mémoires : « L'estomac et les muscles du bas-ventre, » en se contractant, font refluer le sang vers les » parties supérieures ; car, dans les personnes qui » vomissent, toutes les parties de la tête reçoivent » plus de sang qu'à l'ordinaire.... Il n'est donc pas » surprenant que plusieurs apoplectiques aient péri » pendant l'action du vomissement. » M. Gay pré-

27.

tend, au contraire, que pendant le-vomissement *tout se passe dans l'estomac, et non dans la tête;* que la tête ne reçoit pas plus de sang alors que dans tout autre cas, qu'elle en reçoit même moins, puisque l'effet du vomissement est de contracter les vaisseaux au lieu de les dilater. M. Portal trouve à ceux qui vomissent *le visage rouge et les yeux enflammés;* M. Gay les voit, au contraire, *pâles et défigurés.* M. Portal, enfin, regarde les apoplectiques comme des hommes morts, s'ils vomissent; M. Gay veut qu'on les enterre, s'ils ne vomissent pas. Il ne manque à cette scène qu'un troisième médecin qui les condamne à mourir, soit qu'ils vomissent, soit qu'on les saigne : il s'en présentera, gardons-nous d'en douter.

Quelque désir que j'aie de rester neutre dans cette lutte, je ne puis m'empêcher de faire observer que sur ce dernier point M. Gay paraît avoir du dessous; en effet, M. Tissot, qu'il cite avec éloge en deux endroits, a professé publiquement l'opinion renouvelée par M. Portal. Dans la seconde partie de l'*Avis au peuple,* page 221, édition de Didot, je trouve cette observation : « Pendant les efforts » qu'on fait pour vomir, la circulation se fait beau- » coup plus fortement, et *les vaisseaux de la tête* » et de la poitrine, *se remplissant extrêmement de* » *sang,* pourraient se rompre; ce qui tuerait sur- » le-champ, *comme il est arrivé plus d'une fois.* » Notez bien qu'il ne s'agit point ici d'une conjecture, mais d'un fait observé par un grand praticien qui ajoute : *Comme il est arrivé plus d'une fois.* Notez aussi qu'il est encore question d'une chose *qui tuerait sur-le-champ : tuer* est le mot familier, le mot banal ; en vérité, j'ai pitié de mes lecteurs qui ne sauront à qui croire, et qui ne peuvent manquer d'être tués, de quelque côté qu'ils se tournent.

M. Gay me paraît aussi avoir quelquefois affirmé légèrement, et cité avec peu d'exactitude. Il prétend que le même Tissot condamne l'application des vésicatoires dans les fièvres malignes par dissolution ; mais Tissot dit, au contraire, que dans la fièvre putride et dans la fièvre maligne, quand il y a de l'assoupissement, *il faut appliquer de grands vésicatoires au gras des jambes ou à la nuque;* et dans la dernière de ces fièvres, il veut même qu'on applique le vésicatoire *sur toute la tête :* il ne croit donc pas, comme le dit M. Gay, que l'âcreté de ce remède augmente la dissolution du sang et fasse périr le malade.

Après cette discussion *sur la saignée,* on trouve dans le même ouvrage un examen de la doctrine de Galien, de Sydenham et de M. Portal, *relative à la saignée;* cet examen est très-sévère pour le médecin romain, très-critique envers le médecin britannique, et très-satirique contre le docteur français. Il faut avouer néanmoins que dans cette partie de l'ouvrage, comme dans la précédente, les raisonnemens de M. Gay contre la saignée sont pleins de force, souvent fondés sur la saine logique, et étayés des autorités les plus nombreuses et les plus respectables. Il est vrai qu'il faudrait entendre la réponse de M. Portal, qui ne manque pas sans doute de logique et d'autorités. J'ai grand peur qu'il n'ait raison à son tour, et je vois avec douleur que les seuls qui auront tort seront les malades.

L'ouvrage est terminé par des observations *sur les maladies des femmes*, et sur *l'utilité d'un registre domestique des maladies;* à la fin de cette dernière partie, l'auteur présente d'excellentes vues *sur les honoraires des médecins.* Son projet est fondé sur la raison et la justice ; il aurait les suites les plus heureuses ; mais il a un petit défaut, c'est celui d'être inexécutable.

Si maintenant M. Gay me demandait comment un ignorant comme moi ose porter un œil profane sur de si doctes écrits ; et pourquoi, sans être médecin, j'ai l'audace de lui parler de la médecine, je lui répondrais que j'ai le grand avantage de n'avoir tué personne, ni par la saignée, ni par l'émétique ; que, quelque ignorant que je sois, je ne pourrai jamais me tromper autant que M. Portal s'est trompé aux yeux de M. Gay, et M. Gay aux yeux de M. Portal ; je lui répondrais enfin que je tiens ce droit de lui-même, puisqu'il dit dans son avertissement : *J'ai écrit de manière à être compris de tout le monde;* et il redit à la page 61 : *Les gens les plus étrangers à l'art de guérir, peuvent décider la question qui nous occupe ici.*

Quant à M. Portal, je n'ai parlé de ses opinions que sur la foi de M. Gay ; puisque ces deux savans sont en contradiction, il y en a certainement un qui a tort; lequel? Je ne'sais; mais je prévois qu'il faudra compter les morts, pour savoir lequel des deux généraux a gagné la bataille.

---

# DE LA NUIT

## ET DE SON INFLUENCE SUR LES MALADES;

Mémoire couronné par la Société de médecine de Bruxelles; par M. MORICHEAU-BEAUCHAMP, docteur et professeur en médecine.

---

LA Société de médecine de Bruxelles a proposé les questions suivantes : *La nuit exerce-t-elle une influence sur les malades? Y a-t-il des maladies où cette influence est plus ou moins manifeste? Quelle est la raison physique de cette influence?*

On sent d'abord que ces trois questions pourraient se réduire à deux; car la seconde est visiblement une conséquence de la première. En effet, s'il est démontré que la nuit ait une influence sur les malades, cette influence doit varier comme la nature et l'*intensité* des maladies. Mais quelle qu'ait été l'intention de la Société de médecine de Bruxelles, elle a sans doute voulu que les concurrens au prix se bornassent à traiter les questions proposées, sous le rapport de la science, et elle n'a point demandé une déclamation littéraire et mythologique sur les attributs de la nuit. On est

donc un peu surpris du début de M. Moricheau-
Beauchamp, qui cependant a obtenu l'*accessit*.
Voici ce début, qui ressemble beaucoup plus à une
amplification de collége qu'à l'examen d'une question physique et pathognomonique : « La nuit est
cet espace de temps pendant lequel le soleil reste
sous l'horizon ; c'est l'instant où, privé de *l'action
bienfaisante de l'astre générateur de toutes les
productions de la nature*, l'être vivant jouit ordinairement des douceurs du sommeil. Par cette privation momentanée de la lumière, *cette mère vi-
gilante* ( la nature ) a voulu nous faire sentir que
l'homme n'est pas condamné à un travail conti-
nuel, etc.... » Après cette période, fort étrangère
à la matière médicale, l'orateur passe en revue les
divers emblêmes que les poètes ont donnés à la
nuit. Les uns lui ont prêté *des ailes comme à
l'Amour et à la Victoire*; *Euripide la représente
ingénieusement couverte d'un grand voile noir
parsemé d'étoiles*; *Énée immole une brebis noire
à la Nuit*; *certains poètes la regardent comme
la mère de l'Envie, du cruel Destin, de la Misère, de la Douleur, de la Mort*; *au rapport de
César, les anciens Gaulois divisaient le temps
non par jour, mais par nuit*; *les Arabes font encore de même*; *les Hébreux partageaient la nuit
en quatre parties égales*; *d'autres la divisaient
en six parties connues sous les noms de Vespera,
Conticinium, Concubium, intempesta Nox,
Gallicinium et Luciferam.*

Lorsqu'il s'agit de déterminer l'influence de la nuit sur les malades, il est bien question de l'astre générateur de toutes les productions de la nature, des ailes de l'Amour et de la Victoire, du voile d'Euripide, de la brebis d'Enée, de Jules-César et des Hébreux! Dans les Plaideurs de Racine, il s'agit d'un chapon, et l'avocat Petit-Jean s'écrie :

> Quand je vois les Césars, quand je vois leur fortune,
> Quand je vois le soleil, et quand je vois la lune;
> Quand je vois les états des Babyloniens, etc......

Ici, il s'agit de l'influence de la nuit sur les malades, et le début ressemble si fort au plaidoyer de Petit-Jean, que l'on est tenté de le prendre pour une plaisanterie du même genre.

M. Moricheau-Beauchamp ne s'est pas contenté d'étaler cette érudition étrangère à son sujet, il y a joint des notes qui n'étonnent pas moins que le texte. S'il parle de la nuit, il transcrit au bas de la page : *Veritur interea cœlum et ruit oceano nox*, etc...; ailleurs ce sont des vers de la traduction de M. Gaston ; plus loin : *Cum tacet omnis ager, pecudes, pictœque volucres.* Il va même jusqu'à prêter à Virgile le vers le plus étrange qui ait jamais pu passer par la tête d'un prosateur ; car il prétend avoir trouvé dans le premier livre de l'Enéide : *Jacuimus : nox autem advenit mala, borea delapso....*, phrase que M. Beauchamp a eu seul le privilége de remarquer dans Virgile, et qui fait, comme on voit, un joli vers hexamètre.

Dans une note d'un autre genre, l'auteur prétend que les animaux qui ne sortent que la nuit
sont empreints, par la nature, d'un caractère
de réprobation qui les rend hideux : il cite à cet
égard un ouvrage estimable ; mais, outre que les
formes des divers animaux ne doivent pas se juger
d'après les idées ou les préjugés de l'homme,
l'observation de M. Beauchamp est fausse même
selon l'opinion que nous nous faisons de la beauté :
car les phalènes, par exemple, sont les plus beaux
des papillons, et cependant ce sont des papillons
de nuit. Ceci doit nous rendre plus circonspects
dans nos assertions, et nous apprendre à nous défier des systèmes.

Les règles générales sont rarement justes, et
quand l'homme s'établit le juge de la nature, et l'é-
chelle sur laquelle il faut la mesurer, il ne tarde pas
à s'apercevoir que tout n'a pas été fait à la mesure de
son intelligence, et selon les caprices de son orgueil.

Quant au fond de la question, il me semble que
l'auteur n'a pas assez distingué les effets de la nuit
même, de ses effets accessoires ou des circonstances *concomitantes*. La nuit peut agir comme
simple privation de la lumière, elle peut ensuite
affecter les malades par la fraîcheur et l'humidité
qui l'accompagnent ; mais on sent que ces derniers
effets ne sont qu'accessoires : car, en supposant
que pendant tel jour l'état *hygrométrique et ther-
mométrique* de l'atmosphère fussent les mêmes
que dans telle nuit, l'influence à cet égard serait

la même sur les malades. La nuit peut agir enfin par des causes morales, telles que les idées supers-titieuses, ou cette crainte qu'on a excitée en nous dans l'enfance, et qui ne se dissipe jamais entiè-rement dans la suite. Mais M. Moricheau-Beau-champ n'a pas jugé à propos de traiter cette partie, qui était peut être aussi essentielle que les autres, et qui aurait été bien préférable à l'étalage mytho-logique qu'il a fait à son début. Il ne nie cependant point cette influence morale, puisqu'il avoue que *l'obscurité de la nuit inspire une frayeur dont bien peu de personnes sont capables de se garantir;* mais il néglige de rechercher l'effet qu'elle peut produire sur les malades : effet qui me paraît aussi puissant et aussi général que celui causé par la simple privation de la lumière solaire.

Il a tort aussi, je pense, d'attribuer à cette seule absence les remords *du scélérat qui craint l'œil perçant de la justice,* et d'ajouter : *c'est le soir que nous sommes heureux ou malheureux par le sou-venir de nos actions du jour.* Outre que ceci ne concerne pas les malades, mais des hommes en santé, la nuit n'est pas *la cause* de tous ces effets ; elle n'en est que *l'occasion.* Quoique les scélérats et les brigands préfèrent l'obscurité à la lumière, la nuit n'est pas pour cela la cause de leurs crimes ou de leurs remords. De même, quoique les vo-leurs se cachent dans les bois, il serait ridicule de dire que les forêts sont la cause des crimes et des repentirs. Si le soir nous sommes plus heureux ou plus malheureux comme le prétend l'auteur, il faut en chercher la cause dans la solitude et dans le silence, mais non pas précisément dans l'état d'obscurité. Moins nous avons de distractions, plus nous sommes livrés à nous-mêmes, et portés à réfléchir ; or, c'est dans la solitude et le silence que nous sommes moins distraits ; c'est donc à l'état de calme et la solitude que nous devons attribuer ce surcroît de bonheur ou de malheur que nous éprouvons dans la nuit. Mais, quoi qu'il en soit de cette distinction bien réelle, il est toujours vrai de dire que toutes ces observations sont étrangères au sujet du prix, et n'ont rien de commun avec *l'influence de la nuit sur les malades.*

J'ai cru remarquer aussi une erreur de physique dans l'action que M. Moricheau-Beauchamp attribue à la lune. Ce n'est pas que je veuille contester l'influence de la lune sur notre atmosphère, quoiqu'elle soit beaucoup moindre qu'on ne l'imagine. Selon M. de La Place, elle est peu considérable, et l'action combinée du soleil et de la lune produisent sur le baromètre des oscillations tellement insensibles, que *leur étendue n'excède pas deux millièmes de pieds, à l'équateur même où elle est la plus grande.* (Exposition du système du monde, tome II, page 161.) Mais supposons que la lune agisse très-puissamment sur nous, son action ne pourrait dépendre de sa lumière, qui, d'après les expériences de Bouguer, est trois cent mille fois moindre que celle du soleil ; elle ne pourrait pas non plus être due à sa chaleur, puisque tous les rayons de la lune rassemblés dans une lentille, ou au foyer des plus grands miroirs, ne produisent aucun effet sensible sur la boule d'un thermomètre : la lune n'agit donc que par sa masse, et c'est en cela que consiste l'erreur de M. Beauchamp ; car la lune parcourant notre horizon pendant le jour comme pendant la nuit, et aussi souvent dans l'un que dans l'autre, elle doit avoir dans les deux cas la même influence, puisque sa masse est la même ; il n'est donc pas raisonnable d'attribuer à la nuit un effet que le jour partage également avec elle.

J'en dirais autant des éclipses de soleil, auxquelles l'auteur attribue une puissance presque magique : malgré les citations les plus savantes, ces effets ne sont dus, 1° qu'à une privation de la lumière qui paraît contraire à l'ordre habituel, et 2° à la superstition, qui regarde ces éclipses comme des présages certains de quelques malheurs. L'exemple de Hobbes ne prouve rien ; il ne serait pas étonnant que le philosophe le plus audacieux fût en même temps le plus poltron de tous les hommes.

Après une foule d'observations fort étrangères à son sujet, l'auteur y entre enfin, et il trouve que la nuit agit en excès dans les fièvres bilieuses, pituiteuses, putrides ; et en moins dans les maladies inflammatoires et dans les affections nerveuses, en diminuant celles-ci et en augmentant les autres. Je me tairai sur cette partie du discours, que les savans seuls peuvent juger.

Le style de cet ouvrage est emphatique dans sa première moitié, et sage dans la seconde. Les notes, que l'auteur a rejetées à la fin, sont fort curieuses, et prouvent de grandes connaissances. On est seulement fâché d'y lire que *les Sybarites chassèrent tous les coqs d'Athènes de peur qu'ils ne troublassent leur sommeil.* S'il est question du peuple de Sybaris, il était à deux cents lieues d'Athènes, et n'avait rien à y ordonner ; si le mot *sybarites* est pris ici au figuré, dans Athènes, toute démocratique, le peuple n'aurait pas permis aux petits-maîtres de chasser tous les coqs de la ville. Contentons-nous de dire qu'il n'y avait point de coqs à Sybaris, et encore cela est peu croyable, malgré les graves historiens qui ont pris la peine de faire cette importante observation.

# DES ERREURS POPULAIRES

## RELATIVES A LA MÉDECINE ;

Par M. RICHERAND, professeur de la Faculté de médecine, etc., etc.
Avec cette épigraphe :

Odi profanum vulgus, et arceo. HORAT.

TOUT le monde peut dire : *odi profanum vulgus;* il est rare de pouvoir y ajouter : *et arceo.* Je suis certain que M. Richerand lui-même n'a pas tou-

jours été assez heureux pour vérifier cette dernière
partie de son épigraphe. Eh! qui de nous peut entièrement se débarrasser et du vulgaire, et de ses
erreurs, et de son despotisme auquel le plus sage
des hommes est souvent forcé de se soumettre?
Heureusement il n'est ici question que des erreurs
relatives à la médecine; car si un philosophe prétendait détruire toutes celles qui passent pour des
vérités dans tous les genres, il ne tarderait pas à
reconnaître l'inutilité, le danger même de ses efforts. Quoique M. Richerand se soit renfermé
dans une seule partie des connaissances humaines,
quoiqu'il n'attaque que les erreurs bien évidentes,
et qu'il ne dise rien des points contestés, quoique
ces erreurs qu'il entreprend de détruire soient ou
extrêmement ridicules, ou, ce qui est encore plus
fâcheux, extrêmement nuisibles à l'humanité, je
doute que l'on ait pour l'auteur toute la reconnaissance qu'il mérite. Ceux qu'il aura convaincus
ne voudront pas avouer qu'ils avaient besoin d'être
éclairés; ceux dont il choque la superstition lui
reprocheront son audace; ceux enfin dont il lèse
les intérêts le traiteront en ennemi : car, il faut le
dire, l'erreur fut de tout temps la partie commer-
ciale de la médecine. Ce livre, je le prédis, va
causer du scandale; l'auteur y a aussi incontestablement raison que s'il procédait par les formes
arithmétiques, et cependant, on déclamera, on
criera contre lui, comme on fait contre nous,
quand nous osons dire que la comédie larmoyante

n'est pas la comédie, ou qu'un poëme en prose
n'est pas un poëme. M. Richerand a d'ailleurs la
mauvaise habitude d'employer le mot propre, et
il n'y a que trop de gens pour qui le mot propre
est une injure. Il ne suffisait donc pas, pour composer ce livre, d'avoir su connaître la vérité, il
fallait encore avoir le courage de la dire. Aux yeux
de l'envie, la première de ces qualités était déjà un
tort, la seconde sera un crime.

La première phrase de l'*Introduction* prouvera
que mes craintes ne sont point chimériques; la
voici : « On traitera dans cet ouvrage, non-seule-
» ment des erreurs familières au peuple, mais en-
» core de celles que commet chaque jour le *vulgaire des médecins.* » Autrefois, Gédéon Harvée
a eu l'audace d'écrire sur *la fourberie* et *les mensonges* de certains médecins; nous sommes devenus beaucoup plus polis, aussi M. Richerand ne
parle que de leurs *erreurs;* mais, comme nous
sommes devenus beaucoup plus susceptibles, l'expression modérée de M. Richerand ne choque pas
moins les demi-docteurs auxquels elle s'adresse.

L'auteur donne une très-grande extension au
mot *peuple;* par-là, dit-il, « il faut entendre et la
populace exclusivement vouée par la nécessité au
soin de pourvoir à sa subsistance, et avec elle les
esprits les plus brillans et les plus cultivés. » Cela
veut dire sans doute que les esprits les plus brillans, et que les plus hautes classes de la société
ne sont point exempts des erreurs populaires; sur-

tout en médecine ; il y a donc, en quelque sorte, le
grand et le petit vulgaire, et le premier rit souvent de l'autre, qui a souvent aussi la satisfaction
de rire à son tour.

Cet ouvrage se divise en trois parties : 1° Erreurs touchant l'éducation physique des enfans. Il
restait peu de chose à dire sur ce chapitre, et l'auteur n'a fait qu'ajouter quelques bonnes observations à toutes celles qui ont été faites pendant le
dix-huitième siècle. 2° Erreurs relatives à la santé
et à sa conservation. Cette partie, beaucoup plus
étendue que la première, offre des raisonnemens
clairs, inattaquables, des réflexions fines et piquantes, quelques traits de satire un peu vifs,
mais très-bien mérités. 3° *Erreurs nombreuses*
(l'auteur aurait pu dire sans nombre) concernant
les maladies et leur traitement. Ainsi l'éducation
physique, l'hygiène et la thérapeutique, sont les
trois points sur lesquels M. Richerand signale
les erreurs ou les bévues du peuple médecin, du
peuple ignorant, ou même du peuple éclairé.

Dans la première partie, l'auteur, tout en ad-
mirant Rousseau, rectifie quelques-unes de ses
idées, et détruit ce paradoxe, que *l'enfant ne
peut avoir de nouveau mal à craindre du sang
dont il est formé.* Comme ce prétendu principe
est une erreur, il n'est pas vrai qu'une mère ne
puisse pas, ne doive pas même quelquefois se
dispenser des devoirs de la maternité, et faire al-
laiter son enfant par une femme plus saine. Il

prouve aussi que *les bains froids sont nuisibles aux enfans très-jeunes.* Il traite ensuite des dérangemens tenant à la dentition : dans ce chapitre on trouve une théorie courte et très-claire de la nutrition ; et le professeur daigne à peine combattre l'erreur commune sur les taches de la peau, ou *envies,* que bien des gens encore attribuent à l'imagination de la mère. M. Richerand ne reproche cette opinion ridicule qu'au vulgaire ; mais il me semble qu'il ne dit point assez : des hommes fort instruits, des médecins estimés, des anatomistes même et des physiologistes, ont été *peuple* à cet égard. Dans le dix-septième siècle, l'action de l'imagination de la mère sur le fœtus, était un principe assez généralement admis, et j'ai encore sous les yeux une dissertation latine où l'on prétend prouver cette action par le moyen des *esprits animaux.* Je regrette que l'auteur n'ait pas développé cette autre proposition, que *la chaleur dans l'enfant serait au-dessous de ce qu'exigent les besoins de la vie, si la mère ne lui transmettait pas de sa propre chaleur.* J'ai cru jusqu'ici que la chaleur du sang était en raison de la fréquence du pouls, et l'on sait que dans les enfans cette fréquence excède d'un tiers celle qui s'observe dans les adultes.

Dans la seconde partie, le professeur s'occupe d'abord de la santé, qu'on ne peut guère, ce me semble, définir que négativement ; puisqu'elle n'est, à proprement parler, que l'absence de toute maladie. La santé le conduit naturellement à parler des *remèdes de précaution* qui sont inutiles lorsqu'ils ne sont pas nuisibles ; des prétendus remèdes contre les *glaires*, que tel *charlatan effronté* vend sous le nom de poudre , et des graves inconvéniens de ces pratiques *prétendues préservatives*. De là il passe à l'*eudiométrie*, et il prouve *qu'elle ne nous instruit point du degré de salubrité de l'atmosphère*, que *l'air n'est pas infecté dans la peste, que les feux allumés pour l'assainir sont plutôt nuisibles qu'utiles*, en consumant inutilement sa partie respirable ; et renversant tous les préjugés vulgaires qu'il rencontre dans son chemin, il apprend au peuple que l'eau-de-vie pure n'est pas plus salubre que les liqueurs sucrées, que le sucre n'échauffe point comme on le pense communément, que les huîtres mises dans du lait sont plus propres à le coaguler qu'à s'y dissoudre, qu'il est ridicule d'attribuer au persil la propriété de faire casser le verre, que *l'école de Salerne* a mêlé bien des erreurs à quelques bonnes observations, et que les livres de *médecine populaire* sont plus funestes au peuple que la guerre la plus meurtrière.

La troisième partie, qui est la plus étendue, fournit à M. Richerand l'occasion de faire briller son esprit, et même son imagination ; car il s'écarte quelquefois de son sujet, dans l'intention sans doute de laisser reposer son lecteur, qu'il a tort de croire fatigué. Parmi les nombreuses er-

28.

reurs qu'il y signale, on remarque le traitement
des chutes, ou contusions, par les *spiritueux*,
l'abus des *vulnéraires*, celui des baumes dans le
traitement des blessures, et les préjugés relatifs
aux plaies causées par les armes à feu. C'est ici
qu'il examine et qu'il combat l'opinion commune,
que le *vent* d'un boulet de canon peut donner la
mort. L'auteur nie formellement cette possibilité ;
et il a évidemment raison, si l'on ne considère
que le *vent du boulet* : il paraît cependant certain
que quelquefois le boulet a frappé de mort des
hommes qu'il n'avait point touchés. Il existe sur
cette question singulière, et encore neuve, une
dissertation physico-médicale, par M. L. Dupont,
chirurgien-major en chef d'armée ; dissertation
fort curieuse, dans laquelle l'auteur admet comme
bien constatée la mort de plusieurs individus, non
par *le vent du boulet*, mais, selon lui, par la
commotion électrique due à la vélocité du pro-
jectile, et favorisée par l'état de l'atmosphère.
M. Dupont rapporte à ce sujet des observations
qu'il a faites sur des phénomènes électriques causés par l'énorme quantité de bombes et de boulets
qui ont été lancés pendant le siége de Mayence ;
et ce qui paraît décisif, des hommes, dit-il, sont
tombés, quoiqu'on ait eu la certitude qu'ils n'a-
vaient pas été touchés par le boulet, et l'autopsie
a présenté les mêmes phénomènes que ceux que
l'on observe sur les corps frappés par la foudre.
Mais revenons à M. Richerand.

Le professeur continue la nomenclature des erreurs populaires sur le traitement des maladies,
et compte dans ce nombre l'habitude où l'on est
de refuser les nourritures succulentes, la viande
et le vin pur aux écrouelleux et aux scorbutiques;
il désigne ensuite un *empirique* qui, s'étant vanté
de posséder un spécifique contre les ulcères can-
céreux, en fit un essai funeste aux malades, à
l'hôpital Saint-Louis, et qui, depuis, débite un
*remède contre la goutte, et lève paisiblement sur
la faiblesse et la crédulité humaines, un tribut
qu'elles sont depuis long-temps accoutumées à
acquitter sans répugnance.*

Comme l'espace va bientôt me manquer, je vais
seulement indiquer les autres erreurs combattues
ou détruites dans cette partie de l'ouvrage : ce sont
les opinions vulgaires sur le *principe vital,* dont
on a fait un être distinct; sur la prétendue habileté
des *renoueurs* ou *rhabilleurs,* tels que les successeurs de Valdajou ; sur la possibilité d'avaler sa
langue ; sur la crainte que le vert-de-gris ne se
forme sur le cuivre qui a passé dans les intestins ;
sur les deux purgatifs que l'on prend régulièrement
lorsqu'une maladie a cessé, c'est-à-dire quand il
n'y a plus besoin de purgations ; sur le *magnétisme
animal,* que l'auteur compare aux miracles du
diacre Pâris ; sur les prétendus *laits répandus;* sur
les prétendues *gales rentrées;* sur les noms fastueux
et faux de certains médicamens, tels que l'*élixir
de longue vie, les grains de vie, les grains de*

*santé*, et sur une quantité d'autres préjugés ridicules ou funestes qui donnent au professeur l'occasion de développer ses connaissances, de faire apprécier sa logique et son esprit, et d'exercer sa critique, qui est quelquefois, je n'ose dire amère, mais au moins acidule.

Il ne m'appartient pas de juger l'auteur sur ce qu'il dit de nos *officiers de santé*, ni de la doctrine systématique des médecins allemands ; mais je crois avec lui, que *de ce pays-là nous viennent en plus grand nombre les folies qui déshonorent la raison humaine.*

Je finis en regrettant que M. Richerand n'ait pas un peu plus ménagé l'auteur de l'*Avis au Peuple*. Tissot a été l'un des plus ardens défenseurs de l'inoculation, dans un temps où l'on n'avait pas deviné les miracles de la vaccine ; il a écrit, comme M. Richerand, contre les erreurs populaires ; il a été l'un des premiers à blâmer les sudorifiques et les échauffans dans l'éruption de la petite vérole ; il a, comme M. Richerand, condamné les spiritueux et les *vulnéraires* dans les cas de chute ou de contusion ; il a eu les mêmes principes sur le rhume ; il a déclamé contre les charlatans et contre les *maiges;* aurait-il tort d'avoir dit, il y a cinquante ans, ce que M. Richerand dit encore mieux aujourd'hui?

# ESSAI SUR LES ANTIPATHIES,

Présenté et soutenu à la Faculté de médecine de Paris, le 25 juillet 1811, par E.-F. J. PASSEMENT, d'Oyarzum (province du Guipuscoa, en Espagne), docteur en médecine, élève de la Faculté de Paris, de celle de Montpellier, et membre de plusieurs Sociétés savantes. Avec cette épigraphe :

> Non amo te, Sabidi ; non possum dicere quare ;
> Hoc tantùm possum dicere, non amo to.
> MARTIAL, épig. 9, lib. I.

DANS sa division des antipathies, M. Passement a suivi la méthode des botanistes et des zoologistes ; il les partage en classes, en ordres, en genres, puis il décrit plusieurs espèces. Ses classes sont au nombre de deux : la première comprend les *antipathies physiques*, la seconde les *antipathies morales* ; les unes et les autres sont divisées elles-mêmes selon leur relation avec chacun de nos sens, et sous-divisées par les différences qu'elles manifestent dans l'état de santé et dans l'état de maladie.

Tous les raisonnemens de l'auteur tendent à prouver qu'il faut chercher la cause des antipathies physiques dans l'organisation, et celle des antipathies morales dans l'association des idées. Or, qu'est-ce que l'association des idées? C'est pour l'expliquer en temps opportun que j'ai tardé jusqu'ici à parler de l'*Introduction*.

Dans notre enfance, nous éprouvons simultanément des sensations qui n'ont souvent entre elles aucun rapport : si ces sensations se répètent, elles associent dans notre esprit des idées qui se représentent toujours conjointement à notre mémoire, et qui produisent toujours des impressions semblables à la première. Ces associations d'idées se forment quelquefois par l'action de notre volonté, quelquefois aussi par hasard et comme à notre insu ; mais, dans l'un et dans l'autre cas, leurs effets sont les mêmes, et plus leur retour est fréquent, plus leurs impressions sont puissantes, et « l'habitude agit sur les opérations de l'entendement de la même manière que sur les mouvemens des corps. »

M. Passement joint à ses propres raisonnemens ceux de Loke, de Reid, de Hume, de Condillac, etc... pour démontrer l'effet de ces associations d'idées ; mais une phrase de Mallebranche l'explique plus clairement encore, quoique cet exemple me semble mal choisi. « Que par étourderie, dit le philosophe oratorien, l'on vienne à inculquer dans l'esprit d'un enfant les idées d'*esprits* et de *fantômes*, qui n'ont pas plus de rapport avec les ténèbres qu'elles n'en ont avec la lumière, il arrivera que cet enfant ne se trouvera jamais dans l'obscurité sans être frappé de ces effrayantes idées, parce qu'il ne pourra plus les séparer l'une de l'autre. »

Voilà bien, dans ce passage, une association d'idées ; mais je persiste à croire que l'exemple est mal choisi, parce que cette association n'est pas la seule cause de la frayeur que les ténèbres inspirent à un grand nombre de personnes. En effet, l'obscurité nous privant de l'un de nos sens, et de celui qui importe le plus à notre conversation, il est naturel que nous n'ayons pas autant de sécurité pendant la nuit que dans le jour, puisque les ténèbres multiplient autour de nous des dangers ou des piéges qu'elles nous empêchent d'éviter, et même d'apercevoir.

Je vais essayer de donner un exemple plus concluant et plus exclusif de toute idée étrangère. Il y a peu d'animaux qui se ressemblent autant que les crapauds et les grenouilles ; cependant des milliers de personnes qui n'ont aucune répugnance à toucher et même à manger les dernières, ont pour les premiers une aversion qui tient de l'horreur. La nature n'est sans doute pour rien dans cette différence d'affection ; car la ressemblance qu'elle a donnée à ces deux espèces d'animaux semble solliciter une sensation analogue. Il faut donc que, dès notre enfance, on ait associé dans notre esprit les idées de *crapaud* et de *venin*, et par suite les idées de *venin* et de *mort*, pour que nous conservions toute notre vie une impression de dégoût et même d'horreur à la vue de cet amphibie ; et quand tous les naturalistes nous prouveraient que notre crainte est mal fondée, la première sen-

sation subsisterait et résisterait à tous les raisonnemens.

Au reste, je ne crois pas qu'on doive donner le
nom d'antipathie aux répugnances qui ont pour
cause un sentiment de crainte bien ou mal fondé.
Il est naturel à l'homme de craindre tout ce qui
peut lui nuire, ou tout ce qu'il suppose nuisible.
Ce qu'il éprouve à la vue d'un tel objet est donc
une vive réminiscence d'une impression de frayeur,
et non pas une véritable antipathie. On peut fort
raisonnablement craindre une épée, un poignard,
un pistolet, sans que cette crainte soit antipathique.
Si je crois que la piqûre d'un insecte peut me donner la mort, son aiguillon est aussi redoutable pour
moi qu'un boulet de canon.

Je ne sais pourquoi M. Passement a cru devoir
diviser les ANTIPATHIES en *physiques* et *morales*.
Il adopte l'opinion que tout vient *des sens*; ce vers
de Lucrèce :

> *Invenies primis à sensibus esse creatam*
> *Notitiam veri. . . .*

et cette phrase très-philosophique : *Nihil est in
intellectu quod priùs non fuerit in sensu*, sont pour
lui des axiomes : or, si toute affection morale provient et dépend d'une sensation physique, pourquoi les antipathies de la seconde classe n'auraient-
elles pas la même cause que celles de la première?
On pourrait dire seulement que les unes en découlent immédiatement, et les autres médiatement.

C'est pour la même raison que je trouve une contradiction dans le chapitre des antipathies héréditaires. Selon l'auteur, un individu peut recevoir, dans le sein de sa mère, une modification particulière d'organisation qui lui communique une *antipathie physique* héréditaire ; mais il pense que cet individu ne peut hériter d'une *antipathie morale*. J'avoue que je ne sens pas la raison de cette différence. Si nos idées dépendent et proviennent de nos sensations, et si nos sensations dépendent de notre organisation, pourquoi un vice organique contracté dans le sein de la mère ne produira-t-il pas aussi bien une antipathie morale qu'une antipathie physique ?

Mais c'est ici surtout que M. Passement me semble avoir manqué ou de clarté ou de justesse. Il faut qu'il y ait défaut de logique dans sa classification, ou défaut d'intelligence dans mon esprit, car je n'ai jamais pu comprendre pourquoi il plaçait telles antipathies dans la classe physique et telles autres dans la classe morale : par exemple, Pierre d'Apono tremblait à la vue d'un fromage, et le maréchal d'Albret s'évanouissait quand il voyait la tête d'un marcassin. M. Passement appelle physique la première de ces antipathies, et la seconde est considérée par lui comme morale. Il me dirait peut-être, car il ne l'a pas dit, que, dans l'enfance, le maréchal associait les idées de danger à l'image d'un sanglier ou d'un marcassin, tandis qu'un fromage ne peut ni blesser ni nuire, surtout si on n'en mange pas ; mais l'auteur place aussi dans les antipathies morales la frayeur qu'éprouvait un consul de Groningue à la vue d'une tête de cochon, et il ajoute que si l'on coupait les oreilles de cette tête, le consul en mangeait sans dégoût. Certes, ce ne sont pas les oreilles qui rendent un cochon redoutable : je ne sais donc pourquoi cette antipathie ne serait pas considérée comme physique.

Julius Alexandrinus cite un homme qui avait horreur de l'ail ; Horstius en cite un autre qui avait une grande aversion pour l'huile : pourquoi M. Passement range-t-il le premier cas dans le physique et l'autre dans le moral ?

La dernière partie de l'ouvrage, intitulée *Traitement*, est très-faible, et j'ose dire nulle. L'auteur n'offre aucun moyen curatif, et, pour dissimuler cette disette de moyens, il s'étend sur des principes d'éducation et surtout sur l'excellente éducation des Biscayens, seul moyen, selon lui, de prévenir les antipathies physiques. Ainsi, quand un malade de ce genre appellera le médecin, le docteur, pour tout remède, exposera savamment ce qu'il aurait fallu faire quand le malade était encore enfant. On voit par là que le docteur Passement nous promet un *traitement* et ne nous donne qu'une hygiène. Quant aux antipathies morales, il n'emploie que le raisonnement pour les guérir. Cela serait bon si les antipathies fondées sur des erreurs cessaient quand l'erreur est détruite ; mais c'est ce qui n'arrive presque jamais ; et quels raisonnemens faire à un homme qui a peur d'un fromage ou d'une oreille de cochon ? Lui direz-vous que le fromage ne le mordra pas ? il le sait aussi bien que vous, et cependant il tremble.

.. Concluons que la vraie cause des antipathies est encore un secret, même pour M. Passement, et qu'il y a un peu de témérité à prétendre les guérir.

## SÉMÉIOLOGIE BUCCALE ET BUCCAMANCIE,

Ou Traité des signes qu'on trouve à la bouche, qui font connaître les constitutions par les signes innés, et les qualités du sang des sujets qu'on examine en santé ou en maladie, par les effets qu'il produit lui-même ; suivie de la continuation du Tableau critique de la chirurgie dentaire ; par M. L. LAFORGUE, expert dentiste.

LECTEUR, vous sentez-vous malade ? gardez-vous d'appeler un médecin ; fût-il le plus célèbre de la capitale, il se trompera sûrement sur la nature, sur le siége, sur le traitement de votre maladie. Gardez-vous aussi de lire des livres de médecine, ni la Nosographie de M. Pinel, ni les ouvrages de MM. Hallé, Tourtelle, Husson, Landré-Beauvais, Double, etc....., ni aucun traité de Séméiotique : tout est erreur dans ces livres-là ! Gardez-vous surtout de consulter le *Dictionnaire des sciences médicales*, dont les auteurs n'ont point connu la *buccamancie*. Je prévois votre question. Que faut-il donc faire, me direz-vous? Ce qu'il faut faire, le voici : Allez trouver M. Laforgue ; c'est un expert dentiste qui a bien voulu descendre au rang de médecin. Dès que vous entrerez chez lui, ouvrez la bouche, non pas pour parler, comme on dit que faisait saint Paul, mais ouvrez la bouche, seulement pour la montrer.

L'expert regardera vos lèvres, il jettera les yeux sur vos gencives, et puis il les fixera très-attentivement sur vos dents, et cette courte inspection lui fera connaître votre constitution, la qualité de votre sang, votre maladie, votre arrêt.

Les autres médecins (Dieu vous en préserve!) vont chercher des signes dans toutes les parties de votre corps, dans vos fonctions animales, dans vos moindres mouvemens ; leur séméïologie incertaine et vagabonde consulte le pouls, la respiration, le rire, le bâillement, l'éternuement, la faim, la soif, les urines, les déjections ( fi donc! ), la voix, l'habitude du corps, la sueur, les yeux, les oreilles, le bas-ventre, les...... ( c'est à n'en pas finir ), et toute cette kyrielle, pour en tirer quelque conjecture vague ou illusoire. Ils seront même embarrassés par le conflit des signes qui se contrediront; car, quand vos joues désigneront le poumon, vos yeux nommeront le foie, et votre ventre la rate, de sorte que votre véritable maladie ne sera connue qué par une autopsie à laquelle je n'ose donner l'épithète convenable.

M. Laforgue, au contraire, trouvera dans votre bouche des signes *innés et univoques;* encore ne regardera-t-il pas votre langue; cet organe, qui joue un si grand'rôle dans toutes les séméïologies, ne mérite pas son attention. Il a lu sans doute un grand médecin qui se plaignait déjà, il y a cent ans, de la langue des malades. *Quand on leur demande ce qu'ils sentent,* disait-il, *ils répondent ce qu'ils pensent.* C'est sans doute pour cette raison que M. Laforgue a pris en grippe la langue des malades, et ne l'a pas comprise dans la séméïologie buccale, où la nature l'avait placée. Allez donc chez M. Laforgue : il est le seul officier de santé qui ne fasse pas tirer la langue à ses malades.

Vos dents lui suffisent; vos dents lui révéleront tous les secrets physiologiques, hygiéniques, pathologiques et thérapeutiques, les dents lui apprennent tout; il est orfèvre, M. Josse. Or, quand il aura vu vos dents, et quelque peu vos gencives et vos lèvres, il vous dira si votre sang est *louable,* ou *sanguino-séreux,* ou *lymphatico-séreux;* et il vous apprendra si vous avez une leuco-phlegmasie, une hydropisie, un hydrothorax, une ascite, une hydrocèle, ou la spina ventosa, ou le rachitis, ou un anévrisme, ou les écrouelles, ou le carreau, ou le muguet, ou des hydatides, ou un polype, ou le croup, ou le diabétès, ou cinquante autres affections plus ou moins divertissantes, et vous saurez au moins pourquoi vous allez mourir, satisfaction que l'on n'a pas toujours dans ce bas monde.

M. Laforgue ne voit pas seulement dans votre bouche si votre sang est sanguino-séreux ou lymphatico-séreux, il y découvre même s'il n'est pas *anémique*, c'est-à-dire *si votre sang n'a point de sang*, expression énergique, antithèse sublime qui ressemble à une *tête acéphale* ou à *l'anonyme Figaro*. La bouche lui fournit donc une séméïologie véritablement univoque que n'ont point connue les docteurs Alibert, Barthez, Baudelocque, Baumes, Bichat, Boyer, Brown, Cabanis, Cambon, Chaussier, Capuron, Corvisart, Deschamps, Double, Dumas, Fabre, Gardien, Hallé, Hernandez, Husson, Lalouette, Landré-Beauvais, Larrey, Lieutaud, Pelletan, Perylle, Portal, Pinel, Richerand, Roussel, Roux, Sabatier, Sauvage, Swédiaur, Tourtelle, ni Vicq-d'Azir, et encore dans ces litanies ai-je oublié Lavater qui, comme physionomiste, devait bien souvent regarder à la bouche.

Malgré cette grande et belle découverte, M. Laforgue ne s'aveugle pas sur son succès. Des docteurs jaloux la lui contesteront; d'autres diront : Nous avons des séméïologies plus sûres ; d'autres encore soutiendront que la buccamancie n'est pas nouvelle, quoiqu'elle soit sortie, tout hérissée de dents, de la tête de M. Laforgue, comme Minerve tout armée, du cerveau de Jupiter. L'expert den-

tiste connaît si bien les intentions hostiles des enfans d'Hippocrate, qu'il leur décoche d'avance
une épigramme dans la tête même de son ouvrage.
*Buccamancie!* c'est l'art de *deviner* par la bouche;
tout médecin est donc un *mantis* ou devin, et son
diagnostic n'est qu'une divination : quand il s'agit
de deviner, peu importe que ce soit par l'inspection de la main ou d'autre chose, et nous aurions
une *podomancie*, s'il avait plu à Dieu de faire de
M. Laforgue un pédicure.

Quand une guerre est inévitable, il est toujours
bon de prendre l'offensive. Tous les hommes sont
braves, demandez plutôt; mais celui qui attaque
le premier a l'air plus brave que les autres, et il
réussit ordinairement. Cette observation n'a point
échappé à l'expert dentiste, car il commence par
mordre nos plus célèbres médecins, et il déchire
à belles dents le *Dictionnaire des sciences médicales.* S'agit-il de M. Cadet de Gassicourt? L'expert prononce cet arrêt : « La pathologie dentaire
des apothicaires, médecins et chirurgiens de Paris
n'est qu'une pathologie marchande et empirique ;
elle est trop en arrière de la nôtre pour que je ne
le fasse pas apercevoir. » Voilà tous les médecins et
chirurgiens condamnés avec les apothicaires ; c'est
la méthode de M. Laforgue : s'il en veut à quelqu'un, il frappe sur l'ennemi et compagnie, comme
on le verra mieux encore dans un moment.

Vous croyez que M. Cuvier est un des plus
grands anatomistes qui aient jamais existé? Dé-

trompez-vous ; M. Cuvier a commis trois grosses
erreurs sur l'anatomie dentaire, ce que M. Laforgue prouve, *à dire d'expert*, comme il prouve
tout ce qu'il dit.

Jetez les yeux sur la table des matières, vous
y trouverez cette petite note, qui va désespérer
presque tous les docteurs de la capitale : « Mala-
» dies dont on a traité aux dix premiers volumes
» du Dictionnaire des sciences médicales, sans
» mentionner aucune séméiologie univoque des
» constitutions ni des tempéramens, malgré l'ab-
» solue nécessité qu'il y avait de baser ces articles
» sur ces séméiologies. » Immédiatement après ces
lignes fulminantes, se déroule la liste fatale des
docteurs coupables, Nysten, Pinel, Pariset, Royer-
Collard, Richerand, de Montègre, de Chaumeton,
Renauldin, etc., etc., etc... Ils sont une compagnie ;
et nous confions notre santé, notre vie, à ces
hommes qui osent se dire médecins, et qui n'ont
jamais connu la *buccamancie!*

Mais parmi ces médecins réprouvés par M. Laforgue, je n'ai pas encore nommé M. Fournier,
sur lequel tombent cinquante pages de critique
amère, et que j'ai gardé, comme on dit, pour la
bonne bouche, expression qui ne doit pas déplaire
à l'auteur d'une Séméiologie *buccale*. Le tiers de
la brochure que j'annonce est l'acte d'accusation
de M. Fournier, contre lequel notre expert dentiste accumule plus de syllogismes et de dilemmes,
que contre tous les autres docteurs ensemble. Par

où ce médecin a-t-il mérité tant de haine ou tant
d'honneur! J'ai soupçonné que l'amour de la vérité, prétexte banal de toutes les satires, n'était
pas la seule cause d'une pareille distinction, et
j'ai recouru à l'article DENT (*pathologie*) du Dictionnaire des sciences médicales. Mais quel fut
mon étonnement, quand j'y lus un éloge de
M. Laforgue, fait par ce même M. Fournier si durement traité par le dentiste! Cet éloge, qui se
trouve à la 389ᵉ page du huitième volume de ce
Dictionnaire, me jette dans une grande perplexité.
L'inventeur de la Buccamancie serait-il un ingrat?
ou plutôt, n'est-ce pas un de ces grands caractères qui disent: *Amicus Plato, sed magis amica
veritas?* J'étais dans cette cruelle incertitude,
lorsque, par hasard, je jetai un coup-d'œil sur la
Bibliographie pathologique dentaire (que le lecteur me pardonne ce triple mot), et j'y lus trois
lignes qui ont enfanté les cinquante pages de
M. Laforgue. Dans ces trois lignes, M. Fournier
ose dire que le style de l'expert dentiste est *prolixe* et *peu recommandable.* Quelle audace! Sans
doute il est permis de chicaner sur le style un orateur, un poète, un médecin même, mais un expert, un auteur de la Séméïologie buccale! Cela
est impardonnable. Eh! qui désormais voudra se
faire arracher une dent par un homme qui a le
style prolixe? qui voudra acheter un baume, un
élixir, un dentifrice chez un expert qui n'écrit pas
élégamment? Je dirai donc à M. Fournier : Vos

torts sont irréparables ; vous avez blessé M. Laforgue dans son honneur et dans sa fortune ; vous
l'avez irrité contre tout le Dictionnaire des sciences
médicales qui sera décrédité *ipso facto* ; MM. Cuvier, Alibert, de Montègre, etc...., vont perdre
toute leur réputation, et vos trois lignes en seront
la cause ; tant que l'expert vivra, il arrachera les
feuilles de votre Dictionnaire avec le *davier*, avec
le *pélican*, avec la *clé de Garengeot*, avec le *pied
de biche*, avec le *levier droit*, avec la *pince droite*,
avec la *pince demi-courbe*, avec le *poussoir*, que
vous nommez *repoussoir* ; avec la *langue de carpe*,
que vous appelez *trivelin*, et qui, perfectionné par
M. Laforgue, a reçu de lui le beau nom d'*éléva-
toire pyramidal* ; et je suis désespéré quand je
pense qu'un galant homme comme M. C.-L.-F.
Panckoucke, sera ruiné pour avoir imprimé que
M. Laforgue a le style prolixe, et pour avoir ignoré
que la buccamancie est la pierre angulaire de la
médecine.

D'ailleurs, si notre expert n'a pas le style cicé-
ronien, il dit des choses de fort bon sens ; en voici
une, entre autres, qui terminera fort bien mon article : « Si les remèdes calmaient les douleurs des
» dents, les experts dentistes n'en extrairaient ja-
» mais aucune, parce que les médecins les guéri-
» raient ; mais il faut bien qu'ils les arrachent,
» quand les médecins ne les guérissent pas. »
Voilà un coup de davier que les docteurs auront
bien de la peine à parer.

# TRAITÉ DES MALADIES NERVEUSES OU VAPEURS,

Et particulièrement de l'Hystérie et de l'Hypocondrie ; par M. LOUYER-
VILLERMAY, docteur en médecine de la Faculté de Paris.

LECTEURS délicats et gourmands, femmes
nerveuses et trop sensibles, sybarites ennuyés et
dédaigneux, gardez-vous de lire cet article : je suis
plongé jusqu'au cou dans la matière médicale. La
pharmacopée ne vous prépare pas toujours des
loks et des sirops; ses apozèmes amers, ses infusions
nauséabondes révoltent votre palais si éminemment irritable; leurs noms même vous effraient,
et vous détestez la médecine, quoique vous en ayiez
plus besoin que personne : vous êtes ses victimes
dévouées et spéciales ; tout ce qui vous en offre
l'image vous fait frémir d'avance ; vous n'avez pas
le stoïcisme de cet ivrogne qui, voyant son cama-
rade couché dans le ruisseau, dit avec une philosophie admirable : Voilà pourtant comme je serai
dimanche! Dimanche ou lundi vous l'appellerez
ce médecin qui est aujourd'hui l'objet de votre
aversion et de vos sarcasmes ; vous l'appellerez
trop tard, et vos amis diront qu'il vous a tués.
Laissez donc cet article, je vous le répète; cher-

chez , dans la même feuille, de sdiscussions politiques ; elles sont à la mode , elles ont la gloire de
partager, avec les Montagnes russes, votre plus sérieuse attention.

Mais moi, persuadé comme je le suis que nous
aurions autant besoin d'un bon médecin que d'un
bon législateur, je poursuis ma tâche malgré les
cris des oisifs qui veulent des contes pour rire , et
les plaintes des dames qui demandent des sensations agréables. Est-ce ma faute d'ailleurs si la littérature ne jette plus que des lueurs rares et éphé-
mères, tandis que la science active et vigoureuse
entasse volumes sur volumes, et recherche avec
une ardeur infatigable des *causes* qu'elle ne devinera jamais ? Est-ce ma faute si la plupart des savans écrivent aujourd'hui avec une pureté et une
élégance remarquables, tandis que tant d'hommes
de lettres qui n'ont pas appris à écrire veulent nous
apprendre à penser ? Il faut l'avouer : les savans
sont devenus hommes de lettres, et je ne vois pas
que les gens de lettres soient devenus plus savans.
Cette petite antithèse , qui n'est pas trop bonne ,
me fera peut-être pardonner les choses utiles que
je vais annoncer.

M. Villermay n'a pas prétendu donner un traité
complet de toutes les affections nerveuses , de
toutes les maladies graves ou légères que les gens
du monde attribuent indistinctement à la délicatesse de leurs nerfs ; il s'est borné aux deux affections éminemment nerveuses , qui sont l'hystérie

et l'hypocondrie ; et ce choix n'a pas été arbitraire, car M. Villermay paraît n'avoir entrepris ce grand travail que pour résoudre une question proposée par la Société royale de médecine.

L'ouvrage est divisé en deux parties, fort inégales en étendue. La première, qui concerne l'hystérie, est la plus courte, parce que cette névrose a moins de variétés, se rattache à un moins grand nombre d'affections, a un siége plus circonscrit, et n'afflige qu'un seul sexe, quoique plusieurs médecins prétendent l'avoir aussi rencontrée chez les hommes, opinion que l'étymologie seule condamne *à priori*.

Après avoir exposé les causes physiques et morales de l'hystérie, le docteur trace la marche de la maladie, décrit ses symptômes à tous les degrés ; il présente le tableau des variétés et des complications, il établit son diagnostic, il distingue cette vésanie des autres affections nerveuses avec lesquelles on l'a souvent confondue. De la réunion de tous les phénomènes, il tire un pronostic moins fâcheux en général que je ne l'aurais pensé ; puis il prescrit le traitement, soit préservatif, soit curatif de la maladie, de ses complications et de ses récidives.

Si, malgré mes avis, des lecteurs non médecins m'ont suivi jusqu'ici, qu'ils ne s'effraient pas du mot *hystérie*, auquel le vulgaire donne une étrange acception. Bien loin d'indiquer un déréglement de mœurs, cette névrose est presque toujours la preuve d'une sagesse rigoureuse. *Sur dix femmes hystériques*, dit le docteur, *il y en a neuf qui le sont par continence.* Ainsi, quand vous rencontrerez femme ou fille sujette aux convulsions nerveuses de ce genre, vous pouvez parier neuf contre un qu'elle est un modèle de vertu. Boileau, quand il ne comptait que trois honnêtes femmes dans Paris, n'était pas si favorable au sexe; mais ici ce n'est pas un poète qui parle, c'est un médecin, c'est un homme instruit, qui pense bien, qui écrit bien, et n'avance rien qu'il ne prouve.

Sous le rapport du danger, l'hystérie ne doit pas plus épouvanter mes lecteurs. La terminaison de cette maladie est très-rarement funeste, quoique ses apparences soient effrayantes; elle n'est même presque jamais mortelle que par sa dégénérescence en une affection plus grave, ou ses complications avec d'autres maladies, accident que l'on peut prévenir et combattre avec succès par les moyens prophylactiques ou par un traitement convenable.

Le plaisir que m'avait causé la lecture de cette première partie, les choses neuves pour moi que j'y rencontrais fréquemment, l'excellente logique de l'auteur, son discernement plein de finesse, son style, les nombreuses *observations* qu'il rapporte et qui sont autant d'anecdotes pathologiques et curieuses, la sagesse enfin et l'éminente utilité de ses préceptes, soit d'hygiène, soit de thérapeutique, m'avaient inspiré le désir de conseiller aux pères et aux mères de famille la lecture de cet ouvrage;

je croyais qu'il pouvait leur servir à éloigner de leurs
filles adolescentes les causes multipliées qui peuvent produire cette maladie, sinon mortelle, au
moins très-inquiétante et très-désagréable. Je savais très-bien que, malgré Tissot et Buchan, il ne
faut point faire de médecine sans le médecin, mais
je pensais qu'il n'en était pas de même de l'hygiène, et qu'avec un guide tel que le livre de M. Villermay, on pouvait très-bien suivre un régime
préservatif, mais malheureusement le docteur lui-
même a dérangé tout mon plan. Parvenu à l'histoire de la triste hypocondrie, j'y ai lu avec effroi
que l'une des causes de cette affection est *la lecture des livres de médecine*. L'auteur insiste sur ce
point avec une candeur, un désintéressement admirables, et fait tous ses efforts pour que son édition ne s'écoule pas trop vîte. Selon lui, la lecture
de ces livres produit des effets si fâcheux et si certains, que des médecins même n'ont pas échappé
à son influence. Me voilà donc hypocondriaque
bien décidé, car j'ai toujours été curieux des ouvrages de médecine, voire même d'anatomie. Mais
le talent de M. Villermay m'a fait braver le danger, et son avertissement généreux ne m'a pas
empêché de lire jusqu'au bout. Oh! certes, si mes
viscères abdominaux se gonflent, ce docteur me
doit ses soins.

Si, malgré l'arrêt comminatoire, fulminé par
M. Villermay, les gens du monde s'obstinent à
consulter son ouvrage; si des femmes veulent le

lire malgré ou plutôt à cause de la défense, que ces lecteurs se gardent bien au moins d'aborder le chapitre VII de l'hypocondrie ; autant vaudrait se promener dans les Catacombes. Qu'ils évitent surtout les dixièmes chapitres des deux parties de l'ouvrage : le premier chiffre X est suivi du mot *Autopsie*, avec une épithète que je n'ose transcrire ; et le second X, des mots *Anatomie pathologique*, moins effrayans en apparence, mais qui signifient la même chose. Avec cette précaution, ils pourront braver le pronostic du docteur.

Je ne suivrai point l'auteur dans sa marche depuis l'invasion de l'hypocondrie jusqu'à sa terminaison. Sa méthode est la même que pour l'hystérie, avec cette différence qu'ici les complications sont plus nombreuses et ordinairement plus graves. Je me contenterai d'indiquer le chapitre VIII, dont la deuxième section étonnera les lecteurs étrangers aux sciences médicales. Je prévoyais bien que le docteur établirait une très-grande différence entre l'hystérie et l'hypocondrie, puisque la première est une affection spéciale et exclusive du sexe féminin, tandis que la seconde est un peu plus commune chez les hommes ; mais j'ignorais absolument que l'hypocondrie et la mélancolie fussent deux maladies très-différentes. L'étymologie, sans doute, m'y faisait découvrir une nuance, mais je ne la croyais pas aussi forte. Hélas ! que vont dire nos aimables Parisiennes ? Cette mélancolie, cette douce mélancolie qu'elles célèbrent dans des ro-

mances, dont elles sont fières de se plaindre,
cette preuve d'une sensibilité qu'elles simulent
quand elles ne l'ont pas, cette fidèle compagne
du tendre amour, n'est qu'une espèce d'*aliénation mentale*, et ne conduit pas au bonheur, mais
tout droit à Charenton. Le cruel docteur ne se
contente pas de désenchanter le beau sexe sur les
charmes de la mélancolie, il en menace spécialement les comédiens, les musiciens et les poètes.
Rassurons-nous cependant : si Sénèque a eu raison de dire : *Non est magnum ingenium sine
mixturâ dementiæ;* si M. Villermay n'a voulu
parler que des talens supérieurs, le danger n'est
pas grand, et le médecin des fous n'aura pas trop
d'ouvrage.

Maintenant, s'il m'était permis d'avoir une opinion sur ces matières, je dirais que dans cet ouvrage il y a plutôt surabondance que disette ; les
préceptes m'y paraissent trop multipliés, et il s'en
faut bien qu'ils aient tous la même importance. En
général les médecins exigent trop des malades : ces
derniers sont un peuple plein de préjugés, fort
opiniâtre et de mauvaise foi. Les malades ne se
font aucun scrupule de tromper le médecin, et
se refusent à tout ce qui ne leur paraît pas d'une
utilité prochaine et évidente. On obtiendra plutôt
d'eux un grand courage pour l'instant donné, que
l'observation constante de mille petits soins minu-
tieux qui les occupent à toutes les heures et à tous
les momens. Le docteur répondra sans doute que,

sachant tout cela, il exige d'eux beaucoup de choses, afin d'en obtenir au moins une partie; mais n'est-ce pas aussi parce qu'on exige trop des malades, que ceux-ci trop souvent ne font rien du tout? Quoi qu'il en soit, M. Villermay me paraît avoir donné trop d'étendue aux chapitres *des causes* et à ceux du *traitement* : celui de l'*hypocondrie* surtout renferme des digressions et même de la littérature.

Je terminerai par une observation très-petite, à la vérité, mais qui n'en est que mieux proportionnée à mes connaissances. L'auteur ayant dit et répété souvent qu'il n'y a aucune conformité entre les maladies nerveuses des hommes et les affections hystériques, prétend que la relation qui existe entre les organes sexuels de la femme et ceux de la voix, est particulière à ce sexe, et n'existe pas chez l'homme : selon lui, le changement qu'une opération barbare produit sur la voix de l'homme, ne provient que de la *violence extérieure*, et non pas de l'ablation des organes. J'en demande bien pardon au savant docteur, mais je ne puis admettre cette théorie. La puberté modifie le larynx de l'homme comme celui de la femme, et le changement de la voix accompagne, dans l'un et l'autre sexe, le développement des organes génitaux. Tous les maîtres de chant vous diront qu'avant la puberté il n'est pas possible de prévoir quelle sera la voix du jeune homme, et que si quelques-uns conservent leur voix primitive, le plus grand nombre éprouve un changement dans le diapason, dans le timbre et dans l'intensité.

Voilà tout ce que mon ignorance me permet de dire sur l'ouvrage de M. Villermay; c'est aux savans à lui donner des éloges qui ne peuvent le flatter s'ils ne sont pas fondés sur des connaissances positives.

---

# ÉTIOLOGIE ET THÉRAPEUTIQUE

## DE L'ARTHRITIS ET DU CALCUL,

Ou Opinion nouvelle sur la cause, la nature et le traitement de la Goutte et de la Pierre, suivie d'un petit Traité d'Uromancie hygiénique, ou Moyen de reconnaître, par l'inspection de l'urine, l'état de la santé et le régime propre à la conserver; par P.-J. MARIE DE SAINT-URSIN, ancien premier médecin de l'armée du Nord, etc. ( Cet *et cætera* tient lieu de dix-sept titres différens.)

---

GARDEZ-VOUS de juger ce livre sur son titre, vous feriez tort au docteur et à ses quatre libraires. Il ne s'agit pas seulement ici de vous guérir de la goutte et du calcul que vous n'aurez peut-être jamais; si le système est vrai, comme je le désire pour le bonheur du genre humain, il guérira toutes les maladies, même la phthisie pulmonaire; il n'en

faut excepter que les maux causés par une violence
extérieure, tels que les contusions et les blessures.
L'auteur excepte aussi les *ulcères*, et je n'en devine pas la raison : son traitement devant établir
un équilibre parfait dans l'économie animale, et
détruire toute cause morbifique, je ne vois pas
pourquoi il ne triompherait par des ulcères, qui
sont produits par une cause intérieure ou tout au
moins entretenus par elle. Disons donc que ce remède est une *panacée*, et, comme on peut en faire
l'expérience sans le secours du médecin et de l'apothicaire, tous ceux de mes lecteurs qui se laisseront
mourir dorénavant, mourront par leur faute, et
n'auront plus le droit d'accuser la médecine.

Mais peut-être ce remède universel sera-t-il si
cher que les pauvres n'y pourront atteindre ; peut-
être est-il si désagréable qu'il révolte les sens et
fait préférer la maladie ; peut-être enfin impose-
t-il tant de privations que la santé même, achetée
à ce prix, ne vaudrait pas une alternative de souffrances et de plaisirs, de malaise et d'intempérance ?
Rassurez-vous : si vous êtes pauvre, ce remède
vous convient à merveille, car il ne coûte pas un
sou par semaine ; si vous êtes riche, il vous convient encore mieux, puisque vous pouvez guérir
en faisant fort bonne chère. Avec un petit morceau
de papier bleu, de la longueur du doigt, vous saurez tous les matins si vous péchez par excès ou par
insuffisance d'*alcali* ou d'*acide ;* et le papier, plus
infaillible que les oracles des somnambules, vous

apprendra si vous devez dîner avec du gibier ou du poisson, si vous devez boire du vin de Bordeaux ou *sabler du Champagne*. Si votre fortune ne vous permet pas de prendre le restaurateur pour pharmacien, une caraffe d'eau suffira, et votre pauvreté même accélérera votre guérison. Vous souriez, vous prenez cette annonce pour une mauvaise plaisanterie? Écoutez avant de juger. Déshabituez vous de croire qu'un remède est d'autant meilleur qu'il est plus cher, et n'oubliez pas que je parle ici au nom d'un homme qui a beaucoup d'esprit, qui raisonne bien, qui n'écrit point mal, qui est membre de dix ou douze sociétés savantes, qui cite les autorités les plus respectables en médecine, et qui est surtout le plus désintéressé de tous les médecins, puisqu'il apprend à ses malades à se passer de lui.

Commençons donc par établir la théorie du docteur, puis nous passerons au diagnostic et au traitement; rappelons-nous surtout que si, dans la première partie de l'ouvrage, il paraît ne s'occuper que de la goutte et du calcul, son système se généralise dans la seconde partie; et il applique la même théorie et les mêmes préceptes à presque toutes les infirmités humaines. Que les hommes seront heureux dans deux ou trois mille ans! ils auront le plaisir de déranger leur santé de mille manières différentes, et un seul remède guérira tout. Je ne demande que trois mille ans, au plus; ce n'est pas trop pour faire adopter une vérité

nouvelle et utile : s'il s'agissait d'une nouvelle volupté, je n'exigerais que vingt-quatre heures.

THÉORIE : *Le corps humain*, dit notre docteur,
*est composé de deux élémens : ce sont le phos-
phate calcaire et l'acide phosphorique; unis à
doses inégales, ils constituent nos solides et nos
fluides.* Je pense qu'il y a encore autre chose que
ces deux élémens; mais l'auteur n'en compte que
deux, et je dois me soumettre; une troisième dé-
rangerait sa théorie : ainsi, n'en parlons plus.
Nous naissons, ajoute-t-il, avec la faculté d'assimiler à nos organes deux substances : *le carbonate
calcaire*, qui abonde dans nos alimens, et *l'acide
phosphorique préexistant dans notre constitution.*
La solidité de notre charpente, l'équilibre de nos
humeurs, dépendent de la juste combinaison de
ces deux substances; quand l'une des deux pèche
par excès ou par insuffisance, il y a prédisposition
à la maladie; il ne s'agit donc alors que de verser
dans l'économie animale une dose d'acide ou d'alcali capable de neutraliser l'excès de l'une, ou d'a-
jouter ce qui manque à l'autre, et la santé se rétablit dans le corps malade, aussi promptement
que l'équilibre dans le bocal où le chimiste a voulu
faire un sel neutre.

Voilà une médecine mécanico-chimique ou chi-
mico-mécanique; les médecins modernes la condamnent généralement, et peut-être trop exclusivement : c'est le point de doctrine médicale sur
lequel il y a le plus d'accord; et les savans d'au-

jourd'hui ont substitué la théorie des *forces vitales*
au système un peu trop matériel de leurs prédécesseurs. Je regrette, je l'avoue, la belle simplicité
de la doctrine mécanique ; d'abord, je ne sais pas
ce que c'est que la *force vitale ;* et les savans, qui
expliquent tout avec ces deux mots, seraient fort
embarrassés de les définir. Ne serait-il pas bien
plus naturel, et surtout plus commode, de considérer son estomac comme une cornue, une cu-
curbite, un matras ou un ballon, et d'y faire, tous
les matins, les petits mélanges, les petites neutra-
lisations qui corrigeraient les excès de la veille,
et nous permettraient d'en faire d'autres dans la
journée ? Je désire de tout mon cœur que M. Marie
de Saint-Ursin ait raison ; et rien ne me prouve
qu'il ait tort. Puisque les savans de l'autre siècle se
sont trompés, les quatre-vingts auteurs du *Dictionnaire des sciences médicales* peuvent se tromper à leur tour. Une doctrine abandonnée n'est
pas pour cela une doctrine fausse ; l'astronomie
en est une preuve : le vrai système du Monde était
connu des Pythagoriciens ; Ptolémée l'a étouffé
pendant quatorze siècles ; mais il a reparu avec
plus d'éclat et plus d'évidence. Le docteur Saint-
Ursin peut donc avoir tort encore pendant quatorze cents ans, et finir par avoir raison. Je me
réjouis déjà de la célébrité future de son petit morceau de papier, qui s'en va devenir

L'éternel entretien des siècles à venir.

Mais quel est ce morceau de papier? Comment devient-il un moniteur physiologique, hygiénique ou pathologique? Comment ce talisman rend-il ses oracles? Dans quel *milieu* doit-il être plongé? C'est ici que le courage m'abandonne; il faut que je parle d'un liquide ignoble dont le nom seul va révolter tous les lecteurs de bon ton. Nous sommes si délicats, que nous voulons donner de jolis noms aux choses les plus dégoûtantes. Le mot *digestion* a paru si grossier, qu'on lui a substitué le joli mot *assimilation*, quoique ce dernier ne soit qu'un effet de l'autre; à la *sueur* on a fait succéder la *transpiration*, qui commence à déplaire, et qui fort heureusement peut être remplacée par l'*exhalation*; mais le vilain mot dont je suis forcé de me servir n'a point de synonyme, il n'y a point de circonlocution, d'expression figurée, de palliatif qui puisse en tenir lieu. Je prends donc mon parti, au risque de voir tomber cette feuille des mains d'une jolie femme. Finissons : voulez-vous rester malades ou voulez-vous guérir? Si vous décidez la première question par l'affirmative, je me tairai; mais vous ne répondez pas, vous voulez donc guérir; ainsi permettez-moi de vous parler de vos *urines*. Voilà le mot lâché, le reste n'est plus rien.

Je sais que depuis long-temps on se moque des *médecins d'urines*; mais se moquer n'est pas raisonner. Le père de la médecine, le vieillard de Cos, le divin Hippocrate a été un médecin d'urines; consultez ses *Pronostics*, ses *Prénotions*

*coaques*, ses *Prédictions*, ses *Jugemens*, ses *Épidémics*, ses *Crises*, ses *Aphorismes*, etc., etc.....
partout les urines y sont considérées comme un
excellent indicateur, et les nombreuses citations
que fait le docteur Saint-Ursin ne laissent aucun
doute à cet égard. Au témoignage d'Hippocrate,
qui seul devrait suffire, l'auteur ajoute celui de
vingt savans qui ont été célèbres comme médecins
et comme urinographes ; et dût-on se moquer
aussi d'un ignorant qui parle de médecine, je veux
mettre un grain dans la balance, et je cite, *proprio
motu*, une Séméiologie très-moderne et très-esti-
mée, celle de M. Landré-Beauvais, où les urines
occupent avec honneur quarante-cinq pages d'impression. Les urines disent donc quelque chose :
et s'il y a chez vous surabondance ou insuffisance
d'alcali ou d'acide, elles vous l'indiqueront tous
les matins par l'intervention du petit morceau de
papier.

J'ai dit, *tous les matins*, et non pas tous les
soirs ; les urinographes distinguent trois sortes d'u-
rines : celles que l'on rend immédiatement après
le repas, *urina potûs ;* celle qui s'échappe quelques
heures plus tard, *urina digestionis*, et celle qui
s'écoule après le repos de la nuit, *urina expres-
sionis*. La première est altérée par la boisson, la
seconde par les substances alimentaires, la troisième est la plus riche en principes, et celle que
vous devez consulter.

Or, vous savez que les acides changent *en rouge*

toute couleur *bleue* tirée du règne végétal, l'indigo
excepté. Les alcalis, au contraire, changent *le bleu
en vert*, et c'est par là que l'on reconnaît facilement la présence d'un acide ou d'un alcali dans un
liquide quelconque. Ayez donc tous les matins un
petit morceau de papier teint en bleu par une substance végétale, plongez-le dans l'urine d'expression, c'est-à-dire dans celle qui a été rendue après
le sommeil de la nuit; si le papier garde sa couleur
primitive, vos humeurs sont dans un équilibre
parfait, l'acide et l'alcali sont neutralisés l'un par
l'autre, et vous jouissez de la plus brillante santé;
si le papier devient rouge, il y a chez vous prédo-
minance de l'acide ; si le papier devient vert, vous
tournez à l'alcali. Voilà une expérience bien simple, qui vous donne un diagnostic infaillible. J'espère donc que tous mes lecteurs vont consulter le
moniteur liquide, et il me semble déjà les voir plon-
geant, à l'envi l'un de l'autre, le papier prophétique dans un vase qui va devenir précieux, et auquel on donnera sans doute un nom plus agréable.

Après ces petits détails anacréontiques, il faut
parler du traitement. C'est ici que le docteur
triomphe de tous ses rivaux, et qu'il acquiert des
droits à la gratitude de tous les malades. Si son
morceau de papier nous avait envoyés chez l'apothicaire, je ne répondrais pas du succès de sa doctrine ; mais il a banni de la matière médicale tout
ce qui afflige les délicats. Plus de séné qui donne
des coliques, plus de rhubarbe qui échauffe, plus

de casse nauséabonde : c'est le plaisir qui sera votre médecin, c'est la friandise qui vous dira : RECIPE. Dans un siècle aussi éclairé que le nôtre, chez un peuple parvenu au pinacle de la civilisation, c'est un *Archiatre*, c'est un Esculape, c'est un Dieu que je révère dans le médecin qui sait allier la santé à l'intempérance, et trouver une thérapeutique dans la gourmandise même.

Approchez donc, gourmets et gourmands de la capitale et des provinces ; gastronomes, ouvrez les oreilles ; parasites, écoutez : Si le papier bleu a rougi, vous courez le risque de tourner au *besaigre ;* alors mangez des viandes rôties, du gibier un peu faisandé, du poisson de mer, des écrevisses, des huîtres, des œufs, des viandes salées, des gélatines, un chapon succulent, une perdrix de haut fumet, et buvez *de vieux Bordeaux.* Si le papier a verdi, contentez-vous de viande bien fraîche, de jeunes animaux, de poisson de rivière, de tortue, de volaille, de plantes potagères, d'épinards, de cardons, de concombres, de cerises, de groseilles, d'oranges, d'ananas, de melons, de pêches, de fraises et de framboises, croquez le sucre à haute dose, buvez de l'hydromel, de la limonade, des vins de Bourgogne et de Champagne. L'auteur de cette nouvelle pharmacopée vous demande *si le régime est si effrayant et si sévère.* D'après cet exposé, que je me flatte d'avoir fait avec autant de concision que d'exactitude, aucun de mes lecteurs ne peut plus être malade que par

entêtement : je les abandonne à leurs préjugés , et
je vais terminer cet article par la réfutation d'une
objection imminente.

Le docteur, dira-t-on , n'a prescrit ce régime
que relativement à la goutte et au calcul ; il n'a
point prétendu l'étendre à toutes les affections.
Vous vous trompez : son principe est universel ,
et son traitement s'applique à tout. Les cent quarante-quatre premières pages , à la vérité , n'ont
un rapport direct qu'à *l'arthritis* et à *l'uromancie* ; mais à la cent quarante-cinquième , vous trou-
vez une dissertation sur *la diète et l'eau*, qui reproduit la même doctrine , et qui en fait une
*panacée*. Si Dumoulin a réduit tout l'art de guérir à faire diète et à boire de l'eau , il ne faut pas
entendre ce précepte comme le fait le vulgaire ,
mais comme l'explique le docteur Marie de Saint-
Ursin. La diète acide corrige l'excès d'alcali , et
*vice versâ*, voilà tout le mystère : d'ailleurs , la
diète portée jusqu'à la privation absolue d'alimens ,
développe une alcalescence utile quand il y a surabondance d'acide ; et l'eau , si riche en oxygène ,
rétablit l'équilibre dans le cas contraire. Le papier
bleu joue donc ici son rôle comme dans la goutte ,
et ceux à qui la fortune ne permet pas de prendre
la carte du restaurateur pour *formulaire*, *dispen-
saire* ou *codex*, se guériront avec *la diète et l'eau*,
au lieu de manger des perdrix ou des fraises. Rien
n'est plus naturel , et voilà une médecine adaptée
à toutes les fortunes.

On m'objectera sans doute encore que l'auteur n'a pas condamné toute pharmacie, puisqu'il indique lui-même des drogues telles que l'émétique, le kina, l'opium, et une trentaine d'autres dont il décrit les effets. Ici, pour réfuter, il me suffit de transcrire; voyez la dernière page du livre; et lisez ces lignes décisives : « Le temps n'est pas encore » venu où la médecine ne recourant qu'à ses deux » aides naturels (la diète et l'eau) guérira sans l'in- » tervention d'une polypharmacie, qui trop souvent » complique et dénature les maladies; mais, obligés » de céder à l'usage, *nous avons choisi parmi les* » POISONS *les plus innocens*, jusqu'à ce que nous » puissions voir *rappeler* la médecine à la simplicité » qui la fit *appeler* par Hippocrate, *l'interprète de* » *la nature.....*, et fait dire à Dumoulin : Je laisse » deux grands médecins, LA DIÈTE ET L'EAU. »

Il est donc clair que toute maladie provient de l'excès d'acide ou d'alcali, que toute drogue est un poison, que par *diète*, on doit entendre l'abstinence, la perdrix ou les fraises, et par l'*eau*, un véhicule de l'oxigène qui neutralise l'alcali. A la vérité, cette théorie m'embarrasse un peu, car si la diète absolue produit l'alcali, et si l'eau produit l'acide, l'une et l'autre ensemble ne feront rien du tout, et le malade restera malade; mais il ne m'appartient pas de chicaner un médecin que sans doute je n'ai pas su comprendre. Ma réflexion n'empêche pas que le papier bleu ne soit un indicateur infaillible; ceux de mes lecteurs qui en riront

seront toujours cacochymes; tandis que ceux qui
en feront l'expérience vont jouir d'une santé vigoureuse, et rira bien qui rira le dernier!

## OBSERVATIONS SUR LA FIÈVRE JAUNE,

Faites à Cadix en 1818, par MM. Pariset et Mazet, docteurs en
médecine de la Faculté de Paris, et rédigées par M. Pariset, chevalier de la Légion-d'Honneur, médecin de la maison royale et de
la prison de Bicêtre, etc., etc.....

La fièvre jaune! quel triste sujet à présenter aux
lecteurs! Des hommes qui tombent par milliers,
et comme frappés de la foudre; d'autres qui expi-
rent après un supplice de trois ou quatre jours; quelques-uns qui prolongent leurs souffrances pendant
deux ou trois semaines; d'autres enfin qui échappent après avoir vu les sombres bords, et qui,
trompés par les charmes d'une insidieuse conva-
lescence, retombent dans le gouffre qui a dévoré
leurs parens et leurs amis; des maisons fermées,
parce qu'il n'y reste plus ni propriétaire, ni do-
mestiques; des rues entières, des quartiers, des
villes ravagées par le fléau; des animaux même
atteints de la contagion et subissant le sort de
l'homme, tel est le dernier résultat de la fièvre
jaune; et que serait-ce si, en copiant les auteurs

qui ont décrit cette affreuse épidémie, j'en parcourais toutes les phases!

Les curieux vont me demander ce que c'est que la fièvre jaune : Dieu veuille qu'ils n'en acquièrent jamais la connaissance pratique! Malheureusement cela n'est pas impossible, et rendons grâces au docteur qui nous inspire cette terreur salutaire, elle nous forcera peut-être à prendre quelques précautions pour écarter cette peste qui est à nos portes, et qui a déjà fait sur notre sol une sinistre apparition. Attendrons-nous que cent mille âmes aient payé le tribut, pour aviser aux moyens de nous y soustraire? L'Espagne vient de nous donner ce triste exemple ; si nous imitons son imprévoyance, nous nous exposons aux mêmes calamités. Vainement nous fondons notre sécurité sur la salubrité de notre climat ; les considérations suivantes prouveront combien nous connaissons mal la nature de la fièvre jaune et les conditions favorables à son développement.

On a cru faussement que les exhalaisons des eaux stagnantes, des matières animales en putréfaction, étaient la cause de cette épidémie ; elle peut se communiquer aux peuples qui vivent sous le plus beau ciel et respirent l'air le plus pur. M. de Humboldt nous a dit que le ruisseau de la Guayra, aux débordemens duquel on avait attribué la fièvre jaune dans la Nouvelle-Andalousie, n'offrait que des substances minérales, insolubles, et aucune matière capable de devenir un foyer d'infection.

M. Pariset cite un fait encore plus concluant : « Un régiment espagnol, campé dans l'île de Léon, et entouré d'eaux stagnantes et marécageuses, ne fut pas atteint par la contagion, parce qu'il avait pris la sage précaution de s'isoler entièrement, et tandis que la population des villes environnantes était cruellement décimée par l'épidémie, ce régiment n'en éprouva pas le plus léger symptôme. »

Une autre erreur s'est accréditée : on a dit qu'une température très-élevée pouvait seule favoriser la propagation de ce fléau ; le contraire n'a été que trop démontré ; la fièvre jaune a désolé les États-Unis, et a poussé ses ravages jusqu'aux bords du fleuve Saint-Laurent, contrée dont la température est bien plus basse que la nôtre. Mais pourquoi chercher si loin des exemples ? Ne sommes-nous pas suffisamment avertis par ceux qui ont paru à Baïonne, à Bordeaux, à Rochefort et à Brest ? Voici un avis plus effrayant encore, et auquel il n'est plus permis à l'autorité de rester indifférente : « Nous étions, dit M. Pariset, le 7 novembre à Bordeaux ; M. le préfet nous combla de politesses. Malgré la mesure qu'il avait prise contre l'introduction des maladies contagieuses, il était convaincu que ces mesures étaient insuffisantes, et qu'avec un service sanitaire tel qu'il se fait encore aujourd'hui, on ne pouvait avoir à cet égard aucune sécurité. M. le consul d'Espagne était dans les mêmes sentimens. »

A Baïonne, M. Pariset ne fut pas plus rassuré :

« Cette année, dit-il, un vaisseau parti de Cadix
avant que la fièvre jaune y eût été reconnue, en-
tra dans la rivière d'Adour sans avoir été examiné ;
il avait perdu deux hommes dans la traversée ; on
ajoutait que des hommes atteints de cette fièvre
étaient venus mourir à terre. » Au reste, si l'on
voulait disputer sur la nature de la fièvre qui s'est
montrée à Bordeaux et même à Brest, il n'y a pas
de doute au moins sur celle qui a sévi à Livourne,
en 1804; et Livourne, placée sous le parallèle de la
Provence, est plus septentrionale que Marseille et
Toulon. Les moyens préservatifs dépendent donc
uniquement de notre surveillance, sans nous confier à notre position géographique, à notre température, à la pureté de notre atmosphère.

Une question se présente : La fièvre jaune est-
elle contagieuse ? Si elle pouvait être résolue négativement, les précautions seraient inutiles, car
cette maladie pouvant naître spontanément au milieu de nous, l'isolement ne serait plus un préservatif ; mais il y a trop de preuves de la nature contagieuse de ce typhus pour que l'opinion contraire
puisse faire excuser notre négligence. Quoique la
fièvre jaune d'Amérique ait une grande analogie
avec celle d'Espagne, ces deux affections sont loin
d'être identiques. M. de Humboldt a déjà remarqué que la fièvre jaune d'Amérique, contagieuse
dans certains cas, ne l'était pas dans d'autres.
M. Pariset dit aussi que, dans l'autre hémisphère,
des malades placés dans des lits où venaient de

mourir des hommes atteints de la fièvre jaune, ne
l'avaient cependant pas contractée. Mais il s'en
faut bien que la fièvre d'Espagne se concentre
exclusivement dans les sujets qu'elle a choisis pour
victimes ; les preuves de la contagion sont en
quelque sorte surabondantes , et la plus décisive
de toutes est qu'un isolement absolu a toujours
été un préservatif dans les lieux même où la maladie sévissait avec le plus de fureur. Une autre
observation établit une notable différence entre le
*vomito prieto* d'Amérique et la *fiebre amarilla*
d'Andalousie. La première de ces maladies peut
attaquer plusieurs fois les mêmes personnes ,
tandis que la seconde respecte pour toujours
les sujets qui n'ont pas succombé à ses efforts.
On dit aussi que l'on ne risque plus de contracter la fièvre américaine quand on a éprouvé
celle d'Espagne , mais un Américain échappé à la
fièvre de son pays, n'est point exempt de la fièvre
européenne.

Une autre observation, assez peu rassurante
pour nous, a beaucoup exercé la logique de M. Pariset. Il a su que la fièvre jaune ne se manifestait
en Espagne qu'après le solstice d'été , qu'elle dis-
paraissait dans les jours frais de l'automne , et
qu'elle s'était remontrée l'année suivante , sans
que de nouveaux germes de contagion aient été ap-
portés du dehors. Ainsi, le monstre ne serait
qu'assoupi pendant l'hiver et le printemps, et il
se réveillerait sous le signe du lion, sans avoir be-

soin de nouveaux alimens pour reprendre ses forces ; il paraîtrait même que les germes délétères peuvent se conserver pendant un temps indéfini, jusqu'à ce que des circonstances favorables à leur développement les remettent en activité. Ainsi la fièvre jaune deviendrait endémique en Espagne , et malheur à nous si elle franchissait les Pyrénées! L'idée d'une maladie qui reste inactive pendant des années , qui ne trouble en rien l'économie animale dans laquelle elle se conserve , puis se ranime tout à coup et frappe avant de menacer , paraîtra singulière aux yeux des lecteurs étrangers aux sciences médicales ; mais la manière dont M. Pariset la présente et la confirme , lui donne plus que de la probabilité.

S'il m'était permis de disputer contre un tel savant , je lui objecterais que la nature endémique d'une maladie , et sa réapparition à de longs intervalles , ne prouvent pas la conservation du levain morbifique pendant la durée de l'intermittence. Les mêmes circonstances pouvant produire les mêmes affections , il ne me semble pas nécessaire d'admettre la conservation des germes. D'un autre côté, si cette conservation est bien constatée , si un homme peut garder pendant six ou huit mois le principe de la fièvre jaune sans que rien le manifeste , à quoi servent les quarantaines ; les lazarets, et toutes les précautions prises contre la contagion? Un savant médecin du dix-septième siècle admettait aussi la conservation du levain de la peste, sans aucune apparence extérieure, et c'était pour cela que l'usage de la quarantaine lui paraissait une précaution fort inutile : « Quelques personnes, disait-il, ont prétendu que la durée de la peste étant au plus de quarante jours, cet intervalle de temps suffisait pour détruire le levain de la maladie, en supposant qu'il existât ; mais, ajoute-t-il, on ne peut comparer une maladie qui suit son cours dans un sujet actuellement affecté, avec la semence de cette maladie encore cachée qu'apporte avec lui un sujet qui n'est pas actuellement malade. » Ce raisonnement que faisait le médecin du Pape Innocent X, est sans doute aussi celui de M. Pariset ; mais alors que devient la surveillance à laquelle il voudrait assujétir les étrangers, et comment M. Pariset lui-même découvrirait-il dans un homme bien portant le germe contagieux qui ne doit se développer que dans six mois, et qui peut nous donner la fièvre jaune? Je ne doute point que le savant docteur ne puisse facilement résoudre cette difficulté ; mais je ne devine pas comment.

Je viens de nommer la peste, et bien des gens sont persuadés que la fièvre jaune n'est pas autre chose. J'avais cru aussi reconnaître une grande analogie entre le *vomito prieto*, et la fameuse peste noire qui fit tant de ravage en Europe dans le quatorzième siècle. J'avais lu qu'en Toscane l'invasion de la maladie était brusque, que des frissons alternaient avec une chaleur excessive, et qu'un saignement de nez était le présage assuré de la mort qui.

arrivait ordinairement le troisième jour. La mortalité y était telle, qu'il mourait trois personnes sur cinq. Dans une vieille histoire de Venise, la même maladie de 1347 est décrite à peu près de même; on y ajoute seulement une douleur et une pesanteur de tête qui faisaient perdre le souvenir de toutes choses, et le terme fatal y est également fixé au troisième jour. L'Histoire de Russie désigne cette contagion sous le nom de *mort noire*, et indique un crachement de sang noir comme signe caractéristique. Les malades, dit M. Karamsin, succombaient le deuxième ou le troisième jour. L'invasion brusque, le saignement de nez, le crachement ou vomissement de sang, et la mort prompte sont aussi des caractères de la fièvre jaune, et cependant ces deux contagions sont très-différentes. M. Pariset ne les confond point, et M. de Humboldt avait déjà considéré la fièvre jaune comme une maladie *sui generis*. Mais qu'importe cette différence s'il y en a peu dans le résultat? La peste a fait quelquefois moins de victimes que la fièvre d'Andalousie, et M. Pariset cite une ville où la mort a frappé les deux tiers des malades. Bordeu disait qu'un médecin qui annoncerait la peste serait regardé comme un perturbateur du repos public; on annonce cependant aujourd'hui la fièvre jaune, qui est souvent plus meurtrière, et comme les noms font toujours plus de peur que les choses, nous nous vanterons peut-être un jour d'avoir la peste pour nous dissimuler que nous avons la fièvre jaune.

Je me suis bien gardé de copier la description
de cette vilaine maladie ; j'en ai bien assez dit pour
l'amusement du lecteur. Si cependant, sans entrer
dans les détails pathologiques, il voulait se faire
une image de cette affreuse contagion, je l'invite à
contempler les cinq planches enluminées qui sont
placées à la fin de l'ouvrage : elles représentent un
jeune Espagnol qui a été victime de la fièvre jaune.
Dans la première, on le voit plein de santé et de
fraîcheur, et de la figure la plus intéressante ; la
seconde offre l'invasion de la maladie ; la troisième,
le second degré ; la quatrième est effrayante, et je
conseille aux personnes délicates de ne pas regarder la cinquième. Indépendamment du texte, ces
gravures forment un drame tout entier.

Quoique consacré spécialement à la fièvre jaune,
cet ouvrage contient aussi le voyage de Paris à
Cadix, et de Cadix à Barcelone : il est écrit avec
beaucoup d'esprit, et semé d'observations aussi
fines que justes. Comme je n'ai pas peur des livres
de médecine, je l'ai trouvé fort agréable : ce mot
fera sourire le lecteur, mais ceux qui connaissent
M. Pariset ne s'en étonneront point. Espérons cependant que ce docteur se sera complètement
trompé dans ses conjectures sur les dangers dont
nous menace le *vomito prieto*, ou le *vomito negro*,
ou la *fiebre amarilla*, ou la fièvre matelote, ou
le *typhus icterodes*, car tout cela veut dire la fièvre
jaune : elle a visité les habitans de Boston et de
New-Yorck, qui sont des enfans de la révolution ;

elle a comblé de ses faveurs les révolutionnaires de
Bolivar ; elle est venue en Espagne parce qu'elle y
prévoyait une belle révolution, mais nous sommes
trop sages, elle nous dédaignera. Si pourtant il est
écrit dans le ciel qu'elle doive un jour franchir les
Pyrénées et passer la Loire, nous la léguerons à
nos neveux avec notre dette publique et notre philosophie ; et si alors ils ne sont pas complètement
régénérés, c'est qu'ils seront incorrigibles.

---

## OPINIONS DES MÉDECINS D'ÉDIMBOURG

### SUR LA PETITE-VÉROLE ET LA VACCINE ;

Publiées par AMÉDÉE PICHOT, docteur médecin.

---

CE n'est pas d'aujourd'hui que la vaccine a trouvé
des incrédules ; et le rapport inquiétant qui a été
fait le 20 du mois de septembre de cette année (1825), a été plutôt l'occasion que la cause
des discussions et des doutes qui se sont élevés sur
l'efficacité de la vaccine considérée comme un préservatif certain de la contagion variolique. Il n'est
peut-être aucun de mes lecteurs qui n'ait entendu
citer des exemples de petite-vérole survenue plus
ou moins long-temps après une vaccination méthodique. J'ai aussi entendu parler de vaccinations

qui avaient réussi sur des personnes déjà stigmati-
sées par la petite-vérole naturelle. Tous ces faits
ont été niés, et je crois en effet que, s'ils ne sont
pas tous faux, ils ont été au moins prodigieusement
exagérés.

Plusieurs voyages que je fis dans une grande
partie de la France, me convainquirent que partout il existait dans le peuple un doute sur l'infaillibilité de la vaccine, et c'était à qui me citerait
des exemples, quelquefois funestes, et tout-à-fait
contraires aux promesses des vaccinateurs.

Un jour j'interpellai un médecin qui avait été
témoin de l'un de ces faits, et qui n'avait osé contester la présence de la petite-vérole dans un enfant qui, l'année précédente, avait été vacciné avec
soin. Il me fit cette réponse singulière : « *Il ne faut*
» *pas parler de cela.* Une discussion pareille jet-
» terait l'alarme dans le peuple, et les mères n'ont
» déjà que trop de répugnance à faire vacciner
» leurs enfans. »

Je crois, moi, qu'il fallait *parler de cela;* et je
suis intimement persuadé que la publicité et la
discussion libre sont aussi utiles à l'art de guérir les
hommes qu'à celui de les gouverner. Mais on pré-
féra le silence à l'éclat, on aima mieux étouffer les
objections que les réfuter, et l'on accueillit les
contradicteurs avec une telle dureté, que l'incrédulité se tut, et attendit l'occasion de prendre sa
revanche.

Vers la fin de l'année 1808, un médecin m'envoya le second tome des *Actes de la Société de médecine de Bruxelles ;* et, parmi plusieurs observations intéressantes, j'en remarquai deux qui m'étonnèrent. La première, présentée à la Société par M. Férat, médecin de l'hôpital militaire de Bruxelles, constatait l'existence actuelle d'une petite-vérole *confluente*, dans un sujet âgé de trente-un ans, qui portait au visage des cicatrices d'une ancienne petite-vérole de *même espèce*, cicatrices qui étaient relatées dans son signalement. La Société ordonna qu'il fût fait un rapport sur une observation aussi importante par ses conséquences que par le mérite bien connu du médecin qui la faisait. M. Dupont, rapporteur, sans nier formellement le fait, prétendit que la *variolette* (varicelle) peut laisser des traces comme la petite-vérole. Et, d'ailleurs, dit-il, il eût été à désirer que les deux maladies eussent été traitées par le même médecin. Sa conclusion fut « *qu'il ne convient pas d'alarmer le public* EN CONVENANT *que la petite-vérole, proprement dite, est susceptible de récidive.* » Ces mots *en convenant* font assez voir que M. le rapporteur croyait à la récidive, mais qu'il ne voulait pas *alarmer*. Depuis cette époque, il s'est offert de nombreuses observations du même genre ; mais n'oublions pas que je parle de l'année 1808, temps auquel la récidive était regardée comme impossible. On ne parle pas aujourd'hui avec autant d'assurance. Or, si la petite-vérole peut attaquer deux fois la même personne, pourquoi serait-il impos-

31.

sible qu'elle succédât à la vaccine, qui n'est qu'une petite-vérole imparfaite, ou peut-être un exanthême tout différent.

Ces mêmes *Actes de la Société de Bruxelles* me fournirent, dans le même volume, page 337, un exemple bien plus inquiétant pour les partisans du préservatif infaillible. Parmi les espèces d'aphorismes qui ont été proclamés sur la vaccine, se trouve celui-ci : que *la vaccination avorte et ne produit aucun effet sur les individus qui ont eu la véritable variole.* n jugera si le fait suivant confirme cette assertion.

M. Josse Riemslagh, élève de l'École de médecine de Bruxelles, assistait à une vaccination pratiquée par son père, chirurgien estimé; ce jeune homme fut curieux de connaître l'effet que produirait l'inoculation vaccinale sur les personnes qui avaient eu la petite-vérole. Or, M. J. Riemslagh était bien certainement dans ce cas ; il était reconnu par tous les membres de la Société, que ses cicatrices provenaient d'une petite-vérole confluente qu'il avait eue à l'âge de six ans, et qu'il avait contractée par contagion dans une épidémie variolique qui régnait alors. Il recueillit donc avec une lancette du vaccin des boutons que portait l'enfant sur lequel on prenait ce fluide, et il se fit, avec cette même lancette, une piqûre à la partie inférieure et interne de l'avant-bras gauche. Dès le lendemain, la piqûre offrait déjà des indices de vaccine, qui devinrent plus évidens de jour en jour, et le deuxième, le jeune homme fut présenté aux professeurs de l'École de médecine, qui reconnurent tous les signes caractéristiques des vrais boutons vaccins. On fit plus encore : on se servit du fluide recueilli sur le bouton du jeune Riemslagh, pour vacciner plusieurs enfans ; l'opération réussit à merveille, et la vaccine y parcourut toutes ses phases avec régularité.

La Société nomma une commission pour examiner ces faits qui furent reconnus exacts, et l'assentiment aurait été unanime, si trois membres, qui cependant ne contestèrent rien, n'avaient hésité à prononcer, dans la crainte sans doute d'alarmer le public, *en convenant* d'un fait si contraire à l'opinion dominante.

En terminant mon long préambule, je ferai remarquer à mon tour que les exemples précités n'ont pas été fournis par des hommes étrangers à la médecine, par des ignorans tels que moi, mais par toute une Société et des professeurs de médecine, qui ont fait ces aveux il y a déjà dix-sept ans. Ainsi, messieurs les docteurs, entre vous le débat.

Mais voici des notions bien plus récentes et plus concluantes encore, qui, en enlevant à la vaccine ce qu'elle avait de merveilleux et de romantique, constatent ses véritables avantages, et, par conséquent, la recommandent bien plus sûrement à la confiance des praticiens.

M. le docteur Amédée Pichot déclare d'abord

que son *Précis* (petite brochure de 32 pages) lui
a été dicté par la séance vraiment extraordinaire,
tenue à l'Académie de médecine, le 20 septembre 1825. Il s'étonne d'entendre dire au rapporteur : « *Les documens sont si nombreux, qu'il
eût été trop long de les examiner en détail.* » Et
ces documens sont cependant relatifs à l'invasion
variolique dont, cette année, tant d'enfans ont été
victimes. M. Pichot n'est pas moins surpris de cette
autre phrase du rapport : *La commission a dû
craindre de mettre l'Académie trop en avant.* Ceci
ressemble beaucoup au rapport de 1808, que j'ai
cité plus haut, et dans lequel on dit : « Il ne faut
pas alarmer *en convenant* que, etc. » M. Pichot
enfin, lorsque le dernier rapporteur annonce *qu'il
eût été trop long d'examiner les observations
de 1825, et qu'il ne s'occupera que de celles
de 1824*; M. Pichot, dis-je, s'écrie : « C'est
presque le mot des archontes thébains : *A demain
les affaires sérieuses.* » Mais ce qu'il y a de sérieux
dans cette réticence du rapporteur, c'est que le
public ne verra, dans le résultat de cette séance,
que des docteurs qui veulent gagner du temps, et
se concerter pour décider *s'ils conviendront ou ne
conviendront pas* des faits exposés dans les observations de 1825. Voilà certainement ce que feront
soupçonner les phrases que j'ai citées plus haut, si
elles sont copiées fidèlement, car j'avoue que je
n'ai point lu le rapport. Cette prudence méticu-
leuse d'un savant docteur fournit à M. Pichot la

réflexion suivante : « Il y a du ministérialisme à l'Académie de médecine comme à l'Académie française et dans nos deux Chambres. On veut bien servir la vérité ; mais il faut d'abord savoir si on ne risque pas de contrarier les coteries en faveur. L'autorité gouverne par des demi-mesures , et nous vivons de capitulations. »

En abordant ensuite la question d'infaillibilité , relativement à la vaccine, l'auteur avoue qu'il avait complètement adopté cette opinion. Ayant suivi, pendant plus d'une année, le cours d'une épidémie variolique aux hôpitaux de la marine, à Toulon, il y vit plusieurs individus atteints de la contagion variolique , quoiqu'ils portassent des traces ou des certificats de vaccination ; un de ses camarades d'enfance, « *vacciné en même temps que moi*, dit-il , *et bien vacciné, eut une petite-vérole bien marquée.* » Et tous ces exemples ne suffisaient pas pour ébranler sa confiance *in verba magistri.* Comme les autres, ajoute-t-il naïvement, « *je niais ou la vaccine ou la petite-vérole.* » C'est, en effet, ce que font les partisans de l'infaillibilité : la petite-vérole après vaccination est-elle bien constatée ? on vous dit que la vaccine a été incomplète. La vaccine a-t-elle été pratiquée convenablement et d'une manière incontestable ? on soutient que la seconde éruption n'est pas la petite-vérole , mais une varicelle , une varioloïde , une fausse variole , etc., etc. Avec une pareille argumentation on peut prouver tout ce que l'on veut. M. le docteur Pichot en était encore là lorsqu'il fit un voyage en Écosse, et eut l'avantage de connaître, à Édimbourg, le docteur Thomson, et d'y lire ses écrits.

L'un de ses ouvrages est intitulé : *Esquisse historique des opinions entretenues par les médecins sur la variété et la contagion secondaire de la petite-vérole, avec des observations sur la nature et l'étendue de la sécurité qu'offre la vaccine contre les atteintes de cette maladie.* Je ne suivrai pas le médecin français dans l'analyse qu'il trace de cet écrit si généralement estimé en Écosse, mais j'indiquerai sommairement quelques points sur lesquels le docteur Thomson et les médecins d'Édimbourg sont généralement d'accord.

Leur opinion est que la petite-vérole vraie, la petite-vérole bâtarde, la petite-vérole volante (*chicken pox*), ne sont que les variétés d'une seule et même maladie; que ces variétés sont produites, 1° par les différences des tempéramens individuels; 2° par l'état de l'atmosphère; 3° par la situation du malade et par le traitement; 4° par la communication artificielle de la maladie; 5° par une différence spécifique dans la nature de la contagion, de laquelle on a supposé que provenaient les affections varioleuses. Passons maintenant à la vaccine considérée comme préservatif.

On remarque une dégradation étonnante de confiance dans les déclarations des comités de vaccine, en Angleterre, à mesure que l'on s'approche du temps présent. En 1803, les rapporteurs de l'*Institution de vaccine* avouent qu'ils ont vu la petite-vérole se déclarer, après plusieurs semaines ou plusieurs mois, sur des malades vaccinés par eux-mêmes, mais *ils sont convaincus* que cette affection secondaire n'était que le *chicken pox* (petite-vérole volante).

En 1817, les mêmes rapporteurs conviennent que la véritable petite-vérole est survenue après la vaccine, mais que certainement cette vaccine n'avait pas été la vaccine régulière, laquelle est très-rarement inefficace.

En 1819, le rapport, toujours moins affirmatif, cite un grand nombre (*great numbers*) d'individus vaccinés qui ont été atteints d'une maladie présentant tous *les symptômes essentiels* de la petite-vérole, mais qui n'a été fatale que pour huit personnes. Ceci est déjà bien éloigné des assurances données en 1803.

En 1820 enfin, la même institution laisse échapper cet aveu : « Trop d'exemples prouvent qu'on s'est trop hâté d'attribuer à la vaccine la vertu de donner une sécurité absolue contre tous les cas de petite-vérole. »

Une violente épidémie de variole ayant éclaté dans presque toute l'Écosse, en 1818, le docteur Thomson vit lui-même huit cent trente-six malades. De ce nombre, quatre cent quatre-vingt-quatre avaient été vaccinés, et quarante-un avaient déjà eu la petite-vérole. La conclusion que le même docteur tire de tous ces faits, est *qu'on ne peut*

*plus nier les cas de petite-vérole après vaccina-
tion parfaite*, comme on l'a nié en France ; et
que les cas de récidive dans la petite-vérole naturelle ont été si nombreux sur toute la surface du
globe, depuis 1814, qu'il n'y a plus à en discuter
la possibilité.

J'ai été obligé de m'étendre beaucoup sur les
observations précédentes, parce qu'il est toujours
difficile de faire adopter des vérités nouvelles, surtout quand elles sont désagréables. Il me faudra
bien moins d'espace et d'efforts pour rendre à la
vaccine ses véritables avantages, et dissiper presque
toutes les craintes que le lecteur a pu concevoir.

Les mêmes médecins qui ont toujours refusé ou
enfin cessé de considérer la vaccine comme un
préservatif constant et certain de la petite-vérole,
ont reconnu avec la même évidence, et après des
épreuves aussi multipliées, que cette pratique rendait très-bénigne toute petite-vérole qui survenait
après la vaccination, et la dépouillait de presque
tous ses dangers. Ce ne sont point les bienfaits de
la vaccine, mais l'exagération de ces bienfaits qu'on
lui conteste. Observons bien surtout que les éloges
donnés à la vaccine par ceux qui ont nié son infaillibilité préservatrice, sont beaucoup plus précieux et surtout plus concluans que les louanges
emphatiques des enthousiastes : or, voici l'heureux
correctif apporté par les savans même qui ont enlevé à la vaccine sa merveilleuse auréole.

Oui, l'individu bien vacciné peut être atteint

d'une véritable petite-vérole, mais cela n'arrive qu'à *un* individu sur *cent*, dans les épidémies les plus violentes, et à *un* sur des millions, dans les cas ordinaires.

Oui, il est bien constaté que dans l'épidémie de 1818, en Écosse, quatre cent quatre-vingt-quatre individus bien vaccinés contractèrent cependant la variole; mais sur ces quatre cent quatre-vingt-quatre, UN SEUL MOURUT, tandis qu'il mourut un individu sur quatre, parmi ceux qui n'avaient pas subi la vaccine. Ainsi, le danger de la variole après vaccination est au danger de la petite-vérole naturelle, comme 1 est à 121, et encore est-il question ici de l'une des épidémies les plus furieuses.

Il est reconnu enfin que, par la vaccine, nous devenons bien moins susceptibles de contracter la variole; que cette affection, si elle survient, est infiniment plus bénigne, et que le danger y est presque nul.

Contentons-nous de ces avantages, et ne nous obstinions pas dans les espérances que les faits démentent tous les jours, et qui finiraient par devenir ridicules. L'assentiment du grand nombre n'est pas toujours une garantie de la certitude d'une opinion. En médecine surtout combien de vérités, autrefois incontestables, sont aujourd'hui reléguées parmi les erreurs! combien de remèdes *infaillibles* ont perdu leur crédit depuis les *fragmens précieux* jusqu'au *macaroni* et au *mochlique* des religieux de la Charité! Il y a dans la nature si peu de règles sans exceptions, si peu de vérités qui n'aient pas un plus ou un moins, qu'il faut réfléchir et observer bien long-temps avant de proclamer des infailli-bilités.

Il y a vingt ans que l'on saurait à quoi s'en te-nir sur la vaccine, si l'on avait favorisé la publicité des débats, et provoqué la contradiction, au lieu de la repousser. Nous ne gagnons rien à vouloir étouffer les opinions qui nous déplaisent : si elles ne peuvent se produire avec liberté, elles circulent sourdement, et sont alors d'autant plus dange-reuses, que le mensonge s'y mêle à la vérité. On est plus audacieux et moins délicat sous le voile de l'anonyme que quand on peut discuter à dé-couvert. En ôtant la parole à ses adversaires, on croit se mettre à l'abri de la médisance, mais on n'échappe pas à la calomnie.

D'après ces considérations, je ne puis que louer les médecins qui ont le courage d'exposer sans détour ce qu'ils croient être la vérité ; et, sous ce rapport, je recommande la brochure très-légère, mais très-importante, du docteur Amedée Pichot.

# MÉMOIRE SUR LE CROUP,

Traitant de sa curabilité, de ses rapports avec la petite-vérole et la vaccine, de la probabilité de le prévenir par une nouvelle manière d'in-
noculer le virus vaccin, et enfin, exposition de la méthode de traite-
tement employée par l'auteur pour guérir le croup confirmé ; par
F. DELARUE ( du Puy-de-Dôme ), docteur en médecine, professeur
de médecine et de chirurgie, etc.

Si l'opinion de M. Delarue sur les rapports
qu'il croit apercevoir entre le croup et la pratique
de la vaccine, avait été développée dans un gros
livre, je me serais abstenu d'en parler, et je l'aurais abandonnée aux médecins, seuls juges compétens en pareille matière ; mais ce Mémoire n'est
qu'une brochure légère, et de pareils écrits circulent rapidement, passent dans les mains des
personnes étrangères à la médecine, parce qu'on
ne risque pas de s'y ennuyer long-temps ; et s'ils
contiennent des propositions qui, mal interpré-
tées, peuvent jeter l'alarme dans le public, et le
détourner d'une pratique salutaire, ils deviennent
d'autant plus dangereux qu'ils contiennent moins
de pages ; car les ouvrages volumineux, toujours
inconnus à la multitude, ne sont guère lus que
par les hommes capables de les apprécier et d'op-

poser une digue aux mauvais effets qu'ils pourraient
produire.

Je me hâte de repousser toute fâcheuse prévention que ce préambule pourrait faire concevoir sur
les idées de M. Delarue, relativement à la vaccine.
Loin d'en être détracteur, il la regarde comme
l'un des meilleurs présens qui aient été faits à l'espèce humaine. Il a vacciné ses trois enfans, et il
propage, autant qu'il peut, ce précieux préservatif ;
mais, malgré cette profession de foi, malgré les
éloges donnés à Jenner, on verra bientôt que l'o-
pinion du docteur, si elle était vraie, diminuerait
considérablement les avantages de la vaccine, et
augmenterait conséquemment la répugnance qu'é-
prouve une certaine classe du peuple à faire vacciner les enfans.

Ce petit écrit peut se diviser en trois parties, qui
me paraissent devoir être examinées séparément :
la première, qui est à mes yeux la plus importante, concerne le prétendu rapport entre le croup
et la vaccine ; la seconde expose une opinion que
je crois nouvelle ; et par laquelle la glande nommée
*thymus* est considérée comme le siége du croup,
ou au moins comme le berceau de cette maladie ;
la troisième enfin est consacrée au traitement, soit
prophylactique, soit curatif du croup.

Je lis, dans la première partie, que « le croup,
maladie assez commune aujourd'hui pour être observée par tous les médecins, *attaque bien certainement de préférence les enfans vaccinés*. Cette

seule phrase fait déjà sentir combien il est important de soumettre à un examen sévère cette assertion déjà si inquiétante, et de la démentir si elle
est fausse, comme j'ai l'espoir de le démontrer.
Mais développons d'abord la pensée du docteur.
Il ajoute : « Bien que ce fait soit assez constant pour
avoir été observé sur toutes les parties de la France,
il n'en est pas moins vrai que, jusqu'à présent,
aucun médecin n'avait encore élevé la voix pour
faire entendre la vérité. » Ces expressions supposent
que les médecins de toutes les parties de la France
ont reconnu la perfide préférence que le croup accorde aux enfans vaccinés, et que ces médecins
n'ont pas voulu ou n'ont pas osé publier cette
observation. Le docteur dit plus loin : « Le croup,
si commun aujourd'hui et souvent si meurtrier,
ne l'est réellement devenu que depuis la propagation de la vaccine : d'où il semblerait résulter que
la petite-vérole serait elle-même un préservatif
contre le croup. En effet, *que l'on me cite un seul
exemple d'un enfant ayant eu la petite-vérole, et qui
soit atteint du véritable croup*, tel que nous allons
bientôt le décrire ? Si cet exemple est encore à trouver, il faudra convenir que mon observation reste
dans toute sa force. » Oui, sans doute, nous en
trouverons, et de nombreux ; mais la justice exige
qu'avant de contredire le savant docteur, j'explique
clairement son opinion, pour ne pas la rendre
plus effrayante qu'elle ne l'est.

M. Delarue ne veut pas dire que les enfans non

vaccinés et qui n'ont pas eu la petite-vérole soient exempts pour cela du croup ; ce serait supposer à la vaccine la funeste propriété de donner une maladie que l'on ne devait pas avoir, et cela est fort éloigné de sa pensée ; il ne veut pas dire même que la vaccine dispose l'enfant à l'invasion du croup, mais il croit pouvoir *prouver par l'expérience* que la petite-vérole étant un préservatif du croup, la vaccine, en faisant avorter l'éruption, ou en empêchant l'invasion de la petite-vérole, détruit l'obstacle qui s'opposait à l'invasion du croup.

Disons encore, à la décharge du docteur, qu'il est loin de conseiller l'abandon de la vaccine ; car le croup étant incomparablement plus rare que la petite-vérole, il y aurait encore un grand bénéfice à continuer la pratique de la vaccine, quand même l'observation de M. Delarue serait incontestable. Mais une triste réflexion diminue de beaucoup les chances de ce bénéfice ; si le croup est plus rare que la variole, il immole relativement un bien plus grand nombre de victimes, et si M. Delarue a raison, la vaccine nous ferait éviter une chance bien plus probable pour nous en faire courir une plus rare mais bien plus dangereuse. C'est par cette considération que je vais commencer ma réponse.

Parmi les maladies qui menacent l'existence des enfans, il n'en est peut-être pas de plus probablement et plus promptement mortelles que le croup. Les médecins les plus habiles conviennent de l'impuissance de leur art dans le plus grand nombre de cas. Cette maladie est d'autant plus perfide, que son invasion, souvent équivoque, n'annonce pas une terminaison funeste. Quelquefois la mort a frappé avant qu'on n'ait cru avoir besoin de réclamer des secours; plus communément, c'est entre le quatrième et le cinquième jour que l'enfant périt, suffoqué par l'abondance des concrétions membraniformes qui obstruent la trachée-artère; plus rarement les souffrances du malade se prolongent jusqu'au huitième et même au dixième jour. M. Royer-Collard dit bien que *le médecin, appelé au début de la maladie, peut sauver le plus grand nombre de ses malades;* mais les conditions sous lesquelles il donne cette espérance, la rendent presque entièrement illusoire. Il faut d'abord que le médecin soit appelé au début; or, les préludes du croup n'ont rien qui effraie les parens; l'enfant joue comme à l'ordinaire, ne paraît avoir qu'un enrouement et ne semble menacé que d'un rhume. M. Portal, à qui l'on doit un excellent Mémoire sur le croup, dit que *la première période peut être si peu marquée ou si courte, qu'elle soit à peine apparente.* Le médecin n'est donc presque jamais appelé au début; et cependant M. Royer-Collard avoue qu'à la seconde période l'espérance est considérablement diminuée, et qu'elle est presque nulle à la troisième. Il faut d'ailleurs, dit-il, se hâter d'appliquer un traitement judicieux et actif; et je vois que les médecins sont loin d'être d'accord sur le traitement du croup.

Toutes ces raisons démontrent combien la vaccine perdrait de ses avantages, s'il était vrai que le croup attaquât de préférence les enfans vaccinés ; car le danger de cette dernière maladie serait une fâcheuse compensation à sa rareté relativement à la petite-vérole.

Mais les hommes les plus habiles peuvent tomber dans l'erreur par cette propension que nous avons tous, plus ou moins, à généraliser des faits particuliers. Je crois que M. Delarue est dans ce cas ; et comme ma propre conviction ne serait d'aucun poids en médecine, ma mémoire me fournira de nombreux auxiliaires parmi les plus célèbres praticiens.

Avant tout, est-il bien certain que le croup soit devenu plus commun depuis la pratique de la vaccine? Je sais que quelques médecins le présentent comme une maladie nouvelle ; mais il est bien probable que son nom seul est nouveau, et qu'avant qu'il fût importé chez nous par les Écossais, cette maladie était classée parmi les nombreuses variétés de l'angine.

M. le baron Boyer, dans son *Traité des maladies chirurgicales*, nous a indiqué d'avance, et sans le vouloir, la cause de l'erreur qui a fait croire à la nouveauté du croup, ou à son apparition plus fréquente aujourd'hui : « Ce n'est que vers le milieu du seizième siècle, dit-il, que cette affection a été observée avec ses phénomènes caractéristiques ; encore s'est-il passé plus de deux cents ans avant qu'on ait appris à le distinguer des diverses espèces d'angines, du catarrhe pulmonaire, de la coqueluche, etc. Depuis trente ou quarante ans, l'attention des gens de l'art s'est portée davantage sur cette maladie; plusieurs médecins en ont fait l'objet de leurs recherches..... en sorte que jamais elle n'a été aussi bien connue qu'elle l'est aujourd'hui. » N'en est-ce pas assez pour qu'on la croie plus commune? et si l'on appliquait le nom de croup à l'*asthma infantum*, à la *cynanchè stridula*, à l'*angina membranacea*, à la *cynanchè trachealis*, au *catarrhe suffocant,* etc., etc, noms sous lesquels d'anciens médecins ont décrit le véritable croup, on finirait peut-être par croire que cette maladie était plus commune autrefois.

M. Portal n'est pas plus favorable à l'opinion de M. Delarue, car il présente dans une note la longue liste des noms sous lesquels les anciens médecins ont désigné le croup; or, la multitude des noms et des observations n'indique pas la rareté de la maladie.

M. Royer-Collard ( *Dictionnaire des sciences médicales* ) donne une liste encore plus longue des anciens noms du croup, et pense d'ailleurs, comme M. Boyer, que cette maladie était autrefois ce qu'elle est aujourd'hui. Rassurons-nous donc, et croyons avec confiance que le croup n'a pas attendu la vaccine pour sévir avec plus de fureur contre nos enfans.

Voyons maintenant si la petite-vérole est le pré-

32.

servatif du croup, et si l'on ne peut citer un seul
exemple d'un enfant ayant eu la petite-vérole naturelle, et qui, depuis, ait contracté le croup. Ici,
j'appelle une seconde fois mes trois savans auxiliaires, et ils me fournissent la réfutation complète
de l'opinion de M. Delarue. Non-seulement ils ne
pensent pas que le croup ne puisse pas survenir après
la variole ; mais tous trois ont observé la complication du croup avec la petite-vérole, avec la rougeole et avec plusieurs autres exanthêmes. Or, ce
serait un étrange préservatif que celui qui s'asso-
cierait avec l'ennemi pour égorger le malade, ce
serait un singulier défenseur que celui qui intro-
duirait l'assassin dans la maison qu'il devrait protéger. Il y a plus : l'un des trois savans dont j'invoque l'autorité, a observé lui-même le croup
survenant pendant la petite-vérole, à l'époque de
la suppuration, et il cite Cotugno, Reil, M. Pinel,
M. Vieusseux, M. Albers et plusieurs autres médecins, comme ayant rapporté de nombreux exemples de cette complication. M. Delarue ne demande
qu'un seul de ces exemples pour avouer son erreur ; il me semble qu'il doit être satisfait ; en voilà
plus qu'il ne lui en faut pour se rétracter, et je
pense que nous pouvons faire vacciner nos enfans
sans redouter la vengeance du croup. La vaccine,
sans doute, ne les en préservera pas s'ils doivent
en être les victimes, mais elle ne sera pas une raison pour que le croup les attaque de préférence.
C'est pour rassurer les pères et mères que j'ai

entrepris cette tâche, et ma mémoire me l'a rendue
facile. Je pourrais la terminer ici, mais je dois une
compensation à M. le docteur Delarue, et c'est
pour m'acquitter de cette dette que je vais parler
du thymus sur lequel ce médecin me paraît avoir
des idées ingénieuses et au moins vraisemblables;
je n'ose dire *justes*, parce qu'il ne m'appartient
pas de rien assurer sur ces matières. Ces conjectures sur le thymus sont encore relatives au croup;
ainsi je ne sors pas de mon sujet.

Que le thymus soit une glande conglomérée,
comme les anatomistes le nommaient autrefois,
ou qu'il ne soit pas une glande, selon l'opinion
du savant professeur M. Chaussier, cela importe
peu à notre discussion; mais, comme il faut que le
thymus soit quelque chose, nommons-le *corps
glandiforme*. Si le lecteur veut avoir une idée de
sa structure, il n'a rien de mieux à faire que de
manger un ris de veau, et de l'examiner sur son
assiette. Ce corps est situé au-devant du cou,
depuis le haut du sternum jusqu'à peu près au
péricarde. On ne connaît pas ses fonctions, et un
grand anatomiste du dix-septième siècle a dit
qu'elles resteraient inconnues tant qu'on n'aurait
pas découvert le conduit excréteur du thymus.
Bordeu cite plusieurs savans qui prétendent l'avoir
trouvé, mais il ne paraît pas le croire. M. le docteur Jourdan en cite bien davantage, mais il comprend parmi eux Verheyen, à qui il fait dire que
ce conduit excréteur pénètre dans le péricarde, et

cette assertion m'étonne beaucoup, car, dans son
*Anatomie*, tome Ier, page 160, Verheyen dit positivement que ni lui, ni personne ne l'ont encore
découvert ; voici sa phrase : « *Proprium ductum
excretorium thymi huc usque quæsivi frustra :
neque unquam legi vel audivi eum ab aliquo esse
inventum.* » Notez que cette anatomie n'a été im-
primée qu'après la mort de l'auteur ; ainsi Verheyen ne s'est point rétracté. Tout ceci nous conduit péniblement à l'opinion de M. Delarue. Ce
docteur ayant observé, d'une part, que le croup
est une maladie de l'enfance, et qu'il attaque très-
rarement les adultes, sachant d'autre part, que le
thymus est aussi un organe de l'enfance, et qu'il
diminue de grosseur aux approches de la puberté,
au point de disparaître en grande partie dans la
graisse qui l'enveloppe, il a imaginé que cette maladie et cet organe avaient entre eux d'étroits rapports, et qu'une maladie du thymus pouvait bien
être la cause du croup. Cette conjecture est favorisée par l'ignorance profonde où l'on est encore
sur les fonctions du thymus, et par la situation de
ce corps glandiforme au-devant de la trachée-
artère, dont la membrane muqueuse est le siége
du croup. Il est surprenant que M. Delarue ne
cite pas Vercelloni, qui croyait connaître le fameux
canal excréteur, et qui l'envoie dans la trachée-
artère. Si Vercelloni ne se trompe pas, l'opinion
du docteur Delarue acquiert une nouvelle probabilité.

Maintenant, si l'on considère que la trachée-artère et le thymus sont voisins, que la première ne contracte le croup que quand le second a tout son développement, et qu'elle n'a plus à redouter le croup quand le thymus est atrophié, on conviendra que la conjecture de M. Delarue est au moins vraisemblable, et qu'elle mérite l'examen des savans.

Je n'en dirai pas autant du prétendu préservatif qu'il propose contre le croup. Il conseille de vacciner les enfans sur le cou, pour rapprocher les effets du vaccin de l'organe qui peut être affecté du croup; mais, en vérité, je ne le comprends pas : il a dit que le croup attaquait de préférence les enfans vaccinés; comment donc la vaccine pourrait-elle les préserver du croup, si elle était pratiquée plus près de l'organe qui peut contracter le croup? J'en tirerais une conclusion toute contraire.

Je m'étendrai fort peu sur la partie du traitement. M. Delarue soutient, contre toute la Faculté, que le croup n'est point une phlegmasie; et, en conséquence, il proscrit tous les antiphlogistiques. Il est vrai que Celse, qu'il ne cite pas, dit que les Grecs nommaient *cynanchè* l'espèce d'angine dans laquelle on ne remarque ni rougeur, ni chaleur, et où la peau du malade est sèche, tandis qu'ils nommaient *synanchè* l'angine inflammatoire, et la première paraît être notre croup. Il est vrai aussi que M. Portal déclare avoir vu, même à la troisième période du croup, l'arrière-bouche du malade dans l'état ordinaire, et sans aucun signe d'inflammation; mais il n'en pense pas moins, comme presque tous les médecins, que le croup est une phlegmasie de la membrane muqueuse du conduit aérien. Je laisse donc le professeur du Puy-de-Dôme débattre cette question avec les professeurs de Paris, et je reste neutre, non sans quelque soupçon que Paris gagnera sa cause.

Quant aux prescriptions de notre docteur, elles se bornent à une seule, qui est l'oximel scillitique. Il prétend que ce vomitif est très-préférable à tous les autres émétiques, et qu'il fait expulser merveilleusement les pellicules membraneuses ou les cylindres de concrétions muqueuses qui menacent d'obstruer la trachée-artère; il assure qu'il en a toujours éprouvé les plus heureux effets. Il est certain que, sous le rapport de la simplicité, le traitement de M. Delarue l'emporte sur tous les autres, car on est effrayé de la multitude de remèdes que l'on a proposés pour le croup; trois colonnes de journal n'en contiendraient pas les noms; et cette polypharmacie me donne le droit de dire que quand, pour une même maladie, on prescrit un si grand nombre de remèdes différens, hétérogènes et souvent contradictoires, il est naturel de penser que le véritable remède n'est pas encore connu. Celui de M. Delarue sera-t-il le meilleur? A-t-il découvert un spécifique? J'attends la réponse des médecins qui auront assez de temps à perdre pour lire mon article.

# PRÉCIS HISTORIQUE

## SUR LES EAUX MINÉRALES

### LES PLUS USITÉES EN MÉDECINE,

Suivi de quelques renseignemens sur les eaux minérales exotiques ;
par M. ALIBERT.

LE docteur Alibert! Nous sommes heureux de
rencontrer quelquefois sous notre plume ces noms
célèbres et si généralement vantés, qui nous dispensent de louer les personnes, d'énumérer leurs
titres, de citer leurs ouvrages et de rappeler leurs
brillans succès. Que dirais-je, en effet, de M. Alibert, qui ne soit connu des gens du monde, et
beaucoup mieux apprécié par les savans ! Parlerai-je
de son immense clientelle, des personnes augustes
dont il a mérité la confiance, des nombreuses
guérisons qui ont illustré sa pratique dans des maladies si long-temps rebelles à tous les moyens de
l'art? Ai-je besoin de compter les Sociétés savantes
qui se sont honorées d'acquérir sa confraternité?
Dirai-je......? Non, je ne dirai plus rien ; car je
m'aperçois que je fais un préambule pour prouver
au lecteur que je n'ai pas besoin d'en faire.

Laissons-donc de côté des louanges inutiles, et
occupons-nous du *Précis sur les eaux minérales*.

Cet ouvrage n'est pas absolument nouveau ; il n'est qu'une extension et une amélioratiou de l'article *Eaux minérales*, qui orne le XI<sup>e</sup> tome du *Dictionnaire des sciences médicales*, et qui a paru au commencement de l'année 1815. L'amélioraration est évidente, puisque, dans le *Précis historique*, l'auteur présente souvent la topographie des lieux où l'on va prendre les eaux; il décrit les commodités que l'on rencontre dans les divers établissemens des bains, et il note tout ce qui y manque ; il entre dans de plus amples détails sur les propriétés médicinales; il y ajoute, pour chaque source, des renseignemens sur le mode d'administration, et l'ouvrage a pour préface des *prolégomènes aphoristiques*, toutes choses dont les unes manquaient entièrement dans l'article du Dictionnaire, et les autres n'y étaient que sommairement indiquées. L'extension du sujet n'est pas moins remarquable dans le *Précis*, puisqu'un article de soixante-dix pages est devenu un volume de plus de six cents. Mais cet ouvrage se distingue surtout par un nouveau mérite qui m'a fait faire de sérieuses réflexions.

Il semble que depuis douze années les idées, les opinions et les sentimens de M. Alibert ont éprouvé quelque variation, je veux dire un perfectionnement. L'efficacité des eaux minérales ne lui paraissait pas autrefois aussi générale et aussi certaine qu'elle lui paraît aujourd'hui. Elles ne convenaient pas à toutes les affections ni à tous les

degrés des maladies, elles pouvaient même souvent devenir nuisibles ; elles ne pouvaient être ad-
ministrées à tous les sujets, ni dans tous les temps;
pour en obtenir du succès, il fallait qu'un habile
médecin en réglât l'emploi, qu'il marquât avec
soin l'âge, le sexe, le tempérament, les habitudes
de chaque sujet qui en fait usage, qu'il connût ses
maladies antérieures, la durée et l'époque de l'affection actuelle, les remèdes qui l'ont palliée, le
régime qu'il a observé, et l'exercice qu'il a fait.
Comme les docteurs Alibert sont rares, il n'était
pas facile d'obtenir cette perfection du traitement
dans les nombreux établissemens d'eaux minérales, situés quelquefois dans des contrées sauvages, entourés d'une faible population, et dans
lesquels un habile médecin aurait eu peu d'occasions d'exercer ses talens. Les eaux devaient donc
être le plus souvent inefficaces ou funestes, puisque
le savant docteur écrivait alors : « Par un abus,
*qu'il est difficile d'éviter*, ces eaux produisent
quelquefois des effets nuisibles, parce que les malades s'y rendent sur la foi d'un praticien éloigné, et
*souvent* peu instruit de leur manière d'agir. » Ce
n'était pas même assez de dire que ces eaux étaient
*quelquefois* nuisibles, elles devaient l'être *sou-*
*vent* si, comme le disait alors M. Alibert, il était
difficile d'éviter les abus, et si le praticien était
souvent peu instruit.

Aujourd'hui, grâce à Dieu, les eaux minérales
ont beaucoup gagné dans l'estime de M. Alibert;

elles produisent toutes des effets admirables, et
même des *prodiges;* notez bien ce dernier mot :
ce n'est pas pour rien que je le consigne ici. Les
médecins des eaux se sont amendés comme les
eaux mêmes. Ce ne sont plus des praticiens peu
instruits; mais ils sont tous cités avec éloge par le
savant professeur, et ses complimens atteignent
le moins connu de ces Hippocrates, jusque dans
le hameau le plus obscur et le plus reculé où la
nature fait jaillir une source saline ou gazeuze,
sulfureuse ou ferrugineuse.

Pourquoi M. Alibert n'a-t-il pas dit autrefois
tout ce qu'il nous révèle aujourd'hui ? C'est sans
doute parce qu'autrefois il n'avait pas rapporté les
bienfaits des eaux minérales à la source de tout
bien ; il n'avait pas fait descendre du ciel les effets
salutaires qu'elles produisent ; il n'avait peut-être
pas encore découvert le merveilleux de leur influence sur l'économie animale, et content d'en
avoir présenté l'analyse chimique, il n'avait pas
sanctifié les carbonates, les sulfates, les muriates
et les hydro-chlorates, contenus dans ces eaux.

En parlant de ces eaux, il disait autrefois : « L'i-
gnorance et la superstition en ont peut-être trop
consacré l'usage. » Voyons ce qu'il dit aujour-
d'hui : « Nous retrouvons dans ce phénomène les
témoignages d'une providence qui semble se mettre
en sollicitude pour nous procurer un grand avantage..... L'homme ici-bas marche à chaque instant
appuyé sur les bontés de son créateur...... C'est ici

.une nature bienfaisante qu'il faut adorer ; c'est dans l'enceinte de ces fontaines sacrées que la bonté de Dieu rivalise surtout avec sa puissance...» Puis il cite l'Ecclésiaste, etc.... » Autrefois le professeur écrivait : « Les anciens, dit Pline, croyaient qu'une divinité tutélaire et amie des hommes, présidait à la garde de chaque source d'eau minérale. Mais partout, celles que l'on vante le plus, sont souvent bien au-dessous de leur réputation, les médecins qui les conseillent, aimant mieux croire à leurs vertus que d'en constater l'utilité par des expériences. » Mais les anciens et Pline avaient raison de croire à la divinité tutélaire, car M. Alibert écrit aujourd'hui : « Nul physicien ne saurait nier qu'elles (les sources minérales) ne soient mises en jeu par des agens invisibles et surhumains. »

On ne peut trop louer M. Alibert d'avoir considéré d'un œil religieux le gaz acide carbonique, le chlorure de sodium, le carbonate de fer et l'hydro-chlorate de magnésie, mais on doit vivement regretter que ce grand médecin n'ait pas songé plutôt aux agens invisibles et surhumains des sources minérales ; car, depuis douze ans, que de processions de pieux malades et de pieux mondains ne se seraient-elles pas acheminées vers ces sources sacrées, si M. Alibert avait reconnu alors cette divinité tutélaire dont parle Pline! Des milliers d'hommes sont morts qui vivraient aujourd'hui pour admirer la science et la piété du professeur.

Il y a plus : cette sanctification tardive des eaux minérales a été blâmée par quelques personnes qui prétendent avoir autant de religion que M. Alibert. « Elle était inutile, disent-elles; car quand on est bien persuadé que Dieu a créé tout l'univers, il n'est pas nécessaire de faire observer que nous lui devons aussi les eaux de Bourbonne, de Vichy ou de Barèges. Quand j'ai remercié Dieu de m'avoir donné l'arbre et les fruits, ai-je besoin d'ajouter qu'il m'a donné aussi les feuilles et les branches ? En divinisant les eaux minérales, le docteur n'a-t-il pas craint d'offenser l'eau commune, qui est aussi un bienfait de Dieu, et dont l'usage est bien plus utile, puisqu'il est nécessaire? Le célèbre praticien qui disait en mourant : « Je laisse après moi deux grands médecins, la diète et l'eau, » ne voulait certainement point parler de l'eau minérale. L'excellent M. Percy, qui a obtenu tant de guérisons par l'emploi de l'eau pure; et Pouteau, qui faisait de l'eau une véritable panacée; et les docteurs Keill, Baynard, Prat, Duncan et Blount, qui ont vu dans l'eau pure le plus salutaire des digestifs; et Allen, qui la regarde comme un préservatif contre la goutte et l'hypocondrie; et Cheyne, qui veut qu'on la boive chaude; et Vander-Heiden, qui veut qu'on l'avale froide; et Sennert, qui la nomme *le baume des enfans;* Primerose, Wainwrigt, Cook et Quinton, qui guérissaient les fièvres ardentes avec l'eau froide, et tous les médecins panégyristes de

l'eau qu'a cités le *Dictionnaire des sciences médicales;* et Celse, qui conseille de plonger dans l'eau
les personnes menacées de la rage ; et Boerhaave,
qui dit la même chose ; et Brown, qui, avec l'eau
simple, prétend guérir la folie et les écrouelles ; et
Pitcairn, qui l'emploie contre le scorbut; et Han-
cock, qui en fait un antidote de la peste ; et Zec-
chi, qui s'en servait pour expulser la gravelle ; No-
guez, Hecquet et Rowe, qui ont fait des livres sur
les vertus hygiéniques ou thérapeutiques de l'eau
simple, et mille autres médecins qui ont célébré
ses bienfaits, seraient désolés d'apprendre que
M. Alibert n'a pas accordé quelques êtres invisibles et surhumains aux sources de la Seine, de
la Loire et du Rhône, quand il en place bénévo-
lement à toutes les sources d'eaux minérales. »

Ces personnes ajoutaient qu'il était indiscret de
faire intervenir Dieu dans les effets produits par
les eaux minérales, parce que ces effets ne sont
pas toujours salutaires; ce qu'ils seraient certainement si Dieu l'avait voulu. Quelques sources
même contiennent des substances délétères, no-
tamment celles qui avoisinent les mines de cuivre.
Or, quels agens surhumains donnerons-nous à
ces eaux funestes? Ce n'est d'ailleurs que par la
chimie et la science médicale que l'on peut reconnaître l'action salutaire ou nuisible de ces eaux ;
mais Dieu n'étend pas seulement sa bienfaisance
sur les riches et sur les savans ; les ignorans, les
pauvres, les animaux même y participent :

Aux petits des oiseaux il donne la pâture,
Et sa bonté s'étend sur toute la nature.

On peut donc croire que s'il avait destiné les eaux minérales à guérir les hommes, il ne leur aurait pas donné un caractère équivoque, mais évident et facile à reconnaître sans l'intervention de la chimie; et il nous aurait doués de cet instinct accordé aux animaux ruminans, qui sentent ces eaux à de grandes distances, et y accourent pour s'en abreuver.

Ces critiques disent encore que ces considérations pieuses sur les eaux minérales ne tournent point au profit de notre religion; car il est démontré qu'un Juif, un Turc, un mécréant seraient purgés comme nous par les eaux de Sedlitz ou de Seydchutz; et que celles de Bussang, de Langeac et de Contrexéville agiraient sur l'appareil urinaire d'un hérétique comme sur celui d'un catholique romain. Si tout ce qui peut guérir doit être placé sous la surveillance spéciale d'un esprit céleste, pourquoi M. Alibert n'assigne-t-il pas des agens invisibles et surhumains à la garde de la rhubarbe et du séné? pourquoi n'en place-t-il pas en faction autour des marais qui contiennent des sangsues, ce grand talisman de la médecine actuelle?

Mais abandonnons ces critiques, où il y a peut-être de la malice, et considérons le livre en lui-même.

Un grand nombre de médecins ne pouvant nier

les heureux effets qui résultent souvent des eaux
minérales prises à la source, ont pensé que l'eau
commune y avait la plus grande part, indépendamment des substances que la nature y a dis-
soutes. Il s'ensuivrait que l'eau de la Seine, par
exemple, vaudrait autant que les eaux les plus mi-
néralisées. Mais on peut opposer à ces docteurs
qu'il serait impossible de boire une aussi grande
quantité d'eau commune que d'eau minérale. J'ai
vu à Contrexéville des buveurs intrépides vider
plus de douze pintes en six heures ; j'ai moi-même
atteint ce taux, qui n'était pas le *maximum*, car
certains estomacs privilégiés en avaient absorbé
une quantité presque double, sans en être incom-
modés, et je plaindrais un malheureux qui, dans
le même intervalle de temps, aurait avalé quinze
ou vingt pintes d'eau commune.

D'autres médecins ont expliqué, avec plus de
raison, ce me semble, les bons effets de ces
voyages par des causes étrangères aux eaux mêmes.
En partant pour Plombières, pour Bourbonne ou
pour Bagnères, on s'affranchit des soins de famille et des obligations de la société ; le voyage
distrait ; le site, plus ou moins pittoresque de la
source qu'on a choisie, récrée la vue et l'esprit ;
on se lève de grand matin, on fait de grandes pro-
menades ; on voit de nouveaux visages, et les
hommes ne sont jamais plus aimables entre eux
que quand ils ne se connaissent pas ; une certaine
égalité s'établit entre les prétendus malades ; car,

aux eaux, on n'est ni comte ni marquis, on est buveur. D'ailleurs on fait bonne chère, ce qui n'incommode pas, parce que l'estomac a été balayé le matin. Ces avantages, et les divers amusemens que l'on peut se procurer, ont sans doute autant d'influence sur la santé que tous les ingrédiens contenus dans les eaux, et l'on peut dire que ces eaux sont très-salutaires pour les personnes même qui n'en boivent pas.

Cependant, l'acide carbonique, l'hydrogène sulfuré, les sels et toutes les substances que ces eaux recèlent, doivent avoir une action quelconque sur l'économie animale ; il est donc très-important de connaître et de distinguer les différentes propriétés des différentes sources. Ainsi, le livre de M. Alibert est très-utile, et l'on peut s'en rapporter à son talent et à son instruction sur les jugemens qu'il porte et les modes d'administration qu'il prescrit. J'ajouterai que le livre est très-agréable à lire par la description des sites et par les excursions archéologiques du docteur sur les antiquités que l'on a découvertes à un grand nombre de sources connues des Romains. Ce travail étant tel qu'on devait l'attendre d'un professeur aussi distingué, ma tâche se terminerait ici, si je n'avais à présenter quelques observations, peu importantes sans doute, mais que je crois exactes.

Dans l'article qui concerne les eaux minérales de l'île d'Ischia, j'ai été fort étonné de lire : « C'est un spectacle intéressant de voir, tous les ans, le nombre prodigieux de malades qui s'y rendent, etc. » J'ai quelque raison de soupçonner que ce renseignement est déjà fort ancien, et qu'il a été puisé dans les écrits de Léandro Alberti, de Francesco Scoto ou de Pompeo Sarnelli, qui ont parlé (ce dernier surtout) avec une ridicule emphase des sources minérales des environs de Pouzzol et de l'île d'Ischia. J'ai parcouru souvent ces lieux, deux ans avant la révolution française, et j'ai trouvé tout désert. Dans cinq voyages à Ischia, depuis le milieu de juillet jusqu'à la fin de septembre, je n'ai pas vu un seul baigneur ni un seul buveur d'eau; le grand établissement, si mal placé près d'une mare bourbeuse, à une lieue de la misérable ville d'Ischia, était fermé, et n'avait pas même un concierge. Les sources du *Fornello*, de *Fontana*, de *Castiglione*, *della Spelonca*, *del Gurgitello*, *dell' Oro e dell' Argento*, n'étaient pas plus animées, et il en était de même de toutes les autres; car l'île en renferme trente-une, sans compter celles dont on ne fait pas usage.

J'ai trouvé la même solitude aux quarante sources ou étuves, ou maisons de bains, que l'on compte sur l'espace compris entre la côte du Pausilype, la montagne des Camaldules et le rivage de Cumes. Cela n'empêche pas que M. Pittaro n'ait eu raison de vanter le paysage ravissant d'Ischia; mais quand j'ai visité cette île, au milieu de l'abondance du gibier, du poisson, des plus beaux fruits

33.

et des vins les plus généreux, on trouvait difficilement de quoi vivre. Il n'y avait pas une seule auberge ; il fallait chercher, ici un morceau de pain,
là du poisson, plus loin de l'huile et des œufs. Je
veux bien croire que la source *del Gurgitello* est la
meilleure de toutes, mais, dans l'île, on vante
bien plus celle de *Castiglione*, parce qu'elle a guéri
le Pape Innocent XII, qui en faisait venir l'eau,
d'Ischia au Vatican, par mer, et avec une célérité
incroyable. Celle de *Soliceto* est la plus chaude de
toutes.

En parlant des eaux de Langeac, M. Alibert
dit, d'après le docteur Raulin : « Il ne leur manque,
pour être mieux appréciées, que des échos qui
répètent les guérisons nombreuses qu'elles ont
opérées. » On va juger du nombre de ces guérisons : En 1815, on ignorait complètemeut à Cler-
mont, à Issoire, à Brioude, qu'il existât une source
d'eau minérale à Langeac. A Langeac même, on
me dit que je me trompais, et que jamais personne n'y était venu pour y boire de l'eau. A force
de questions cependant, quelqu'un me dit : « Ah !
il me semble..... oui, je me rappelle qu'autrefois
un monsieur de Paris se faisait chercher de l'eau
d'une source qui est à une lieue d'ici ; et c'est *un tel*
qui la lui apportait. » *Un tel* étant encore vivant,
je le fis venir, et il me procura de cette eau qui est
aussi agréable que celle de Bussang, si éminemment apéritive qu'elle en devient incommode par
les trop fréquentes expulsions qu'elle provoque ;

elle donne un appétit vorace, et elle rétablit mes
forces au point que, sans fatigue, je pus faire de
longues courses, et gravir sur les plus hautes montagnes.

Langeac est une petite ville, agréablement si-
tuée sur la rive gauche de l'Allier, entourée de
montagnes pittoresques. L'air y est vif et salubre ;
les truites y sont excellentes, et la ville est habitée
par de bien honnêtes gens, car plusieurs ne ferment pas leurs portes, même pendant la nuit. Elle
est d'ailleurs voisine de Saint-Arcon, ancienne sta-
tion des Romains, et remarquable par la multitude
des basaltes et les débris volcaniques que l'on y
trouve. Mais que deviennent ces *nombreuses guérisons* opérées par les eaux de Langeac, quand il
est bien certain que, depuis bien des années, j'ai
été le second *monsieur de Paris* qui en ait bu ?

J'invite M. Alibert à faire disparaître quelques
erreurs géographiques telles que celles-ci : il place
le vallon de Puzzichello en Corse, à neuf lieues
de Cervioni, à vingt de Bastia, et vingt d'Ajaccio ;
aucun lieu, dans cette île, ne peut avoir cette position. Il place la ville de Dax à dix lieues de Baïonne,
et à dix de Bordeaux ; il faut tripler cette dernière
distance. Il dit qu'à Vichy, les animaux ruminans
qui se trouvent sur la rive gauche de l'Allier, tra-
versent la rivière à la nage pour venir boire des
eaux minérales, *quand le vent passe du Puy-de-
Dôme sur les fontaines.* Le fait est vrai, mais la
circonstance est fausse : le Puy-de-Dôme est à la

gauche de l'Allier, et au S. S. O. de Vichy, qui est
sur la rive droite : le vent du Puy-de-Dôme chas-
serait donc vers le nord-est les émanations des eaux
minérales, et n'avertirait pas de leur présence les
animaux qui passent sur la rive gauche de la rivière,
et si ces animaux n'accourent aux sources que par
réminiscence, le vent du Puy-de-Dôme n'y est
pour rien.

C'est M. d'Aubuisson, et non pas Dubuisson,
qui est auteur d'un Traité de Géognosie, et les
considérations de ce savant sur la température du
globe, à différentes profondeurs, commencent à la
page 444 du premier tome de ce Traité.

M. Alibert regarde comme un fait remarquable
que les eaux de la mer Baltique deviennent plus
salées par un vent d'ouest et de nord-ouest. L'inspection d'une carte le lui fera trouver très-naturel.
La Baltique, ordinairement moins salée que l'O-
céan, n'a de communication avec cette grande
mer que par le canal de Jutland et le Catégat. Or,
ces deux détroits sont situés à l'ouest et au nord-
ouest du *Sund* et des *Belts*; le vent qui souffle de
ces rumbs fait donc affluer les eaux de l'Océan
dans la Baltique, et y augmentent la salure; voilà
tout le phénomène.

Je m'arrête ici, et je finis en recommandant au
lecteur ce Précis sur les eaux minérales, comme un
livre fort utile et très-agréable, malgré ses prolégomènes ascétiques.

# EXAMEN RAPIDE

## DE QUELQUES OUVRAGES NOUVEAUX.

---

TANDIS que la tribune ne nous condamne pas encore tout-à-fait au silence, je profite des courts instans qu'elle nous laisse pour parler succinctement et collectivement de quelques écrits dont chacun mériterait une longue discussion, mais que je suis forcé de réunir, dans la crainte de n'avoir plus l'occasion de les annoncer en temps utile.

C'est de la médecine que je vais offrir à mes lecteurs : puisse-t-elle purger une partie des humeurs que la politique fera bientôt fermenter! puissent de véritables médecins remplacer les empiriques, et chasser du temple d'Esculape les médicastres, les renoueurs, les rhabilleurs et les charlatans!

En parlant des véritables médecins, je me suis ménagé une transition naturelle pour annoncer un nouvel ouvrage de M. Portal, ou plutôt un complément au livre qu'il fit paraître en 1808, et qui est intitulé : *Mémoires sur la nature et le traitement de plusieurs maladies.* C'est dans cet

ancien ouvrage que j'ai puisé dernièrement des notions sur le croup, en réfutant l'opinion effrayante
que cette angine, si funeste à l'enfance, affecte de
préférence les sujets vaccinés. C'est sans doute
cette citation qui m'a valu l'envoi du dernier écrit
de M. Portal, qui forme le cinquième volume des
Mémoires publiés en 1808.

Celui qui paraît aujourd'hui, et qui est bien plus
considérable qu'aucun des quatre autres, ne renferme que trois Mémoires dont les deux premiers
concernent les *fièvres typhoïdes* et les *entérites*, et
dont le dernier peut être considéré comme un
Traité complet de la *pneumatie*, que d'autres médecins nomment *pneumatose*.

Le premier de ces Mémoires, dont le titre
semble n'indiquer qu'une suite d'observations sur
les fièvres typhoïdes, peut être regardé comme une
réunion de preuves nouvelles qui constatent l'efficacité du quinquina, non-seulement dans les fièvres
intermittentes et périodiques, ce que tout le monde
sait depuis long-temps, mais dans des cas où l'emploi de ce remède n'était point usité, et dans quelques-uns même où il paraissait *contre-indiqué*.
Effectivement, M. Portal en a obtenu les plus
heureux succès dans la fièvre rémittente hémitritée
(demi-tierce), dans la fièvre syncopale compliquée
d'hydropisie, dans la vraie fièvre pernicieuse, dans le
*lumbago* rhumatismal et fébrile, dans la fièvre rémittente, compliquée de la goutte la mieux con-
firmée, dans la fièvre typhoïde avec dysurie, et

enfin dans la fièvre typhoïde, qui s'annonce par une véritable inflammation du foie et de l'estomac.

Quoique ce tableau des misères humaines soit fort peu attrayant pour tout lecteur qui n'est pas médecin, une circonstance fortuite répand de l'intérêt sur ces cures opérées par M. Portal. Le hasard a voulu que les malades auxquels ce grand médecin a sauvé la vie par l'administration du quinquina, fussent des personnes connues, tels que MM. de Lantier, auteur du *Voyage d'Anténor,* le comte de Puységur, le marquis de Lally-Tolendall, le prince de Masserano, le docteur Pagès, le duc de la Châtre, etc...., et ce n'est pas pour rien que je fais cette remarque : c'est peu pour la réputation d'un médecin que de guérir des hommes, il faut encore que le nom des malades répande un certain éclat sur les succès du docteur. Tout l'Hôtel-Dieu évacué en un jour par une cure universelle, frapperait moins l'esprit du vulgaire qu'une demi-douzaine de comtes, marquis ou princes, arrachés des bras de la mort. Médecins, tâchez de guérir un roi, ne fût-ce que d'un *mal d'aventure,* et votre fortune sera faite !

Le second Mémoire, sur les entérites ou inflammations des intestins, est d'une grande importance, mais bien capable d'effrayer le lecteur sur des méprises funestes qui se font tous les jours, et que l'on ne peut éviter que par une attention scrupuleuse, éclairée par une longue pratique. Voici en quoi elles consistent : On n'a jamais cité autant d'exemples d'entérites qu'on ne le fait aujourd'hui ; mais ils ne seraient pas si nombreux , si l'on ne supposait pas dans les intestins le siége d'une maladie qui est très-souvent dans le foie ou dans la bile , et qui n'affecte les intestins que secondairement. L'erreur s'étend jusqu'à l'estomac , que l'on croit souvent atteint d'une gastralgie ; tandis que le foie seul est malade ; la méprise provient de ce que, le foie étant, de sa nature, bien moins sensible que l'estomac ou les intestins , on est porté à supposer le siége du mal dans l'organe qui est le foyer de la douleur. Or, le traitement, dans l'un et dans l'autre cas , étant tout-à-fait opposé , il arrive que, si le médecin se trompe , la médecine devient l'auxiliaire de la maladie , au lieu d'être celui du malade ; et, dans l'incertitude , la vie de l'homme est jouée à pair ou non. Il y a déjà quarante-neuf ans que M. Portal a signalé ces erreurs ; il s'en plaint encore aujourd'hui, et il les regarde même comme plus fréquentes. Ainsi , que de morts! et combien n'eût-il pas été préférable de s'abandonner à la seule nature , qui ne tue pas , du moins , quand elle ne guérit pas !

Je crois que la plupart de mes lecteurs s'inquiètent fort peu de savoir si la maladie qui les menace sera une gastralgie , une entérite ou une hépatite ; mais , comme quelques-uns d'entre eux mourront probablement d'un *quiproquo* médical , je leur conseille d'y prendre garde , et de ne recevoir les soins d'aucun docteur avant de lui avoir fait lire le chapitre de M. Portal, *sur quelques maladies du foie qu'on attribue à d'autres organes, et sur des maladies dont on fixe le siége dans le foie, quoiqu'il n'y soit pas.* Maintenant que vous êtes avertis, prenez, pour aller *ad patres*, le chemin de l'entérite ou de l'hépatite ; je m'en lave les mains. J'ai fait mon devoir.

Le troisième Mémoire, qui est un livre tout entier, traite, sous le nom collectif de *pneumatie*, de toutes les affections causées par l'air et les gaz qui s'insinuent, et si je l'osais, je dirais qui s'*interfusent* dans toutes les cavités et même dans les plus secrets replis de l'économie animale. Leurs différentes nuances ont reçu différens noms : flatulence, borborygme, tympanite, emphysème, pneumatose, etc. ; tout cela n'est que du vent, mais il ne faut que du vent pour éteindre la faible lumière de la vie, et cela mérite bien considération.

Il me semble encore entendre des murmures : « Eh quoi! dit-on dans un journal politico-littéraire, on nous entretient de borborygmes et de flatuosités! Parlez-nous de la tribune ou de la Bourse, et non pas des vents mâles ou femelles de l'abbé Beaugénie. » Eh! Messieurs, la tribune ne sera peut-être que l'antre d'Éole, et vos finances ne seront peut-être que du vent. D'ailleurs, il n'est pas ici seulement question de ces vents pour lesquels M. Bernard de Jussieu nous recommandait les semences d'anis, de cumin, de carvi, de fenouil, d'anet et de coriandre ; et vous sentirez toute l'importance du sujet qui m'occupe, quand vous saurez que ces vents ou ces gaz, souvent mortels, peuvent affecter la tête, la poitrine, le bas-ventre, la matrice, tout le tissu cellulaire ; qu'ils peuvent causer le déchirement et la rupture des intestins, tuer l'enfant dans le sein de sa mère, et se compliquer d'une manière funeste avec la rougeole, la variole, la fièvre typhoïde, la phthisie, la dyssenterie, etc., etc., et, sans entrer dans tous ces détails, il eût été plus court de vous dire que, quand un homme tel que M. Portal a écrit trois cents pages sur la pneumatie, nous devons regarder cette affection comme très-sérieuse, et aussi digne de nos méditations que le trois pour cent et l'indemnité.

Obligé d'annoncer d'autres ouvrages, je vais résumer ce que renferme le nouvel écrit dont j'ai offert une analyse si écourtée : 1° Il est maintenant constaté que la propriété curative du quinquina, administré en poudre, s'étend jusqu'aux fièvres typhoïdes, et même aux cas d'inflammation, ce que l'on ne croyait pas autrefois. 2° Il est de la plus grande importance, dans les cas d'entérite apparente ou réelle, de rechercher si l'affection est *essentielle* ou *consécutive,* c'est-à-dire, si le siège du mal est véritablement dans l'intestin ou dans le foie. 3° Toutes les vérités de la pneumatie avec les remèdes qui conviennent à chaque nuance. 4° Enfin, un grand nombre d'observations, d'anecdotes

médicales, d'autopsies et de préceptes ; telles sont
les matières comprises dans le volume que j'annonce, et que le nom de l'auteur recommande
suffisamment à l'attention des gens de l'art, et
même à la curiosité des hommes du monde qui
veulent savoir un peu de tout.

Je passe maintenant à deux autres écrits qui
offrent un intérêt tout différent : c'est encore de la
médecine, mais de la médecine légale, qui se rattache aux plus hautes questions de métaphysique
et de physiologie, et réclame toute l'attention des
criminalistes et des cours d'assises.

. Le premier de ces ouvrages s'intitule : *Examen
médical des procès criminels des nommés* Léger,
Feldtmann, Lecouffe, Jean Pierre *et* Papavoine, *dans lesquels l'aliénation mentale a été
alléguée comme moyen de défense ;* par le docteur
Georget.

Je ne connais pas de question plus ardue, plus
insoluble que celle qui est agitée dans cet écrit, et
j'ai le malheur de croire qu'elle est inutile. M. Geor-.
get me paraît avoir cédé à un grand désir, d'ailleurs très-louable, de reconnaître les effets de l'a-
liénation dans tous les crimes qui dépassent la
mesure ordinaire des excès auxquels les passions peuvent nous porter. L'assassin Lecouffe,
et l'anthropophage Léger ne sont à ses yeux que des
malades, et, s'il eût été juré, il aurait voté pour
l'acquittement de Papavoine, parce qu'il serait resté
dans le doute sur la question d'aliénation mentale.

Je sens toute la force des raisonnemens dont ce
médecin a étayé son opinion, mais je vois avec
peine qu'elle ait été livrée au public, parce qu'elle
nous jette dans un dédale dont le lecteur, ni l'auteur même ne pourront plus sortir. C'est repro-
duire toutes les disputes sur le libre arbitre, c'est
nous conduire au fatalisme; et dès que vous aurez
admis des penchans irrésistibles, comment pour-
rez-vous concilier cette doctrine avec les lois de la
morale? Le précepte *ne sois pas homicide* se ré-
duirait à ces mots : *ne sois pas malade.* Oh! sans
doute, on peut dire en thèse générale qu'il faut
être insensé pour commettre des actions atroces,
car, dans les crimes de ce genre, il y a autant de
déraison que de perversité. Mais à quel danger ne
s'exposerait-on pas si l'on voyait toujours dans cette
déraison une fatalité qui détruit forcément toute la
liberté de l'homme?

On me répondra qu'il faut bien reconnaître la
démence partout où elle existe. Cela est vrai; mais
si vous voyez de la démence dans des actes où il y a
préméditation, combinaison et raisonnement, vous
devez excuser tous les crimes, et déclarer que tout
ce qui viole les lois est un indice d'aliénation mentale. D'ailleurs, pourquoi le docteur Georget ne
parle-t-il que du meurtre? L'aliénation ne peut-
elle pas aussi nous pousser au vol? L'auteur admet
qu'une passion violente peut enchaîner notre
liberté, et nous entraîner forcément au crime. On
peut donc être voleur par démence? Des faits bien

constatés favorisent cette opinion : des femmes, remarquables d'ailleurs par leur probité, éprouvent, pendant les premiers mois de leur grossesse, le plus vif désir de dérober tout ce qui flatte leur caprice. J'en dirais autant du viol : l'impérieux besoin de l'amour physique a-t-il moins d'empire sur notre âme que la soif du sang et le désir de la vengeance ? Il y aura donc de l'aliénation partout.

Voyez combien cette question est délicate, et combien il est facile de s'y égarer : M. Georget reconnaît l'aliénation dans le crime de Lecouffe, qui assassine une femme âgée pour une faible somme d'argent, et il refuse de regarder comme fou Henri Feldtmann, qui, épris d'un amour incestueux, poignarde sa fille parce qu'elle résiste à sa passion. Je suis cependant bien certain que tous mes lecteurs, s'ils étaient forcés d'acquitter l'un de ces deux assassins, comme frappé d'aliénation, se déclareraient pour Feldtmann, par le motif qu'un amour incestueux, déjà plus voisin de la démence que la simple cupidité, suppose une passion bien plus violente, et conséquemment moins de liberté morale.

Des raisonnemens de M. Georget, il faudrait conclure que le jury et les juges de la cour d'assises auraient erré dans quelques-uns de ces procès criminels, et qu'ils auraient conduit à l'échafaud de véritables aliénés. Mais qui aurait pu éclairer la conscience de ces jurés et de ces juges ? Est-il un homme assez présomptueux pour prétendre pou-

voir tracer la ligne de démarcation entre la raison
expirante et l'aliénation commençante? Qui nous
dira où la liberté morale finit et où le fatalisme
commence? Les degrés de l'intelligence sont infi-
nis comme ceux de l'aliénation; il y aura donc des
moitiés, des quarts, des dixièmes, des centièmes
de culpabilité, et bien fin sera celui qui pourra
saisir toutes ces nuances. D'ailleurs, l'aliéné ne
l'est pas toujours, et il sera très-rarement facile
de constater si l'aliénation est survenue précisément au moment du crime. Remarquons ensuite
que la démence a été souvent alléguée dans des cas
où elle n'a eu lieu que pour commettre une action
coupable : or, ce serait un étrange et funeste hasard que celui d'une démence qui, dans une longue
suite d'années, ne se manifesterait que pour un
meurtre ou un vol, et qui ne se montrerait dans
aucun des actes indifférens de la vie humaine. Je
sais bien ce que M. Gall répondrait à cette objection; mais la doctrine des protubérances n'est pas
encore une loi de l'Etat, et les criminalistes n'admettent point encore une physiologie qui fait dépendre nos vertus et nos crimes du bonheur ou du
malheur de notre organisation physique. Quand
nous en serons venus là, je réclamerai les honneurs de la priorité pour le fameux Hobbes qui
comparait notre liberté morale à une balance, où
un poids de quatre livres entraîne nécessairement
un poids de deux ou de trois.

Le docteur Georget conseille aux juges criminels de consulter les gens de l'art sur ces questions de criminalité : il n'y a jamais de mal à consulter les hommes instruits ; ainsi, le conseil est bon. Mais je doute que l'on gagnât beaucoup à faire asseoir des médecins sur les bancs de la cour d'assises, et à choisir les jurés parmi les physiologistes. Quand on considère que depuis trois mille ans les médecins disputent encore sur les points les plus importans de la science médicale, peut-on croire qu'ils seraient d'accord sur les questions les plus obscures de la métaphysique, déjà si obscure par elle-même ? Oh ! sans doute, les docteurs qui ont pris une hépatite pour une entérite ou une gastralgie, ne seront pas plus unanimes sur la culpabilité ou la démence de Lecouffe et de Papavoine.

Mais faut-il livrer au bourreau de malheureux malades, et punir l'aliénation comme la scélératesse ? C'est un grand malheur, j'en conviens ; et les magistrats ne sont pas les derniers à le déplorer. Examinons cependant si l'on n'a pas beaucoup exagéré ce malheur, et si l'on n'en a pas trop multiplié les exemples.

Un crime atroce a été commis ; il est constaté, l'accusé l'avoue. Le criminel jouissait de sa raison avant de le commettre ; cela est prouvé par les précautions qu'il a prises pour parvenir à son but, par l'art avec lequel il a tracé son plan, par l'activité ou la lenteur de ses démarches, selon que l'occasion se présentait favorable ou contraire, par les soins ingénieux avec lesquels il a écarté les obstacles, par les discours sensés qu'il a tenus avant l'action. Il jouissait également de sa raison après l'acte, puisque, malgré la crainte de l'échafaud, malgré le trouble qui accompagne toujours une action violente, il a fait tout ce qu'il fallait pour échapper aux poursuites, il a répondu sensément aux questions qu'on lui adressait, et il n'a laissé apercevoir aucun indice d'aliénation dans sa défense. Comme il y a dans tout ceci une parité parfaite avec les crimes commis par les scélérats qui ne sont point en démence, les jurés et les juges, aux yeux desquels le crime est évident et les circonstances n'ont rien d'excusable, prononcent la culpabilité et appliquent la loi en toute sûreté de conscience. Vous dites qu'ils se trompent; cela peut être vrai, mais votre opinion n'est fondée que sur un système qui ne peut détruire des faits palpables et des apparences presque identiques avec l'évidence même. Votre paradoxe peut devenir une vérité, je ne le conteste point; mais tant qu'il n'est que paradoxe, il ne peut pas renverser les règles de la justice criminelle et faire violence à la conscience des jurés.

Il reste toujours le malheur possible de la peine de mort infligée à un meurtrier privé de raison, et conséquemment non coupable. A cela je ne puis rien répondre, sinon qu'il n'y a rien de parfait dans les institutions humaines. De tout temps un hasard funeste a pu rassembler des circonstances malheureuses et fatales à l'innocence; mais un aliéné homicide est dans un cas bien différent, et s'il n'est pas réellement coupable, on ne peut pas le dire innocent, puisqu'il tue, et qu'il est le fléau de la société.

Sur ce dernier point, je ne puis rien faire de mieux que de citer M. le docteur Gall, dont M. Georget invoque plusieurs fois l'autorité. En attaquant le système de la crâniologie, sous le rapport du vol et du meurtre, j'avais dit que si les penchans sont irrésistibles, la justice criminelle était une souveraine injustice, puisqu'elle punissait comme coupables des hommes privés de toute liberté morale. M. Gall répondit : « Si un fou furieux se jette sur moi pour me tuer, je sais bien qu'il n'est point criminel, puisqu'il est aliéné ; mais cette considération ne me force pas à me laisser tuer par lui, et j'ai le droit de le tuer lui-même, si je n'ai d'autre moyen d'échapper à la mort. » Ce raisonnement ne prouve rien en faveur de la protubérance du meurtre, mais il me console sur la mort du monstre qui a dévoré le cœur de sa victime, et je me dis : si l'on n'a pas dû le condamner comme coupable, on a bien pu le tuer comme une bête féroce, comme un chien enragé, comme un malheureux pestiféré qui franchit le cordon sanitaire. Puisse la justice ne se tromper jamais que sur des Léger et des Papavoine !

Ce n'est point seulement par rapport au défaut d'espace que je me bornerai à citer la brochure du docteur Michu, sans entrer dans aucun détail.

34.

Elle est intitulée : *Discussion médico-légale sur la monomanie homicide, à propos du meurtre commis par Henriette Cornier*. Cet écrit tend aux mêmes conclusions que celui du docteur Georget ; et je ne pourrais que me répéter dans l'examen que je voudrais en faire. Une autre considération arrête ma plume : la fille Cornier est sous l'épée de Damoclès, et c'est à la justice seule qu'il appartient en ce moment de discuter la question de culpabilité ou d'aliénation. Je ferai seulement observer que l'acte de cette fille n'a aucune analogie avec le crime de Papavoine. Bien loin de chercher à fuir, Henriette Cornier est restée paisiblement près de sa victime ; et l'acte d'en lancer la tête par la croisée prouve indubitablement qu'elle ne pensait pas à se dérober à la justice. Au reste, la brochure du docteur Michu est écrite avec beaucoup de logique et de sagesse. Je ne lui reproche que d'avoir ouvert une porte trop large aux suppositions d'aliénation mentale. Il est beau d'être humain ; mais il faut aussi penser un peu à l'intérêt public.

# ESSAIS

## SUR LES MOYENS DE FORMER DE BONS MÉDECINS;

### Par J.-J. MENURET.

CET ouvrage est écrit dans les meilleures intentions : M. Menuret veut absolument que nous
ayons de bons médecins, des médecins qui guérissent; il donne d'excellens conseils, il propose
des réforme salutaires; il se fonde sur des principes
incontestables : on l'écoutera sans doute, car tôt
ou tard la vérité perce : c'est du moins ce qu'on
dit depuis le déluge. Nous pouvons donc espérer
que dans cinq ou six cents ans la médecine sera
une science infaillible; ce qui est toujours une
consolation pour ceux qui souffrent et qui meurent aujourd'hui.

On est vraiment effrayé quand on songe à la
nécessité d'avoir un grand nombre de bons médecins dans une immense capitale, et à toutes les
qualités intellectuelles et morales qu'exigent la
science et la pratique de la médecine. Il faut que
le docteur possède à fond l'anatomie, la physiologie, la pathologie, la séméïologie, l'hygiène, la

thérapeutique, la matière médicale, l'histoire des
maladies, et l'instruction pratique. L'inquiétude
des malades augmente encore quand ils apprennent
que chacune de ces branches de la médecine a fait
écrire des milliers de volumes, et consumé la vie
de mille savans sans être complètement approfon-
die ; et notre effroi se change en terreur quand
Hippocrate nous dit que le médecin doit être pieux,
affectueux envers ses confrères, rempli d'amour
pour les hommes, de zèle pour les malades, exact,
prudent, sobre, chaste, modeste, discret, charitable, et désintéressé. On voit que quand j'ai
ajourné la perfection de la médecine à cinq ou six
cents ans, j'ai un peu cédé aux charmes de l'espérance.

Je connais des médecins, hommes de beaucoup
d'esprit, qui ne sont point choqués d'une raillerie
sur la médecine; mais il en est d'autres qui n'entendent pas du tout la plaisanterie : et j'ai lu un gros
livre où Montaigne, Molière et Rousseau étaient
fort maltraités, parce qu'ils ont parlé des médecins avec irrévérence. Il est vrai que ces docteurs
ombrageux ne sont pas ceux qui guérissent le
mieux; mais comme on peut les rencontrer dans
une circonstance *pathologique*, il faut ménager
leur susceptibilité. Je vais, en conséquence, me servir de l'autorité de M. Menuret pour justifier mes
craintes sur la régénération et la perfection futures
de la médecine. Les abus signalés dans le livre que
j'annonce, me rappellent malgré moi, et ne con-

firment que trop la vérité de cet ancien adage :
*Multi curantur in libris qui non curantur in lectis.*

Tout ce que je vais rapporter sur les abus de
l'enseignement et de la pratique est fidèlement extrait de l'ouvrage ; je ne fais que supprimer les
antécédens qui tiendraient ici trop de place ; et
quant aux conséquences, le lecteur les devinera de
reste.

C'est en vain que nos monarques ont donné des
constitutions sages sur l'institution médicale ; ces
ordonnances incomplètes sont très-inexactement
suivies. Le nom de professeur n'est, dans plusieurs
universités, qu'un titre sans fonctions, et les
écoles ne sont qu'un simple bureau dans lequel on
va ou l'on envoie acheter le droit de disposer de
la vie des citoyens. Dans ces *Facultés* de médecine, on fait moins d'examens et de questions
que dans la réception comique qui suit le Malade
imaginaire, et où l'on donne à un niais le droit
*saignandi, purgandi,* j'allais presque dire *tuandi,*
tant la bonne latinité a de charmes pour moi !

A Paris, l'enseignement est confié aux plus
jeunes docteurs, à ceux qui sont le moins exercés
dans la pratique. Ils ont la douleur de voir les prix
et les distinctions prodigués à des établissemens
étrangers, ce qui les autorise à économiser des leçons presque gratuites, et à les réserver pour des
cours particuliers qui sont mieux payés. A Montpellier, les leçons publiques sont trop courtes,
trop rares, trop vides ; les examens n'y sont *rigou-*

*reux* que de nom; on n'ose pas croire ( et l'on croit cependant; cette parenthèse n'est pas de M. Menuret), on n'ose pas croire que la crainte de perdre la rétribution du doctorat engage à ne refuser personne. A Paris, ville pleine de monumens fastueux, il n'existe pas un petit asile destiné aux leçons médicales, et Hippocrate est obligé de se réfugier dans une partie de l'édifice consacré à l'école de chirurgie. Enfin, les moyens d'instruction sont faibles, mal ordonnés, et les épreuves pour constater la capacité, quoique presque nulles, ne sont pas nécessaires pour obtenir les grades.

A ces griefs, que M. Menuret énonce avec douleur, succède le chapitre des charlatans qui font pleuvoir sur Paris leurs *tisanes*, leurs *eaux*, leurs *dépuratifs*, leurs *élixirs;* qui jettent leurs *poudres* aux yeux des passans, et présentent des picotins de *pilules*. Viennent ensuite les apothicaires, dont quelques-uns sont complices de ces charlatans, et d'autres sont charlatans eux-mêmes en usurpant les droits du doctorat, en exerçant la médecine; et l'on sent que dans ce cas la matière médicale n'est point épargnée, les drogues les plus chères étant toujours vantées comme les plus efficaces.

Les chirurgiens, comme on s'en doute, ont aussi un paquet à leur adresse. L'auteur signale ceux qui sont à Paris ce qu'ils appellent *la petite médecine*, et ceux qui, dans les campagnes, réunissent publiquement les fonctions de médecins, de chirurgiens et d'apothicaires. Arrêtons-nous un moment sur le tableau que trace le docteur, et que je suis obligé d'offrir en raccourci.

Un jeune homme de la lie du peuple, sans éducation, n'ayant exercé d'autre emploi que celui du peigne et du rasoir, parcourt quelques villes avec sa trousse, faisant, comme Figaro, la barbe à tout le monde, et cherchant, contre la misère, un asile dans les boutiques de perruquier. Lassé enfin de cette vie vagabonde, il va explorer les campagnes que l'absence des médecins livre au premier charlatan ; il tâte le terrain, le reconnaît, se fixe dans un village, présente une supplique au lieutenant du premier chirurgien du roi. Celui-ci convoque les autres membres qui doivent assister, non pas à un examen, mais au repas que l'aspirant leur donne, et à l'issue duquel le souvenir de la bonne chère et quelques pièces de monnaie font accorder au *frater* le droit d'exercer la chirurgie, *avec les accessoires*, c'est-à-dire deux autres bagatelles, qui sont la médecine et le débit des drogues. Une note rejetée à la fin du volume, m'apprend qu'on a nommé un jury pour remédier à cet abus ; mais les membres ne dînent-ils pas comme les lieutenans du chirurgien du roi ?

Les traits que je viens de réunir ici ne sont pas ainsi rassemblés dans l'ouvrage ; ils appartiennent à des chapitres distincts où l'auteur présente en même temps les moyens de répression et d'amélioration dans l'enseignement comme dans l'exercice de cet art si utile, et en même temps si dangereux. Le tout m'a paru bien pensé et bien exprimé ; mais je crains bien que ce ne soit *vox clamantis in deserto.*

Après avoir proposé ses moyens curatifs, car il s'agit de guérir la médecine même, M. Menuret, comme pour se consoler, porte ses regards en arrière, et contemple cette belle antiquité qui fut l'âge d'or des médecins. Il voit, en Égypte, le tiers du revenu public affecté aux médecins ; chez les Gaulois, les druides sont à la fois médecins, juges et sacrificateurs ; Podalyre épouse la fille d'un roi qu'il a guéri ; un Asclépiade reçoit en don sept villes de la Grèce, pour lui et pour sa famille ; ces mêmes Grecs rendent des honneurs divins à Hippocrate, et lui décernent une couronne d'or du poids de mille pièces ; Érasistrate obtient trois cent mille livres de notre monnaie pour avoir deviné la maladie d'Antiochus ; Jules César donne aux médecins le droit de bourgeoisie ; Auguste leur accorde le titre de chevaliers romains ; le sénat décrète qu'il sera érigé une statue en l'honneur de Musa ; et plus tard, sous les empereurs, après vingt ans de service un médecin était déclaré comte de l'empire ; dans des temps plus modernes, Thadée ne sortait de chez lui que pour cinquante écus d'or ; un médecin arabe, ne voulant pas se déplacer, forçait un roi d'Aragon de venir le trouver à Cordoue ; la république de Venise gratifie Aquapendente d'une statue et d'un revenu de mille pièces d'or ; en France, les médecins ont été long-temps ecclésiastiques, ils avaient des bénéfices, et ils étaient dispensés *d'un célibat trop rigoureux*, particularité qui demande explication ; et pour confirmer tant d'honneurs par une autorité plus respectable, l'Ecclésiaste ordonne d'honorer les médecins à l'égal des rois.

Mais, si à ce tableau enchanteur nous opposons ce qui se voit aujourd'hui, quel triste contraste ! Ici des médecins cupides, insatiables ; là des malades ingrats et avares ; un docteur réduit à tendre la main pour recevoir des pièces qui se succèdent lentement, et tombent à regret ; un autre, obligé de donner un compte de visites, comme un marchand présente un mémoire ; un troisième, et voilà le plus affligeant, un troisième forcé à solliciter la tardive reconnaissance d'un malade, et à disputer sur le prix ; j'en attendais un quatrième qui aurait cité un mort en justice pour être parti sans témoigner sa gratitude, mais dans l'ouvrage il n'est pas question de celui-là.

Toute plaisanterie à part, et M. Menuret a trop d'esprit pour ne pas la pardonner, quelque influence que ce livre ait sur le sort futur de la médecine, on doit le considérer comme l'écrit d'un honnête homme à qui une instruction solide, un esprit éclairé, et une longue expérience ont donné le droit de se faire écouter ; je n'ai qu'une seule objection à faire à l'auteur. Il s'élève contre les chirurgiens qui exercent la médecine ; il voudrait rétablir la démarcation qui existait autrefois entre

la science et l'art, dont il croit que la confusion
peut entraîner de graves inconvéniens. M. Menuret me donne lui-même les moyens de le réfuter :
Si l'enseignement est aussi imparfait, si l'examen
est aussi illusoire qu'il le prétend, si un ignorant
peut, en payant, devenir médecin, ne peut-on
pas répondre à l'auteur qu'un homme qui sait bien
la chirurgie est toujours préférable au médecin qui
ne sait ni la chirurgie ni la médecine ? Je pense
donc qu'il faut ajourner la réforme jusqu'au temps
où les médecins auront toute la science qu'exige
M. Menuret, et les mille et une vertus que prescrit Hippocrate : ainsi je finis par où j'ai commencé, et je ne demande que cinq ou six cents
ans pour une régénération complète.

# TABLE DES MATIÈRES

## CONTENUES DANS CE VOLUME.

---

## ATHÉNÉE DE PARIS.

---

### LETTRES CHAMPENOISES.

## CRANIOLOGIE.

# LE MAGNÉTISME ET LES SOMNAMBULES.

# MÉDECINE.

FIN DE LA TABLE DES MATIÈRES.